KB070528

# 누운 배

# 누운 배
ⓒ 이혁진 2021

**초판 1쇄 발행**    2016년 7월 14일
**개정 1판 1쇄 발행**  2021년 8월 11일
**개정 1판 2쇄 발행**  2023년 2월 20일

**지은이** 이혁진
**펴낸이** 이상훈
**편집인** 김수영
**본부장** 정진항
**문학팀** 최해경 김다인 하상민
**마케팅** 김한성 조재성 박신영 김효진 김애린 오민정
**사업지원** 정혜진 엄세영

**펴낸곳** (주)한겨레엔 www.hanibook.co.kr
**등록** 2006년 1월 4일 제313-2006-00003호
**주소** 서울시 마포구 창전로 70(신수동) 화수목빌딩 5층
**전화** 02-6383-1602~3 **팩스** 02-6383-1610
**대표메일** munhak@hanien.co.kr

ISBN 979-11-6040-629-0  03810

제21회 한겨레문학상 수상작

이혁진 장편소설

# 누운
# 배

한겨레출판

어머니께 드린다.

# 차례

1부

1.

    배가 쓰러지니 어서 회사로 들어오라는 팀장의 전화를 받았다. 듣고도 무슨 소리인지 알 수 없었다. 2002호가 쓰러진다니, 진수까지 끝내고 의장부두에 멀쩡히 서 있던 배가 왜 쓰러진다는 말인가? 작은 배도 아니었다. 자동차와 트럭 6700대를 싣고 대양을 오가는 배였다.

    바람이 택시 창을 후두들겼다. 나는 손톱 끝으로 깜깜한 창을 초조하게 긁었다. 한밤이었다. 회사 근처에 다다르자 조명에 비친 2002호가 멀리 보였다. 먼저 들어간 택시들이 잇따라 돌아 나오고 있었다. 회사 입구가 보였다. 경비원들은 차단기를 올려놓고 있었다. 택시는 곧장 의장부두까지 갔다.

현장은 아수라장이었다. 분주히 오가는 트럭들이 내쏟는 거친 배기음, 기중기의 이동음과 신호기 소리, 커다란 기계들의 진동음이 뒤섞여 난동 쳤다. 바람은 그 소음들을 모두 지울 듯 맹렬히 불어댔고 너울은 의장부두 안벽까지 치고 들어와 와르르 부서졌다. 사람들이 제법 들어와 있었다. 사장과 임원, 부장, 과장, 나이 지긋한 기감 들까지 수십 명은 돼 보였다. 통제는 없었다. 바쁘게 뛰어다니는 사람들, 크게 소리치면서 다른 사람을 부르고 고래고래 지시하는 사람들이 있었지만 더 많은 사람이 자신의 역할을 찾지 못한 채 배를 보고 있었다.

배는 조금 기우뚱 서 있었다. 쓰러진다는 얘기만 듣지 않았다면 그런 채로 서 있는 것이라고 생각할 정도였다. 선체는 총길이 200미터, 높이 34미터에 폭 32미터였다. 그만한 크기의 거대하고 흰 절벽 같았고 그 절벽이 넘어진다는 것은 도저히 일어날 수 없는 일 같았다. 선수 쪽에서 물거품이 부글부글 끓고 있었다. 사장은 그곳을 손가락질하며 길길이 날뛰고 소리쳤고 생산 부서 임원들은 둘러서서 고개를 숙인 채 사장의 진노와 욕설을 받고 있었다.

탕! 장력을 이기지 못한 홋줄 하나가 터지듯 끊어졌다. 곧이어 쇠가 쇠를 치고 긁는 소리가 거대한 선체 전체를 나팔처럼 울렸다. 배 안의 장비와 공구들이 배가 기우는 방향으로 쏠리면서 선체를 치고 찧는 소리였다. 배는 쓰러지고 있었다. 보고도 믿기지 않았지만, 그 랬다. 탕! 다시 한번 홋줄이 혼돈을 채찍질하듯 끊어졌다. 배에 홋줄이 얼마나 걸려 있는지, 또 끊어진 홋줄이 몇 번째인지 나는 몰랐다.

하지만 그것이 모래시계처럼 시간을 헤아릴 터라는 것은 분명히 알 수 있었다.

팀장을 찾았다. 팀장은 선미에서 조금 떨어진, 조명빛이 닿지 않고 사람들이 없는 곳에 있었다. 나를 본 팀장은 기다리라는 듯 손을 들어 보였다. 통화 중이었다. 바람 소리 때문에 팀장은 한쪽 귀를 막고 외쳤다. "네, 해상 크레인 말입니다. 얼마라고요? 8000톤요? 더 큰 건 없습니까? 네? 여긴 중국입니다. 네, 아뇨, 중국 조선소가 아니라 중국에 있는 한국 조선숩니다!"

통화를 끝낸 팀장이 다가왔다. "돌겠네, 이 밤에 해상크레인을 어디서 수배하라고. 한국에서라도 못 할 판에." "배는 어떻습니까? 어떻게 되는 겁니까?" 팀장은 흘깃 현장을 봤다. "사장님도 임원들도 다 와 계시니까 어떻게든 되겠지." "방법이 있습니까?" "해상크레인으로 다시 끌어당긴다는데, 당장 수배 안 될 확률이 높으니까, 사장님은 안 되면 지게차랑 의장부두에 있는 크레인으로라도 끌겠다시는데……. 어쨌든 방법을 찾으시겠지. 사장님이야 워낙 경험도 많고 훌륭하신 분이니까. 임원들도 그렇고." 팀장은 반신반의하는 얼굴이었다.

"제가 할 게 있을까요?" 내 물음에 팀장은 주머니에서 반쯤 구겨진 종이 뭉치를 건넸다. "임원들 주소랑 연락천데, 나가서 아직 집에 있는 임원 있으면 회사로 들여보내라." "네?" "경영기획팀 기사가 여기 있어 봤자, 생산팀이면 몰라도. 혼자 가기 그러면 혁준이 있잖아, 찾아서 같이 가. 걔도 할 일 없을 거니까." 팀장은 어서 받아

들라는 듯 출력지 뭉치를 들이밀었다.

혁준은 배에서 멀찍이 떨어진 곳에 혼자 서 있었다. 불구경 나온 사람처럼 담배를 피우며 현장을 보고 있었다. 팀장이 시킨 일을 전하자 입술을 삐죽거렸다. "뭘 또 귀찮게 나가래." 혁준은 천연덕스럽게 담배를 빨았다. "아, 빨리 *끄고* 가자고. 구경났어?" 내가 버럭거려도 혁준은 태연했다. "빨리 가서 뭐하게? 지금도 계속 들어들오는데." 혁준은 담뱃갑을 내밀었다.

혁준의 담배를 받아 불을 붙이고 현장을 바라봤다. 조명 십 수 대가 일제히 비춘 2002호는 희고 거대한 등처럼 보였다. 그 앞을 분주히 오가는 사람들은 날파리 같았다. 지게차들이 부두 앞으로 줄을 맞춰 집결하고 있었다. 회사에 있는 지게차는 모두 동원한 듯, 행렬이 길고 빽빽했다. 선박 블록을 나르는 250톤, 500톤들이 운반차들도 주도로를 따라 느릿느릿 굴러오고 있었다. 안전모도 챙겨 쓰지 못한 사람들이 고함치고 빨간 신호봉을 흔들며 운반차들을 유도했다.

"아무래도 넘어갈 모양인데." 혁준이 택시를 잡아타고 시내로 나가는 길에 말했다. "뭔 소리야?" "기본설계 안 부장 있잖아, 막 화내고 있더라고. 넘어가는 배에 강선이며 홋줄을 어떻게 걸 거냐고. 그걸 배에 걸러 올라가기는 누가 올라갈 거며 올라가도 어디에 걸 거냐고. 배가, 자동차 운반선이라는 게 철판이 얇대, 여객선처럼. 그래서 아무 데나 걸면 다 찢어지고 벗겨지고, 걸려고 해도 걸 고리를 먼저 용접해서 붙여야 하는데 그건 또 누가 어떻게 붙이냐는 거지." 안 부장 말대로라면, 팀장이 해상 기중기를 당장 눈앞에 갖고 와도 소용이 없다는 뜻이었다. 혁준이 말을 이었다. "그러니까, 안 부장 말은 헛짓거리하지 말고 그 시간에 평형수 탱크 찢어서 물 부어 넣자는 거야. 그것도 배가 45도 기울기 전에 빨리해야지, 45도 넘으면 물 건너가니까. 그때부터는 배가 자체 무게로 넘어져서 평형수 탱크에 아무리 물을 쏟아부어도 말짱 황이라는 거지." 현장은 다르게 돌아가고 있었다. 마지막까지 본 것은 지게차와 운반차지 양수기나 고무보트가 아니었다. "당연하지. 그 자리에서 한 이사가 그랬거든, 책임질 사람이 책임지게 놔둡시다. 괜히 지금 자기들이 나섰다가 안 되면 생산이 아니라 자기들 책임이 된다는 거야. 사장님도 생산 출신이니까 회의 시간에 맨날 생산 편만 들잖아. 한 이사도 몸 사리는 거지." 혁준이 말했다.

주소록의 집들을 찾아가 초인종을 누르고 문을 두드렸지만 아무 대답이 없었다. 임원들은 대개 가족 없이 혼자 회사가 세 얻어준 아파트에서 살았다. 이미 현장에 가 있는지, 시내 한식당에서 술이라도 마시는지, 아니면 단란주점에서 자기 딸뻘인 중국 아가씨들과 지분거리고 있는지 알 수 없었다. 혁준은 괜한 고생 말고 술집에나 들어가 있자고 말했다. "돌아다녔는데 없었다, 그러면 누가 와서 확인할 것도 아니잖아."

나는 혁준을 끌고 팀장이 준 종이에 표시를 하고 다음 아파트 단지로 갔다. 단지는 넓었고 출입구는 하나밖에 없었다. 매번 온 길을 다시 걸어 나간 다음 긴 담을 빙 돌아 바로 옆에 있는 아파트 단지로 갔다. 한 시간 반쯤 지나 인근에 걸어서 갈 수 있는 곳을 다 돌았지만, 모두 빈집이었다. 택시를 타고 다른 주택가로 옮겨가야 했는데 가서 서너 집을 돌면 또 10여 분을 타고 다른 곳으로 가야 했다. 혁준은 주저앉았다. "갈 거면 너나 가라." 밤이 깊어 택시도 눈에 띄지 않았다. 나는 이러지도 저러지도 못한 채 길바닥에 서 있었다. 부청에게서 전화가 왔다.

"현재 시각 새벽 1시 38분. 2002호 완전히 넘어갔다. 오 팀장님이 너 들어올 거 없다고 전하랬어."

혁준은 한잔하고 들어가자고 말했다. 바로 들어간다던 부청도 오는 모양이었다. 잠깐 망설였지만 영 내키지 않았다. 혁준을 보내고 집으로 걸었다. 바람이 드셌다. 울타리 너머 아파트에는 불빛이 드물었다. 일요일이었다. 나는 작업복 옷깃을 여미고 몸을 앞으로 숙인 채 비좁은 인도를 걸었다. 오가는 사람은 없었다.

배가 쓰러졌으니 회사가 무사할 리 없었다. 어쩌면 다시 한국으로 돌아가야 할 터였다. 구직하러. 아무 기약도 없이 입사지원서를 쓰고 쓴 만큼, 죄송하지만 다음 기회 운운하는 답장을 받아야 할 터였다. 자기소개서에는 뭐라고 써야 하나? 배가 쓰러졌다고, 그래서 회사가 망해버렸다고? 넘어온 지 1년도 채 되지 않은 때였고 이전 경력은 조선업과 아무 상관 없는, 잡지사 기자였다. 망할! 곧 서른이었다. 내게 열린 문은 거의 없었고 그나마도 오므린 듯 좁았다. 겨우 한시름 놓으신 부모님에게는 뭐라고 해야 하나. 중국에서 일한다니 부럽게 나를 쳐다보던 친구들에게는 또 뭐라고 해야 하나. 아, 왜 이곳으로 왔을까. 그때 왜 더 기다리지 못했을까. 왜 그렇게 도망치듯

16

서울에서, 한국에서 빠져나왔을까. 부질없었다. 알았지만 그칠 수도 없었다. 계속 걸었다. 전조등을 올려 켠 자동차들이 굉음을 내지르며 나를 지나쳤다. 그것들은 어두컴컴한 한밤 속으로 빨려들 듯 멀어졌다.

집으로 돌아와 작업복을 벗고 빈 침대에 누웠다. 침대는 써늘했고 방은 검은 물속에 잠긴 듯 어두웠다. 나는 앞날에 관해 생각하려고 애썼다. 하지만 어떻게 일어난 사고인지, 회사가 이 사고를 어떻게 처리할지, 또 그 처리로 회사는 어떻게 될지, 나는 어떻게 될지 모두 짐작조차 할 수 없었다. 내가 알 수 있는 것은 없었다. 아무것도 없었다.

잠을 설쳤다. 깨다 잠들기를 밤새 반복하다 자명종이 울리기 전에 자리에서 일어났다. 어제 일이 모두 꿈인 듯싶었고 꿈이기를 바랐지만 꿈은 아니었다. 출근 준비를 했다.


2.


출근 버스는 어젯밤 사고로 술렁거렸다. 몇몇은 잠자코 눈을 감고 있었지만 자는 것 같지는 않았다. 나는 맨 뒤 구석 자리에 들어가 눈을 감고 이어폰을 꽂았다. 매일 같은 구간만 듣는 중국어 강의를 틀었다.

눈을 떴을 때 버스는 주도로로 넘어가는 마지막 언덕을 오르고 있었다. 조선소가 내려다보였다. 초여름 해는 드라이독 위 450톤 문형 기중기에 반쯤 걸쳐 있었다. 조선소 앞 바다는 말간 오전 햇살을 잔잔히 되비췄다. 날은 화창했고 바람은 지난밤이 무색하게 잠잠했다. 2002호는 의장부두에 누워 있었다.

의장부두로 나갔다. 누운 배는 내가 걸어갈수록 점점 더 가까워지고 커졌다. 중국인 직공들이 의장부두에 빙 둘러서 있었다. 해안에 밀려온 죽은 고래를 구경하듯, 누운 배를 보고 있었다. 나는 틈을 비집고 들어가 배 앞에 섰다. 의장부두 수심이 얕아 배는 반도 채 잠기지 못했다. 수면 위로 드러난 시뻘건 밑바닥이 장벽처럼 시야를 압도해 왼쪽, 오른쪽 고개를 돌려봐도 끝이 보이지 않았다. 너무 컸다. 몸으로 받아들일 수조차 없었다. 나는 자꾸 하늘을 흘깃거렸다. 하늘에서 불쑥 손이 내려와 누운 배를 넘어진 장난감 기차처럼 세워줄 것 같았다. 사고도, 누운 배도 모두 지독한 거짓말 같았다. 바닷물에 반사한 햇빛이 거울 장난처럼 시뻘건 배 밑바닥에 어른거렸다.

2001호는 2002호 앞에 정박해 있었다. 2002호와 선형도, 선주도 똑같은 그 배는 희고 둥근 선수를 햇살에 새하얗게 빛내며 위풍당당하게 서 있었다. 2001호 인도식과 2002호 진수식을 겸한 행사가 열흘 전에 있었다. 노르웨이에서 선주 일가와 선주사 직원 50여 명이 왔고 회사는 전 인원을 동원해 귀빈을 맞았다. 회사의 첫 인도식이었다.

행사는 성대했다. 선주사 회장 부인이 금장 도끼로 가느다란 홋줄을 끊었고 홋줄에 연결해놓은 샴페인병은 2001호 선체로 날아갔다. 선체에 부딪힌 병이 깨지며 하얀 거품이 치솟자 폭죽이 사방에서 일제히 터졌다. 날아오른 축포가 맑은 하늘을 펑펑 울리며 색색 연기를 흩날렸다. 지켜보던 수백 명의 박수 소리가 의장부두에 차올랐고 값비싼 정장을 차려입은 사람들은 서로 웃고 악수하고 포옹했다. 노르웨이 작곡가 에드바르드 그리그의 피아노 협주곡이 울려 퍼졌다. 샴페인과 와인 향기가 달콤하게 뒤섞인 바람이 따스하게 불었다. 나는 총무팀 중국인 기사와 함께 다니며 사진을 찍었다. 사람들은 나란히 선 배 두 척 앞에 환한 얼굴로 섰다. 넓은 어깨를 감싼 재킷의 은은한 광택, 반들반들한 구두에서 하얗게 바스러지던 햇살, 긴 금발을 쓸어 넘기며 활짝 웃는 여자들과 파란 눈으로 카메라를 쳐다보며 싱긋 웃던 키 큰 남자들. 나는 연신 카메라 셔터를 눌렀다.

그날 찍은 사진들이 아직도 내 컴퓨터 안에 또렷한 선과 색깔로, 그날의 밝고 은성한 분위기를 응고시킨 채 남아 있었다. 그날 2002호가 이렇게 누울 거라고 상상한 사람이 있었을까? 그런 상상이 가능하다고 상상한 사람이라도 있었을까? 1년 넘게 걸려 지어온 쌍둥이 배 두 척의 처지가 백지장처럼 찢어져 엇갈리는 데 하룻밤의 반절조차 필요하지 않았다. 안정과 평화란 이처럼 나약했다. 운명의 교차와 전환이란 이처럼 과격했다. 참담하고 무력한 기분이 식은 재처럼 마음에 내려앉았다.

흡연실은 담배 연기와 사람들로 빽빽하고 빽빽했다. 조선소 첫밥 꽤나 먹은 사람들이 저마다 사고 원인을 추정하고 다른 사람들의 의견을 반박하고 있었다. 나는 앉아서 담배 서너 개비를 천천히 피우며 사람들의 얘기를 들었다. 전문용어투성이라 거의 알아들을 수 없었지만 한 가지는 감지할 수 있었다. 사람들은 원인에 관해 말했지만 사실 책임에 관해 말했다. 생산 부서 사람들은 생산에서 발생하지 않는 원인들을 말했고 설계 부서 사람들은 설계에서 발생할 수 없는 원인들을 말했다. 섣불리 어느 부서의 책임이라고 공격하지는 못했지만 자신들의 책임이 아니라는 것은 확실히 해두고 싶어 했다. 사람들은 편을 갈라 서 있었고 그 선은 담배 연기처럼 서로 엉기고 풀리는 혼잡하고 모호한 얘기들 속에서도 뚜렷했다.

필리핀에 있다던 회장은 새벽 비행기로 입국해 회사에 들어와 있었다. 사장과 임원들, 주요 부서 팀장들과 함께 아침밥도 거른 채 6층 회의실에서 회의 중이었다. 사무실 자리는 태반이 비어 있었다. 자리에 앉아 있는 사람도 일거리나 모니터에 눈을 두고 있을 뿐 일을 하지는 않았다. 가장 먼저 출근하는 사람이 트는 천장 선풍기는 멈춰 있었다.

팀장은 오후 업무가 시작한 뒤에야 사무실로 돌아왔다. 몹시 피곤해 보였지만 곧장 사무실 옆 소회의실로 팀원들을 불러 모았다. 팀장은 사장의 지시 사항부터 전했다. 사고에 관해 어떤 사실과 추측도 회사 외부로 발설하는 것을 금지하며 회사의 공식 발표를 제외한 모든 이야기, 사진 자료는 풍문과 괴담으로 간주하고, 풍문과 괴담을 퍼트린 사람은 발본색원해 엄중히 책임을 묻겠다는 경고였다. "벌써 사고 사진 다 올라가 있던데예?" 오 기사가 말했다. "인사팀에서 공식 요청해 모두 삭제시킬 거다." 팀장은 한 번 더 강조했다. "절대, 어떤 내용도 외부로 새나가는 일이 없게 해라. 중대한 사고인 만큼 예외는 없다. 알겠나?" 대답을 듣고 난 팀장은 본론을 꺼냈다. "그리고, 오늘부터 우리 팀은 2002호 보험 업무를 맡는다."

경영기획팀이었다. 그때까지 보험 관련 업무를 한 적은 없었고 팀원 대부분은 어떤 업무인지조차 몰랐다. 팀장은 아연해하는 얼굴들을 보면서 얘기를 계속했다. "사고 원인은 천재지변, 자연재해다. 약관에 따르면 천재지변, 자연재해로 사고 발생 시 건조보험은 선가 전액을, 재산보험은 실손만큼 보상하게 돼 있다. 이게 우리 업무 목표니까, 그렇게 알고들 업무에 임한다. 알겠나?" 알았다고 대답들은 했지만 납득하지 못하는 눈치였다. 출근해 여태 회의밖에 한 것 없는 팀장이었다. 그 회의에 참석한 회장과 사장, 임원들도 그날 한 일은 회의뿐이었다. 사고 원인을 알고 있는 사람은 아무도 없었다.

팀장은 곧바로 업무 배분에 들어갔다. 우선 내 위인 정 기사에게 재산보험을 맡겼다. 재산보험은 사고 선박 내부에 남아 있던 재산들, 곧 장비와 소모품에 관한 것이었고 정 기사는 마침 소모품 관리 업무 관련 기안을 준비하고 있었다. 중국인 여직원 왕준매에게 보험약관을 검토하고 관리하는, 비교적 쉬운 업무를 맡겼다. 준매는 대학교에서 한국어를 전공해 한국어 문서도 대강 읽을 수 있었다. 업무 전체의 성패를 좌우할 건조보험이 남았다. 서열로 보나 능력으로 보나 오 기사가 맡을 만한 일이었다. 하지만 팀장은 망설이는 듯했고 오 기사는 수첩을 뒤적거리면서 눈을 피했다. 잠시 후 팀장이 말했다. "건조보험은 내가 맡고 문 기사가 보조한다. 오, 넌 정기 업무랑 기타 수명 업무 맡아라." "알겠십니더." 오 기사가 곧바로 대답했다. "문, 왜 대답이 없냐?" "아, 아닙니다. 그렇게 하겠습니다." 뜻밖의 결정에 나는 당황한 기색을 감추지 못했다.

팀장은 괜히 나를 고른 것이 아니었다. 오 기사는 팀장보다 중국에서 근무 기간이 길었고 회사 사정을 더 잘 알았다. 유능했지만 그만큼 팀장에게 이견을 제시해 서로 부딪힐 때도 잦았다. 어차피 어느 사람 할 것 없이 처음인 일이니 팀장은 부리기 만만한 나를 선택한 것이었다.

팀장은 내게 보도자료를 작성하라고 시켰다. 전직이 기자라는 이유였다. "해봐. 잘할 거 아냐." 그 말뿐, 팀장은 아무런 세부 지침도 주지 않았다. 하지만 서너 시간 걸려 A4 반 장을 간신히 채워 제출했을 때 팀장은 입술을 씹으며 눈을 치켜떴다. "이거 하나 똑바로 못 하냐!" 고개를 푹 숙이고 욕을 먹었지만 영문을 알 수 없었다. 도대체 어떻게 해야 똑바로 하는 거란 말인가? 팀장이 새로 작성한 보도자료를 보고 나서야 나는 알 수 있었다. 기준이 달랐다. 나는 사실을 최대한 많이 집어넣으려고 했지만 팀장은 확실한 사실 중 일부만 집어넣었다. 날짜와 시간, 배가 넘어간 방향처럼 어느 쪽에서 보나 명확하고 단순한 것들이었고 그렇기 때문에 어느 쪽에도 해나득이 되지 않는 것들이었다. 나머지 공란은 유예하고 보류하는 말들로 채웠다. 천재지변, 자연재해의 가능성은 조심스럽게 열어뒀다. 기록과 설명이 아니라 입장이고 해명이었다.

팀장은 늦은 시간까지 사장실, 회장실에 차례로 드나들어 보도자료를 결재받아 왔다. 결재가 난 보도자료는 그날 밤 팀장의 메일 주소를 통해 보험사들과 주거래 은행들, 선주사로 나갔다.

다음 날 인사팀은 팀장의 보도자료를 일부 인용해 2002호 사고가 천재지변, 자연재해로 발생했으며 회사가 보험약관에 따라 사고 처리에 들어갈 것이라고 공고했다. 기밀 유지를 재차 강조했다. 각 부서에서 작성한 후속 조치도 속속 올라왔다. 원인 규명에 관한 내용은 없었다. 문책이나 징계도 없었다. 사고 책임은 이미 대자연에 가 있었다. 생산 부서는 이튿날부터 정상 작업했다. 2002호는 의장부두에서 시뻘건 밑바닥을 드러내고 누워 있었다.


3.


사고 발생 사흘째 오전에 보험단이 회사로 들어왔다. 자동차 운반선의 높은 선가 때문에 애초 보험을 의뢰받은 한국 보험사는 중국 보험사 세 곳과 보험단을 꾸려 보험을 받았다. 지분은 주관사인 한국보험사가 70퍼센트, 중국 보험사 세 곳이 나머지 30퍼센트를 각각 감당할 수 있는 보상 규모에 따라 나눠 가졌다.

열서너 명 남짓한 보험단 담당자들은 곧장 현장으로 갔다. 정장 차림에 귀빈용 흰 안전모를 쓰고 의장부두를 따라 줄지어 걸으면서 누운 배를 봤다. 혀를 차거나 멍하게 입을 벌리거나 석고액을 부은 듯 굳은 얼굴로 말이 없었다. 괜히 먼바다로 자꾸 눈을 돌리는 사람도 있었다. 조선소 안에서 누운 배를 보게 될 것이라고는 그 사람들도 생각하지 못했을 터였다.

현장에서 돌아온 담당자들은 회의실로 들어가 더위부터 식혔다. 중국인 담당자들은 땀을 뻘뻘 흘리면서도 미리 준비해놓은 차가운 음료수 대신 뜨거운 중국차를 후후 불어 마셨다. 준매의 통역으로 팀장은 사고 경과를 다시 한번 정리했다. 요지는 발송한 보도자료와 크게 다르지 않았다. 중요한 사실은 모두 조사 중이고 규명 중이며 노력 중이라는 말로 때우는, 판단과 의견은 모두 '보여지고', '생각되어지고', '결론지어져서' 정작 아무것도 판단하거나 확정하지 않은 채 '끝맺어지는', 결정 아닌 결정, 표명 아닌 표명이었다. 담당자들은 세부 정황을 확인하거나 말꼬리를 물고 늘어질 뿐 공격다운 공격을 펼치지 못했다. 배나 이런 사고에 관해 나만큼의 지식도 없는 듯했다. 그럴 터였다. 담당자들은 선박 전문가도, 해상 사고 전문가도 아니었고 단지 보험회사 직원에 불과했다. 명함에 적힌 보험사들은 상해보험, 생명보험부터 자동차보험, 전기 제품의 누전 사고 보험까지 모두 취급하는, 대로변 광고판에서 흔히 볼 수 있는 대형 보험사들이었다. 반면 팀장은 담당자들보다 더 많이, 잘 알았고 준매가 통역하는 동안 생각과 말을 한 번 더 다듬을 수 있었으며 작은 실수는 통역상의 문제로 얼버무리고 넘길 수 있었다. 회의는 한 시간가량 이어졌지만 보험단은 아무 소득도 얻지 못했다. 일요일 저녁 8시 반경 조선소가 위치한 지역에 국지성 돌풍이 불었고 의장 안

24

벽에 정박해 있던 2002호는 돌풍의 불가사의한 영향력에 휘말렸다. 2002호 선저가 암초에 걸려 찢어졌으며 찢어진 부위로 바닷물이 들어오면서 복원력을 상실, 결국 우현 방향으로 넘어졌다. 이미 보도자료를 통해 전달받은 사실을 팀장의 입으로 다시 들은 것이 전부였다. 한국 보험사 지점장은 떨떠름한 얼굴로 회의를 마무리 지었다. "보험단에서는 최대한 빨리 손해사정사를 선임해 보상금 협의에 임하겠습니다." 언짢았는지 하나 마나 한 말 한마디를 덧붙였다. "부보사 측에서도 최선을 다해 사고 원인 규명과 보상 처리에 성실 의무를 다해주시기 바랍니다."

팀장은 보험단이 돌아가자 곧바로 해상 사고 전문가 수배에 나섰다. 보험사는 조선에 대한 전문 지식도, 이런 사고에 대한 경험이나 이해도 없었지만 손해사정사는 그렇지 않을 터였다. 회사는 보험사의 손해사정사를 상대할 대리인을 찾아야 했다. 팀장은 일을 할 줄 알았다. 동원 가능한 모든 인맥을 풀어 수소문하는 한편 수가는 제한을 두지 않았다. 선가 전체가 걸려 있는 건이었다. 수가가 아무리 높아도 결국 새 발의 피였다. 보상액이 막대한 만큼 보험사 역시 만만찮은 손해사정사를 섭외할 터였다.

팀장은 이내 업계 최고 수준이라는 네 명을 추려낼 수 있었다. 네 사람에게 현 상황을 요약해 전달했고 비용을 선지불할 테니 검토 후 소견을 제출해달라고 요청했다. 비용 지불이 필요 없다고 한 사람이 있었으나 팀장은 기어이 지불했고 비용에 걸맞게 회신해달라고 말했다. 며칠 후 회신이 모두 도착했다. 팀장은 팀원들에게 돌려

읽혔다. "누가 제일 괜찮을지 말해봐라." 정 기사는 가장 친절하고 성의 있게 회신한 사람을 골랐다. 오 기사는 잘 모르겠다고 발을 뺐다. 나는 회신을 기사 읽듯 읽었고 사실만 정확히 꿰어서 얘기하는 사람을 골랐다. 오만하고 불친절해 보이는 회신이었지만 믿음이 갔다. 팀장도 생각이 같았다.

며칠 뒤 홍순영 소장이 중국으로 넘어왔다. 보통 키에 어깨가 딱 벌어진 남자였다. 머리가 아주 크고 얼굴색이 거무스름했으며 빽빽한 곱슬머리에 눈과 코가 큼직했다. 수가 높은 손해사정사처럼 보이지는 않았다. 입고 있는 검은색 정장은 소매 끝이 닳아 있었다. 넥타이를 매지 않은 흰 셔츠 차림이었고 두툼한 손에 쥔 진갈색 가죽 가방은 신고 있는 구두만큼이나 낡아 보였다. "잘 오셨습니다. 비행은 괜찮으셨습니까?" 팀장이 반기며 악수를 청하자 홍 소장은 덤덤한 얼굴로 팀장의 손을 맞잡았다. "반갑습니다."

회사로 가는 차 안에서 팀장은 경과를 설명했다. 홍 소장은 주의 깊게 들었고 사실관계가 석연치 않을 때만 되물었다. 팀장은 썩 만족스러운 대답을 하지 못했다. 대부분 미처 주의해야 한다고 생각조차 못 한 것들이었다. 홍 소장은 사무실로 들어가 우선 한숨 돌리자는 팀장의 말을 물리고 곧장 현장으로 가자고 말했다.

홍 소장은 누운 배 주위를 여러 번 오갔다. 전체와 부분을 찬찬히 살폈다. 봐야 할 것을 분명히 보고 일단 본 것은 확실히 머릿속에 새겨두겠다는 듯 날카롭고 끈덕지게 봤다. "사내에서 거론 중인 사고 원인이 있습니까?" 홍 소장이 물었다. "딱히…… 모두 사고 수습에 바빠서." 팀장은 덧붙였다. "저희가 신생 조선소다 보니 인력과 자원은 달리고, 사고 원인까지 챙길 여력이 없는 처집니다." "그렇군요." 홍 소장은 무릎을 굽혀 선저에 철판이 살갗처럼 찢어진 부위를 들여다봤다. 찢어진 단면이 햇빛에 반짝거렸다. 틈으로 바닷물이 찰랑찰랑 드나들었다.

"소장님께서는 어떻게 보십니까?" 팀장의 말에 홍 소장이 몸을 폈다. "일기 영향이 있긴 했을 겁니다. 어쨌거나 일주일 넘게 멀쩡히 떠 있던 배가 넘어진 거니까요." "다른 원인은요?" "작업 불량입니다. 옆에 따로 난 구멍이 없다면 여기 이 찢어진 곳으로 물이 들었다는 건데, 평형수 탱크 자립니다. 보통 진수 전에 공사를 끝내고 막아두는 곳이지요. 아무리 비바람이 몰아쳐 배를 암초에 짓눌러 비벼대도, 작업 관리가 완벽했다면 침수는 탱크 안에서 그쳤을 겁니다. 배가 쓰러지지는 않았겠지요." 팀장의 안색이 어두워졌다. "보험단이 문제 삼을까요?" "삼지 못할 이유는 없지요." 홍 소장의 표정은 덤덤했다.

회사 차는 의장부두 앞을 크게 돌아 사무동으로 향했다. 생각 많은 얼굴로 잠자코 있던 팀장이 물었다. "혹시 한국 쪽에서 별 얘기 들으신 건 없습니까? 그쪽에서도 얘기가 한 바퀴 돌았을 텐데요." "그렇잖아도, 오기 전날 주관사라는 곳에서 연락을 받았습니다." "연락이라면?" "함께 일할 수 있겠냐는 얘기였습니다. 이미 제안을 받았다고 고사했습니다만." 팀장의 얼굴에 화색이 돌았다. "저희가 선수 친 거군요." "바닥이 좁으니까요." 홍 소장은 창밖을 보고 있었다.

두 사람은 회의실로 들어갔다. 팀장의 손짓에 정 기사가 따라 들어왔고 준매도 종이컵에 타온 커피를 한 잔씩 앞에 내려놓고 앉았다. 팀장이 말했다. "어떻습니까?" 홍 소장은 대꾸하지 않고 보험약관서를 꼼꼼히 살폈다. 팀장은 재촉하지 않았다. 손목시계의 초침 소리가 회의실 안의 침묵을 헤아렸다. 홍 소장이 말했다. "접근 방식을 바꾸셔야겠습니다. 얼마면 된다는 말로 하자면 끝이 없을 건입니다. 거꾸로 얼마라도 안 된다고 말해야 합니다." 홍 소장은 주장을 풀어나갔다.

믿기 어려울 만큼 대담했지만 일리가 있었고 그렇게 되기만 한다면 더 바랄 것이 없을 얘기였다. 팀장은 빨려 들어갈 듯 홍 소장의 이야기를 들었다. 홍 소장이 적절하고 간결한 예시를 곁들여가면서 설명했기 때문에 조선을 잘 모르는 나도 쉽게 이해할 수 있었다.

사장 비서에게서 연락이 왔다. 팀장은 곧바로 홍 소장과 함께 사장실로 들어갔고 아주 밝은 얼굴로 돌아왔다. 보고가 잘된 모양이었다. 두 사람은 회의실로 들어가 조금 더 얘기했고 잠시 후 팀장이 나를 불렀다. "내 책상 보면 계약서 있는 결재판이 있을 거다. 갖고 와라."

계약서에는 회사 대리인으로서 추후 모든 보험 보상 협상에 참석해 회사의 이익을 주도적이고 적극적인 태도로 성실하게 추구하고 확보한다고 적혀 있었고 그 아래에 일류 변호사와 맞먹는 시간당 수가가 항목별로 나와 있었다. 내가 계약서를 건네자 팀장은 홍 소장에게 넘겼고 홍 소장은 살펴본 다음 가방에서 꺼낸, 값비싼 것이기는 했지만 퍽 낡은 볼펜으로 서명했다. 계약서를 받아 든 팀장이 흐뭇한 얼굴로 손을 내밀었다. "많이 도와주십시오." 홍 소장은 큼직하고 두툼한 손으로 악수했다. "최선을 다하겠습니다."


4.


홍 소장은 다음 날도 회사에 들어왔다. 회장 보고가 있었다. 사무실을 나서는 팀장의 얼굴은 사뭇 긴장해 보였다. 나는 보고에 필요한 서류들을 한 번 더 점검해 팀장에게 건넸고 사무실 밖까지 따라갔다. 회장실은 사무실과 같은 층 복도 끝에 사장실과 함께 붙어 있었다. 복도 중간쯤에서 재무팀의 양 차장과 생산관리팀의 정 차장이 팀장을 기다리고 있었다. 회장이 따로 부른 모양이었다.

회의는 곧 끝났다. 회장 보고는 대개 그랬다. 회장은 길게 얘기하는 것을 좋아하는 사람이 아니었다. 사무실로 돌아온 팀장의 낯빛은 어두웠다. 홍 소장의 안색을 살폈지만 아무것도 읽을 수 없었다. 팀장은 업무 두어 가지를 확인한 후 홍 소장과 함께 나갔다. 함께 점심을 먹고 배웅까지 한 뒤 돌아올 예정이었다.

팀장은 홍 소장의 비행기가 떠난 지 한참 뒤에야 사무실로 돌아왔다. 오자마자 서랍에서 새 담뱃갑을 들고 나섰다. 낯빛은 여전히 어두웠다. 나는 팀장을 따라나섰다.

담뱃불을 붙여주자 팀장은 흡연실 의자 깊숙이 몸을 밀어 넣었다. 담배 연기를 길게 내뿜었다. "회장님 보고가 잘 안 됐습니까?" "아니다, 잘됐다. 얘기 다 잘됐고, 회장님도 좋아하셨다. 왜?" "아까 부터 표정이 좀……." 팀장은 피식 웃었다. "그래 보이냐?" "좀, 그 러신 것 같았습니다." "별거 아니다. 마음 쓸 것 없다. 다 잘되고 있 다." 팀장은 말단 기사인 내게 속사정을 털어놓지 않았다.

팀장이 대뜸 말했다. "회사 생활이라는 게 말이다, 가늘고 길 게 해야 하는 건데, 괜히 나서서 뭣 좀 해보겠다고 들면 안 되는 건 데……. 그저 시키는 대로, 하라는 대로 잘 따라가다가 나중에 저 노 인네처럼 회장님 정원에 물이나 주면서 월급 받으면 그게 장땡인 데. 안 그러냐?" 나는 어색하게 웃었다. 몸을 돌려 흡연실 밖을 보자 마침 화초에 물을 주고 있는 중국 노인이 보였다. 양쪽으로 사무실 들이 마주 보고 있는 6층 로비는 회장의 정원이었다. 커다란 새장이 7층을 가로지르는 구름다리 아래에 걸려 있었고 벽을 따라 조성해 놓은 화단에는 계절마다 다른 꽃들이 소철과 파초 아래에서 피었다. 2001호 인도식 행사 직후 다과회도 저곳에서 열었다. 그때 나는 회 사에서 용모 단정하다는 여직원들과 함께 선주 측 귀빈들을 응접했 다. 잡지사 기자 출신이라는 이유로 사진 찍는 일과 함께 맡은 일이 었다. 보험 일을 맡기 전까지 내가 한 일은 대개 그런 것이었다.

잡념을 털어버리려는 듯 팀장은 연거푸 담배 연기를 내뿜었다. 하루 치 자란 수염이 얼굴에 꺼칠한 음영을 줬다. 나는 회장실 앞에 서 기다리던 양 차장과 정 차장을 떠올렸다. 회의실에서 그 사람들 과 어떤 얘기라도 오간 걸까? 두 사람은 팀장과 똑같은 차장 직급,

엇비슷한 나이에 각각 재무팀, 생산관리팀의 팀장이었지만 신분이 달랐다. 사람들은 두 사람을 회장의 왕자들이라고 불렀다. 팀장은 더 말하지 않았고 담배만 태웠다. 내가 알 수 있는 것은 없었다. 창문이 닫힌 좁은 흡연실 안에서 담배 연기는 느리고 흐릿하게 내려앉았다.

며칠 후 보험단은 손해사정사를 선임했다는 공문을 보내왔다. 이어 손해사정사도 보상 처리에 필요한 서류와 회의 일정을 알리는 공문을 보내왔다. 팀장은 공황에 빠졌다. 보험단이 섭외한 손해사정사는 중국인이었다. 팀장은 주관사가 한국 보험사인 만큼 손해사정사도 당연히 한국인일 것이라고 생각했다. 의심할 것도 없이, 홍 소장을 포함한 모든 사람이 그렇게 생각했고 팀장이 굳이 한국인인 홍 소장을 섭외한 것도 그 이유였다. 팀장은 굳은 얼굴로 공문을 띄운 모니터를 쳐다봤다. 회의실로 들어가 홍 소장과 통화하는 듯했지만 통화가 끝나고 나온 뒤에도 착잡한 얼굴이었다.

당장 문제는 의사소통이었다. 보험단에서 회의 전까지 제출해줄 것을 요청한 자료 목록은 길지 않았지만 번역에만 꼬박 이틀이 걸렸다. 팀장은 공문에 적힌 모든 문구를 정확하게 파악해야 했다. 조선 용어도, 보험 용어도 익숙하지 않은 준매는 정 기사와 오 기사, 또 회사 안의 조선족들을 찾아 일일이 물어가며 네 번, 다섯 번 번역을 고쳤다. 그렇게 번역해온 것을 읽은 팀장의 표정은 더욱 심란해졌다.

지시를 받고 일을 하면서 비로소 팀장의 속내를 알 수 있었다. 어느 부서를 막론하고 당연히 있어야 할 상식적이고 기초적인 자료조차 변변치 않았다. 정 기사는 공무팀의 공기구 불출 대장이 작년 5월분까지만 있다고 보고했고 나도 생산관리팀에 문의했으나 사고 선박의 공정 진도율이 세 가지이며 세 가지 모두 수치가 다르다고 보고해야 했다. 팀장 자신이 직접 알아보는 크고 작은 건들도 신통찮은 회답밖에 없는 듯했다. 그럴 수밖에 없었다. 괜히 신생 조선소라고 하는 것이 아니었다. 모든 부서에서 체계와 절차가 미비했고 현장은 돌아가는 대로 돌리기에도 급급했다. 서류 작성, 관리에 소홀할 수밖에 없었다. 더군다나 중국에 있는 한국 조선소였다. 문서 작성 자체가 만만치 않았다. 한국어로 작성하면 중국 직원들이 해독 불가였고 중국어로 작성하면 한국 직원들, 특히 부서장들이 해독 불가였다. 두 언어로 병기해 작성하자면 시간이 두 배만 드는 것이 아니라 세 배, 네 배 들었다. 결국 부서에서 사용하고 관리하는 서류란 서류 자체의 필요, 불필요에 따른 것이 아니라 부서장의 입맛과 요구에 따른 것이었다. 부서장이 자주 들춰보는 것들만 서류로 남아 있다 보니 불출 대장처럼 매일 쓰는 기초 자료는 엉성하거나 아예 없는 곳이 허다했고 공정 진도율처럼 고급 자료 역시 부서에서 작업 관리를 위해 사용하는 것, 부서의 담당 임원이 사용하는 것, 그 자료를 모두 취합해 주간 공정 회의에서 보고하는 생산관리팀에서 사용하는 것이 제각각이었다.

보험단에서 알린 1차 회의 날짜가 가까워왔다. 그쪽에서 미리 제출하라고 요청한 자료는 좀처럼 손에 쥘 수 없었다. 어느 곳이나 하나같이 없다, 모른다, 안 된다, 중국어로 뿌不, 뿌, 뿌 모두 그 소리뿐이었다. 중국어 뿌는 한국어의 '아니오'나 영어의 '노No'와 달랐다. 내가 모르는 언어의 부정이었기 때문에, 상상의 문을 걸어 잠갔고 설득과 간청의 말을 매장했다. 투철하고 완강한 거부였고 어떤 예고나 여지도 없이 코앞에 들이닥치는 콘크리트 벽이었다. 그야말로 뿌였다. 준매마저 기상청이 사고 당일 회사 인근에서 강력한 국지성 돌풍이 불었다는 증명서를 발부할 수 없다는 회신을 보내왔다고 기어드는 목소리로 말했다.

"자료 준비 관련해서 홍 소장님께 문의해보셨습니까?" 팀장은 턱을 괸 채 보고 있던 모니터에서 눈을 떼지 않았다. "너무 걱정할 필요 없다고 하는데, 오히려 그런 소리 하니 이 사람이 뭘 모르는 거 아닌가 싶다. 일단 자기는 손해사정사 쪽부터 알아보겠다고 하더라." 맥없는 목소리였다. 팀장은 잠시 후 담뱃갑을 챙겨 들고 일어섰다. 그즈음 팀장은 눈에 띄게 담배가 늘어 있었다. 잠도 잘 못 자는지 눈 밑은 시커멓게 처져 있었다. 거의 매일 야근했지만 야근할 만한 일거리도 없었으니 실은 사무실에 남아 속만 태우는 것이었다. 업무 진행 상황이 극비라서 다른 부서 팀장들과 술 한잔 걸치며 털어놓을 수도 없을 터였다. 몸이 단 사장은 수시로 전화해 진행 상황을 물어댔다.

회의일이 왔다. 보험단이 요청한 자료는 반의반도 준비하지 못했고 준비한 자료조차 내가 보기에도 민망할 만큼 허술했다. 출근한 팀장의 얼굴은 사지死地로 파병당한 사병처럼 초췌했다.

5.

홍 소장이 먼저 회사에 도착했다. 늘 그렇듯 덤덤한 얼굴이었다. 곧이어 손해사정사와 보험단 담당자들이 함께 들어왔다. 짧게 깎은 머리에 얼굴이 길고 깡마른 중국인이 나서서 인사했다. 건네는 명함에 한국어 발음으로 강용원이라는 한자가 적혀 있었고 직책에 동사장, 총경리라고 적혀 있었다. 사주 겸 전문 경영인이라는 뜻이었다. 남자는 권설음을 구분하지 않는 남방식 중국어로 자신을 미스터 캉이라 부르라고 말했다. 마흔 중반쯤 돼 보였지만 그것보다 더 젊을지도 몰랐다. 중국에서는 종종 그랬다.

6층 대회의실로 보험단과 미스터 캉이 먼저 들어섰고 이어서 팀장과 홍 소장, 준매와 정 기사, 내가 따라 들어갔다. 사람들이 모두 착석하자 팀장은 간단한 인사말로 회의 시작을 알렸다.

잠시 아무도 말이 없었다. 묵직한 긴장이 내려앉으려는 찰나 홍 소장이 포문을 열었다. "건조보험이 약정하는 보상 범위는 선가 전액입니다. 현 사고의 피해를 감안했을 때 본 대리인은 건조보험 약정에 따라 사고 선박을 전손 처리해야 한다고 주장하는 바입니다." 홍 소장은 한국어로 말했다.

준매의 통역을 듣고 난 중국 보험사 담당자들은 실소했다. 그 사람들은 전손 처리, 전액 보상이라는 것을 전혀 염두에 두지 않은 듯했다. 한국 보험사 지점장은 황당하다는 표정이었다. 이해할 수 있었다. 그 말을 처음 들었을 때 나도 그랬다. "이유나 들어봅시다."

미스터 캉이 중국어로 말했다.

"약관에 있듯, 본 건조보험의 보상 기준은 원상 복구입니다. 따라서 본 사고 선박의 보상은 구조 비용과 수리 비용이 아니라 원상 복구, 즉 재건조에 필요한 비용입니다." 홍 소장은 방금 자신이 한 말을 각인시키려는 듯 잠시 사이를 뒀다. "그러자면 먼저 구조부터 해야 합니다. 제출한 자료에도 있고 내부에서도 이미 검토하셨겠지만 구조 비용만 해도 선가의 10퍼센트를 초과합니다. 더 중요한 것은 구조 기한과 추가 발생금에 대해 어느 구조 업체도 추가 발생한다고 말만 했을 뿐 고정하지 않았다는 사실입니다. 당연합니다. 전복한 선박의 사고 원인과 수중 지형, 현지 해류, 일기 등 모든 것이 불확실한 상황에서 구조 업체가 비용을 고정한다는 것은 불가능하기 때문입니다."

"하지만 조선소 내 의장부두이고 최대 수심도 깊어야 고작 10여 미터 안팎이잖습니까?" 미스터 캉은 통역을 기다리기 답답한지 영어로 물었다. 홍 소장은 곧바로 영어로 대답했다. "저 역시 그렇게 간단하기를 바라지만 어디까지나 우리 생각입니다. 확실한 건 구조 업체가 제출한 비용에서 더 높아질 수는 있어도 더 낮아질 수는 없다는 사실입니다."

미스터 캉은 코웃음 쳤다. "그러지 말고 솔직하게 한번 말해봅시다. 구조 비용은 그렇다 쳐도 제출한 자료를 보면 80퍼센트 넘게 이미 지은, 잔여 공사량이 20퍼센트도 채 안 되는 뱁니다. 수리 비용이 그만큼 든다는 걸 상식적으로 납득할 수 있습니까? 대리인께서 저라면 그럴 수 있겠습니까?" 미스터 캉은 'eighty percent', 'twenty percent'를 유난히 거세게 발음했다. 홍 소장이 대답했다. "상황을 다시 한번 침착히 검토하기 바랍니다." 'with calm please'라고 홍 소장은 또박또박 발음했다. "약관에 의거, 선박 원상 복구가 보험 보상 범위라고 이미 말씀드렸습니다. 다시 말해 공정 진도율이 높을수록 피해 범위는 크고 원상 복구 범위 역시 클 수밖에 없습니다. 절반 가까이 침수해 있는 현 상황에서 모든 공간과 설비를 재점검해야 하고 핵심 부품인 발전기, 엔진을 비롯한 주요 기자재들은 본사에서 인원을 불러와 검사시키고 필요 시, 그럴 확률이 매우 높지만, 본사로 보내 수리해야 합니다. 이 경우 운용 시 일어난 고장이 아니라 건조 중 일어난 손상이기 때문에 전문 인력의 파견비와 검사비, 운송 비용과 수리 비용을 모두 보상금에 포함시켜야 합니다. 게다가 대부분 기자재들이 이미 탑재가 끝난 상탭니다. 모두 들어내자면 배 후미는 탑재 전처럼 모조리 해체해야 합니다. 최대한 원형에 가깝게 절단하자면 그만큼 숙련 인력과 고가 장비들이 필요합니다. 그 인건비와 장비 대여료가 모두 보상금에 들어가야 한다는 뜻입니다."

"되잖은 소리 치우시오! 장비와 인력은 이곳에도 있잖소. 여기가 조선소 아닙니까!" 미스터 캉이 언성을 높였다. 뒤에 앉은 담당자들이 수군거리며 고개를 끄덕거렸다. 홍 소장은 침착했다. "말씀하신 바같이 이곳은 조선소입니다. 선박을 건조하는 곳이지 수리하는 곳이 아닙니다. 모든 설비와 인력은 건조에 최적화해 있을 뿐 수리를 위한 설비와 인력은 전무합니다." 미스터 캉은 더욱 언성을 높였다. "그게 무슨 불성실한 태도입니까? 조선소 안에서 일어난 사고인데 방관만 하고 있겠다는 말입니까? 사고 진상이 밝혀진 다음에도 이 같은 태도로 일관할 수 있겠습니까?" 웅성거리던 담당자들이 일순 조용해졌다. 팀장은 불안한 속내를 애써 감추고 있었다.

홍 소장은 천천히 몸을 앞으로 숙이며 미스터 캉을 바라봤다. 크고 툭 튀어나온 눈, 꿰뚫는 힘이 있는 눈이었다. "신중히 말씀하시기 바랍니다. 본 대리인은 사실을 말했고 이 회의는 사실을 가리는 자리지 태도를 논하는 자리가 아닙니다. 손해사정사께서는 지금 사실이 불명확한 상태에서 약정에 따라 마땅히 존중받고 보호받아야 할 부보자의 권리와 손실을 외면한 채 추정하고 추궁하고 있습니다. 그 같은 말씀에 대해 책임지실 수 있겠습니까?"

모루처럼 단단한 홍 소장의 어조에 미스터 캉은 대뜸 중국어로 말했다. "내 말은, 그러니까, 하수까지 한 선박이 사고로 넘어졌다면 인재일 확률이 높고 그렇다면 부보한 회사에도 책임이 있을 수 있다는 말입니다. 물론 사실관계는 더 조사가 필요하겠습니다만." 중국에서는 진수라는 용어 대신 하수라는 말을 썼다. 일본 용어인 진수는 중국어로 물이 들어온다는 뜻이고 하수는 배를 물에 내린다는 뜻이었다. 홍 소장은 준매의 통역을 들은 다음 한국어로 대답했다. "바로 그렇기 때문에 회사는 본 사고 원인을 천재지변으로 보고 있는 것입니다. 아무 문제 없이 진수까지 완료했고 진수 후에도 실제로 일주일 넘게 탈 없이 잘 떠 있던 배가 쓰러졌습니다. 예상 진수

일보다 조금 늦기는 했지만 이전 호선보다 한 달가량 빨랐고 선주사가 선수금 80퍼센트를 이미 납부한 뱁니다. 주요 기자재까지 모두 탑재가 끝났고 내장 공사만 마무리해 인도하면 끝나는 밴데, 그런 배가 쓰러졌다면 손해사정인께서는 어떤 이유를 생각하고 계신 겁니까?" 홍 소장이 더욱 밀어붙이자 미스터 캉은 대답하지 못했다. 뒤에 앉은 담당자들은 당혹 일색이었다. 지점장의 얼굴에 낙담이 비쳤다.

홍 소장은 말을 계속했다. "설령 손해사정인께서 말씀하신 바와 같이 당사 설비를 수리에 이용한다고 해도 그것 때문에 필연히 발생할 후속 호선의 건조 지연에 따른 비용 역시 모두 보상금에 포함시켜야 합니다. 이의 있으십니까?" 미스터 캉은 계속해보라는 듯 홍 소장을 쳐다봤다. "문제는 이같이 절단, 해체하고 수리하는 것으로 복구가 끝나지 않는다는 사실입니다. 다시 잔여 부위와 결합시켜야 하며 거기에도 역시 선박을 해체, 절단한 것 이상의 시간과 비용이 들 수밖에 없습니다. 간단한 이치입니다. 철판에 동그라미를 하나 오려 붙인다고 생각해보십시오. 한 번에 오려 붙인다면 오리고 붙이는 시간만 들지만 그걸 잘못 오려 붙여 이미 붙인 것을 떼고 다듬고 다시 붙여야 한다면 그만큼 시간, 자재, 인력 모두 서너 배씩 더 들 수밖에 없습니다. 거기에 선주사가 요구할 지연 벌금과 기타 손실까지 모두 더 들어가는 겁니다. 결론짓자면, 본 사고 선박의 수리 비용은 선가를 초과할 수밖에 없으며 사실상 불한정합니다. 따라서 본 대리인은 가장 경제적이고 합리적인 처리 방안으로써 사고 선박의 전손 처리를 다시 한번 주장하는 바이며 손해사정사께서 이 같은 안을 신중히 검토하고 고려해주실 것을 요청합니다. 이상입니다."

준매의 통역이 채 끝나기도 전에 보험단은 술렁거렸다. 미스터 캉은 책상을 쳤다. "자료로 말하시오, 자료로! 아직까지 제대로 넘어온 자료가 없지 않습니까? 기상청 자료도 없고 공정 진도율 자료도 엑셀로 만든 표 하나 덜렁 놔둔 것뿐이잖습니까!" 미스터 캉은 회의 전 팀장이 건넨 얄팍한 서류 봉투를 들고 흔들었다.

팀장이 나섰다. "그 점은 죄송스럽게 생각하고 있습니다. 회사가 사고를 예상한 것도 아니고 관리 체계나 문화가 한국과 중국이 서로 다른 게 많아 통, 번역을 비롯해 어쩔 수 없는 어려움이 있습니다. 최대한 빨리 준비해 제출할 테니 양해해주십시오." 미스터 캉은 홍 소장을 바라봤다. "합리적이고 경제적인 사고 처리를 고려하기 위해 추가 자료를 요청하겠습니다. 추가 자료 역시 이전 자료와 함께 최대한 빨리 전달해주시기 바랍니다." 홍 소장이 대꾸했다. "자료 작성과 제출에 많은 시간과 인력이 필요합니다. 손해사정사께서는 반드시 필요한, 사태 파악과 해결에 합당한 자료만 제출 요구하시기 바랍니다." "내가 필요하다면 필요한 겁니다. 대리인과 회사는 정확한 손해사정을 위해 협력하세요!" 미스터 캉이 소리쳤다. 홍 소장은 대꾸하지 않았다.

이어 사고 선박 내 잔존한 장비에 대한 재산보험 처리 문제가 안건으로 올라왔고 사고 당시 정황과 경과에 대한 두서없고 쟁점 없는 확인이 있었다. 회의는 끝났다.

　팀장이 예약해둔 식당이 있었으나 미스터 캉은 담당자들과 회사 밖으로 나가서 자기들끼리 점심을 먹고 들어왔다. 오후 일정은 사고 발생 시 목격자와 작업 인원 면담이었다. 면담 대상은 모두 한국 직원이었고 홍 소장과 팀장은 할 말을 이미 다듬어 전달해놓은 뒤였다. 미스터 캉은 실마리를 잡으려 백방으로 애썼지만 통역을 거쳐 느긋하게 말하고 말문이 막히면 잘 못 알아듣겠다며 시간을 버는 면담자들에게서 아무 단서도 찾을 수 없었다. "한국인 관리자들 말고, 중국인 작업자들을 불러오시오. 사고 전일이나 당일, 마지막까지 선박에서 작업한 중국인들을 불러오란 말입니다." 팀장은 둘러댔다. "대부분 막노동꾼이나 다름없는 사람들입니다. 면담하기가 쉽지 않으실 거고 실상을 잘 알지 못하는 사람들입니다." "상관없으니 어서 데려오시오. 나는 중국 직원들과 얘기하겠습니다." 미스터 캉은 꼬투리를 잡았다는 듯한 표정이었다.

　팀장은 회의실에 있던 홍 소장에게 갔다. "어떻게 해야 할까요? 그 부분은 전혀 준비를 안 했지 않습니까?" 홍 소장은 전혀 문제 될 것 없다는 표정이었다. "해달라는 대로 해주십시오. 그쪽 뜻대로 되지 않을 겁니다." 홍 소장은 중국인 생산직 근무자들이 무지하고 두려워하는 것이 많으며 귀찮은 일에 엮이는 것을 극도로 싫어하고 월급 주는 회사를 본능적으로 옹호할 수밖에 없을 것이라고 설명했다. "직원들이 면담실에 들어가기 전에 불확실한 건 모르는 것이다, 모르는 것에는 모른다고 대답해라, 이렇게만 말씀하시면 다들 알아서 할 겁니다."

홍 소장의 말은 적중했다. 낡히고 금 간 작업모를 거뭇거뭇한 손에 든 채 기름때 전 작업복에서 찌든 땀내를 풍기며 터진 작업화를 꺾어 신고 어슬렁어슬렁 걸어 들어오는 중국 직공들에게서 미스터 캉이 알아낸 사실은 그 사람들이 그날 그 시간에 그곳에서 작업했다는 것, 이미 알고 있고 그래서 부른, 그것뿐이었다.

다음 날 미스터 캉은 현장을 둘러보며 다음 회의 전까지 잠수부를 포함한 전문 실사팀을 파견해 사고 손실을 정밀 조사, 분석하겠다고 으름장을 놨다. "그러십시오." 홍 소장은 덤덤한 얼굴로 말했다.

상황은 홍 소장의 뜻대로 돌아가고 있었다. 핵심은 원상 복구에 필요한 비용이지 손실 범위나 액수가 아니었다. 전손 처리에 관한 홍 소장의 주장과 논리는 손실 범위를 뒷받침할 수 있는 회사 측 자료와 별개로, 약정에 의거해 현 상황에서 택할 수 있는 가장 경제적 방안이었다. 미스터 캉은 한 갑에 한화로 만 원이 넘는 중화中華 담배를 연거푸 피웠다. 잘근잘근 씹은 필터를 다 피우는 족족 집어 던졌다.

미스터 캉은 공항으로 가는 차에 올라탄 뒤에도 창문을 내리고 자료를 내놓으라고 으르렁거렸다. 홍 소장은 다시 한번, 사고 검토에 합당한 자료라면 가능한 한 빨리 송부하겠다고 말했다. "내가 필요하다면 필요한 겁니다!" 미스터 캉은 이미 십수 번 한 그 말을 고집스럽게 내뱉었다. 차가 출발했다. 자동차 바퀴가 흩뿌린 흙먼지가 느른한 볕을 받으며 피어올랐다 조용히 내려앉았다. 지켜보는 홍 소장의 얼굴은 덤덤했다. 바위 같았다.


6.


배웅이 끝나고 회의실로 들어와 앉자 팀장이 들뜬 얼굴로 말했다. "대체 어디서 그런 손해사정사를 섭외했답니까? 그런 것도 손해사정사라고, 중국 보험사야 그렇다 쳐도 한국 보험사까지 정신 못차리는 그 꼴이라니." 홍 소장은 차분했다. "한배를 탔다고 다 한마음이겠습니까. 풍랑을 만나면 각자 자기 살 방향으로 노를 저어대기 마련입니다." 홍 소장은 이전에 말한 대로 한국에서 알아본 바를 전했다.

이미 보험단의 사정은 그다지 좋지 않았다. 의견은 한곳으로 모이지 않았고 손해사정사 선정은 자꾸 늘어졌다. 한국 보험사는 경험 많고 협상 능한 한국인 손해사정사를 섭외하려고 했고 중국 보험사는 상황을 정확히 전달하고 자신들의 이익을 대변해줄 중국인 손해사정사를 섭외하려고 했다. 내부에서 여러 차례 회의와 논쟁이 오간 끝에 중국 손해사정 업체를 협상 대리인으로 선정하자는 얘기가 힘을 받았다.

한국 보험사는 한목소리 내는 중국 보험사들과 척지고 독단할 수 없었다. 지분율이 가장 높은 주관사이기는 했지만 중국에서 계속 사업을 해야 하는 처지를 염두에 둬야 했다. 이런 황당한 사고가 발

생할 수 있는 곳이 중국이라는 점을 감안하면 더욱 그랬다. 유력 후
보이던 홍 소장을 빼앗긴 것도 단념을 거들었다. 그 대목에서 홍 소
장은 겸손하게 말을 아꼈지만 상황을 짐작하는 것은 어렵지 않았
다. 홍 소장의 말대로 바닥은 좁았고 그럴수록 새로운 사람보다 이
전부터 일해온 사람에게 더 많은 일과 성공, 명성이 몰리기 마련이
다. 홍 소장처럼 입지가 굳고 경험이 풍부하면서도 실제로 유능하
기까지 한 사람을 한국 보험사는 찾기 어려웠을 것이다.

　하지만 너무 쉽게 포기한 것이 아닐까? 막대한 보상금이 걸린 사
안이었다. 아무리 여러 정황이 얽혀 있더라도 선뜻 납득하기 어려
웠다. 내가 에둘러 묻자 홍 소장은 곧장 되물었다. "회사란 집단이
원래 포기가 빠르다고 생각하지 않습니까? 돈이 나가도 내 돈이 아
니고 책임을 져도 나 혼자 지는 책임이 아니니까요." 자신도 회사
원인 팀장의 안색이 조금 언짢아졌지만 홍 소장은 개의치 않았다.
"애초 주관 보험사는 보상금을 낮게 잡았습니다. 사실 터무니없을
만큼 낮았지요."

　기이한 얘기였다. 한국 보험사는 보상금을 선가의 최대 40퍼센
트 안팎일 것이라고 추정했다. 추정 보상금은 구난 업체를 통해 조
회한 구조 비용과 한국 보험사가 보험사 내부에서 비슷하다고 뽑은
사례들의 평균 보상액에서 도출한 수치였다. 사고 현황과 맥락이
전혀 다르고 과거 보상 건일 뿐 현 사건의 사실관계와 무관했음에
도 지점장은 보고서 양식에 따라 보상 추정액을 적어야 했고 보고
서 작성 기한 안에 제출할 수 있는 수치는 그런 것밖에 없었다. 근거

없는 숫자나 다름없었지만 상급자들의 서명이 결재란에 적히자 지사 내부에서는 그 숫자를 타당한 것으로 받아들였다. 보고서가 최종 결재까지 올라가자 지사장은 40퍼센트라고 적힌 보상 추정액을 30퍼센트로 고치고 그 옆에 목표 보상액이라고 썼다.

"지사장이라는 사람의 안이한 판단도 한몫했습니다. 평판 좋은 사람이 아닙니다. 예전 한국에서도 부보한 업체들을 상대로 장난치는 걸로 악명 높았지요. 손해사정사와 짬짜미 먹고 보상금 후려치고 지급 지연을 빌미로 공갈치고. 그런데 그것도 실적이고 능력이라고 인정받은 모양입니다. 한동안 얘기가 안 들려 어디 갔나 했는데, 중국 지사장이더군요." "그렇다 해도 지점장은 자기가 쓴 숫자가 말이 안 된다는 걸 알고 있잖습니까? 지사장이 그런다고 어떻게 가만히 있을 수 있나요?" 내가 묻자 홍 소장은 잠시 나를 바라봤다. "어쩌겠습니까? 이미 지사장 서명이 거기 들어갔는데. 본인이라면 그걸 뒤집을 수 있겠습니까? 인사상 문책 사유가 될 일에?" "그래도 나중에 문제가 더 커질 걸 생각하면 미리 얘기해야 하지 않습니까?" 홍 소장은 잔잔히 웃었다. "잘 생각해보십시오. 책임은 나중 일이고 나중 일은 어떻게 될지 모르는 겁니다. 또 나중에 책임을 지더라도 그때는 자기만 책임지는 게 아니라 자기 위 지사장까지, 조직 전체가 나눠 지는 겁니다. 뭐하러 지점장이 긁어 부스럼 만들겠습니까? 이래서 내가 회사란 포기가 빠른 집단이라고 말한 겁니다."

그런 사정으로 한국 보험사는 감수할 만한 비용이라고 생각했고 중국 보험사들과 장기적 신뢰 관계를 구축한다는 명분을 들어 손해사정사 선임권을 내줬다. 손해사정 업체는 상하이에 근거지를 두고 수많은 주변 조선소의 사고를 사정한 경력이 있었다. 보험사 관점에서 청구액 대비 보상금을 합리적으로 산정한 실적 역시 뛰어났다. "업체를 추천한 건 중국 보험사 중 지분율이 가장 높은 회사라고 하더군요. 상하이뿐 아니라 중국 전역에 지사를 둔 보험사의 추천이니 다른 중국 보험사들도 믿을 만하다고 여겼을 테고, 또 그만큼 시장 장악력 있는 회사를 따르지 않을 도리가 없었겠지요. 한국 보험사는 이미 선임 권한을 내준 데다 그만한 회사가 자기들 손해날 짓은 하지 않을 거라고 지레짐작한 모양입니다. 업체가 외국 회사를 상대로 손해사정한 경험이 없고 상하이 지역에서만 활동했다는 것은 지나쳤으니까요. 예전 우리나라에서도 그랬듯 그 실적이란 게 지연, 인맥에 바탕을 둔 허상이라는 걸 간과한 거지요. 업체에서도 자신들의 약점을 밝힐 이유는 없었을 겁니다. 이 일이라는 게 결국 어떤 회사와 일했느냐, 이름값에 달려 있습니다. 사고 규모도 자신들이 맡은 건 중 최고였을 테고 상하이 밖 타 지역에서까지 실적을 올린다면 조선 사고 관련 전문 업체로 이름을 내걸 수 있다는 계산이 섰겠지요. 모르긴 모르지만 아마 연락받았을 때 춤이라도 췄을 겁니다." 홍 소장은 종이컵에 남아 있던 커피를 비웠다.

"오늘 회의로 손해사정사도, 보험단도 전손이라는 대전제에 동의할 수밖에 없을 겁니다. 받아들이기 어렵겠지만 결국 받아들일 겁니다. 다 부담할 생각은 없겠지만요. 이제 자료 준비에 총력을 기울여야 합니다." 홍 소장의 말에 팀장은 까다롭다는 듯 손톱 끝으로 수첩을 두드렸다. "협상으로 바로 끌어들일 방법은 없을까요? 어차피 그쪽도 상황을 받아들인다면 말입니다." 홍 소장은 고개를 저었다. "좋은 생각이 아닙니다. 전에도 말씀드렸다시피 이쪽에서 먼저 손을 내밀면 안 됩니다. 결국 결론을 정해놓고 가는 협상으로 흘러가겠지만 모양새는, 간 만큼 가고 난 뒤에 서로 양보했다는, 타협이 돼야 합니다. 원리 원칙을 내세웠으니 이쪽에서도 원리 원칙에 맞는 자료를 내주면서, 원리 원칙대로 해결하라고 계속 압력을 넣는 게 선수先手입니다." 팀장은 수첩으로 눈을 내리깔았다. "그렇기야 합니다만……." "딴생각할 만큼 여유로운 상황이 아닙니다. 빌미를 주면 안 됩니다. 지금까지 보셨다시피 한국 보험사를 상대하는 것 같지만 실은 중국 보험사를 상대하는 겁니다. 언어도, 연고도, 이해관계도 다른 사람들을 납득시키자면 다른 도리가 없습니다. 에프엠FM대로 처리하는 게 가장 빠르고 효과적입니다."

팀장이 마음에 걸려 하는 부분을 홍 소장은 알았다. "자료는 너무 걱정하실 필요 없습니다. 한국처럼 세밀하고 수준 높은 자료를 주더라도 어차피 못 알아먹을 겁니다. 손해사정사가 이해하고 납득할 만한 자료를 내주면 됩니다." "하지만 없어도 너무 없어서……. 아시겠지만 회사가 이런 형편이라, 좀 그렇습니다." "그래서 합당한 자료만 요청하라고 강조한 겁니다. 역으로 생각하십시오. 우리 주장을 뒷받침할 근거만 확실히 준비해서 건네면 됩니다. 사고 원인이 천재지변이라는 것을 분명히 할 당일 일기 증명, 이만큼 건조했다는 공정 진도율, 선박 수리 시 발생할 일별 장비 이용료와 인건비에 추정 기간을 곱한 총 예상 수리 비용, 그리고 재산보험에 필요한 나머지 손실 재산 내역들. 이것만 있으면 됩니다. 이외 자료는 요구 시 바로 알려주세요. 제가 중간에서 끊겠습니다."

팀장은 시원찮게 고개를 끄덕거렸다. "기상청 자료가 문젭니다. 우리 준매가 알아봤는데 기상청에서 일기 자료를 발부하는 게 영 껄끄럽고 부담스러운 모양입니다." 홍 소장의 표정은 단호했다. "어렵다고 내버려둘 수 있는 게 아닙니다. 어떤 수단과 대가를 치러서라도 해결해야 하는 문젭니다." "그렇죠, 저도 알기는 압니다만." 홍 소장은 팀장을 죄었다. "받아내셔야 합니다. 사고 원인이 흔들리면 지금껏 주장한 게 모두 진흙탕 속으로 들어가는 겁니다. 크리티컬한 사안이니 반드시 해결하셔야 합니다." 팀장은 잠시 말이 없었다. 이윽고 결심이 선 듯 홍 소장을 봤다. "알았습니다. 한번 해보지요." 홍 소장이 팀장을 북돋웠다. "그만한 값어치를 할 겁니다. 정부라면 꼼짝 못 하는 나라니, 그거 한 장이면 두말 못 하겠지요."

다음 날 홍 소장은 팀장과 함께 사장 보고를 한 뒤 오전 비행기로 떠났다. 홍 소장을 배웅하고 사무실로 돌아온 팀장은 나와 정 기사를 불렀다. "지금까지 하던 건 싹 집어치우고 처음부터, 밑판부터 새로 짠다고 생각해라."

팀장은 전산 자료, 실물 자료, 불출 내역 수량이 제각각 다른 장비와 자재 재고를 현재 기준으로 모두 불출로 처리하고 생산 진도율은 생산관리실에 맡겨 확정시킨 다음, 그 수치에 맞게 부서별 실적을 조정시켜 그것에 준해 모든 관련 서류를 꾸미라고 지시했다. 정 기사가 반문했다. “매일 작성하는 작업 일지나 입출고 일지는 어떻게 합니까? 수량 파악에 한계도 있고 일일 작성이니 필체나 날짜를 나중에 걸고넘어질 수 있을 텐데요. 양도 너무 많지 않습니까? 반년에서 1년 치 넘게 밀린 것도 있습니다.” 팀장은 고개를 저었다. “당연히 손으로 작성하는 건 티가 나지. 그러니까 그렇게 안 한다. 작년부터 모두 시스템으로 이관했다고 하고 모든 자료는 전산 시스템에서 출력해 제출할 거다.” 팀장은 손해사정 업체와 보험단이 원하는 자료를 아예 새로 만들어서 줄 작정이었다.

7.

팀장은 전산팀 팀장부터 만났다. 현 사정을 간략히 설명하고 경영기획팀이 넘겨주는 자료를 전산팀에서 ‘적절히’ 입력해 기존에 있던 자료처럼 만들어주겠다는 약속을 받아냈다. 곧바로 현업 부서들과 조율해 회의 일정을 잡았다. 생산기획팀과 전산팀, 이하 주요 현업 부서가 모두 모였다. 팀장은 향후 계획과 필요한 자료 목록을 전달하면서 부서별 현황을 파악했고 자료를 최대한 많이 올려달라고 말했다. 회의 중에 팀장은 불편하고 불쾌한 것, 이를테면 부서의 치부라고 할 만한 것까지 들춰댔지만 반감을 보이는 사람은 없었다. 보험 업무를 방해하는 것은 회사의 공적이 되는 일이었다. 마패를 쥔 사람은 팀장이었고, 그 사실을 팀장도 그 자리에 모인 사람들도 모두 알았다. 다른 팀장들은 협력하겠다고 말했고 실제로 일은 대부분 수월하게 흘러갔다. 홍 소장이 여러 번 강조한, 가장 중요한 문제만 남았다.

기상청은 회사와 성질이 전혀 다른 중국 관료 집단이었고 이미 한번 안 된다고 한 뒤였다. 팀장은 바쁘게 움직이며 방법을 찾았지만 별 소득이 없었다. 준매에게도 이것저것 알아보라고 시켰지만 결과라고 할 만한 것이 없었다. 한국에서 넘어온 지 1년밖에 안 된, 조선소 경영기획팀 팀장이 할 수 있는 일이 아니었다.

팀장은 외련팀 진 부장을 찾아갔다. 외련팀은 대외 업무, 회사가 소재한 촌의 촌장부터 시정부, 성정부의 관리들과 관련한 업무, 이른바 꽌시關係, 즉 사외 연맥 관리를 전담하는 부서였다. 부서장 진 부장은 중국인으로, 회사가 조선소 이전에 선박 블록 제조 회사였을 때부터 일해온 사람이었다. 지역 명문가 출신으로 밥 자리나 술자리에서 한시나 고문 한두 구절 외는 것은 보통이라고 들었다. 이목구비 생김새가 반듯했고 흰머리 섞인 머리칼을 단정하게 빗어 넘겨 인상이 점잖고 기품 있었다. 하지만 팀장은 진 부장을 아주 싫어했고 실은 외련팀 전체를 못마땅하게 여겼다. 외련팀은 걸핏하면 경영기획팀에 정부 요청이랍시며 까다롭고 애매한, 정치적이고 관료적인 문건들을 작성해달라고 요구했다. 성내 주요 기업 생산 실태나 고용 현황 조사 같은 제목을 단, 구체적 실수實數가 아니라 그럴듯해 보이는 허수虛數를 집어넣어야 하는, 성가시기만 한 문건이었다. "고작 그딴 것도 못 하는 주제에, 제일 좋은 사무실에 눌러앉아 날이면 날마다 차나 홀짝거리고 촌 서기네, 시정부 사람이네 불러다 노가리나 까고 앉았지." 팀장은 외련팀에서 중국인 직원이 올 때마다 한국어로 구시렁거렸고 작성이 끝나면 팀원에게 갖다 주라고 시키지 않고 준매를 통해 외련팀 직원을 불러다 들려 보냈다. 그때도 빠뜨리지 않고 한국어로 한마디씩 듣기 안 좋은 소리를 덧붙였다.

진 부장을 만나고 온 팀장의 얼굴은 썩 좋지 않았다. 얘기가 잘됐는지 묻자 팀장은 착잡한 표정으로 말했다. "두고 봐야지." 통역으로 따라간 준매에게서 상세한 얘기를 들을 수 있었다. "팀장님, 첫 단추? 첫 단추 맞죠? 그게 안 좋았어요. 중국 사람들, 자리에 앉자마자 일 얘기부터 하는 거, 그거 안 좋아해요. 인사하고 안부 묻고 그래야 하는데, 팀장님 일 얘기부터 했어요." 준매는 한국어를 중국어로 옮기는 것은 능숙했지만 반대로 하는 것은 서툴렀다. 통역직 중국 직원들이 대개 그랬다. "진 부장님, 싫어했어요. 그런데 팀장님 자꾸 급하고 중요하다고 막 하니까 진 부장님 그러죠. 기상청에서 발부 못 한다 하면, 발부 못 한다. 그 얘기 듣고 팀장님 막 화냈어요. 안 된다고, 회사에 큰일 난다고 막 그랬어요." "그럼 안 된 거예요? 진 부장님도 우리 못 도와주는 거예요?" 준매는 웃었다. "그런 거 아니죠, 문 기사님. 진 부장님 그렇게 말한 거, 팀장님 때문이에요. 팀장님 맨날 외련팀 나쁜 말 하니까, 중국 직원 알아듣지는 못해도 알거든요. 그래서 일부러 그렇게 말씀하신 거예요." "그래서요? 어떻게 결정 난 거예요?" "진 부장님, 팀장님 속 태웠어요, 괴롭혔어요. 이 말 저 말 안 된다고만 하다가, 나중엔 알아본다고, 돕는다고 말했어요." "무슨 말이에요. 된다는 말이에요, 안 된다는 말이에요?" "기다려보세요. 진 부장님, 회사 생각하니까 도울 거예요." 준매의 표정은 여유로웠다.

하지만 일주일이 지나도록 아무 소식이 없었다. 채근하려는 팀장을 준매가 말렸다. "팀장님, 그거 안 좋아요. 진 부장님 막 그렇게 하면 더 안 돼요. 기다려요, 팀장님."

며칠 뒤 팀장은 호출을 받고 진 부장의 사무실에 다녀왔다. 자리로 돌아온 팀장의 얼굴은 아주 훤했다. 의자를 뒤로 척 젖히고 앉아 말했다. "여기나 한국이나 다를 게 없구만. 사람 사는 게 다 거기서 거기네." 팀장은 그날 퇴근 시간보다 일찍 사무실을 나서 진 부장의 차를 타고 퇴근했다.

다음 날 팀으로 새 과장이 들어왔다. 손중전 과장은 동북 출신 조선족으로 얼굴이 불그스름하고 체격이 장대한 30대 후반 남자였다. 전직은 법률사무소 사무관이었다. 손 과장은 기상청에 근무하는, 대학교 동창이자 고향의 먼 친척뻘이기까지 한 사람을 통해 받았다는, 지역 기상청의 빨간 직인이 찍힌 문서 한 장을 가져왔다. 내용은 간결했다. 사고 당일 호우를 동반한 강풍이 불었고 관할 지역 곳곳에서 강력한 국지성 돌풍을 목격했다는 내용증명이었다. 원래 기대한 것은 조선소 인근 지역을 특정한 문서였으나 생각해보면 이편이 더 설득력 있었다. 팀장도 고개를 끄덕였다. 공짜는 아니었다. 손 과장의 새 연봉은 이전 법률사무소 연봉의 두 배가 넘었다.

기상청 문제가 풀리면서 팀장은 자료 준비에 속도를 붙여나갔다. 순조롭지 않았다. 생산, 설계, 구매, 자재관리에서 올라오는 것들은 모두 가공하지 않은 날것이었다. 꿰어지지 않은 구슬 더미에 불과했고, 그것을 꿰는 것이 나와 정 기사의 일이었다. 하지만 정 기사나 나나 현업 부서 일에 관해 아는 바가 없었다. 매일 야근하면서 자료를 뒤집고 헤집었지만 변변한 결과는 나오지 않았다.

팀장은 헤매고 있던 우리 두 사람을 불렀다. "올라오는 자료 그만 쳐다보고 이 목록이 요구하는 게 뭔지부터 생각해라." 팀장은 손해사정사 자료 목록을 가리켰다. 이미 수십 번 더 본 것이었다. "먼저 기준을 세우고 올라온 자료를 걸러. 필요한 거, 아닌 거 골라내고 더 필요한 거 있으면 요청하고. 그래서 너네가 앞장서서 앞으로 밀고 나가라. 자꾸 뒤에 처져서 현업 부서한테 뭘 더 받으려고 기대하거나 기다리지 말고." "솔직히 말씀드리면, 어떻게 해야 할지 도통 모르겠습니다." 정 기사가 말했다. 팀장은 답답하다는 듯 한숨을 내쉬었다. "모르면 어떻게 해야겠냐?" 팀장은 우리 두 사람을 쳐다봤다. "그 부서에 가서 먼저 어떻게 돌아가는지 물어보고 얘기를 들어! 책상에 앉아서 한숨만 푹푹 내쉬고들 있지 말고 가서 보고 듣고 물어보란 말이다. 뭘 알아야 일을 할 거 아니냐!"

다음 날부터 팀장의 말대로 현업 부서에 내려갔지만 사람들은 모두 자기 일로 바빴다. 생산 부서는 특히 그랬다. 대리, 과장, 팀장 할 것 없이 수시로 현장에 나가느라 자리를 비우기 일쑤였다. 대부분 저녁을 먹은 다음에야 녹초가 다 돼 들어왔다. 그러고도 그날 생산한 실적들, 사건 사고들을 사진 자료까지 첨부해 보고서로 작성해야 했다. 그러다 보면 퇴근 버스 시간이 아슬아슬했다. 말을 붙이는 것조차 쉬운 일이 아니었다. 정 기사는 그나마 아는 사람이라도 있었지만 신입 기사인 나는 비빌 곳조차 없었다. 담당자가 자리에 돌아올 때까지 죽치고 기다릴 수밖에 없었고 돌아오더라도 그 사람이 자기 일 다 끝낼 때까지 눈치를 보며, 죄송하지만 시간 좀 내주실 수 있느냐고 옹송그린 목소리로 물어보고 다시 기다려야 했다.

"요새 욕 좀 본다메요?" 흡연실에서 담배를 피우고 있을 때, 오 기사가 옆에 와 담뱃불을 붙였다. 나는 씁쓸히 웃었다. "어차피 일인데, 너무 처져 있지 마소, 그런다고 일이 되는 것도 아이고." "네, 고맙습니다." "내사 팀장님 별로 좋아하지는 않지만서도, 알아야 일한다 카는 그 말은 맞아예. 내도 처음 와가 안 해본 일 없이 다 해봤고 생산 부서 사람들한테 굽실굽실해가매 일 배웠어예. 다 그래한 게 있으이까, 지금 좀 편하게 하는 기고. 기사 때 뭐 모르는 건 당연하이까, 그거가 의기소침해가 그라지 마소." 나는 고개를 끄덕였다. "네, 그래야지요." 한동안 말없이 담배를 피웠다. "오 기사님도 많이 힘드시죠? 팀장님이 보험 일 말고는 신경도 안 쓰시고 다 오 기사님한테 넘기시잖아요." "우짜겠는교, 그래 돌아가는데." 오 기사는 씩 웃었다. "내가 이러고 있을 기 아인데. 조선소 와가 이래 종잇장이나 만지고 있을 기 아인데." "생산이 좋으세요?" "좋다, 아이다 그란 게 있겠는교? 난 단순해가꼬 그냥 야드 나가가 몸으로 일하는 게 맞아예. 일 존나 하고 저녁에 술 존나 빨고, 그게 내 체질이라예." 오 기사가 먼저 담배를 끄고 일어섰다. "욕 좀 보소, 월급 받는 거 다 욕 보는 값이다 생각하고."

　사람들이 조금씩 시간을 내주기 시작했다. 종일 오도카니 앉아 눈칫밥 먹어가며 기다리고 있는 신입 기사가 딱해 보인 탓이 컸을 테지만, 그런 동정과 연민이라도 고맙기만 했다. 제가 잘 몰라서 그러는데, 이게 어떤 건지 아직 모르는데, 하고 한껏 숙이며 들어갔고, 아는 말 모르는 말 가리지 않고 열심히 회사 수첩에 받아 적었다. 그 모습이 마음에 든 모양이었다. 메일을 주고받거나 통화할 때처럼 무시하거나 흘려버리지 않고 자신들이 놓친 것까지 끄집어내 보여줬고, 또 자신들에게 없더라도 갖고 있을 만한 사람을 알려주기도 했다. 진척이 보였고 변화가 뒤따랐다. 일이 익고 사람들과 친해지면서 자료는 세부까지 더 명확히 보였고 작은 차이까지 가려내고 조정할 수 있었다. 드디어 결과가 나오기 시작했다. 세세한 곳까지 움켜쥐듯 파악하고 나자 초점을 모아야 할 것과 버려야 할 것을 결정할 수 있었고, 지울 곳을 지우고 치중할 곳에 치중하자 이전까지 회사에 없던 자료, 회사가 만들지 않고 관리하지 않던 자료, 거짓말에 불과하지만 제대로 돌아가는 회사라면 반드시 있을, 제법 그럴싸한 자료들이 나왔다. 이전까지 막연하게 들리던 팀장의 지적이 실은 맞는 얘기였다는 것을 그제야 알 수 있었다. 일은 아는 만큼 할 수 있는 것이고 내가 모르고 있다는 사실조차 모르는 것을 다른 사람이 알려줄 수는 없었다. 먼저 알아야 했고 알고 난 다음 기준을 세워 앞으로 치고 나가야 했다.

많은 시행착오가 있었다. 주 단위로 작업해놓은 것을 한 걸음 물러서서 월이나 분기 단위로 살펴보면 말이 안 돼 뒤집어엎어야 하기도 했고 아예 있는지조차 몰랐다가 뒤늦게 알게 된 것 때문에 여러 전제와 가정을 거쳐 가공한 것을 다 지워야 하기도 했다. 어쩔 수 없었다. 그런 것조차 말로 할 수 있다면, 일이란 입만 있으면 다 할 수 있을 것이다.

수월히 풀어나가는 듯하던 정 기사는 갈수록 힘을 잃었다. 오 기사와 근속 기간은 비슷했지만 정 기사는 실속이 없었다. 말하자면, 뺀질거렸다. 이것저것 많이 해서 가져오기는 했지만 건초 더미처럼 양만 많았고 팀장이 꼬치꼬치 캐물어가며 문제를 지적하면 열중쉬어 자세로 서서 이건 이래서 안 되고 저건 저래서 안 된다고 핑계만 댔다. 팀장이 상세한 방법을 가르치고 시켜도 마찬가지였다. 반성도, 개선도, 안간힘을 쓴 흔적도 없는 결과를 들고 와서 여전히 이건 이래서 안 되고 저건 저래서 안 된다고, 그리고 그것들 때문에 안 되는 것이지 자신 때문은 아니라는 듯 말했다. 시한이 촉박했기 때문에 팀장은 안 된다는 말밖에 할 줄 모르는 정 기사에게 계속 일을 미뤄둘 수 없었다. 자신이 직접 떠맡아 처리하는 한편 지치지 않고 정 기사를 꾸짖고 나무랐다. 부지런히, 시간과 노력을 들여 꾸짖고 나무랐다. 가끔 심한 말이 나오기는 했지만 서류철을 집어 던지거나 정강이를 걷어차지는 않았고 그 비슷한 모욕을 주는 행동도 없었다. 오로지 말로 조졌다. 하지만 정 기사는 변하지 않았다. 팀장은 매번 다그치면서도 정 기사를 내치지는 않았다.

요청한 서류들이 하나둘 미스터 캉에게 넘어갔다. 모든 서류는 증빙을 대비해 팀장의 메일 주소로, 회사 직인을 찍은 출력본을 스캔해 전자 문서로 보냈다. 그사이 손해사정사는 의장부두 시공 증명서와 수심도를 요청했다. 그동안 요청하지 않은 것이 되레 이상한 일이었고 그때까지 신기할 만큼 아무도 주목하지 않은 것이기도 했다.

8.

기건팀 팀장은 수심도가 있다고도 말하지 않고, 없다고도 말하지 않았다. 어디 있을 텐데, 하며 자꾸 말을 얼버무리고 돌리면서 자리 뒤 도면함을 뒤적거리기만 했다. 평소 꼼꼼히 자료를 정리해두는 기건팀 팀장답지 않았다.

며칠 뒤 기건팀 팀장이 잠깐 들른 것처럼 사무실로 찾아왔다. 한 담을 하나 싶더니, 곧 둘둘 말아 쥐고 온 종이를 펼쳤다. 수심이 나와 있는 의장부두 공사 도면이었다. 일정한 간격으로 적힌 숫자들 중 빨간 펜으로 동그라미 쳐놓은 숫자들이 있었다. 사고 지점이었다. 그 주위만 5, 6미터 전후였고 주변은 모두 8~12미터였다.

팀장은 할 말이 금방 생각나지 않는 듯, 기건팀 팀장이 가리킨 그 숫자를 빤히 내려다봤다. 갑갑한 침묵이 사무실을 메웠다. 팀장이 입을 뗐다. "부장님은 아셨습니까?" 기건팀 팀장이 턱을 까딱거렸다. "알기야 알았지만, 내가 조선쟁이도 아니고 조선소에서 노가다 하는 사람인데 이렇게 될 거까지야 알았나. 해사국에서는 수심 확인했다고 도장 찍어줬겠다, 작업했지. 중국 애들이 검사한 수심이야 믿지도 않았고, 초음파 쏠 때 거기만 낮게 나오길래 난 기계 고장인 줄 알았다니까. 중국 애들이 다 그렇잖아." 도면 오른쪽 아래에는 해사국의 감리 확인 도장이 찍혀 있었다. "원래 해사국 기준은 얼맙니까?" 내 질문에 기건팀 팀장은 고개를 갸웃거렸다. "아마 7미터랬지?"

팀장이 버럭 소리쳤다. "미리 알려주기라도 하시지, 이제 와서 이러시면 어떡합니까?" "나보고 뭐라지 마, 이 사람아. 그때 자네가 보험을 하는지 마는지 회사에 누가 알았나? 그리고 난 2002호 의장부두에 댄다고 했을 때 분명히 보여드렸어." "사장님께서 이걸 보고도 대라고 하셨단 말입니까?" "그건 난 모르지. 그때는 빨간 표시 안 해놨을 때니까." "그 얘기가 아니잖습니까!" 기건팀 팀장은 태연했다. "지금 와서 하는 말이지만, 따지고 보면 회장님께서 2002호 진수를 당기라고 하신 게 문제 아닌가. 2001호 인도식에 붙이겠다고 말이야."

책임을 돌리는 것이기도 하고 책임이라는 것을 아예 흩어버리는 것이기도 한 말이었다. 회장은 모든 일을 지시하는 사람이었지만 자신이 직접 그 일을 하는 사람은 아니었으므로 모든 일에서 책임이 없다고 말할 수 있었다. 내가 진수를 앞당기랬지, 배를 물에 자빠뜨리라고 했나? 회장은 그렇게 말할 수 있고 모든 일에 관해 그렇게 말할 수 있었다. "사장님도 한마디 보탰어. 배가 가벼우니 문제없을 거라고." 기건팀 팀장이 덧붙였다. 그렇다면 회장도, 사장도 수심이 5미터인 것을 봤다는 뜻이었다. 하지만 난다 긴다 하는 한국 조선소에서 공장장이었다는 사장까지 무책임하게 배를 대라고 했다는 게 정말일까? 어쨌거나 동기는 있었다. 생산관리팀에서 받은 자료대로라면, 2002호 진수일은 이미 예정일 대비 한참 밀려 있었다. 회장이 무조건 맞추라고 지시했다면 사장은 이미 지연한 공정을 감추기 위해서라도 그렇게 말하고 싶었을 터였다. 하지만 확인할 도리도, 확인한다 한들 문제 삼을 수도 없었다. 사장이고 회장이었다.

기건팀 팀장은 도면을 두고 돌아갔다. 팀장은 곧장 화상회의실로 가서 홍 소장을 연결했다. 수심이 나와 있는 부분을 보여주며 회장, 사장의 얘기는 빼놓고 사실관계만 전했다. 사고 위치에 문제가 있지만 해사국의 확인 도장은 찍혀 있다. 효력이 있다고 할 수도, 없다고 할 수도 없는 수심도다. 홍 소장은 오래 고민하지 않았다. "수심 측정 후에 중간 감리나 수심 검사를 끝냈다는 확인 서류 같은 건 없습니까, 해사국에서 발행한?" "잘 모르겠습니다. 그 얘기는 아직 안 해봤습니다." 홍 소장은 아마 있을 거라고, 도장을 찍었으면 찍기 전에 근거 서류가 있을 테니 그것을 찾아 미스터 캉에게 넘겨주자고 말했다. "괜한 오해 사지 않을까요?" "물어보면, 사무실 이전이나 적당한 핑계를 대 분실했다고 말씀하십시오. 단, 해사국 관련 확인 서류는 모두 경영기획팀에서 보관하기 때문에 보존할 수 있었다, 구체적 자료가 필요하면 해사국에 직접 조회해라, 일단 받아 넘기는 겁니다." "계속 요구하면요?" 홍 소장은 짧게 한숨을 내쉬었다. "일단 두고 보는 수밖에 없습니다. 명백히 불리한 자료니 미리 내놓아봤자 득 될 게 없습니다. 끝까지 버티다 다른 쟁점이라도 나오면 그걸로 덮는 게 낫습니다. 기다려봅시다." 홍 소장은 만약을 대비해 2002호 작업 일지를 확인해보라고 덧붙였다.

팀장은 사고 당시 전 공정의 작업 일지를 수거했다. 한 가지 사실을 더 알 수 있었다. 2002호 평형수 탱크는 내부 도장 중이었다. 원래 진수 전 끝나야 하는 공사였지만 진수를 앞당기느라 건너뛴 탓이었다. 탱크는 열려 있었고 새어 든 물은 아무 저항 없이 배 안으로 밀려 들어갔다. 페인트가 덕지덕지 묻은 작업복을 입고 저녁 늦게 사무실로 올라온 후행도장팀 팀장은 팀장이 묻는 족족 순순히 대답했다. "위에서 그렇게 시키는데 난들 어쩌겠습니까, 안 그래요?" 후행도장팀 팀장은 그 일에 관해 아무도 더 캐묻지 않았고 그렇게 공사를 강행시킨 담당 임원도 그런 일 없었다는 듯 더는 말이 없었다고 덧붙였다. 질책하지 말라는 뜻이었다. 팀장은 이미 더 할 말이 없었다.

팀장은 관리하는 사람 없이 너덜너덜 낡아가던 작업 일지를 그러모아 내게 넘겼다. 전산상 일지 내용은 모두 수정시켜 작업일을 진수 전으로 앞당겼다. 나는 작업 일지를 생산관리팀에서 빌린 세절기에 넣어 한 장씩 파쇄했다. 착잡했다. 사고 원인을 규명하지 않고 회의에서 결정했을 때, 이 모든 것이 예정돼 있던 게 아닐까? 이미 너무 많이 들어와 있었고 보상은 반드시 받아내야 했다.

회의 당일 자료를 더 내놓으라느니, 실사팀을 보내겠다느니 을러대던 미스터 캉은 잠잠했다. 나나 정 기사의 메신저와 메일로 한동안 탐색전을 벌이기도 했지만 팀장이 여러 차례 경고하고 공문으로 정식 항의하자 그만뒀고 이후로 대응이라고 할 만한 행동은 취하지 않았다. 자료가 넘어오는 대로 접수했고 추가 자료를 더 요청하지도 않았다. 팀장이 외련팀에서 찾아 보낸, 해사국에서 수심 확보를 감리했다는 증명서도 받기만 했을 뿐, 정작 자신들이 요청한 수심도 부재에 관해서는 아무 말도 없었다.

월말에 미스터 캉은 두 사람만 데리고 상하이에서 날아왔다. 2차 보상 회의였다. 보험단은 이전과 달리 간부가 아니라 일반 담당자만 회사별로 한 명씩 파견했다. 한국 보험사만 지점장이 직접 나왔다. 미스터 캉은 자기 사람들을 데리고 사고 현장과 경영기획팀 사무실, 전사자원관리시스템을 유지하고 관리하는 전산팀 사무실을 분주히 오갔다. 가지고 온 디지털카메라로 2002호 파손 부위나 경영기획팀 사무실에 비치한 수기 자료들, 전산팀 팀장 모니터에 띄운 전사자원관리시스템 프로그램을 찍었다. 아무래도 실사는 아닌 것 같았다. 미심쩍은 표정으로 지켜보던 팀장에게 홍 소장이 넌지시 말했다. "보험단에서 방향을 정한 모양입니다."

사람들이 회의실로 모였다. 이전처럼 미스터 캉이 전면에 앉고 보험단이 뒤에 앉았다. 맞은편에 홍 소장과 팀장, 정 기사와 나, 준매 대신 통역에 더 능한 손 과장이 앉았다. 홍 소장은 곧장 향후 진행부터 물었다. 미스터 캉이 말했다. "확답할 수 있는 것은 아무것도 없습니다. 본 손해사정사는 금일까지 취득한 자료를 바탕으로 사고에 대한 중간 보고서를 작성할 것이고 보험단과 함께 열람, 검토하고 충분히 숙려한 뒤 최종 보고서를 제출할 것입니다. 최종 보상액과 지급 시기는 최종 보고서에 반영할 예정입니다." 미스터 캉이 지난번과 전혀 다른 태도로, 침착하고 여유롭게 찻잔을 내려놓으며 말했다.

"중간 보고서는 언제까지 제출할 예정입니까?" 홍 소장이 물었다. "본 손해사정사는 최선의 노력을 다해 중간 보고서를 작성할 것입니다." 팀장은 그냥 넘어가지 않았다. "기한을 말씀해주셔야지요." "명확하고 신뢰할 수 있는 보고서를 위해 성실히 노력하겠다는 것 말고 더 드릴 말씀이 없습니다." "이보십시오!" 팀장이 발끈했다. 홍 소장이 말렸다. "손해사정사가 결정할 수 있는 문제가 아닙니다. 나중에 다시 저와 말씀 나누시지요."

미스터 캉은 두어 가지 자료를 추가 요청했다. 회의는 곧 끝났고 미스터 캉은 보험단과 함께 그날로 떠났다. 지금까지 준비해온 것을 생각하면 허망할 만큼, 회의라고 할 것도 아닌 회의였다.

사람들을 보내고 팀장은 홍 소장과 팀원들을 회의실로 모았다. 홍 소장이 말을 꺼냈다. "재보험사들과 접촉 중이라는 얘기가 돌던데 사실이었나 봅니다." "갑자기 어째서요?" "갑작스럽고 말고 할 문제가 아닙니다. 어차피 사고 손실은 보험사가 예상한 수준에서 막을 수 있는 게 아니었습니다. 착각들 한 거지요. 보이는 대로, 보고 싶은 대로 보고 있다가 이제야 그게 그렇지 않다는 걸 안 겁니다." 팀장의 낯빛은 밝아지지 않았다. "문제는, 중국 보험사들입니다. 한국에서야 다들 재보험한다지만 여기 보험사들이야 그걸 알겠습니까? 금액도 적으니 안 들었을 테고, 세 곳 중 두 곳은 이 성 지역에서만 영업한다는데, 그런 보험사들이 막무가내로 자기네는 돈 없다, 배 째라 하면 어떻게 해야 할지 모르겠습니다." 팀장은 한숨을 내쉬었다. "기운 차리십시오. 이만큼 온 것도 큰 진전입니다. 이미 어느 정도 각오한 상황이잖습니까. 계속 압박해야 합니다." "아까 보셨잖습니까. 눈 하나 깜빡 안 하고 난 모르겠다, 하는 거. 옘병!" "상황을 분리해서 생각하셔야 합니다. 이건 이거고, 또 그건 그겁니다. 보험단에서 방향을 돌린 이상, 호락호락하게 나오지 않을 겁니다. 지금 지연시키면서 협상하려 들 테지요. 그쪽이 더 유리하다고 판단했으니 그렇게 정한 걸 겁니다. 다른 방법이 없습니다. 송사로 번지지 않게 적정선에서 매듭짓는 게 최선입니다." 팀장은 미간을 찌푸린 채 대꾸하지 않았다.

나는 미스터 캉이 추가 요구한 자료 얘기를 꺼냈다. 홍 소장은 일일이 응할 필요가 없다고 말했다. "어차피 핑곗거립니다." 홍 소장은 고개를 돌렸다. "팀장님, 지금부턴 샅바 싸움입니다. 보험단을 압박할 수 있는 수단을 찾는 데 집중해야 합니다." 팀장은 고개를 들었다. "이렇게 갑자기 대응을 바꿔오니 갈피가 안 잡힙니다. 도대체 내부에서 어떤 꿍꿍이가 있는지 알 수가 없지 않습니까?" 홍 소장은 수첩 모서리를 만지작거렸다. "제가 한국 가서 좀 더 알아보겠습니다. 중국 보험사 쪽으로 바로 선을 대보지요." "그래주실 수 있겠습니까?" "저야 이쪽저쪽에서 다 일하는 사람이니까요." "부탁드리겠습니다." 팀장은 묵례하고 덧붙였다. "수임 시간에 꼭 포함시켜주십시오." 그만큼 절실하다는 뜻이었다. 홍 소장은 고개를 끄덕였다.

다음 날 팀장은 홍 소장과 함께 회장 보고를 했다. 보고가 끝나고 홍 소장은 곧장 오후 비행기로 떠났고 며칠 뒤 내부 사정을 눈으로 본 듯 전해왔다. 팀장 메일로 보낸 것이었지만 업무 때문에 나는 종종 팀장의 메일을 열어봐야 할 때가 있었고 메일함에 그 편지가 있는 것을 보자 죄책감을 느꼈지만 안 볼 수는 없었다.


9.


홍 소장이 알아본 바로, 미스터 캉은 수중 탐사와 촬영을 보험단에 제안했다. 상하이에서 섭외할 수 있는 가장 우수한 인력, 최신식 설비를 완비한 업체를 선정해 실사에 들어가겠다는 보고서를 보험단에 제출했다. 상당한 금액을 추가 용역비 명목으로 첨부했다.

보험단은 추가 용역비 지출을 부결했다. 홍 소장의 짐작대로 한국 보험사는 그제야 상황을 제대로 파악하고 있었다. 수리 비용이 선가를 초과한다는 홍 소장의 얘기는 분명 설득력 있었고 뒤집을 수 없다면 차라리 한 번에 털어버리는 것이 불확실한 추가 비용 발생을 최소화해야 하는 보험사의 보수적 경영 성향에도 더 맞았다. 미스터 캉에게서는 더 기대할 것이 없었다. 사소한 귀책사유나 끄집어내고 말 것이 뻔했다. 한국 보험사는 실사로 시간을 끌어봐야

관계는 험악해지고 절차는 번거로워질 것이라고 판단했다. 그편이 빠져나갈 방법을 찾기에도 더 나았다.

지사장은 지점장에게 보상금을 최소화할 방안을 찾으라고 시키는 한편, 본 사고가 보상할 만한 사고라는 것을 본사에 납득시킬 근거를 찾아 보강하라고 지시했다. 천재지변이 성실한 부보자를 덮쳤고 보험사로서는 약관과 상도에 따라 마땅히 그것을 보상할 수밖에 없다. 보험사의 모든 지사에서 일어날 수 있는 불행한 사고가, 어느 쪽의 책임도 아닌 천재지변이 하필 중국 지사를 덮친 것이다. 얘기가 이런 식으로 돌아가야 지사장 역시 자신의 자리를 보전할 수 있었다. 한국 보험사는 추가 비용 지출을 최종 부결하고 새판을 짜나갔다.

부보 비율이 가장 높은 한국 보험사가 손 떼자 중국 보험사들 역시 미스터 캉의 업무를 추가 지원하지 않기로 결정했다. 중국 보험사 내부에서 이해관계는 다시 한번 엇갈렸다. 부보 비율이 낮은 보험사는 들인 돈이 적은 만큼 추가 비용 지출을 미루고 싶었다. 부보 비율이 높은 회사는 더 높은 한국 보험사도 가만있는데 자신들이 책임을 떠맡아 지원할 필요는 없다고 뻗댔다. 중국 보험사들도 미스터 캉에게 건 기대는 크지 않았다. 기대는 애초부터 사고와 보상에 대한 인식과 이해가 아니라, 이만한 사고에 한 번도 전손 처리를 한 적 없다는 관행과 한국 기업이 요구하는 대로 전액 보상해주는 것을 자기 집 안방에 앉아서 강제로 당하는 것이나 다름없다고 느끼는 감정에 바탕을 두고 있었다. 미스터 캉이 올린 수중 탐사와 촬영에 대한 추가 비용은 그 감정이나 기대보다 훨씬 비쌌고 그 안에 미스터 캉의 소개비와 수수료 역시 들어가 있다는 것을 중국 보험사들도 당연히 알고 있었다. 중국에서는 버스 기사조차 휴게소에서 소개비를 받았다.

미스터 캉은 보험단의 결정을 순순히 받아들였다. 부결 이유를 묻지도, 비용을 재산정해서 요청하지도 않았다. 보험단과 맺은 계약은 관례대로 성공 보수를 따로 잡지 않은 정액 계약이었다. 보험단이 뒤를 받쳐주지 않는다면 자신도 애쓸 이유가 없었다. 중국 최대 보험사와 업무 계약을 맺고 상하이 지역을 벗어나 선박보험 관련 손해사정을 했다는 경력은 이미 잡은 뒤였다. 미스터 캉은 얻어야 할 것을 얻었고, 만족했다.

모든 주체가 책임은 회피하고 이익과 자기 보전만 좇았다. 얻어야 할 것을 얻기만 한다면 사실 따위는 아무 상관 없었다. 누운 배라는, 자명하고 육중한 사실조차 그랬다. 사실은 사실로 판가름 나지 않았다. 사실을 판가름하는 것은 힘이었다. 회장과 사장이 그날 회의에서 사고 원인을 천재지변, 자연재해로 돌린 것은 그만한 힘이 있었기 때문이다. 팀장이 보험단과 손해사정사의 탐색과 공격을 방어한 것도 홍 소장이라는 능력 있는 인물과 내부 사정을 정리하고 조작할 수 있는 힘이 있었기 때문이다. 수세에 몰리자 협상으로 방향을 돌려 국면을 전환시킨 것은 보험단이었다. 보상금을 언제, 얼마나, 어떻게 줄지 결정할 수 있는 힘은 보험단에 있었고 보험단은 이제 그 힘을 쓰려고 하는 것이었다. 당연한 귀결이었다.

메일에서, 홍 소장은 팀장에게 한국 보험사를 회유해보라고 조언하고 있었다. 추후 건조할 선박에 대한 건조보험을 내밀면 그쪽에서도 마지못한 척 응할 것이고, 그렇다면 회사 정상화를 빌미로 보험금 지급을 압박할 수 있을 것이라고 내다봤다. 보험 요율은 올라갈 테지만 현재로서 판을 유리하게 끌고 갈 수 있는 유일한 방책이니 고려해보라고 한 번 더 당부했다.

며칠 뒤 팀장은 한국 보험사 지점장을 회사로 불러, 곧 생산에 들어갈 건화물 운반선의 건조보험을 제안했다. 현재 생산 중인 배들은 2001, 2002호와 함께 묶여 이미 보험에 들어가 있었고 새해 들어 건조하게 될 예닐곱 척에 대한 보험이었다. 2002호에 비하면 선가가 낮았기 때문에 부보액도 낮았지만 호황이 정점을 지나 예전 같지 않다는 것을 모르는 사람은 없었다. 분명 지점장이 군침 흘릴 만한 제안이었다.

지점장은 미지근하게 굴었다. 검토하겠다는 말뿐이었다. 하지만 팀장은 느긋한 한담으로 대화를 계속 이었다. 홍 소장 말대로, 결국 받을 터였다. 궁금한 것은 따로 있었다. "보상은 어떻게, 잘돼가고 있는 듯 보여집니까?" 팀장은 부러 지나가는 말처럼 흘렸다. "저희야, 아시잖습니까. 벌써 재보험사 쪽하고 얘기 중입니다만, 중국 보험사들이 영 굼떠서 쉽지가 않습니다. 조심하라는 말도 샤오신, 샤오신, 소심小心이라고 하는 나라니……." "아무리 그래도 주관사에서 나서면 따라올 수밖에 없지 않습니까? 지분 차이도 크고." "그렇기야 합니다만, 아시잖습니까, 중국 스타일. 저희도 중국 법인인데 중국 업체들 무시하고 독고다이 뛸 수는 없는 거 아니겠습니까." 팀장이 억누른 어조로 말했다. "회사는 중국 보험사들 보고 보험 든게 아니라 주관사 보고 든 겁니다. 가닥을 잡으셨다면 속히 처리해주실 거라 믿겠습니다." 지점장은 씩 웃었다. "그거야 그렇지요. 저희도 잘 알고 최선을 다할 겁니다. 하지만 손해사정 업체에서 우선 중간 보고서가 나와야 하지 않겠습니까? 입장 정리가 끝나는 대로 공문이 나갈 테니 기다려보시죠." 팀장의 언성이 올라갔다. "이렇게 나오실 겁니까? 그쪽도 일정을 가져가면서 일을 할 거 아닙니까? 중국이라서 안 된단 말만 마시고 가일정이라도 말씀해보세요. 그래야 이쪽도 준비를 하고 대응을 하지 않겠습니까!"

지점장은 웃었다. "살살하세요, 살살. 너무 그러실 것 없잖습니까? 어차피 이제 우리 손을 벗어난 일인데, 아무리 저한테 이러셔도 제 주머니에서 보상금이 나가는 것도 아니고, 무슨 말을 해드릴 수 있겠습니까." 팀장은 입술을 깨물었다. 지점장은 일어날 채비를 했다. "날 좋을 때 공이나 치러 한번 가시지요. 마침 회사 답례품으로 새 공도 들어왔고, 중국 직원 말 들어보니 올해는 가을도 짧답니다."

며칠 뒤 팀장은 손 과장에게 중국 보험사 중 부보율 가장 높은 곳의 건조보험 담당자 연락처를 알아보라고 일렀다. 적당한 견제 세력을 세워 한국 보험사에 긴장과 압박을 주고, 또 사고가 있었으니 새 보험 요율의 적정 수준을 미리 알아야 한다는 것이 팀장의 논리였다. 일리 있는 말 같았지만 결국 한국 보험사가 받아갈 보험이었고 이번 사고를 보더라도 한국 보험사에 주는 편이, 그것도 독점으

67

로 주는 편이 회사가 할 수 있는 가장 안전한 선택이었다. 중국 보험사에서 덜컥 받겠다고 하면, 그랬다가 다시 사고라도 나면 어떻게 할 텐가? 당장 홍 소장을 개입시킬 명분부터 없을뿐더러 모든 것이 지난번 보상 회의와 다르게 돌아갈 터였다. 얻을 것이 없어 보였지만 팀장은 기어이 손 과장이 연결한 사람을 회사로 불러들였다.

성 지역 전체를 관할한다는 영업부장이 회사로 찾아왔다. 얼굴이 크고 넓적한 영업부장은 잘 웃어서 인상이 좋아 보였고 표준어를 정확하게 구사했다. 그간 사정을 제법 잘 알고 있었다. 하지만 먼저 아는 척하거나 걱정을 내비치지는 않았다. 영업 전문가답게 여유롭고 긍정적인 태도로 차분히 팀장의 설명을 들었다. 팀장 역시 선불리 낚싯대를 걸치지 않았다. 첫 만남인 만큼 신규 호선에 대한 보험요율만 조회해달라고 말했다. 영업부장은 서글서글한 얼굴로 최대한 빨리 검토해서 회신하겠다고 답하고 일어났다. 회사가 처한 어려움도 십분 동감하며 업무에 반영하겠다고, 팀장의 의중을 간파해서 덧붙였고 오랜 친구처럼 친숙한 몸짓으로 팀장과 악수하고 돌아갔다. 팀장은 이어 다른 중국 보험사 두 곳과도 접촉했다.

금방 보내올 것 같던 보험 요율은 팀장이 서너 번이나 재촉한 끝에야 넘어왔다. 좋지 않았다. 며칠 전 한국 보험사 지점장이 보내온 요율보다 높았고, 다른 곳도 크게 다르지 않았다. 팀장은 손 과장을 시켜 영업부장의 내방을 재차 청했다. 이유도 물을 겸 협상을 시작해볼 생각이었다. 영업부장은 응하지 않았다. 손 과장이 말했다. "바쁘다는 건 핑계 같고, 아무래도 그쪽에서 알아챈 거 같습니다. 회사가 여기저기 찔러보고 다닌다는 얘기가 나도는 모양입니다." "여기 저기 찔러보기는 뭘 찔러봐요. 보험 들 때 부보율 알아보는 건 당연한 거 아닙니까?" 팀장은 찌푸린 얼굴로 내뱉었다.

손 과장 말로는 중국 보험사들이 회사를 이미 블랙리스트, 중국어로 흑명단에 올려놓은 것 같았다. 더군다나 요율을 여러 곳에 물어보는 것은 이쪽 지방 사람들이 좋아하지 않는 방식이었다. 일단 관계를 맺고 서운하거나 부족한 것이 있으면 직접 요청하는 것이, 토박이 많고 자부심 강한 이쪽 지방 사람들 방식이라고 손 과장은 팀장이 없는 자리에서 말했다. "팀장님이 너무 서둘렀어요. 천천히 관계부터 열고 하나씩 하나씩 매듭을 지어나가야 하는데. 말씀을 그렇게 드렸는데도, 참." 손 과장은 혀를 찼다.

팀장은 뒤늦게 홍 소장과 의논했지만 신통찮은 답만 받았다. "지점장 말이 맞습니다. 이미 저나 팀장님, 또 한국 보험사 지사장의 손을 떠난 일입니다. 일단은 기다려보시는 수밖에 없습니다. 답답하시더라도 곧 연말이니 조금만 더 두고 보시지요. 해를 넘기고 나면 저쪽도 결론을 낼 수밖에 없을 겁니다."

더 할 수 있는 것이 없었지만 팀장은 마지막까지 할 수 있는 것을 찾았고 그것을 했다. 보험 위험 평가 업체에 평가를 요청했고 2박 3일 일정으로 상하이에서 사람이 다녀갔다. 팀장은 누운 배와 건조 중인 배들의 온갖 호스가 뒤엉켜 들어가는 선내 작업실을 보고 고개를 젓는 검사관을 구슬려 부보 가능한 최저 등급 C-를 기어이 받아냈고, 그것을 근거로 한국 보험사가 애초 제시한 요율보다 조금 더 낮은 요율로 계약을 맺었다. 팀장은 다시 한번 보험사와 손해사정 업체에 중간 보고서를 재촉하는 공문을 발송했다. 어느 쪽에서도 답은 오지 않았다. 보상은 기약이 없었다.

인도일이 밀리고 밀리던 2001호가 드디어 조선소를 떠났다. 선주의 최종 승인이 떨어지자 검은색 타이어를 뱃전에 댄 터그보트가 배를 의장부두 밖으로 끌고 나갔다. 안전 해역에 이르자 스크루가 힘차게 휘저은 물이 선미에서 하얗게 토출했다. 배는 천천히 선수를 돌려 동쪽 해안선을 비켜 원양으로 나섰다. 붉은색 수상돌기가 남색 가을 바다를 가위처럼 갈랐다. 사무동의 옥상에서 직원들은 멀어져가는 배를 지켜봤다. 자신들이 만든 첫 배였다. 생산관리팀과 설계팀 여직원 몇몇은 울먹거리며 어깨를 들썩였고 중국인 남자 직원 서넛은 시원스럽다는 듯, 잘 가라는 듯 손을 휘휘 흔들었다.

드라이독과 선대 두 곳에 통나무 3만 3500톤을 실을 수 있는 건화물 운반선 블록이 깔렸다. 2001호가 서 있던 자리에는 갓 진수한, 이미 인도가 한 달 가까이 밀린 1001호가 서 있었다. 1차 도장만 끝낸 1001호에는 블록을 이은 자국과 재시공을 거듭하면서 도장한 곳을 지진 자국들이 맨살 꿰맨 자리처럼 흉하게 드러나 있었다. 그 뒤로 2002호는 여전히 누워 있었다.

10.

두꺼운 먹구름에서 베갯속처럼 굵은 눈송이들이 내렸다. 눈은 하룻밤 새 블록이 오가야 하는 주도로에 허벅지 높이까지 쌓였다. 지게차들이 새벽부터 나와 철판을 끼워 눈을 밀었다. 500미터를 채 밀고 나가지 못하고 옆으로 밀쳤다. 밀친 눈이 공장 입구부터 의장부두까지 장성을 이뤘다. 3공장의 노후한 페인트 창고 한 곳은 지붕이 무너졌다. 부러진 보들이 쌓아놓은 페인트 통을 쳐서 창고는 난장판이었다. 도장 직공들이 넉가래로 바닥에 고인 페인트를 밀어냈다. 밀어낸 선박용 유성페인트는 눈으로 스미지 않고 그 위에 엉겼다. 검은색과 붉은색, 노란색 들이 어지럽게 뒤엉긴 눈이 도장동 앞에 쌓였고 그 위로 눈이 더 내렸다.

생산은 손을 놓다시피 했고 회사는 일찌감치 연말 분위기가 났다. 사람들은 곳곳에서 모닥불이라도 쬐듯 모여 잡담했다. 가을 끝 무렵 회사가 건화물 운반선 네 척을 수주한 덕분에 새해 있을 연봉 협상과 조직 개편을 대체로 낙관했다. 연봉은 한국에서 슬슬 호황이 꺾였다고 얘기들 하니 크지는 않더라도 소폭 인상 정도는 있을 것이라고 봤고 조직 개편은 안전하다는 수주 잔량 3년 치를 채워놨으니 큰 변동은 없을 것이라고 짐작했다. 2002호 문제가 있기는 했지만 해가 넘어가면 당연히 보상받지 않겠느냐고들 얘기했다. 그러다 묘한 얘기가 나돌았다. "회장님이 배를 일으켜 세우실 거라던데?" 술자리에서 들었다는, 출처도 없이 떠도는 얘기였다.

팀장에게 물었지만 마땅한 답은 들을 수 없었다. "엉뚱한 소리 신경 쓰지 말고 신년 경영계획 회의 준비나 잘해라." 신년 경영계획 회의는 올해 처음 시행하는 것이었다. 회장 이하 전 임원이 참석하는 회의였고 팀장은 막다른 길에 부닥친 보험 업무를 만회라도 하려는 듯 온 힘을 쏟아붓고 있었다. 직접 기안문을 써서 올렸고 회장이 친히 '혁신'이라는 표제까지 적어주며 결재하자 더욱 정성을 들였다.

회의는 제 날짜에 치를 수 있을지 의심스러울 만큼 꼬이는 중이었다. 임원들이 회의 자료에 손도 대지 않고 있었다. 애초 팀장은 양식을 배포하면서 임원들에게 직접 발표 자료를 작성해달라고 썼다. 임원들 대부분은 대기업에서 왔고 고급 관리 기법에 경험과 지식이 있었다. 부서에서 발생하는 정보 역시 모두 임원들 손에 있었고, 만든 자료를 토대로 삼아 실제로 관리해나갈 사람 역시 임원들이었다. 어느 모로 보나 임원들이 회의 자료를 만들 적임자였다.

임원들은 생각이 달랐다. 왜 회의 자료를 직접 만드나? 가뜩이나 눈도 침침한데다 컴퓨터 프로그램 사용법도 모르는데. 임원들은 아래 팀장에게 떠넘겼고 팀장들은 자기 밑의 과장, 대리, 기사 들에게 다시 떠넘겼다. 지침조차 없이, 하나같이 알아서 해보고 일단 해서 가져오라는 말이 전부였다. 떠맡은 사람들은 황당했다. 부서나 일이 회의 자료가 요구하는 목표나 방침, 지표대로 돌아가고 있는 것도 아니고 참고할 수 있는 전년 자료가 있는 것도 아니었다. 이런 것을 목표로 저런 것을 지표로 삼을 권한조차 없었다. 경영기획팀에서 알아서 만들면 안 되냐는 볼멘소리가 나왔다. 팀장은 나나 오 기사, 정 기사가 옮기는 불평과 불만을 전해 들었지만 계속 진행하라고 시켰다. "어차피 회의 일정은 잡혀 있으니 결국 팀장들, 임원들이 나설 거다. 그 사람들이 나서야 결국 제대로 된 회의 자료가 나오는 거고, 회의 자료에 기초를 둔 관리가 생겨나는 거다. 그리고 그렇게 만드는 게 경영기획팀 일이다."

나를 포함해 팀원들은 현업 부서의 저항을 고스란히 받아내면서도 일을 밀고 나갈 수밖에 없었다. 회장 결재 난 기안문을 보여주면서 협박하듯 작성을 독촉했다. 작성을 떠맡은 현업 부서 말단들은 자기 일은 일대로 하면서 회의 자료 작성은 그것대로 꾸역꾸역해야 했다. 오전, 오후 현장을 순회하며 직공들에게 일 시키고, 시킨 일을 확인하고, 자재와 도면을 직접 챙기고, 하루도 조용하게 넘어가는 법 없는 현장의 자잘한 사건 사고, 문제 사항 들을 사진으로 찍고 문서로 만들어 보고한 뒤에 회의 자료를 붙들고 앉았다. 종일 안전모 속에서 땀에 젖었다 마르기를 반복하느라 뻣뻣하게 뒤엉킨 머리칼을 벅벅 긁어가며 더듬더듬 만들어나갔다. 수준은 형편없었다. 핵심 지표니 혁신 지표니 하는 것들 모두 있지도 않았고 제대로 알지도 못했다. 공들일 시간조차 넉넉하지 않았다. 메일은 회신에 다시 회신이 오갔고 그 회신에 또 회신이 덧붙었다. 진척은 더뎠다.

회의일이 임박하자 팀장 말대로 임원들이 움직였다. 양상은 전혀 달랐다. 임원들은 자신들이 나서지 않으면 제대로 돌아가는 일이 없다는 듯 나타나 그때까지 간신히 해놓은 것을 모조리 쓸어버렸다. 탑재와 도장 팀들을 관할하는 조 이사는 양식을 아예 새로 만들어버렸고 타 부서 임원들도 자기들 입맛대로, 자신들에게 유리하게 회의와 상관없는 항목을 끼워 넣고 반드시 필요한 항목은 뺐다. 임원들이 회의 자료를 자신들의 업적이나 포부를 밝히고 과시하는 홍보 자료로 만들자 팀장이 나섰다. 팀장은 조 이사를 찾아가 회의 자료는 회의 자료고 연간 관리 기준이어야 한다는 말을 조심스럽게 돌려 말했다. 조 이사는 돌려 말하지 않았다. "내가 만든 자료 내가 발표하겠다는데 자네가 어디다 대고 이래라저래라야!" 팀장은 임원들이 던져주면 자료를 받아 들 수밖에 없었고, 마음 바뀐 임원들이 수정해서 던져주면 던져주는 대로 다시 받아 들어야 했다. 보상 처리가 그렇게 됐듯 이 일 역시 팀장의 손에서 벗어나 있었다. 힘은 팀장이 아니라 임원들에게 있었다. 애초 팀장이 경영계획 회의를 기안했고, 자료 양식을 행사 자료가 아니라 실무 자료로 써먹을 수 있도록 여러 자료를 참고하고 고심해가며 기준과 범주를 잡고 항목과 요건을 설정했다는 것은 그 힘 앞에서 아무것도 아니었다.

회의는 새해 시무식 직후 사무동 1층 대회의실에서 열렸다. 회장은 임원과 팀장들의 갈채 속에 입회해 회의실 안쪽 가장 큰 책상 뒤에 앉았다. 임원들이 차례로 일어나 발표를 시작했다. 무엇을 어떻게 혁신하겠다는 것인지 내용은 하나도 없었고 핵심 관리 지표라는 것도 모두 타 회사 자료에서 베꼈는지 회사 실정과 전혀 동떨어져 있었다. 중언부언에 말끝마다 혁신, 혁신, 혁신 모두 그뿐이었다. 말밖에 안 되는 말이 중력 없이 떠돌았고 드러낸 것보다 감춘 것이 더 많은 실적 수치들은 속이 텅 빈 전망을 쌓아 올렸다. 하지만 회장은 아무 불만도, 이의도 제기하지 않았다. 질문조차 하지 않았다. 수량 넉넉한 호수처럼 관대하게 웃었고, 횡설수설하는 임원들을 지켜보며 이따금 알아듣겠다는 듯 고개를 끄덕였다. 회의는 원만히 이어졌다. 아무 일도 일어나지 않았다.

임원들의 발표가 끝나자 회장은 말했다. "여러분이 노고를 기울여 발표한 자료들 잘 봤습니다. 덕분에 마음이 든든했고 뜨거운 기대와 희망을 느낄 수 있었습니다. 오늘 발표한 것을 본으로 삼아 전 임직원은 똘똘 뭉쳐서 혁신 생산을 통해 혁신 조선소로 거듭날 수 있게, 멈추지 말고 혁신해주기를 당부합니다. 한 해 동안 수고 많았습니다." 박수 소리가 회의실을 달궜다.

박수로 답례하던 회장이 가라앉히는 손짓을 한 뒤 말을 이었다. "지난해, 여러분이 보여준 각고의 노력과 월등한 성취에도 불구하고 회사에 가슴 아픈 사고가 있었습니다. 2002호 얘기입니다." 분위기는 일순 숙연해졌다. "보험 처리는 순항 중이고 큰 어려움 없이 합당한 수준의 보상을 받을 수 있을 것 같습니다. 다행스럽게도 모두 잘돼가고 있습니다." 회장은 잠시 말을 멈췄다. "하지만 내 마음은 썩 편치가 않습니다. 보상금으로 선주와 한 약속도 지킬 수 있을 것이고 회사도 안정시킬 수 있을 텐데 말입니다."

회장은 작업장이 내다보이는 창문으로 고개를 돌렸다. 창문 너머 기중기와 작업 정반 사이로 2002호가 보였다. "회사에 들어올 때마다 나는 내 방 창가에 서서 저 배, 쓰러진 저 배를 봅니다. 저 배를 처음 짓겠다고 할 때, 날 알던 사람들은 하나같이 비웃었습니다. 그게 되겠냐고, 중국까지 가서 괜히 개고생하지 말고 벌크선이나 지어 풀칠이나 하라며 앞뒤에서 수군거렸습니다. 나는 속으로 이를 갈았습니다. 두고 보라고, 지금 그렇게 말한 너희들, 내가 어떻게 해내는지 어디 한번 두고 보자고 어금니를 꽉 물었습니다." 회장은 잠시 사이를 뒀다. "그렇게 생각한 데는 바로 여러분에 대한 믿음이, 확고부동한 믿음이 있었기 때문입니다. 그 사람들이 나를 비웃을 수는 있을망정, 이 회사가 주먹만 한 블록 공장일 때부터 중국까지와 피와 땀으로 일해온 여러분을 비웃을 수는 없다고 믿었기 때문입니다. 그 믿음은 그때도, 지금도 여전합니다. 조금도 바뀌지 않았습니다. 과연 여러분은 배 두 척을 무사히 건조했고 의장부두에 띄웠습니다. 인도식과 진수식을 겸한 그 자리에 나는 한때 나를 비웃고 또 걱정하던 사람들을 불러 모아 보여줬습니다. 저 배를 보라고, 이 회사가, 내가 믿는 이 사람들이 이렇게 멋지게 해낸 것을 너희들 어디 한번 보라고, 나는 속 시원히 말했습니다." 회장의 목소리는 그날로 돌아간 듯 힘차고 감개무량했다. 사람들은 숨죽여 듣기만 했다. 그 배 중 하나가 지금 누워 있었다.

"저 배가 쓰러지고 있다는 얘기를 들었을 때, 정말 나는 이 가슴이 찢어지는 것 같았습니다. 내 자식이, 아니 우리의 자식이 사경을 헤매고 있다는 얘기를 듣는 것 같았습니다. 결과는 모두 알다시피 그렇습니다. 배는 기어이 쓰러졌고 지금도 저렇게 짠 바닷물과 찬 바닷바람을 매일같이 뒤집어쓰고 있습니다. 그렇습니다. 불의의 사고입니다. 자연이 우리를 후려칠 때 우리가 무엇을 할 수 있겠습니까? 하지만." 회장은 고개를 들었다. "우리가 이대로 당하고만 있어야 하겠습니까? 지켜보고만 있어야 하겠습니까? 우리가 지은 저 배가, 배를 뒤집고 쓰러져 있는데 그것을 내버려두고만 있어야 하겠습니까? 병든 자식을 눈앞에 둔 무책임하고 무기력한 아비처럼?"

회장은 손가락을 세워 탁자를 짚었다. "아닙니다. 나는 그럴 수 없고 그렇게 해서도 안 되는 사람입니다. 이 자리를 빌려 나는 여러분에게 말하겠습니다. 올해 나는 저 배를, 기필코 다시 일으켜 세우겠습니다. 반드시 일으켜 세워 그 어떤 사람도 감히 우리 회사를, 여러분의 피와 땀을 업신여길 수 없게 하겠습니다. 여러분의 정성과 열정이 결코 헛된 것이 되지 않게, 나는 저 배를 결코 그냥 두지 않겠습니다!" 회장의 손가락은 창밖을 가리켰고 두 눈은 정확히 사람들을 보고 있었다. 박수 소리가 일제히 터져 나왔다.

그다음 주, 인사 발표가 났다. 양 차장은 양 이사로 특진했다. 새로 편성한 회장 직속의 기획조정실 실장으로 승격했다. 정 차장도 정 이사로 특진했다. 새로 편성한 사장 직속의 생산기획실 실장으로 승격했다. 생산 부서는 일괄 정리해 내업 담당, 외업 담당, 후행 담당의 3담당 체제로 통폐합시켰다. 조 이사는 상무로 진급해 외업 담당으로 승격했다. 배가 넘어질 때 사장더러 책임지라고 했다던 한 이사 역시 상무로 진급하고 설계 담당으로 승격했다. 회장의 심복이라는 인사총무팀의 곽 이사도 상무로 진급하고 인사총무 담당으로 승격했다. 사장 직속으로 따로 나와 있던 경영기획팀은 기획조정실 아래로 들어갔다. 팀장의 직급은 변동 없이 차장이었다.


11.


회장은 난데없이 배를 세운다고 하고 팀장은 실상 징계나 다름없이 진급에서 누락했고 팀은 졸지에 양 이사 밑으로 들어갔지만, 아직 끝이 아니었다.

인사 발표가 난 그날 정오 무렵 중간 보고서가 나왔다. 팀장은 당혹했다. 미스터 캉과 지점장 어느 쪽도 미리 얘기한 것이 없었다. 중간 보고서는 지금까지 경과를 정리한 것에 불과했고 구체적 보상 액수나 협의 방안도 없었다. 하지만 사고 원인을 천재지변, 자연재해로 확정했다는 점은 뚜렷한 일보 전진이었다. 팀장에게나 회사에나 다행스러운 일이었지만 팀장의 낯빛은 침침했다.

한 가지 일이 더 있었다. 회사 내 3년 차 기사들 대부분과 함께 정기사와 오 기사도 대리로 진급했다. 하지만 오 대리는 조립3팀으로 발령 나 있었다. 인사 명령에서 자신이 진급 누락한 것까지만 확인한 팀장은 오 대리가 그날 오후 따로 얘기하기 전까지 몰랐다. 오 대리가 미리 말한 것도 아니었고 이따금 생산 부서로 가고 싶다는 생각을 내비치기는 했지만 입버릇처럼 말했을 뿐이었다. 팀원들은 팀장이 오 대리를 호되게 다그칠 것이라 생각했다. 오 대리는 각오한 듯 굳은 얼굴로 팀장에게 말을 꺼냈다. 하지만 팀장은 화를 내지 않았다. 오 대리를 한번 봤고, 말했다. "알았다, 가라." "죄송합니더, 팀장님. 곽 상무님이 된다, 안 된다 말씀을 미리 안 해주셔서." 팀장은 고개를 들어 오 대리를 쳐다봤다. "내가 네 팀장이기는 하나?" 오 대리는 아무 말도 못 했다. "가라, 가봐라." 그렇게 말한 팀장은 정작 자신이 작업복을 챙겨 들고 사무실을 나갔다. 종일 들어오지 않다가 퇴근 무렵 들어와 가방만 챙겨 들고 나갔다. 오 대리는 다음 날 책상을 옮겼다.

며칠 뒤 임원들의 연봉 30퍼센트 자진 반납 성명이 사내 전산망에 올라왔다. 2002호의 성공적 구조를 위해 주저 없이 결정했다고 밝히며 회사가 2002호와 함께 일어설 수 있도록 전 직원이 하나로 뭉치고 힘을 모으자는 내용이었다. 곧이어 곽 상무가 공지를 올렸다. 1층 대회의실에서 연봉 계약을 실시한다는 내용이었다. 직급별로 시간이 나뉘어 있었다. 최하위 직급인 나는 맨 마지막 시간이었다. 동기인 부청, 혁준과 함께 회의실 앞에 도착하자 친한 대리 몇몇이 허탈한 얼굴로 회의실에서 나왔다. 이유를 묻자 맥 빠진 얼굴로 말했다. "들어가봐, 알게 될 거야."

착석이 끝나자 인사팀 우 대리가 이름이 적힌 흰 서류 봉투를 나눠줬다. 봉투 안에는 연봉 계약서가 있었다. 연봉액, 계약 조건, 당사자 이름을 이미 인쇄해놓은 것이었고 비어 있는 곳은 서명란뿐이었다.

곽 상무는 피곤하고 짜증스러운 기색을 노골적으로 드러냈다. "맨 밑에 빈칸 보이지? 거기다 이름 쓰고 서명한 다음 봉투에 넣고 나가라. 서로 보여주지도 말고 얘기하지도 말고." 한숨 소리가 여기 저기서 터져 나왔다. 연봉은 지난해와 동일했다. "야, 이것들아, 배 터져 죽겠다는 소리 내지 마라. 너희 위로 대리 이상은 모두 일괄 30퍼센트씩 연봉 유보했어, 알아? 니들 아이엠에프IMF 때 생각 안 나? 온 나라 사람들이 금붙이 모으고, 그 전에 평화의 댐 그런 거, 모르지? 하여튼 요즘 것들은 다 저만 알아가지고. 나 말고 우리를 생각하란 말이야, 우리! 저 배가 일어서야 회사가 더 잘될 거고 회사가 잘돼야 니들 연봉도 오르고 복지도 늘고 할 거 아니냐? 쑥덕거리지들 말고, 곱게 사인들 하고 나가라. 알겠냐?"

한 직원이 일어섰다. "연봉 협상은 어떻게 합니까?" 기사들이 일제히 일어선 직원을 쳐다봤다. 단상 앞을 휘적휘적 걸으며 일장 연설하던 곽 상무가 우뚝 섰다. "누구냐, 넌?" "계약관리팀 기사 성진택입니다." "성진택이, 왜? 불만 있나?" "연봉 협상은 당연한 직원 권리라고 생각합니다."

곽 상무는 성 기사를 노려봤다. 예상치 못한 반응인 듯 대답까지 시간이 걸렸다. "연봉 협상은 나랑 한다. 불만 있는 사람은 봉투째 들고 나가라." 곽 상무는 패씸하다는 듯 주위를 둘러봤다. "기도 안 차는구만. 권리? 하, 권리? 그게 권리란 말이지? 뭉치고 합쳐야 할 때 지 이익만 챙기려 드는걸? 정말 어처구니가 없구만. 이 정신 빠진 것들 하고는. 야, 다 필요 없다. 불만 있으면 나가! 당장 들고 나가. 야, 성진택이 너 지금 당장 나가라고! 너 같은 놈은 우리 회사에 필요 없다! 너네 위 대리들은 다 호구 새끼라서 연봉 유보에 사인한 줄 알아? 그 위에 과장들, 차장들, 유보도 안 하고 아예 반납한 임원들은 병신들인 줄 알아? 야, 성진택! 너 당장 나가라고 인마!"

성 기사는 곽 상무 옆 회의실 문으로 주춤주춤 걸어갔다. 곽 상무는 낚아채듯 연봉 계약서를 뺏어 들었고 성 기사 눈앞에서 찢었다. 성 기사는 수업 시간 교실에서 쫓겨나는 학생처럼, 창백한 얼굴로 묵례하고 회의실을 나갔다. 동요는 가라앉았다. 사람들은 숨죽인 채 볼펜을 움직였다. 나와 부청, 혁준도 서명했다. 연봉 계약서를 다시 봉투에 넣는 소리가 들렸고 툭툭 던진 봉투들이 단상 위에 쌓였다.

젊은 직원들, 특히 회사로 넘어온 지 얼마 안 된 직원들의 불만은 상당했다. 나나 동기들 역시 마찬가지였다. 하지만 나이 지긋한 기감이나 팀장 들은 곽 상무의 말처럼 내가 아니라 우리, 회사를 생각해야 하고 회장이 배를 일으키기로 결정한 이상 힘을 보태는 것이 회사원으로서 당연하지 않냐고 말했다. 한술 더 떠 곽 상무를 적극 옹호하는 축도 있었다. 실제로 곽 상무가 들먹이던 과거사까지 끄집어내며 이런 사고방식과 행동을 한국 사람의 특성이자 긍지라도 되는 양 얘기했다. 그런 얘기 밑에는 실리로 얽힌 처지가 있었다. 그 사람들 대부분은 적지 않은 기간 동안 한국을 비운 터였다. 한국으로 돌아가 다시 직장을 찾기 쉽지 않을 것이 뻔할 뿐더러 물가 낮고 집세 싼 데다 한국인에게 대체로 우호적인 이곳 생활에 적응해 있었다. 저마다 굳이 한국을 떠나 이 중국까지 온 사연도 있었다. 사람들은 받아들일 수밖에 없었고 일단 받아들이자 바퀴는 굴러갔다. 곽 상무의 말과 조치들이 싸지른 무례와 모욕조차, 그 사람 원래 그랬잖으냐고 넘기면서 배를 일으켜보자고, 회사가 더 잘되게 해보자는 분위기로 모였다. 많은 사람이 굴욕과 손실을 지적하고 반발하는 대신 아량과 인정, 애사심이라는 것을 발휘했다.

하지만 저 배를 이렇게 쥐어짠 돈 몇 푼으로 일으킬 수 있을까? 그 전에, 회장은 왜 갑자기 저 배를 세우려고 하는 걸까? 회장이 말을 꺼낸 시점은 아직 중간 보고서가 나오기도 전이었다.

부청은 맥주를 홀짝거리면서 말했다. "당장 회사에 돈 나올 구멍이 없으니까. 어차피 수주 잔량 3년 치 채워놨겠다, 당분간 수주는 안 할 거고 생산은 선형 바뀌니까 저렇게 헤매고 있지, 당장 현금 나올 데가 없잖냐. 그렇다고 은행에서 돈을 이전처럼 갖다 쓰시라고 싸 들고 오는 것도 아니지, 접대 좀 할까 해서 회사로 부르면 저 배 힐끔거리면서 보상 처리는 어떻게 됐는지나 물으니까. 회장님도 두고 보고 있자니 안 되겠다 싶으신 거지." 부청은 재무팀 양 이사 밑에서 일했다. 윗선에서 벌어지는 일을 가장 가까이, 돈의 흐름과 함께 알 수 있었다. "그래서 어쩌겠다고?" "보상금 받을 수 있을 만큼 받고 2002호 소유권도 가져온다는 거야." "그래서?" "재건조해서 팔아야지. 당연한 거 아니냐?" "뭐?" "양 이사님 말로는, 한국에서도 비슷한 일 있었대. 보상은 보상대로 받고 나중에 수리해서 배는 배대로 팔고. 진짜 대박 터지는 거지." 그때까지 혼자 소주잔을 비우며 얌전히 회나 집어 먹던 혁준이 보탰다. "그게 배가 아니고 블록일걸? 현장 사람들도 그 얘기 하더라. 저거 대충 보상받고 빨리 재건조해서 팔아치우는 게 더 이득 아니냐고. 한국 블록 공장에서는 그런 일 꽤 있다던데? 어차피 보험사들이야 사고 난 고철 덩어리 가져가봐야 처분 못 하니까 적당히 보상금 퉁 치고 회사가 받는 거지. 그럼 기술자 붙여서 수리시킨 다음 그건 그거대로 팔고 보험금은 보험금대로 먹고." 나는 곧바로 반박했다. "그거랑 다르다고. 배랑 블록이랑 어떻게 비교를 해? 저 배는 못 일으키는 거야. 이전에 홍 소장님이 한 얘기, 너네한테 다 해줬잖아. 생각 안 나?" 부청은 코끝을 한번 실룩거리고 말했다. "그래, 그 말이 맞을 수도 있지. 하지만 아닐 수도 있잖냐? 확실한 건 지금 그 배 말고 돈 나올 구석이 없다는 거야. 그리고 회장님이 벌써 결정하신 일이잖냐. 회장님이 보통 분이시냐? 그 정도 생각은 다 하고 지시하셨겠지."

중간 보고서부터 회장의 지시로 나온 것이라고 부청은 말했다. 먼저 얘기를 꺼낸 사람이 누구인지는 알 수 없지만, 회장은 속히 보상을 마무리 짓는 한편 소유권 정리를 명확히 하라고 양 이사에게 시켰다. 양 이사는 곧바로 은행에 선을 댔고 그 선을 통해 보험사에 압력을 넣었다. 다른 회사와 마찬가지로 보험사도 은행 없이 굴러갈 수 없었다. 은행에서 조이자 보험사는 스스로 움직였고 곧 반응이 왔다. 양 이사가 자리를 주선했다. 회장은 은행과 보험사의 한국 본사 고위직과 함께 밥을 먹었다. 서울역 근처의 메기 매운탕집, 그것도 한창 붐비는 평일 점심시간이었다. 이후 일은 일사천리로 풀려나갔다.

산발하는 것 같던 일들이 하나로 모였다. 팀장은 연말까지 성과를 내야 했고 그래서 중국 보험사들까지 접촉해 일을 서두른 것이었다. 회장은 경영계획 회의보다 배를 일으키자고 사람을 선동하는 것에 더 관심이 있었다. 관리 체계를 세우는 것보다 당장 돈이 굴러 들어올 거리에 마음이 가 있었다. 아무리 그렇더라도 귀가 있고 생각이 있으면 임원들의 횡설수설을 모를 리 없지 않은가? 상관없었다. 회장은 결정할 수 있는 사람이었다. 틀릴 수 없는 사람이었다. 그것이 회장의 힘이고 지위고 회장을 둘러싼 찬란한 광배였다. 회장은 가장 높은 곳에서 가장 강력하게 군림했다. 임원들이 가짜를 말해도 회장이 진짜라면 진짜가 되고 진짜를 말해도 회장이 가짜라면 가짜였다. 사고 원인을 결정한 사람도 회장이라는 것을 생각하면, 당연했다. 그런 것이었다. 그렇게 돌아가는 것이었다.

12.

곽 상무는 외주 협력 업체들의 단가도 후려쳤다. 업체 사장들은 회사에서 쓰러진 배를 회사가 다시 세우겠다는데 대체 왜 자신들이 손해를 입어야 하느냐고 반문했지만, 곽 상무는 회사에서 쓰러진 배를 회사가 다시 세우겠다고 했으니 당신들도 짐을 나눠 져야 하지 않겠느냐고 되물었다. 회사라는 말은 똑같았지만 업체에서 말하는 회사란 당신네 회사라는 뜻이었고 곽 상무가 말하는 회사란 당신들이 와서 돈 받아가는 회사라는 뜻이었다. 같은 말을 두고 뜻이 갈라섰으니 어느 쪽이 옳은지는 현금을 쥐고 있는 쪽, 힘이 센 쪽에

달려 있었다. 명목상 회사가 갑, 업체가 을이었지만 상관없었다. 수주 물량이 쏟아지고 손만 붙어 있으면 돌하르방도 데려다 일 시킨다고들 말하던 때 힘은 업체, 을에 있었고 회사는 해달라는 대로 다 해주면서도 골탕은 골탕대로 먹어야 했다. 상황이 바뀌어 한국, 중국 할 것 없이 조선소들은 일감이 들어찼고 업체들은 거의 다 자리를 잡고 있었다. 업체들은 이전처럼 뻗댈 수 없는 처지였고 곽 상무 역시 그것을 잘 알고 있었다. 곽 상무는 싫으면 나가라고 말했다. 털고 나가겠으니 밀린 기성금을 정산해달라고 말하는 업체 사장도 있었다. 곽 상무는 도의적으로 노력하겠지만 현실적으로 책임질 수 없다고 말했다. 업체 사장들은 곽 상무가 들이민 새 계약서에 서명할 수밖에 없었다.

심란한 춘절 연휴가 지나갔다. 젊은 사람 몇몇은 연휴 내내 새 일자리를 알아봤다는 얘기를 했다. 신통치 않았는지 딱히 좋은 얼굴들은 아니었다.

양 이사는 2002호 구조에 시동을 걸었다. 신공장 건설을 위해 사들인 회사 지분과 토지 이용권도 모두 매각했다. 상당한 목돈이 회사로 들어왔다. 양 이사는 팀장을 사무실로 불렀다. "지점장 만나 일단 소유권부터 정리하세요." "정말 세울 겁니까?" 양 이사는 대꾸하지 않고 팀장이 가져온 구조 업체 관련 서류만 봤다. "양 이사, 저 배는 못 세우는 뱁니다. 세우면 안 되는 배라고 말했지 않습니까." "오 팀장이 결정할 문제가 아니죠." "그러니 양 이사라도 회장님께 말씀드릴 수 있지 않습니까?" "회장님께서는 이미 결정 내리셨어

85

요." "결정을 내리셨으니 철회도 하실 수 있는 것 아닙니까?" 양 이사는 눈을 치켜떴다. "양 이사!" 팀장은 탄원하듯 양 이사를 불렀지만, 소용없었다. "홍 소장을 부르세요. 정 이사, 조 상무님과 함께 만나겠습니다. 그리고 예의를 지키세요. 난 오 팀장 담당 이삽니다." 양 이사는 무테안경 너머로 팀장을 봤다.

팀장은 일단 홍 소장에게 연락했다. 회장이 배를 일으켜 세우기로 했다는 말에 홍 소장은 적잖이 당황한 듯했다. "이미 배를 세우기로 작정하셨다면 제가 회사로 들어간들 무슨 말을 더 하겠습니까?" "면목 없습니다." 전화기를 붙든 팀장의 얼굴은 복잡했다. "이런 말씀 드리기 민망하지만…… 제가 말해가지고는 아무래도 안 될 것 같습니다. 소장님이 오셔서, 절대 안 된다, 말씀해주시면 안 되겠습니까?" 팀장은 그 말을 사무실 밖으로 나가지도 않고 말했다.

"오랜만입니다. 설은 잘 쇠었습니까?" 며칠 뒤 팀장과 함께 사무실로 들어온 홍 소장이 설 선물이라며 한국 담배를 한 보루씩 건넸다. 홍 소장은 여전했다. 넥타이 매지 않은 흰 셔츠에 검은색 정장, 낡은 구두와 서류 가방, 빡빡한 곱슬머리와 크고 툭 튀어나온 눈, 덤덤한 표정까지. 반면 팀장의 얼굴은 그새 늙어 보였다. 매일 보는 얼굴이라 몰랐지만 두 사람이 나란히 함께 서자 반년 전 모습이 덧씌운 듯 떠올랐다.

암막 커튼을 친 회의실 안은 어둡고 써늘했다. 양 이사는 홍 소장을 기다리고 있었다. 이전에 미스터 캉과 보상 회의를 한 6층 회의실이었다. 양 이사와 정 이사, 조 상무가 앉았고 맞은편에 홍 소장과 팀장이 앉았다.

홍 소장을 비스듬히 쳐다보던 조 상무가 먼저 말을 꺼냈다. "다리를 좀 놔보게. 잘 알 거 아닌가? 싸고 괜찮은 업체 좀 알아봐주면 회사에서 사례는 할 테니." 홍 소장은 조 상무를 똑바로 쳐다봤다. "배를 세워서 어떻게 하실 겁니까?" "아, 어떻게 하긴, 고쳐서 팔아야지!" 조 상무가 말도 아니라는 듯 홍 소장을 쳐다봤다. "그럴 수 있다고 보십니까?" "왜, 못 할 것 같은가?" "여쭤보는 겁니다. 상무님께서도 수십 년 배를 지어오셨으니 잘 아실 것 아닙니까, 지금 저 배를 일으켜 세울 수 있는지. 정말 그럴 수 있다고 보십니까?" "해봐야 아는 것 아닌가? 회장님께서 여기 중국에 처음 왔을 때 누가 이 공장을 이만큼 키워낼 거라고 생각했겠나? 하지만 지금 보게. 하면 하는 거고, 하면 되네. 다 그렇게 해왔고, 지금도 현장에 나가면 그렇게 하고들 있네. 하면 된다는 말도 있잖나?" "배를 일으켜 세운다고 해도 해체하고 재조립하는 작업은 고급 기술 인력이 필요합니다. 현재 중국 직공 수준은 배를 짓기도 급급한 형편인 걸로 알고 있는데, 정말 말씀하신 대로 하기만 하면, 할 수 있다고 보십니까?" "뭘 안다고 함부로 떠드나? 자네가 중국에서 배를 지어봤나? 이 회사에서 생산이란 걸 해봤냐고? 훨씬 더 힘들고 어려운 것도, 더한 사고도 매일 터지는 게 여길세. 그걸 다 추슬러가며 우리가 지금 배를 저만큼이나 짓고 있는 거라고! 어디 건방지게 남의 회사를 놓고 되네, 마네 소린가? 다른 회사에 가서도 그따위로 입을 놀려?" 홍소장은 조금도 불쾌한 기색을 보이지 않았다. 조 상무를 쳐다봤다.

"지금 저 배를 새로 일으켜 세우는 문제로 저를 부르신 것 아닙니까? 그런 말씀이시면 굳이 수임료까지 쥐여주시며 제게 하실 필요는 없을 것 같습니다만." "이 사람이!" 조 상무가 눈을 부릅떴다.

정 이사가 나섰다. "우려하시는 바는 잘 알고 있습니다. 그래서 홍 소장님을 이렇게 오시라고 청한 겁니다. 말씀하신 대로 구조 작업, 또 재건조 작업 난이도에 비해 중국 인력의 기술 수준과 작업 능력이 많이 떨어지는 것이 사실이고 그걸 보완해줄 전문 인력이 반드시 필요한 실정입니다. 이 방면으로는 통이실 테니 한국이든, 또 어느 나라든 신뢰할 수 있고 유능한 전문 업체를 소개해주시면 감사하겠습니다." 홍 소장은 정 이사와 양 이사를 번갈아 봤다. "문제는 인력이나 업체가 아닙니다. 저 배를 일으켜 세우고 다시 수리해 원상 복구하는 데 드는 비용이 이미 선가를 훨씬 초과한다는 사실입니다. 정 이사님, 양 이사님 모두 일전에 회장님 보고 때 함께 계셨고 그때 분명 수긍하셨잖습니까." 정 이사가 대답했다. "물론, 그렇습니다. 하지만 그때와 지금은 상황이 다릅니다. 양 이사 덕분에 보상 처리가 이미 일단락 났고 사업 영역에서도 혁신을 통한 선택과 집중으로 비교적 자금 여력이 있습니다. 적잖은 비용이 드는 건 사실이지만 일으켜 세우면 보상금 못지않은 가격에 판매할 수 있습니다. 그만한 돈벌이가 지금 같은 때 흔한 것이 아닙니다."

"보상금은 어느 정도로 협상 중이십니까?" 홍 소장은 어느 정도 알고 있다는 듯 양 이사를 봤다. "8할 정도 보고 있습니다." 양 이사도 굳이 숨길 것 없다는 투였다. 홍 소장은 고개를 끄덕였다. "나쁘지 않은 숫자입니다만, 지금은 협상을 서두를 필요가 없습니다. 중간 보고서로 어차피 사고 원인을 확정시켰습니다. 전손 보상 가능성이 매우 높아진 지금, 명분상 모서리로 몰린 건 회사가 아니라 보험단입니다. 확정한 사고 원인에 세부 사항을 쌓아 올려 전손이라는 주장을 더 강화하고 굳혀나가 우위를 점해야 할 땝니다. 보험단이 약관에 따라 보상을 이행하지 않을 수 없게 작은 구멍까지 다 메워가며 구석으로 몰아가야 할 시점에 왜 아무 이득도 주지 못할 배를 일으켜 세우려고 하십니까?" 양 이사가 올가미를 던졌다. "홍 소장은 정말 전손 처리를 확신하세요?" 홍 소장은 걸려들지 않았다. "저는 장담하는 사람이 아닙니다. 최선의 협상 결과를 이끌어낼 방법을 말씀드리는 것뿐입니다. 분명 저쪽에서도 쉽사리 전손 처리를 해주지 않을 거고 회사 역시 시간만 흘려보내며 전손 처리를 고집할 수도 없는 노릇입니다. 하지만 지금처럼 호황이 가라앉기 시작한 때에 이미 사고까지 난 배를 누가 그 가격에 사겠습니까? 최대한 보상금을 받아내는 게 먼접니다. 서두를 일이 아니란 말씀입니다."

"홍 소장님." 정 이사가 말했다. "설사 매각 금액이 더 낮아진다고 해도 회사는 상관없습니다. 배가 저렇게 넘어져 있는 것에는 생각보다 더 많은 문제가 걸려 있습니다. 금융권에서 하나같이 불안하고 우려 섞인 눈으로 회사를 보고 있습니다. 결국 회사란 은행 돈으로 굴러가기 마련인 거, 잘 아실 거 아닙니까? 내부 사정도 있습니다. 직원들 사기에 악영향을 미치는 건 물론이고, 외주 업체들 역시 불안해하고들 있습니다. 새로 계약하려는 업체들도 저 배를 보고 썩 내켜하지 않는 눈치입니다. 수주도 마찬가지입니다. 일감 빠지는 대로 앞으로도 계속 수주해나가야 하는데, 배가 저렇게 누워 있는 조선소에 어느 선사가 발주하겠습니까? 보이지 않는 많은 문제가 있고 그 문제들을 해결하기 위해서라도 배를 처리하는 건 시급한 사안입니다. 회장님께서는 그것까지 내다보시고 저 배를 일으켜 세우겠다고 말씀하신 겁니다."

홍 소장이 반박했다. "바로 그 점 때문에 더더욱, 저 배를 일으켜 세우면 안 되는 겁니다. 보이지 않는 문제를 해결하는 대신 보이는 문제까지 더 확대하고 악화시키고 말 겁니다. 긁어 부스럼이라는 말이 있잖습니까? 현 조건에서는 아무도 시한과 성공 여부를 보장할 수 없습니다. 최악의 경우, 돈은 돈대로 모두 쓰고 시간은 시간대로 흘려보내고 구조는 완전히 실패할 수 있습니다. 그렇게 되면 누가 책임질 수 있겠습니까?" "해보지도 않고 말만! 그 지경이 되도록 우리가 가만히 있을 것 같은가!" 조 상무가 언성을 높였다. 정 이사가 자르고 들어갔다. "정 그러시다면, 홍 소장님 의견은 정확히 어떤 겁니까?"

홍 소장은 정 이사를 똑바로 봤다. "이미 협상에 들어갔고 금액이 오가기 시작했다면, 마무리 지으시는 게 나을 겁니다. 명분 없이 협상을 중지시켜봤자 빌미만 주는 꼴입니다. 아까 제게 말씀하신 이유를 들어 속히 마무리 지으시고 소유권을 가져오십시오. 하지만 중간 보고서만 낸 것이라면 보험단 반응을 기다리는 것이 순섭니다." "저 배는요?" "아직 멀쩡할 때 뗄 수 있는 부품은 해체시켜 재판매하시는 게 좋을 겁니다. 저 정도 선형이야, 지금 짓고 있는 조선소들이 꽤 있을 거고 사이드 램프나 리어 램프 같은 고가 장비들은 나쁘지 않게 값을 쳐서 받을 수 있을 겁니다. 내부 기기 장비들도, 얼마 안 되겠지만 쓸 만한 걸 건질 수 있을 겁니다. 팔 수 있는 만큼 최대한 팔고 나머지는 폐철 업체가 돈 내고 수거하게 하는 편이 가장 경제적일 겁니다." 조 상무가 코웃음 쳤다. "저 멀쩡한 배를 고철로 뜯어 팔자고? 미쳤구만." 홍 소장은 대꾸하지 않았다.

"이러면 어떨까요?" 잠자코 듣던 양 이사가 말했다. "홍 소장께서 저 배를 맡아주시는 걸로. 이를테면 한시적으로 회사에 들어와 프로젝트 매니저가 돼주시는 겁니다. 2002호 구조와 재건조 작업 전반을 직접 맡아주세요. 이쪽 일을 두루 잘 아실 테고, 말씀하신 대로 최악의 상황을 아시니 그걸 피하는 방법도 아실 거잖아요? 홍 소장께서는 최악이 아니라 최선의 상황이 될 수 있도록 배를 구조해서 재건조해주시고 회사는 그만한 비용을 홍 소장께 지불한다, 좋지 않나요? 성과에 따라 회사에서 계속 일하실 수도 있고요. 고달프잖아요, 컨설턴트 같은 거." 양 이사는 무테안경을 추켜올리며 웃었다.

양 이사를 보던 홍 소장 역시 웃었다. 어처구니없어 짓는 웃음만은 아니었다. 경탄이 있었다. 이 상황에서 저런 말을 할 수 있다는 것이 양 이사의 탁월함이었고 양 이사가 그 자리에 있는 근거였다. 양 이사가 말을 이었다. "회장님은 홍 소장을 믿고 계세요. 원하시는 금액을 말씀하시고 배만 일으켜주세요. 나머지는 이쪽에서 처리하죠. 살 사람이 사겠고 그만큼 지불하겠다면 거래는 성립하는 거 아닌가요?" 홍 소장의 얼굴에서 웃음기가 가셨다. "저는 공연한 일에 시간을 내다 팔 생각이 없습니다. 지금 하는 일도 먹고살 만은 합니다. 굳이 세우시겠다면 모쪼록 행운을 빌겠습니다." 양 이사는 대꾸하지 않았다. 웃었다.

회의가 끝나고 팀장이 양 이사들과 마무리하는 동안 나는 홍 소장과 함께 먼저 내려왔다. 기사 대기실로 가 팀장과 홍 소장이 타고 갈 차를 준비시켰다. 해가 지고 있었다. 주도로가 뻗어 있는 공장 북쪽에 겹겹이 둘러선 언덕들이 석양빛으로 불그스름했다. 홍 소장은 담배 연기를 멀리 내뿜었다. "조금만 기다리시면 기사가 차 갖고 올 겁니다." 홍 소장은 고개를 끄덕이고, 다시 담배를 깊이 빨았다.

"문 기사는 어쩌다 여기까지 왔습니까? 한국에 있잖고." 그러게, 내가 어쩌다 여기까지 왔을까? "잘 모르겠습니다." 내 말에 홍 소장은 실없이 웃었다. 나는 담뱃불을 붙였다. 깊이 빨아 뿜었다. 길게 밀리고 밀리며 밀려나가는 회백색 연기가 한숨 같았다. 홍 소장과 나는 한동안 말없이 담배를 피웠다. "예전에는 어떤 일을 하셨나요?" 내 물음에 홍 소장은 대답이 없었다. 마지막 한 모금을 빨고 담배를 재떨이에 던진 뒤 말했다. "배를 탔습니다." 연기를 후 불었다. "그때가 좋았지요."

팀장이 내려왔고 차가 들어왔다. 팀장이 먼저 차 안으로 들어가면서 말했다. "소장님, 얼른 타시죠. 문, 너도 시간 되면 바로 퇴근해라." 나는 홍 소장의 바위 같은 얼굴을 봤다. "언제 또 뵐 수 있을까요?" 홍 소장은 옅게 웃었다. "이제 들어올 일 있겠습니까. 그간 고생 많았습니다." 홍 소장이 손을 내밀었다. 유난히 크고 두툼한 그 손을 잡아보는 것은 처음이었다. "시간을 중히 쓰세요. 늘 젊은 게 아닙니다." 홍 소장이 내 손을 든든히 잡고 말했다.


13.

춘절 연휴가 끝나고 한 달이 지났다. 외주 업체의 직공 복귀율은 40퍼센트를 밑돌았다. 춘절 전후로 직공 인력이 빠졌다 복귀하는 것은 매년 있는 일이었지만 이처럼 복귀가 더딘 적은 없었다. 주간 공정 회의 시간에 사장이 원인을 말해보라고 하자 생산 임원들은 게으르고 끈기 없고 회사에 충성심 없는 중국인들의 성향 때문에 복귀가 더디다고 변명했다. 중국인들의 성향이란 두말할 것 없이 그 사람들의 편견이었다. 원인은 분명했다. 곽 상무가 앞장서서 업체들의 단가를 후려치고 연봉 유보로 관리자들의 사기를 꺾어놓은 탓이었다. 그것을 지적하는 사람은 없었다. 지적하더라도 책망할수 있는 사람 역시 없었을 것이다. 배를 일으키는 것은 회장의 결정이었고 곽 상무는 연초 조직 개편 후 실세 중의 실세로 등극한 터였다. 더군다나 곽 상무는 회사가 예전 블록 공장일 때부터 궂은일, 더러운 일을 도맡아 해왔고, 회장이 나중에 감방 갈 때를 대비해 사육하는 개라는 모진 농담까지 돌던 작자였다. 사장은 업체들을 조여 인원을 빨리 충원시키라고만 지시했다.

단가를 깎아 계약을 연장한 외주 업체 사장들은 충원 압박이 들어오자 신입 직공으로 인원수만 채웠다. 계약 조건에 숙련공 비율이 있었지만 일일이 확인하려는 사람은 없었고 또 업체에서 속이려고 들면 어렵지 않게 속일 수 있는 일이었다. 신입 직공은 작업은커녕 사고나 치지 않으면 다행이었다. 겨울 초입만 해도 한나절이면 끝나던 작업이 이틀, 사흘이 걸려도 끝나지 않았다. 직공들을 데리고 직접 일해야 하는 생산 부서의 기사와 대리들은 죽을 맛이었다. 재작업에 재작업이 잇따랐고 재작업조차 안 되면 설계 부서에 찾아가 도면 변경을 요청해야 했다. 설계 부서는 생산 부서 작업 능력에 따라 도면을 일일이 변경해줄 수 없었다. 선형이 바뀐 탓에 설계팀에서도 잘못 그린 도면들이 쏟아지고 있었다. 이미 지지부진하던 건화물 운반선 건조는 더욱 지지부진해졌다. 자동차 운반선에 비해 건조 난이도가 현저히 낮았지만, 건조 속도는 엇비슷했다.

"도대체 뭐가 문젭니까? 뭐가 문제라 충원이 끝나고 봄이 다 왔는데 모두 지연, 지연 하고들 있는 겁니까?" 공정 회의 시간에 사장은 단단히 벼른 듯 물었다. 생산 임원들은 아직 할 말이 있었다. 적기 출도율이 낮고 오작이 많고 설계 변경을 해주지 않는 설계팀을 탓했고, 자재를 방치하는 자재관리팀과 입고를 확인하지 않는 구매팀도 탓했다. 그 남 탓들로 신입 직공들이 일으키는 문제와 관리 부실에 기인한 전반적 생산력, 생산질 저하는 모두 묻었다. 설계 부서나 기타 부서 임원들은 생산 임원들의 탓을 순순히 시인했다. 시인하더라도 책임질 필요가 없었기 때문이다. 사과하고 혁신을 서둘러

시정해나가겠다고 말했지만, 다음 주나 그다음 주에도 탓하는 사람이나 시인하는 사람이나 모두 똑같은 말을 되풀이할 뿐 문제들은 덮이고 묻혔고 그 위로 다른 문제들이 켜켜이 더 쌓였다. "혁신! 혁신! 혁신!" 매 회의는 구호 삼창으로 끝났다. 회의가 끝나면 사장은 가장 먼저 일어났다.

한국 직원들이 빠지기 시작했다. "여서 뭔 일을 합니꺼? 일을 할 수 있게 해줘야 일을 하지, 업체들은 다 짓밟아 놔놓고, 그래놓고 생산량 안 오른다고 위에서는 지랄 지랄하지. 우짜란 말입니꺼? 아니, 업체는 밥 안 먹고 쇳가루 처먹고 일한답니꺼? 배 일으켜 세운다고 임금은 지들 마음대로 묶어뿌고, 그기 말이 됩니꺼? 내사 여서 일한 지 오래되지는 않았지만서도, 지 일하는 조선소서 배가 넘어져뿐다는 게 뭔지는 압니더. 일으킬 수 있으면 일으켜야지예. 글타고 아무 예고나 상의도 없이 일케 유보한다, 나중에 은행 이자 쳐서 돌려주겠다 통보해뿌는 법이 어딨습니꺼? 사람을 개코로 보는 것도 아이고, 난 이해를 못 하겠심더. 이 뭐하자는 판인지, 도통 모르겠다 이 말입니더. 이래갖고는 회사에서 일 몬 합니더. 갈 수 있을 때 얼른 가는 게 상책이라예." 빠지는 사람은 대개 젊었다. 그러니 아직 한국으로 돌아갈 여력이 있었고 그만큼 각 부서에서 능력을 인정받았으며, 그래서 굴욕을 굴욕이라고 손실을 손실이라고 똑바로 생각하고 새 자리를 찾을 수 있었다. 한 달 남짓 동안 한국 직원 수 200명도 안 되는 회사에서 십수 명이 빠져나갔다. 난 자리는 눈에 띄었다. 회사 분위기는 빠르게 어수선해졌다.

인사총무 담당인 곽 상무는 자기 방식대로 수습했다. 여권을 총무팀에서 일괄 보관하게 바꿔, 여권 불출 시 담당 임원의 결재를 얻은 여권 불출 사유서를 총무팀에 제출하게 만들었다. 경영 지원 혁신이라는 걸출한 이름을 내걸고 여권 관리의 안전도를 제고하고 여권 관련 업무의 효율을 향상시키겠다는 방침이었지만, 그따위 소리를 믿는 사람은 없었다. 사람들은 주말이나 평일에 하루, 이틀씩 연차를 내 회사 몰래 한국에 가서 면접을 보고 왔고 그것을 못 하게 하려는 것이 이른바 곽 상무의 혁신이었다. 불평과 원성이 터져 나왔다. 하지만 자기 밑 인력이 빠져나가는 것을 못마땅하게 여기던 팀장이나 임원은 오히려 곽 상무가 좋은 핑곗거리를 만들어줬다고 생각하는 듯했다. 어수선한 분위기는 더해갔고 나갈 사람들은 계속 나갔다. 퇴사율은 치솟았고 근속률은 토막 났다.

곽 상무는 끄떡없었다. 인사팀 허 팀장이 상황을 걱정하자 곽 상무는 도리어 역정을 냈다. 총무팀 한 기사는 곽 상무의 말투를 똑같이 흉내 내 말했다. "갈 놈들 다 가라고 그래, 나가봐야 춥고 배고픈 걸 알지. 뱃가죽이 부르고 불러 터진 것들! 그딴 땡중 놈들 있어봤자 천하 쓸모없다. 땡중 백 명, 천 명 나가도 절이 까딱하는 거 봤냐? 퇴직 절차 확실히 준수시켜라. 반납품 꼭 확인해서 빠진 거 있으면 귀국 비행기 표 끊어주지 말라고. 알았나?" 곽 상무가 덧붙인 말도 빠뜨리지 않았다. "이게 다 혁신이야. 한칼에 판가름 나잖냐. 충성심이라고는 없는 똥개 새끼들, 어차피 나중에 회사 뒤통수나 칠 것들이다. 신경 쓸 거 한 톨도 없다."

현업 부서 상황은 급격히 악화했다. 의사소통 문제 때문에 일을 쪼개서 단순하게 시킬 수밖에 없는 중국 직원을 감안하면 일 잘하는 한국 사람들이 나간 타격은 컸다. 문서나 공통 지표 없이 관리하는 실정을 감안하면 더욱 그랬다. 매일 헤치워야 하는, 각 부서의 기본 업무들부터 쏠리고 엉켰다. 사람들은 많은 시간을 자잘한 기본 업무에 치여 정작 기본 업무를 정의하고 정리하는, 불필요한 일을 빼고 더 필요한 일을 집어넣는 작업은 하지 못했다. 어제 한 일을 오늘도 했고 내일도 모레도 해야 했으며 그렇게 할 수밖에 없었기 때문에 일은 줄지도 더 쉬워지지도 않았다. 그것이 빤히 보이자 사람들은 더 나갔다. 하지만 남을 수밖에 없는 사람, 남고 싶은 사람은 있었다. 나갈 수 있는 사람이 모두 나가고서야 어수선하던 분위기는 가라앉았다.

새 사람들이 들어왔다. 나간 사람들이 퍼트린 험담과 여전히 누워 있는 배 때문에 회사 평판은 좋지 않았지만 들어온 사람들의 이력은 상당했다. 대기업 상사 출신으로 중국에서만 15년 가까이 근무했다는, 중국어 유창한 홍 상무를 비롯해 영업과 구매, 설계 부서로 대기업 출신 임원들, 부장들, 연차 찬 차장급들이 대거 들어왔다. 이력만으로 보자면 나간 사람들보다 훨씬 뛰어났다. 몸값이 싸지 않을 텐데도 그런 사람들이 들어오는 것은 기이했다. 곽 상무의 말처럼 중이 떠나도 절은 멀쩡한 걸까? 나간 사람들이 모두 땡중이었을까? 정말 이것이 모두 혁신 과정인 걸까? 나는 갈피를 잡을 수 없었다.

봄이 난숙해 공장 곳곳마다 아지랑이가 자글자글 끓었다. 사무동 뒷산의 개나리와 진달래는 두어 번 봄비 끝에 자취를 감췄고 싱싱한 초록빛이 의장부두와 도장동 뒤쪽으로 이어지는 야산까지 가득했다. 따뜻하지만 속살은 차고 비린 바다의 봄바람은 심란했다. 손해사정 업체는 최종 보고서를 제출했다.


14.


모처럼 공정 회의에 참석한 회장은 최종 보고서 내용을 직접 발표하며 양 이사의 공이 컸다고 크게 칭찬했다. 양 이사는 자리에서 일어나 회장에게 공을 돌리며 이제 더욱 구조 업무에 집중해 배를 일으켜 세우자고 말했다. 열띤 박수 소리가 회의실을 채웠다.

최종 보고서는 양 이사가 일전에 말한 대로 회사와 보험단이 선가의 8할을 건조보험 보상금으로, 정액 100만 달러를 재산보험 보상금으로, 사고 선박의 소유권은 회사가 갖는 것으로 합의하고 확정한다는 내용이었다. 출력한 최종 보고서를 훑어보는 팀장의 얼굴은 허탈했다. 팀장은 팀원들을 불러 모아 그동안 수고했다고 말했다.

결국 이런 끝을 보려고 그렇게 많은 밤을 야근하고 낙심하고 그래도 할 수 있다고 서로 북돋위가면서 일해온 걸까? 없는 자료를 만들면서, 날조하고 조작하고 온갖 인맥과 지연을 동원하고 회사의 부주의를 증명할 수 있는 자료를 폐기하는 위험까지 무릅쓰면서 해온 일이 결국 팀장의 진급 누락을 위한 것, 그간 이룬 성과를 고스란히 기획조정실의 양 이사에게 갖다 바치기 위한 것밖에 되지 않았다. 우스웠다. 정말 우스운 꼬락서니였다.

최종 보고서라는 것 역시 그랬다. 어느 날 갑자기 배가 쓰러졌다. 거짓 같은 참이다. 그 배는 천재지변으로 쓰러진 것이다. 참 같은 거짓이다. 결국 모든 사람이 그렇게 믿도록 만들었고 전손 처리로 가닥이 잡혔다. 거짓 같은 참이다. 천재지변으로 일어난 사고라는 중간 보고서가 나왔다. 참 같은 거짓이다. 이제 그것에 따라 발생한 피해액과 배분이 최종 보고서로 나왔다. 이 모든 참 같은 거짓, 거짓 같은 참이 모조리 참이라고 믿어야 하는 것으로 자리 잡았고 곧 진짜 보상금이 회사 계좌에 찍힐 터였다. 문서라는 것은 얼마나 우스운 것인가? 문서란 엉성하고 허술한 현실에서 부스스 떨어져 내린 각질에 불과했다. 하지만 누가 문서를 우습게 보는가? 아무도 없다. 모든 사람이 문서를 자기 머리 위에 올려놓는다. 마찬가지로 모든 사람이 현실을, 회사를, 정부나 국가를, 종교를 자기 머리 위에 올려놓는다. 누운 배 한 척이 그렇게 됐듯 사실이라는 것은, 참이나 거짓이라는 것은 힘으로 쥐고 흔들 수 있었다. 세상은 성기고 흐릿한 실체였다. 그것을 움켜쥔 힘만이 억세고 선명했다. 힘은 우스운 것이 아니었다. 아무리 우스운 것도 우습지 않게 만드는 것이 힘이었다.

회장이 말을 길게 하는 것을 좋아하지 않듯 양 이사는 일을 길게 끄는 것을 좋아하지 않았다. 며칠 뒤 새카만 양복을 차려입은 건장한 남자들이 회사로 찾아왔다. 양 이사가 직접 한국을 오가며 섭외한 이가 다리 놓았다는 선박 구조 전문가들이었다. 며칠 뒤 또 다른 팀이 왔고 그 후에 한 팀이 더 왔다. 양 이사는 기획조정실 일 대부분을 새로 들인 차장과 부청에게 맡기고 직접 구조 전문가들을 챙겼다. 정 이사는 생산기획실 인력을 투입시켜 도면 제공을 비롯해 여러 업무를 지원했다.

한동안 일을 손에 잡지 못하던 팀장은 새 업무를 기안하기 시작했다. 투자와 경비 관리, 예산제 실시 관련해 나와 정 대리에게 과제를 줬다. 기존에 없었지만 연간 십수 척 배를 인도하는 회사라면 해야 할 업무 체계와 절차들이었다. 돈과 직결한 업무들인 만큼 양 이사와 충돌할 수밖에 없었다. 팀장은 이전 어느 때보다 꼼꼼하게 검토하고 여러 번 되돌려 수정시키며 어느 모로 보더라도 흠잡을 데 없이 다듬은 다음에야 양 이사에게 들고 올라갔다. 양 이사는 결재하지 않았다. 출장이나 구조 전문가 핑계로 검토를 차일피일 미뤘다. 기껏 보더라도 불분명한 이유로 수정을 지시하거나 아직 때가 아니라는 말로 번번이 반려했다. 반면 재무팀이나 회계팀, 자금팀 일은 신속하게 처리했다. "야, 분위기 장난 아니야. 팀장님은 꾹꾹 눌러 참고 양 이사는, 알잖아, 조용하게 사람 푹 찌르는 거. 별거 아니라는 식으로." 부청은 고개를 흔들었다.

그런 채로 사무실로 돌아오면 팀장은 대놓고 버럭거렸다. 반려당한 결재 서류를 책상에 집어 던지며 양 이사의 독단과 편협, 다른 사람과 뒤를 생각하지 않는 일 처리를 싸잡아 욕했다. 사무실 전체에다 들릴 정도였다. 팀장은 매일 오전에 하는 기획조정실 팀장급 회의에도 자주 빠졌다. 양 이사가 팀장을 길들이려 한다는 것은 명백했다. 팀장도 알았다. 하지만 버텼다. 결재 올린 것들을 반려당하고 돌아와 화를 내고, 짜증을 내고, 어쩔 수 없이 다시 수정해 올라가면서도 재무 업무에 관한 방침과 범위를 정의하는 항목들을, 양 이사를 자극할 만한 내용들을 지우지는 않았다. 전체 맥락상 필요하고 중요한, 반드시 해야 할 일이기는 했다. 하지만 일이 일답게 돌아가는 회사가 아니지 않은가?

　나는 갑갑해졌다. 팀장이 자꾸 버틴다면 팀 역시 양 이사의 눈 밖에 날 것이고, 그렇다면 내 평가 역시 절하당할 수밖에 없었다. 총무팀 한 기사는 오 대리, 정 대리와 입사가 비슷했지만 여전히 기사였다. 곽 상무가 연초 조직을 개편하면서 한 기사가 있던 인재교육팀을 없애버리고 팀장을 날려버리면서 일어난 일이었다. 나 역시 그렇게 될 수 있었다. 한 기사가 오 대리, 정 대리를 오 대리님, 정 대리님 하고 부르듯 동기들을 그렇게 불러야 할 수도 있었다. 그뿐 아니었다. 진급 누락만큼 밀지게 될 연봉은? 연차는? 시간이 흐를수록 나는 양 이사를 매도할 마음이 들지 않았다. 양 이사는 돈이 필요하면 돈을 끌어왔고 협상을 종결지어야 하면 종결지었다. 수완과 능력이 있었고 자기 손을 거치는 일은 모두 깔끔하고 신속하게 매듭지었다. 배를 일으키는 일조차 그 손을 거친다고 생각하면 터무니없지는 않을 것 같았다. 편벽하고 무능해 보이는 사람은 도리어 팀장이었다. 팀장은 왜 팀원들 생각을 하지 않는가? 끝내 양 이사에게 맞선 채 대세를 따르려 들지 않는가? 양 이사 뒤에는 회장이 있었고

힘이 있었다. 힘이 보호하고 보장하는 평탄한 생활, 모든 사람이 그
것을 원하기 때문에 일찌감치 치킨집을 차리는 대신 회사를 다니는
것 아닌가? 팀장 처지에서 억울한 것이 있기야 할 테지만 모든 사람
이 마찬가지라면 힘 앞에서 고개를 숙이는 게 부끄러울 것도 없지
않은가? 팀장 역시 회사원에 불과했다. 회사라는 성벽 안에서 안정
과 정착을 바라는 사람이었다. 그렇다면 왜 솔직히 투항하지 않는
가? 굴복하고 복종하지 않는가? 백번 양보해, 다른 사람들처럼 인정
과 애사심을 베풀어 정신 승리라도 하지 않는가?

　내가 어찌할 수 없는 일이었다. 나는 찌푸린 얼굴로 구시렁대는
팀장을 보면서 사무실에 있으니 그동안 미뤄둔 회사 소개서나 갱신
하기로 했다. 회사 소개서 작성은 회사에 와서 처음 맡은 일이었다.
우스운 얘기였다. 회사 소개를 받아도 부족할 신입 기사에게 회사
소개서를 작성시키다니. 그만큼 회사는 체계라는 것이 없었고 일손
하나가 아쉬웠다. 또 중국어도 조선도 모르는 채, 둘 수 있는 것은
다 두고 이곳, 이 회사로 넘어온 나는 잡지사 기자 출신이라는 이유
로 '그쪽 일 해봤다면서? 별거 아니잖아' 하면서 던져주는 일이라도
넙죽넙죽 받아 해야 했다. 그때도 갑갑했다. 회사 작업복만 입고 있
을 뿐 내가 회사 사람이라는 느낌이 들지 않았다. 지금은 내가 너무
나 회사 사람이기 때문에 갑갑했다. 그리고 그때도 지금도 내가 할
수 있는 것은 없었다.

　바짝 하면 이삼일이면 끝날 일이었지만 나는 일정을 넉넉히 잡았
다. 팀장은 별말 하지 않았다. 나는 어슬렁어슬렁 4공장부터 훑어오

며 전 공장의 사진을 찍었다. 현장을 다니는 것은 좋았다. 다니던 잡지사는 여의도에 있었다. 사방이 빌딩으로 꽉 막혀 겨울이면 한강에서 올라온 한기가 골바람 치고 여름이면 위에서는 뙤약볕, 옆에서는 에어컨 외부기들이 내뿜는 탁하고 더운 바람에 시달려야 했다. 조선소는 눈앞이 바다였고 공장들은 거대한 선박 블록을 생산하는 곳인 만큼 모두 넓고 평탄했다. 어느 곳에 가나 시원스럽게 탁 트여 있었다.

마지막 날 나는 1공장 드라이독에 서 있는 450톤 문형 기중기에 올라갔다. 폭 50여 미터, 높이 70여 미터로 회사의 상징인 설비였다. 올라가면 회사 전경을 훤히 굽어보며 사진을 찍을 수 있었다. 위험할 것 같지만 그렇지 않았다. 정말 위험한 것은 2, 3공장에 있는 100톤, 150톤짜리 기중기들이었다. 낡고 녹슬고 움직일 때마다 덜덜거리는 그것들은 칠이 벗겨진 사다리를 타고 올라가야 했고 다 올라서도 비좁아 발 놓을 자리조차 마땅치 않았다. 높이도 10미터 안팎이라 위험과 공포가 가깝고 뚜렷했다. 450톤 기중기는 건물처럼 든든하고 안에 승강기도 있었다. 상판은 공중 정원을 꾸밀 수 있을 것처럼 넓고 단단했다.

70미터 위에서 내려다보자 모든 것이 작고 아득하게 보였다. 의장부두에 누워 있는 2002호도 한 손에 쥘 수 있는 장난감 배처럼 보였다. 여름이 오면 저 배가 쓰러진 지도 1년이었다. 배는 1년 동안 누워 있던 것처럼 보이지 않았다. 엊그제 넘어진 것처럼 보이지도 않았지만, 낡고 험해진 흔적은 없었다. 배 주변에는 바리케이드가 쳐져 있었고 그 안쪽 한편에 컨테이너 두어 채가 있었다. 구조 업체들이 실사하면서 설치한 것인 듯했다. 저 배는 어떻게 될 것인가? 여전히 알 수 없었다.

며칠 뒤, 오 대리가 회사를 그만둔다고 사무실로 찾아왔다. 이미 다 정리한 듯 사복 차림이었다. 팀장은 마침 사무실에 있었다. 오 대리를 보자 조금 놀라는 듯했지만 알고 있었는지 먼저 말을 붙였다. "오늘이냐?" "예." 팀장은 짧게 한숨을 내쉬고 표정을 가다듬었다. "고생 많았다. 조심해서 돌아가고 잘 지내라." "제가 모르는 게 많아 팀장님께 많이 잘못했어예. 죄송합니다." 오 대리는 묵례했다. "됐다. 지난 얘기다. 건강하고 부산 가면 다시 보자." 팀장이 손을 내밀었다. 오 대리는 팀장의 손을 잡고 다시 한번 고개 숙여 인사했다.

정 대리, 오 대리와 함께 흡연실로 갔다. 오 대리는 아무 미련 없다는 듯 말했다. "진즉 관두고 한국으로 갔어야 하는 긴데, 그기 차라리 나았을 낀데, 괜히 있었다는 생각밖에 안 들어예." "그랬으면 기사밖에 더 돼? 한국 가면 또 신입 사원부터야." 정 대리가 이죽거렸다. "맞나? 그래봐야 다 거서 거다. 여야 개나 소나 대리 아이라." 오 대리는 쓰게 웃었다.

오 대리의 턱과 뺨에는 아직 하얀 자국이 남아 있었다. 안전모 턱 끈에 가려 볕에 그을지 않아 생긴 자국이었다. "연락은 받고 가시는 거예요?" 오 대리는 고개를 저었다. "들어가서 찾아야지예. 우선은 좀 놀랍니다. 아무 생각 안 하고 좀 놀고, 쉬고. 여 있다 간 사람들마다 어데 가나 여보다는 낫다는데 자리야 찾아지겠지예. 그건 가서 생각할라고, 그러고 있어예. 인제 나한테 말 편하게 하소. 우리 다 동갑 아입니까. 내사 이제 회사 사람도 아이고."오 대리의 얼굴은 편해 보였다.

사무동 1층으로 내려왔다. "건강하시고, 자리 잡으시면 연락 한번 주세요." 반말이 생각같이 나오지 않았다. "암예, 나중에 한국에서 한번 보입시다. 뜨끈하게 소주 한잔 해야지예.""그래요.""부청이한테도 안부 전해주고예. 인사하러 갔는데 자리에 없데예.""그럴게요."오 대리는 한쪽 눈썹을 추켜올리며 눈인사한 뒤, 정 대리를 툭쳤다. "닌, 좀 잘해라 인마. 맨날 뺀질거리지 말고."오 대리가 정 대리를 보고 말했다. "너나 잘해." 정 대리가 말했다. "갑니데이.""잘 돌아가세요.""가라, 망할 놈아!"정 대리의 말에 오 대리가 흔들던 손을 말아 쥐고 가운뎃손가락을 치켜들며 혀를 쑥 내밀었다. 정 대리도 똑같이 가운뎃손가락을 치켜들었다.

오 대리만 떠나는 것이 아니었다. 곧 오 대리처럼 회사에 단단히 붙박인 것 같던 사람들, 그래서 그간 많은 일에도 다른 자리를 찾으려 들지 않고 묵묵히 자기 일을 하던 사람들이 회사를 뜨기 시작했다.


15.


오 대리가 떠난 것은 조립 부서에 새로 온 부문장 때문이었다. 그 부문장도 대단하다는 한국 대형 조선소에서 온 사람이었다. 부장에서 이사로 진급해 넘어온 부문장은 출근하면 커다란 임원 책상에 두 발부터 척 걸쳤다. "윈윈아, 커피 한잔 타와봐라." 중국 직원 이름은 똑바로 발음하자면 위앤위앤이었다. 오 대리는 두어 번 정확한 발음을 가르쳐줬지만 그때뿐이었다. 조금 지나면 또 윈윈아, 윈윈아 하고 부르면서 자기는 손 하나 까딱하지 않고 온갖 허드렛일을 시켰다. 조립 공장은 사무동이 있는 1공장에서 멀찍이 떨어져 있었다. 부문장이 왕이었다.

조립팀 상태는 양호한 편이었다. 곽 상무가 연초에 단가를 낮추기는 했지만 회사가 블록 공장일 때부터 함께 일해온 업체가 대부분이었기 때문에 다른 공정 업체들에 했듯 후려치지는 못했다. 중국 직원도 오랫동안 일해온 사람이 많았고 이전 팀장이던 송 과장이 유능했기 때문에 질서와 체계가 보이지 않되 제법 잡혀 있었다. 춘절 연휴 이후 인력 복귀 속도도 전 공정에서 가장 빨랐다. 문제는 있었다. 여전히 실무자들은 넓디넓은 강재 적치장에서 조립할 강재를 찾아다니고 지게차를 불러다 뒤적인 끝에 이곳에서 한 장, 저곳에서 한 장씩 꺼내야 했다. 설계팀이 근무하는 사무동과 떨어져 있었기 때문에 오작 도면 수정에 많은 시간을 뺏겼다. 만든 지 한참 지난 블록이 공장 한구석에서 자리만 차지한 채 녹슬어가는 일도 흔했다. 후행 부서에서 뒤늦게 빠진 블록을 요청해오면 열 일 제쳐두고 그 블록부터 밤을 새워가며 만들었고 그만큼 야근비, 특근비로 비용이, 또 다른 블록의 작업 일정까지 밀리며 발생하는, 추산하기 어려운 비용까지 보이지 않게 새고 있었다.

오 대리가 현황을 보고하자 부문장은 어처구니없다는 듯 웃어댔다. "뭐로? 여는 완전 엉망진창이네, 엉망진창. 회사가 이 꼴로 돌아가는 게 신기타. 안 글라, 오 대리? 한국서는 말이다, 상상도 못 할 일이라. 강재 적치장이 저게 뭐로? 내 있던 데서는 강재가 배로 들어오잖아? 그럼 운반 트레일러들이 일렬로 쫙 서 있어. 기중기가 들어와가가 배에서 곧바로 한 묶음씩 내려, 아나? 한 묶음씩이라꼬. 블록별로 다 포장까지 해서 들어오는 기야. 조선소가 크니까, 제철소에서 다 해주는 기지. 거는 벌써 우리 회사 사람도 하나 가 있고. 니 아나? 그게 진짜 꿀보직이데이. 하는 거라고는 제철소 얼라들하고 맨날 술 마시는 거밖에 없어. 계산도 지가 안 해. 다 제철소 얼라들이 해주는 기야. 맨날 아가씨 양팔에 끼고 양주 쪽쪽 빨아가미. 캬, 진짜 내가 퇴직하기 전까지 거기 한번 가는 게 소원이랬는데, 고마 밀렸다 아이라. 여는 그런 것도 없제? 조선소가 개 좆만 하이 그런 거 해주겠나? 멍청하고 게을러터진 중국 얼라들이 그런 거 할 줄도 모를 기고. 내 현장에도 나가봤다만 얼라들이 와 이레 굼뜨노? 노작노작, 사부작사부작, 일을 하는 기라, 마는 기라? 한국 같았으면 벌써 다 모가지 날려뼀다. 빨리빨리 해야 할 거 아이라, 빨리빨리. 우리가 괜히 조선 세계 1위 하겠나? 빨리빨리, 억쑤로 빨리빨리, 닥치고 빨리빨리 해치우니까 그런 거 아이라, 맞제? 여는 참 답 없다, 답 없어, 니 보기에도 안 글라. 사방팔방에서 다들 이거 해놔라, 저거 해놔라 업무 메일이나 찍찍 보내싸코, 그라믄 다 되는 줄 아는 동, 날짜 되면 전화나 한 통 찍 걸어싸가 됐나, 안 됐나 기사고 대리고 싸가지 없이 묻기나 처묻고. 우리가 지들이 하라카믄 다 해줄 걸로 보이나 부지? 참말로, 회사가 뭐 이 모양이로. 여는 프로세스라카는 것도, 시스템도 없나? 내 있던 데서는 말이야, 다 전산이야, 전산. 그날그날 일이 딱딱 떨어지는 기야. 입고 자료 입력하면 설계도랑 딱 맞춰가가 알람이 빵빵 다 뜬다꼬. 여처럼 이거 조립해라, 저거 조립해라, 내일까지 이거 해놔라, 모레까지 저거 해놔라, 그런 거 없어. 메일? 메일이 와 이리 쏟아지노. 한국에서 내 하루에 받는 메일이 얼마였는지 아나? 열 통도 안 됐다. 근데 여는 마흔 통, 쉰 통씩 날라 와. 그걸 내가 언제 읽고 앉았나? 일 안 하고 메일이나 읽고 쓰고 있으까? 참 답 없데이, 답 없는 회사데이."

날마다 말이나 할 뿐 부문장은 아무것도 고치지도, 바꾸지도 않았다. 점심시간 전 한 번, 퇴근 시간 전 한 번씩 현장을 뒷짐 지고 산책하듯 둘러보는 것이 유일한 고정 일과였고, 그나마도 전날 술 좀 마셨다 하면 관뒀다. 책상에서 꾸벅꾸벅 조는 것은 보통이고 어떤 날은 아예 의자를 젖히고 얼굴에 수건까지 올린 채 코를 골아가며 자다가 퇴근 두어 시간 전에 짐 챙겨 들고 택시를 불렀다. "오 대리, 내 먼저 들어간데이. 몸이 안 좋아가가. 마무리하고 니도 얼른 들어가라, 알았제?"

오 대리는 제시간에 퇴근할 수 없었다. 팀장보다 더 많은 메일이 매일 날아들었고 그날 생산량, 진도, 생산 중 발생한 사건 사고도 부문장, 담당 상무, 부사장, 사장에게 각각 보고해야 했으며 오작 난 도면이 수정해서 내려왔는지 확인하고 재촉도 해야 했고 부문장이 직접 떠넘기거나 발신자가 부문장에게서 회신받지 못해 오 대리에게 다시 발송한 메일 회신도 다 해야 했다. 매일 야근이었고 전 직원이 돌아가면서 서는 당직 때도 당직실이 아니라 사무실에서, 일하면서 당직을 서야 했다.

팀장이던 송 과장은 오 대리와 동향에 고등학교 선후배 사이였다. 오 대리를 싹싹하고 일 처리 깔끔하다며 좋아해 형, 동생 하고 지냈다. 오 대리를 팀으로 부른 사람도 송 과장이었다. 이전부터 생산 일에 욕심이 있기는 했지만 송 과장이 있었기 때문에 오 대리는 잘못인 줄 알면서도 팀장에게 통보하듯 부서를 옮긴 것이었다. 이제 송 과장은 없었다. 곽 상무가 여권을 총무팀에서 보관한다고 할 즈음 대거 빠져나간 사람들과 함께 송 과장도 그만뒀다. 이전에 한국에서 일을 가르쳐주던 사수가 들어오라고, 연봉도 직급도 모두 올려주겠다고 제안했고 송 과장은 오래 고민하지 않았다.

염치 모르는 사람은 아니었다. 송 과장은 이직을 결정하고 나서 가장 먼저 오 대리와 술자리부터 잡았다. "미안하다, 오 대리야. 내 참말 미안하데이. 근데 나도 죽겠다. 위에 부문장도 담당도 없고 회의 시간에 들어가면 탑재팀 개쓰레기들은 조 상무 믿고 날 잡아 죽일라고 지들 잘못까지 다 내한테 뒤집어씌우지, 쉴드 쳐주는 사람은 없지. 글타고 생활은 편하나? 곽 상무는 저래 미쳐 날뛰가메 온갖 지랄 혼자 다 떨지, 월급은 지들 마음대로 잠가났지, 말로야 준다 카는데 그걸 어예 믿겠노? 배도 일으킨다고 말은 한다만 개뿔 하는 것도 없어 비고, 나는 진짜 못 해먹겠다. 니한테는 진짜 미안한데, 한 번만 봐도. 대신 뭔 일이 있어도 니 자리는 한국에 맹글어놓을꾸마. 니 내 알지? 없는 소리 안 하고 배은망덕 안 하는 거. 진짜, 이 형아야가 잘못하는 건 줄 아는데, 내가 니까지 불러놓고 이러면 안 되는데, 한 번만 봐도." 송 과장은 자리에서 일어나 무릎을 꿇었다. "행님, 와 이랍니꺼. 아, 왜 동생 앞에서 무릎을 꿇습니꺼. 고마하소, 고마. 다 알았심더, 나도 다 본 게 있고 행님이 그동안 얼마나 개고생했는지, 다 압니더. 그라이께네, 고마하소, 고마. 내 생각하지 말고 얼른 한국 가가 형수님하고 정아하고 알콩달콩하이소. 내사 아직 혼자고 안 젊심니꺼, 어예든동 되겠지예. 자, 술이나 한잔 받으이소." 송 과장의 눈이 불그스름해졌다. "미안하데이, 참말 미안하데이. 내 가고 나면 니도 내 짝 날 낀데, 내 그거 다 아는데, 미안하데이." "아, 됐소. 남자가 뭐 그래 두 번 세 번 말해쌌소. 가거들랑 내 자리나 빤빤하게 하나 맹글어주소, 아까 말한 멘치로." "알았다, 내 그건 약속하꾸마." 마지막 술자리, 그때 한 얘기들이 마음에 남아 있었고 오 대리는 그것을 곱씹으며 견뎠다. 오 대리는 송 과장을 원망하지 않았다. 오히려 동정했다. 송 과장이 얼마나 힘들었을지 일을 할수록 더 알 수 있었다. 오죽했으면 자신을 불렀을까? 그래도 그때는 좋았다. 송 과장은 밤늦도록 야근하다가도 성큼성큼 걸어와서는 어깨에 턱 팔을 걸치고 이렇게 말했다. "뭐 하노? 치우고 한잔하러 가자. 이게 다 회사 다니는 맛 아이겠나? 일이야 맨날 하는 기일이고. 치아라, 가뿌자!" 오 대리는 송 과장을 조금도 원망하지 않았다.

오 대리를 도와주는 사람은 모두 중국 직원이었다. 스물두 살이지만 사복 차림이면 아직도 고등학생처럼 보일 기사 위앤위앤, 위앤위앤과 동갑이지만 수염이 덥수룩해 제 나이보다 훨씬 늙어 보이고 늘 열 오른 듯 벌겋고 통통한 볼로 히죽히죽 웃는 기사 타이슈, 중국 직원 중 유일하게 안경을 끼고 짧은 머리에 항상 진지한 표정을 짓고 있어서 똑똑해 보이지만 사실 그렇게 똑똑하지도, 일 처리가 야무지지도 못한 대리 시후이. 모두 오 대리의 처지를 잘 알았고 동정했으며 자신들이 할 수 있는 만큼 최대한 도우려고 애썼다. 퇴근 시간이 되면 부문장이 아니라 오 대리에게 퇴근해도 되는지 물었고 자신이 더 도와줄 것은 없는지 한 번 더 물었다. 선량한 친구들이었다. 오 대리는 땀이 말라 소금기 허옇게 앉은 얼굴로 씩 웃으며 '조우바, 조우바, 콰이 샤반 바' 어서 퇴근하라고 말했다.

부문장은 중국 직원들에게 거의 일을 시키지 않았고 어쩌다 오 대리를 통해서 아주 간단한 일만 시켰다. 중국어를 공부할 생각은 전혀 없었다. 오 대리가 중국어 과외 선생이라도 알아봐드리겠다고 말했을 때 부문장은 이 나이에 중국어는 배워 뭐하겠느냐며, 그래도 이쁘장한 샤오지에 하나 있으면 알아보라는 소리나 했다. 샤오지에, 아가씨를 낮춰 부르는 그 말은 어디에서 배웠길래 잊어버리지도 않았을까? 오 대리는 매일 혼자 야근했다.

송 과장과 연락은 드문드문 이어졌다. 서로 일터가 다르니 바쁜 것도 달랐다. 메신저로 연락이 온지도 모르게 와 있기도 했고 와 있는 것을 알아도 회의 다녀온 부문장이 바짝 곤두서서 닦달해대는 통에 답하지 못할 때도 있었다. 그쪽 상황도 좋지는 않은 모양이었다. 회장이 자기 식구들 이름으로 벌여놓은 것이 있었고 자회사 이곳저곳에서 연쇄 출자해 사들인 회사들이 망가지면서 숨통이 조여 드는 중이었다. 오 대리는 뉴스를 보고 그 소식을 알았다. 송 과장은 내색하지 않았고 계속 오 대리 자리는 자기가 알아보는 중이라고 말했다. 오 대리는 신경 쓰지 마시라고, 하는 일이나 열심히 하시고 건강하시라고만 말했다. 어느 날 송 과장이 말했다. "일단 들어온나, 들어와라. 까놓고 여도 개판인데 그래도 속은 편하다. 우짜든지 한 국 아이라." 알 수 없는 말이었다. 알 수 있을 것 같은 말이기도 했다. 사람들 대부분은 한국이 지긋지긋하다고 말했고 그래서 떠나왔지만 실은 그만큼 미련도 그리움도 막연히 있었다.

오 대리는 버텼다. 하지만 무한정 버틸 수는 없었다. 부문장이 또 한국 운운하며 헛소리를 지껄이던 어느 날, 오 대리는 폭발했다. "그놈에 한국 타령 좀 고마하이소. 그래 한국이 좋으면 왜 이까지 오셨능교? 왜 그 좋다는 회사 계속 못 다니시고 여 와가 이 개고생 이신교! 거는 거고, 여는 옙니더. 여서 되는 게 없으면 여서 되게 만 드시는 게 부문장님 일 아입니꺼. 왜 자꾸 지보고만 난리 치시는데 예? 왜 평소엔 아무것도 안 하시믄서 회의만 갔다 오면, 사장님, 상 무님들이 뭐라 카면 그때서야 사람을 이래 쥐 잡듯 잡으시는 긴데 예? 지라고 무쇠로 만들었어예? 지도 사람입니더, 지도 할 만큼 하 고 있다고예!" 울음이 치밀었다. 하지만 부문장 앞에서 눈물을 보이 고 싶지 않았다. 오 대리는 고개를 들었고 숨을 들이마시며 눈물이 스미기를 기다렸다. 울음은 쉬 내려가지 않았다. "에이, 씨발!" 오 대리는 끼고 있던 안전모를 내동댕이쳤다. 노란색 플라스틱 안전모가 시멘트 바닥에 부딪혀 박살 났다. 오 대리는 사무실 밖으로 뛰쳐나갔다.

며칠간 사무실은 막막하고 냉랭했다. 부문장은 오 대리를 불러 꾸짖지도, 괴롭히지도 않았다. 오 대리도 보고할 것을 보고하고 결재 올릴 것을 올렸다. 두 사람 모두 그런 일이 없었다는 듯 행동했다. 부문장은 한동안 제시간에 퇴근했고 사무를 좀 보는 듯했다. 떠넘기는 메일이 거의 없었다. 그렇더라도 오 대리는 일이 많았다. 오 대리는 매일 혼자 야근했다. 며칠 뒤 부문장이 대뜸 회식하자고 말했다. 회식은 그날 저녁으로 잡혔다. 선약과 상관없이 모든 사람이 참석해야 했다. 부문장은 당연하지 않냐는 얼굴이었다.

부문장이 오고 나서 처음 하는 회식이었다. 부문장은 일부러 멀찍이 떨어져 있던 오 대리를 따로 불러 앉혔다. 자신이 비운 술잔을 엄지손가락으로 쓱 닦아 건넸다. "자, 한잔 받그라." 오 대리는 그 술잔에 술을 받아 마시면 전염병에 걸릴 것 같았지만, 받았다. 부문장은 알량한 소주 한잔에 다 털고 잊어버리자고 말했다. "회사 생활 다 그런 거 아이겠나? 내도 생각 좀 해봤는데, 니도 고생이 많기는 많았을 기고, 나도 일을 좀 놓기는 놨는데, 내 사정이라는 것도 있고 어쨌거나 니가 그렇다 카이, 그런 거 아이겠나. 니가 이해 좀 하그라. 니가 날 먼저 도와야 나도 닐 나중에 끌어줄 거 아이라. 서운한 거는 다 술로 털어뿌자. 그르이 이 술이라는 게 좋은 거 아이겠나?"

부문장은 다시 회사 얘기로, 상무들과 사장이 자신을 들볶아 자기 나름대로 얼마나 고충이 극심한지 하소연했고 그 얘기는 다시 한국 으로, 모든 것이 완벽하고 안정한, 말만 들으면 지상낙원이나 다름 없는 한국의 그 회사로, 또 그곳을 그만두고 나올 수밖에 없던 자신 의 신세 한탄으로 이어졌다.

부문장은 당장 회식 다음 날부터 지각했다. 11시가 가까워서야 회사에 나와 책상에 발을 척 걸치고 앉아 "원원아, 커피 한잔 가와 봐라!" 소리로 하루를 시작했다. 다시 자기 메일을 오 대리에게 떠 넘겼다. 아무것도 달라지지 않았다. 달라졌다면, 그나마 오 대리를 살살 대한다는 것 정도였다. 부문장은 오 대리가 필요했다. 오 대리 가 없으면 당장 할 수 있는 것이 없었다. 부문장은 사과한 것이 아니 었다. 봉합하고 덮어둔 것이었다. 오 대리를 계속 부려먹자면 그 수 밖에 없었다.

오 대리는 사직서를 냈다. 부문장은 그날 저녁 오 대리를 따로 불 러다 잡는 것도, 잡지 않는 것도 아닌 듯 잡았다가 곧장 다음 날부터 싸늘하게 대했다. 갖고 오는 것마다 트집 잡았고 그러면서도 인수 인계 똑바로 하라는 협박 아닌 협박도 일삼았다. "니 이 바닥이 얼 마나 좁은지 알제? 두어 다리 건너면 다 안데이. 알아서 해라, 알아 서." 일주일쯤 뒤 부장 한 사람이 들어왔다. 배가 툭 튀어나오고 졸 린 듯 눈꺼풀이 반쯤 감겨 있는 사람이었다. 이전에 부문장과 함께 일했고 같이 퇴직해서 서너 해 놀다가 부문장의 부름을 받고 넘어 왔다고 말했다. 오 대리는 그 부장에게 업무를 인수인계했다. 알아들었는지, 못 알아들었는지 알 수 없는 표정이었지만, 상관없었다. 부장은 이따금 부문장처럼 한국 얘기를 장황하게 풀었다. 오 대리는 들어줬다. 가끔 고개도 끄덕여줬다. 오 대리는 창밖을 보고 있었다. 봄볕이 쏟아지고 망치질 소리 멀게 들리는 오후의 작업장과 나란히 선 기중기 너머 아스라한 구름에 덮인 연파란색 하늘. 출근해서 제일 먼저 챙겨보던 풍속계가 게으르게 돌고 있었다.

오 대리는 회사를 생각했다. 스물여섯에 입사해 4년간 자신을 처음으로 회사원이자 소속이 있는 어른으로 만들어준 회사였다. 대학만 졸업했을 뿐 아무것도 모르던 자신에게 일을 가르쳐주고, 스스로 생활할 수 있게 월급을 주고, 중국어를 배우게 해주고, 중국인 여자 친구를 사귀게 해주고, 송 과장 같은 동료와 정 대리 같은 친구도 만나게 해준 회사였다.

"그래 좋은 학교 나와가 뭐할라꼬 이까지 왔습니꺼?" 오 대리는 종종 그렇게 말했다. 늘 자조가 있었지만, 그것이 전부는 아니었다. 밖에서 만나면 가장 먼저 회사의 불합리와 부당을 말했고 정 대리처럼 꾸미거나 에둘러 말하는 법조차 없이, 있는 그대로, 어느 놈 하나 때려잡을 듯이 말했다. 그러면서도 나나 부청, 또 혁준이 그것을 거들면 되레 회사를 감쌌다. "그기 그런 게 아이래예, 회사는 말입니더" 하고 말하는 오 대리의 눈에는 순진한 열정과 오만한 애정이 함께 있었다. 4년은 짧은 시간이 아니었다. 오 대리가 처음 왔을 때 회사는 지금의 7층짜리 사무동도 없이, 2층짜리 가건물과 작업장 서넛이 전부였다. 회사가 커오는 것을 오 대리는 두 눈으로 봐왔고

115

그렇게 될 때까지 생산 일정 관리부터 파리들이 새까맣게 꼬여 죽어 있는 끈끈이를 사무실 천장에서 떼 소각장에 버리는 일까지 안 한 일 없이 다 했으며 볼 꼴, 못 볼 꼴 가릴 것 없이 보고 겪은 사람이었다. 그 많은 일화와 세월이 오 대리에게 무엇을 남겼을까? "회사 좋아하세요?" 일전에 내가 물었을 때 오 대리는 낯 뜨거운 소리라도 들었다는 듯 웃었다. "회사가 뭐라꼬 좋아한다, 만다 합니꺼." 잠시 후 덧붙였다. "그래도 이기 우리 회사다, 그런 생각은 가끔 하지예." 나는 동생을 내 동생이라고 말하지 않고 우리 동생이라고 말하는 부산 사람들의 말버릇을 생각했다.

성질 괄괄하고, 억센 부산 사투리를 쓰고, 돌려 말해야 할 것 같으면 차라리 입을 다물고, 현장 안 나간 지 보름이 지나도록 턱 끈 자국이 지워지지 않을 만큼 밖으로 쏘다니며 일하던 남자에게 있는 것은 결국 정이었다. 그 남자가 회사를 그만둔다는 것은 짧지 않은 세월 동안 수많은 사건 사고를 겪고 당하면서 그것을 이해하려고 애쓰거나 이해하지 못하면서도 덮어둔 채 버티고 견딜 수 있게 해주던 그 정이, 정나미가 떨어졌다는 뜻이었다.

16.

갈등과 불화, 파탄은 기실 당연했다. 회사가 높은 연봉과 직급으로 수급한 대기업 출신들은 대부분 회사에 적응 못 할 수밖에 없었다. 자신들이 일하던 곳, 기민한 전산 시스템과 촘촘한 업무 규정이 있던 곳에 비하면 회사는 원시 상태나 다름없었다. 이전 회사라면 조회 단추 하나만 누르면 착착 나올 것들이 이곳에서는 수일, 수십 일씩 걸렸다. 더군다나 모든 것이 잘 짜인 대기업 방식의 일 처리에 십수 년 이상 길든 사람들이었고, 새로 배워가며 밑바닥부터 다시 시작하기에는 너무 늦은 나이들이었다. 적응은 육체적으로나 정신적으로나 버거웠고 본인들도 그것을 잘 알았다. 부문장처럼 돌아가는 대로 돌려가며 대충 월급이나 받다가 기회를 봐서 한국으로 돌아가려고 하는 사람이 대부분이었다. 그러고도 관리자, 책임자였다. 그 밑에 있는 사람들, 오 대리처럼 안 해본 일 없고 못 하는 일도 없는 사람들은 더 급한 일, 필요한 일이 수없이 많고 그 일만 한다면 지금보다 훨씬 더 많은 일을, 더 수월하게 할 수 있다는 것도 알았지만 당장 시키니 시키는 대로 하느라 다 제쳐둘 수밖에 없었다. 시키는 사람들이 모르고 시키는 일이었기 때문에 다섯 번, 여섯 번씩 하고 또 해야 간신히 끝낼 수 있었다. 별것 아닌 일이고 아무 쓰잘 데 없는 일이었다. 뒷말이 터져 나왔다. "대기업은 개뿔, 다 쓰레기라. 능력 있고 잘났으면 왜 이 회사까지 왔겠나? 사고 치고 일 못해 잘려 나갔으니 여까지 온 거 아이라. 쓸모없는 놈들이라. 멍청하고 게으르고 나이만 처먹은 것들인 기라!" 시키는 사람도 시키는 사람대로 할 말이 있었다. "후진 회사에서 후지게 일하는 것들이 이것도 안 된다, 저것도 안 된다, 주둥이만 살아가지고 말은 지독스럽게 안 들어 처먹고, 되도 않게 텃세나 부리려 들고. 한심한 것들, 굴러봐야

117

정신들 차리지!" 곪은 것들이 곳곳에서 터져 나왔고 반목은 노골적이었다. 하지만 이길 사람은 바위와 돌멩이처럼 이미 정해져 있었다. 늘 말들 하듯, 직급이 깡패였다.

버티다 못한 사람들은 계속 떠났고 나는 두어 번 더 사직 인사를 받았다. 얼굴조차 잘 모르던 사람에게서 사직 메일을 받기도 했다. 달라지는 것은 없었다. "절이 싫으면 중이 떠나야지." 그 말이 모든 불평과 불만을 마법의 매듭처럼 묶었다. 떠나는 사람들 중에는 지금 회사가 어떤지, 새로 온 팀장과 부문장, 담당 이사들이 어떤 작태를 벌이고 있는지 고발하는 메일을 뿌리고 가는 사람도 있었다. 그래도 달라지는 것은 없었다. 남은 사람들은 말했다. 떠나는 사람이 뭔 말인들 못 하겠나? 떠난 사람은 어차피 떠난 사람 아닌가? 결국 못 버티니까 나간 것이다. 나약하니 나간 것이다. 남은 사람들은 그렇게 말했고 사람들이 떠날수록 남은 사람들의 결속은 공고해지고 숭고해졌다. 부서마다 회식이 잦아졌다. 남은 사람들끼리 편의를 봐주는 일, 미숙하고 미흡하더라도 덮고 넘기는 일이 자연스러워졌다. 다 고생하니까, 힘든 것 아니까 서로 알아줘야 하고 배려해줘야 했다. 뭉치면 살고 흩어지면 죽는다는 말은, 근대 한국의 정신을 압축한 그 경구는 회식 자리의 구호가 돼 있었다. 기가 찼다. 뭉치는 것이 능사인가? 오합지졸은 뭉쳐도 오합지졸이고 뭉쳤기 때문에 더 거대한 오합지졸이 될 뿐 아닌가? 하지만 나 따위가 그러든 말든 아무 상관 없었다. 조 상무는 고깃집 연기를 휘젓는 호기로운 목소리로 두고 보라고, 배가 일어서고 회사가 좋아지면 모두 땅을 치고 후

회할 거라고 말했다. 구조 업체 사람이 드나들면서 사람들은 이제 저 배가 일어설 것이라고 당연히 생각하고 있었다. 그럴 터였다. 남은 사람들은 남을 이유를 하나라도 더 찾고 싶었고 보이는 것을 보고 싶은 대로 오려내서 보고 있었다.

일이 일대로 되지 않고 회사가 줄대로 돌아가자 곳곳에서 자잘한 사고가 터졌다. 관리 부실로 공기구들이 고장 나고 장비와 자재 들은 공장 곳곳에서 짠 바닷바람과 자잘한 쇠먼지를 뒤집어썼다. 생산량은 이전보다 늘었지만 계절이 바뀌면서 일기가 순연한 덕택이었다. 배를 구조하기로 하면서 신사업 부서가 정리당한 뒤 조립팀으로 적을 옮긴 혁준은 생산 부서 상황을 한마디로 요약했다. "개판이야, 씨발." 부문장들은 관리에 손을 놓고 임원들과 어울렸고 또 팀장들은 그 부문장들에게 붙어 임원들과 어울렸다. 그나마 현장을 굴러가게 만드는 것은 기감들과 얼마 남지 않은 기사, 대리, 과장 들이었다. 하지만 그 사람들도 요령부득으로 터지는 사고와 관리 체계 없이 허우적허우적 헤쳐나가기 급급한 상황에 기진맥진하고 있었다.

회사가 공채로 젊은 사람을 더 뽑으면 될 일이었다. 대기업 사람을 데리고 온다고 회사가 대기업처럼 돌아갈 수는 없었다. 직공들은 모두 중국인이고 설비는 한국에 비하면 설비라고 할 것조차 아니었다. 당장 일손을 더하고 곱하는 일이 더 중요했다. 임원, 부장, 차장이 늘었으니 회사의 머리는 크고 많았다. 과장, 대리, 기사 들이 줄었으니 회사의 손발은 오그라들었다. 크고 많은 머리와 오그라들고 개수가 부족한 손발. 그 꼴이 무엇일까? 괴물이었다. 회사는 괴물이 돼가고 있었다. 나가는 사람들 중에 옥석을 가려 붙잡지 않고, 산적한 문제를 풀지 않은 채 자신들의 직위와 힘과 세력에 집착하는 임원들 역시 매한가지였다.

"그래서 무슨 말을 하고 싶은 건데?" 내가 그런 얘기를 하자 혁준이 물었다. "회사가 이렇게 돌아가면 안 된다고!" "그래서, 뭐? 뭐 어쩌라고? 그런다고 너도 한국으로 갈 거냐? 그럴 거냐?" 답은 뻔했다. "회사원 팔자 다 똑같아. 골 아프게 그딴 소리 하지 말고 술이나 마셔." 술기운 오른 부청도 거들었다. "야, 인생 별거 없어. 야, 인생 별거 없다구!" 다 소용없었다. 골머리 싸매면서 걱정하는 것도 피곤하고 귀찮은 일이었다. 월급은 꼬박꼬박 나왔고 별별 일이 다 일어나도 퇴근 시간은 결국 돌아왔다. 나는 동기들과 마시고 즐겼다. 그것밖에 할 수 있는 것이 없었다.

입사 전에는 몰랐다. 중국에, 비록 조그마한 도시에 있기는 하지만 장래 창창해 보이던 이 회사에 들어오면 다를 줄 알았다. 친구들에게서 전해 듣던 갑갑한 직장 생활, 고작 그따위 직장 생활을 하면서 겪고 감수해야 할 온갖 구태와 부당, 봐야 할 눈치, 그 대가로 치르는 굴욕과 굴복, 그것들이 카드처럼 쌓아 올릴 위태롭고 불투명한 장래. 너 말고도 할 사람은 얼마든지 많다는 소리를 듣고 잡지사를 그만뒀을 때, 일반 회사에 가기로 마음은 정했지만 한국과 서울의 회사 생활에서는 아무 전망도 볼 수 없었다. 나는 도망쳤다. 아무것도 모르고 못 했지만 중국으로, 이 조선소로 왔다. 한동안은 좋았다. 시커멓고 미끄러운 컨베이어벨트 위에서 홀로 뛰어내린 것 같았다. 하지만 이곳도 결국 마찬가지였다. 전망은 없었다. 되돌아갈 수도 없었다. 다시 한국으로 돌아가면 신입 사원부터, 바닥의 밑바닥에서부터 시작해야 했다. 내년이면 서른하나였다. 다시 시작하기에 너무 늦은 나이였다. 우선은 붙어 있을 수밖에 없었다. 버티고 견뎌서 대리, 과장이 돼 이직이라도 하는 것이 내가 할 수 있는 유일하고 현명한 선택이었다. 하지만 그렇게 한국으로 간다고 또 무엇이 다를까? 이렇게 전망이 없는데도 버티고 견뎌야 한다는 것이 이미 한국과 다르지 않았다. 서울에서 일하는 친구들의 처지나 나나 밀리미터까지 똑같았다.

팀은 공회전했다. 팀장은 헛발질에 지쳤는지 다시 일손을 놨다. 자리를 비우기 일쑤였고 종종 외근이랍시며 회사 밖으로 나돌기까지 했다. 차라리 다행이었다. 일이 이미 벅찼다. 매주, 다달이, 또 분기별로 자료를 주고받고 업무상 연락하며 지내던 사람들이 떠나자 모든 것이 아주 사소하게 번거로워졌고 미묘하게 까다로워졌다. 전화 한 통이면 끝날 일을 직접 찾아가서 기다려가며 해야 했고 이 사람이 한다던 일이 저 사람에게 가 있었으며 아예 공중에 떠 아무도 하지 않게 된 일도 있었다. 그것들이 자디잔 흰개미처럼 업무 시간을, 집중력을, 의욕을 사각사각 갉아먹었다. 인수인계가 있다지만 하는 사람은 마음이 떠 있었고, 받는 사람도 위에서 받으라니 받을 뿐 자기 일도 급하고 많았다. 일은 자꾸 떴고 그 일들을 붙잡느라 더 많은 시간이 걸렸다. 검토하고 수정할 시간은 부족했고 닥치는 대로 간신히 해 넘기기라도 하면 다행이었으며 그렇게 해도 일은 금세 다시 쌓이고 밀렸다. 퇴근 버스 막차에 올라타면 온종일 바쁘기는 엄청나게 바빴는데 정작 어떤 일을 했는지는 기억나지 않았다. 내가 일을 하는 것이 아니라 일이 나를 거쳐가는 것 같았다. 매일 쓰레기 치우듯 일을 치워나갔다. 현관문을 닫고 들어오면 녹아내릴 듯 피곤했고 침대에 벌렁 누우면 방전당한 듯 허탈했다.

그 허탈을 채우려고 유흥과 쾌락을 찾아다녔다. 하지만 이게 다 뭘까? 쓰레기 같은 일에 대한 보상, 일로 소멸한 시간에 대한 보상, 일로 느낀 짜증과 분통에 대한 보상일 뿐 유익한 것도 행복한 것도 아니었다. 그렇게 먹고 마시는 동안 부지런히 살은 붙고 체력은 떨어졌다. 잠을 못 자 눈 밑은 까맸고 가끔 명치는 송곳으로 들쑤시는 것 같았다. 하룻밤 안고 잔 여자는 내가 하는 한마디 말보다 빨간색 지폐 한 장에 더 만족했고 다음 날이면 침대는 써늘하게 비어 있었다. 돈으로 살 수 있는 즐거움은 흔하고 진부한 보상에 불과했고 그것도 회사가 사준 것이 아니라 내가, 내 돈으로 산 중국제 싸구려 보상이었다. 일과 보상이 쳇바퀴의 양 축이었고 그 안에서 나는 열심히 달음질치고 있을 뿐이었다. 왜? 누굴 위해? 너무 밑지는 장사였다. 일을 일 같지 않게, 치워야 하는 쓰레기로 만드는 것은 회사였다. 그런 일을 내 시간, 내 몸과 노력으로 해치워나가는데 그 보상까지 내 월급으로 사야 한다고? 다 개수작이었다.

집으로 돌아가는 택시를 타면 혼곤한 취기와 씁쓸한 자각이 함께 고였다. 어차피 이 길로 들어섰으니 받아들여야 할 터였다. 산다는 것이 고작 이런 것뿐이라면, 허무하고 맥 빠지는 노릇이지만 별수 없지 않나? 그런 것이다. 다 그런 것이다.

부청, 혁준과 KTV에 가서 여자를 부르지 않고 노래만 부르다 나온 적이 있었다. 그날따라 여자들이 별로 없었고 들어오는 여자들도 하나같이 마음에 차지 않았다. 남자들끼리 노래방 와서 이게 뭐 하는 짓이냐고 부청은 투덜댔지만, 막상 놀기 시작하니 즐거웠다. 분위기를 억지로 띄울 필요도 없었고 서로 여자 만질 시간을 벌어 준답시고 노래 부를 것도 없었다. 싸고 시간 많이 주는 노래방을 찾아 목이 터져라 핏대 올려 세우며 소리 지르던 고등학생, 대학생 때로 돌아간 것처럼 예전 노래를 줄줄이 불렀다. 정말 즐거웠다. 그렇게 놀아본 것이 아주 오랜만이었다.

우리가 듣고 부르던 노래는 뽕짝이 아니었다. 그런 것을 좋아한 적도 없었다. 하지만 우리는 뽕짝을 부르는 부장들, 임원들과 다를 바 없이 놀고 있었다. 다른 것도 마찬가지였다. 아무 납득도 없이 시키는 일을 시켰다는 이유만으로 하면서 그런 것이 회사라고 생각하고, 그것에 스스로 끼워 맞춰 들어가려고 기를 쓰고, 그 대가로 받은 굴욕과 억울, 피로와 허탈을 해소하기 위해 제 돈을 써가며 여자를 사고, 샀다는 이유만으로 함부로 대하는 이 모든 것을 우리는 똑같이 하고 있었다. 하지만 역시, 다 그런 것이다. 그것이 우리가 진심으로 바란 것이든 아니든, 또 그런 것이 싫어서 이곳 중국까지 왔다고 하든 말든, 아무 상관 없었다. 모든 것이 그렇게 돌아갔다. 다른 가능성은 보이지 않았고 다른 삶도 생각할 수 없었다. 그런 게 도대체 어디 있단 말인가? 다 그런 것이다. 그렇게 굴러간다.

여름이 왔다. 바다 남쪽에서 덥고 습한 바람이 작업장으로 불어왔다. 탑재장에서 중국 직공 몇몇이 작업복 윗도리를 벗고 일했다. 화기가 즐비한 조선소 작업장에서 당연히 불가한 일이었다. "김 기사, 저래도 돼?" 김 기사는 탑재2팀 소속이었다. "어쩌겠노, 입으라 케도 눈 돌리면 또 벗어뿌는데. 암만 말해도 안 된다, 중국 것들은." "아니, 그래도 불똥이라도 튀면 다치잖아. 자기들도 그건 알 거 아냐." "오래 있던 얼라들이나 그런 줄 알지, 연초에 새로 들어온 얼라들은 말해도 안 듣는다. 디지게 디어봐야 정신 차리지. 내가 위시엔, 위시엔 하믄서 위험타 케도 턱짓으로 저 가던 팀장 가리킨다. 자는 왜 안 입냐는 기지." "그래서?" "자는 팀장이니까 안 입는다, 카믄 웃는다 아이가. 너네 한국 사람은 팀장만 되면 배에 철판 두르냐고." 나는 웃었다. "틀린 말은 아니네." "개념이 없는 기지. 지가 어데 팀장하고 맞먹을라 드노." "근데 팀장 누가 안 입고 다니는 거야? 조 상무님이 가만 놔둬?" "있다, 새로 온 또라이 시끼 하나. 팀장이 그러고 있으이 그 밑에 같이 들어온 과장 시끼도 얼레벌레 벗고 다닌다 아이가. 조 상무님이야 뭐 그런 거 일일이 타치 안 하시니까." "중국 애들이 보고 따라 한다며?" "중국 것들이 다 그러려니 하시는 기지. 현장에서 보면 손가락질하는데, 막 뭐라 하지는 않는다. 그래서 중국 얼라들은 안 되는 기다. 우리 한국 사람하고는 다른 기라." 김 기사는 조 상무처럼 말했다. 그건 아니지 않냐고, 회사가 군대처럼 짬밥 찼다고 자기 마음대로 옷 벗고 다니는 건 그른 거고 틀

124

린 거지, 한국이고 중국이라서 다른 건 아니지 않냐고 따져보고 싶었지만, 내가 김 기사에게 할 말은 아니었다. 나나 김 기사가 옳고 그른 것을 아무리 갈라 세워도 아무 소용 없었다. 팀장이나 조 상무가 작업화 발로 깔아뭉개면 아무것도 아니었다.

매일 똑같은 생활이 이어졌다. 나는 요령을 익혀나갔다. 일이 쌓여도 쌓인 것처럼 보이지 않게 하는 요령, 잽싸게 해치워야 할 일과 그렇지 않은 일을 분리하는 요령, 금방 해도 시간과 공을 많이 들인 것처럼 보이게 하는 요령, 일도 아닌 일을 일처럼 보이게 하는 요령, 그리고 적당히 틈만 보이면 혁신이라는 단어를 붙여 넣는 요령. 요령을 익히니 일은 편해지고 회사 생활은 평화로웠다. 퇴근하면 술 마시고 여자를 주무르다 집으로 갔고, 잤다. 불편하고 불쾌한 것들, 틀렸지만 틀렸다고 말할 수도, 고치거나 치울 수도 없는 것들은 적응하거나 아예 잊어야 했다. 기쁘고 즐거운 것, 보상을 찾는 것만이 최선이었다. 수도꼭지에서 떨어지는 물방울처럼 똑같은 날들이 똑똑 흘렀다. 2002호는 구조 업체 실사가 끝난 지 한참이었지만 여전히 그 자리에 있었다. 꼼짝없이, 관처럼 누워 있었다.


17.


양 이사가 팀장에게 일을 주기 시작했다. 폐철 업무는 그중 하나였다. 회사에서 사들인 강재 중 쓰고 남은 폐철을 회사 인근 업체에 매각하는 업무는 원래 총무팀에서 맡고 있었다. 하지만 떠난 사람들의 투서 중에 곽 상무와 업체 간에 비리가 있다는 얘기가 있었고 그것을 안 회장은 곽 상무를 그 업무에서 손 떼게 하라고 양 이사에게 시켰다. 양 이사는 그 일을 팀장에게 넘겼다. 자신과 똑같이 회장 줄에 서 있는 곽 상무를 건드리기는 싫었을 것이다. 팀장은 알았지만, 하지 않을 도리가 없었다. "양 이사 새끼, 항상 이따구지. 보험 일도 처음에는 손 안 대고 있다가 나중에 할 만해지니까 지가 나서서, 나쁜 새끼." 흡연실에서 팀장이 말했다.

팀장은 그 일을 잘 처리했다. 시에 속한 업체 세 곳과 비공개 입찰을 진행했다. 이전까지 물량을 쓸어가던, 회사가 위치한 사부촌의 업체는 입찰가가 가장 낮았다. 팀장은 입찰가가 가장 높은 시 지역 폐철 수거 업체에 매입권을 넘겼다. 사부촌 촌장은 즉각 반발했다. 사부촌 업체는 촌장 조카가 운영하는 회사였다. 사부촌 촌장은 경영기획팀으로 찾아와 팀장에게 면담을 요청했고 동석한 나는 들은 대로 기록했다. 회사 경영기획팀에서 주관하는 추가 입찰을 일체 거부할 것이며 이후 폐철 매입에 관한 사항은 외련 담당 홍원기 상무와 직접 논의하겠다는 내용이었다. 팀장은 촌장을 돌려보내고 내가 쓴 것을 최종 검토한 후 결재 선에 올렸다.

며칠 뒤 팀장에게서 전화가 왔다. "어디냐?" 다급한 목소리였다. "사무실입니다." "홍 상무님 방으로 빨리 올라와라." "네? 거길 제가 왜……." "네가 올린 폐철 판매 개선안 때문에 문제가 좀 생겼다. 홍 상무님이 너하고 직접 얘기하시겠단다." 네가 올린, 이라는 말이 거

슬렸다. "사장님 결재까지 다 난 건데 문제 생길 게 뭐가 있습니까? 또 팀장님 계신데, 왜 저를?" "말대꾸 그만하고 빨리 올라와!"

상무실 문을 두드렸다. "들어와요." 문을 열자 홍 상무가 책상 앞 소파 상석에 앉아 있었고 그 옆에 외련팀 진 부장이 얼어붙은 듯 서 있었다. "문 기사입니다. 기안문 작성한……." 팀장은 긴 소파 끄트머리에 엉덩이를 겨우 붙이고 앉아 나를 소개했다. 홍 상무는 눈을 치켜떴다. "자넨가? 이따위 걸 서류라고 쓴 게?" 자기 앞에 놓인 결재판을 내 쪽으로 툭 밀었다. '폐철 매각 혁신안'이라는 제목 옆에 사장의 글씨체로 '홍 상무 참조'라고 적혀 있었다.

"죄송하지만 어떤 것 때문이신지……." 내가 영문 모를 얼굴로 보고만 있자 홍 상무는 노발대발했다. "보고도 뭔 소린지 몰라? 도대체 무슨 생각으로 이걸 썼나? 저의가 도대체 뭐냔 말이야!" 홍 상무가 핏대를 세웠다. "상무님, 송구스럽습니다만, 제 잘못을 아직 잘 알지 못합니다. 정말 송구스럽습니다만, 조금만 더 상세히 말씀해주실 수 있겠습니까? 죄송합니다." 너무 당황한 나머지 나는 사극에나 나올 '송구'라는 말까지 썼다. "여기, 여기! 이게 뭐냔 말이야! 사부촌 촌장이 낮은 금액을 써서 입찰에 떨어졌는데, 그러고도 이 홍원기와 얘기하겠다는 게 도대체 무슨 뜻이냐고? 그것도 굵은 글씨로 이렇게 밑줄까지 쳐서, 이래도 아무 저의도 없다고 말하는 게야! 이따위 걸 써서 결재라고 올려? 미쳤나? 단체로 날 엿이라도 먹여보겠다는 수작이야? 앙! 그런 거야?" 홍 상무는 긴 손가락으로 결재판을 뚫을 듯 두드려댔다.

황당한 소리였다. 회사가 사부촌에 있는 만큼 촌장이 그런 말을 했다면 상부에 보고해 대처 방안을 마련하게 하는 것이 당연했다. 또 부당한 요구와 압력에도 입찰가가 가장 높은 업체에 매입권을 넘겼다는 사실은 경영기획팀의 업무 처리 방침과 방식을 명확히 보여주는 것이었다. 그 기안문에 잘못 쓴 것이 있다면 어느 곳에도 곽 상무의 비리를 언급하지 않은 것이었다. 첫 문장에서 혁신 사유라고 쓴 것에는 폐철 판매 업무의 이익과 효율 극대화, 업무 체계 확립과 관리 수준 상위화 같은 모호한 말뿐이었다. 그렇게 쓰게 한 것은 팀장이었다. 다른 것은 모두 사실 그대로 쓴 것이었고 간략하면서도 구체적이었다. 저의는 기안문에 있는 것이 아니라 홍 상무에게 있었다. 하지만 그렇게 말할 수는 없었다. "죄송합니다, 상무님. 제가 미처 그 내용을 살피지 못해 정말 큰 잘못을 저질렀습니다. 상무님께 누를 끼쳤습니다. 정말, 죄송하고 송구합니다." 나는 머리를 땅에 처박기라도 할 듯 조아렸다. 연기가 아니었다. 몸이 그렇게 반응했다.

홍 상무는 표적을 바꿨다. "자네는 뭐 하는 사람이야! 아랫사람 단속 하나 제대로 못 해? 기사가 이따위 얼토당토않은 걸 써왔으면 자네가 고쳤어야 할 것 아냐. 고작 이것도 못 하면서 팀장이라는 소리가 듣기 부끄럽지도 않나? 무슨 일이 이따위냐고! 생각할 대가리가 없으면 미리 나한테 갖고 오든가. 부사장님, 사장님 결재까지 다 맡은 다음에 나한테 갖고 오는 건 뭐야? 대체 그 저의가 뭐냔 말이야!" 홍 상무는 다시 저의라는 말을 써가며 팀장을 부라렸다. 주름진 목이 닭 볏처럼 부들부들 떨렸다. 팀장은 땀으로 번들거리는 이마를 탁자에 닿을 듯 수그리고만 있었다. "자네가 문제야, 자네가! 자네가 이따위로 일을 처리하니까 자네 팀 기사조차 나를 우습게 보고 이 개 같은 걸 기안문이랍시고 쓴 거 아닌가!" 홍 상무는 말하면서 더 흥분했다. 자신의 말로 자신을 장작처럼 쪼갰고 그것을 땔감으로 삼았다. "내가, 이 홍원기가 얼마나 우습게 보였으면 일을 이렇게 처리하는 거야? 내가 그렇게 우스워? 우습냐고!" 홍 상무의 눈꺼풀이 부르르 떨리며 급하게 깜빡거렸다.

우스운 것은 사실이었다. 홍 상무의 모습에서 오 대리의 부문장이 겹쳐 보였다. 자신의 무능이 드러나고 또 곽 상무가 하루아침에 그렇게 된 것처럼 자신도 내쳐질까 봐 홍 상무는 일개 기사인 나까지 불러 이 난리굿을 벌이고 있는 것이었다. 홍 상무의 처지를 생각하면 당연했다. 홍 상무가 회장의 골프 친구라는 얘기는 공공연했다. 대기업 경력과 중국어 실력이 있기는 했지만 홍 상무의 경력, 경험이라고 해봤자 다른 지역에서 쌓은 것이고 어떻게 쌓은 것인지도 알 수 없었다. 회사가 있는 곳에서는 아무 연고도 없었고 중국어를 아무리 잘한다고 해봤자 중국인 진 부장과 비교할 수는 없었다. 더군다나 진 부장은 홍 상무에게 자신이 그간 쌓고 다져온 인맥과 영향력을 곱게 넘겨줄 이유가 없었다. 진 부장이 회사에서 고액 연봉을 받으며 편안히 있을 수 있는 이유가 바로 그것이었다. 진 부장은 자신이 필요할 때, 권위와 대표의 상징이 필요할 때만 홍 상무를 불렀고 그렇지 않은 일은 모두 자신이 나서서 처리했다. 홍 상무는 허수아비였다.

회사가 아주 아사리판이었다. 떠날 사람이 다 떠나고 나자 줄로 일어선 사람들은 서로 엮이고 꼬였고 그 속에서 뎅겅 잘려나가지 않으려 안달이었다. 직언하는 사람이 없으니 하나같이 기고만장했고 그만큼 더 그것을 잃어버릴까 안절부절이었다. 도대체 이게 뭔가? 이런 게 조폭이지, 무슨 회사란 말인가. 사람들은 그것을 정치라고 말했다. 우스운 소리였다. 이딴 게 무슨 정치란 말인가? 알력이고 쟁탈이었다. 하지만 나 따위가 그러든 말든 아무 상관 없었다. 홍 상무가 장작인지 지푸라긴지 다 뗄 때까지 나는 오줌이라도 지릴 것처럼 벌벌 떨고 서 있었다. 팀장은 끝내 변명다운 변명조차 못하고 죄송하다고 연신 꾸벅거렸으며 나중에는 내가 한 것과 똑같이 송구하다는 말까지 썼다. 그런데도 홍 상무는 좀처럼 노기를 식히지 못했다. 어쩌자는 말인가? 통촉하여달라는 말이라도 듣고 싶은 건가?

욕에 푹 절여진 뒤에야 팀장과 나는 상무실을 나올 수 있었다. "한 대 피우고 갈래?" 6층으로 내려오자 팀장이 말했다. "아닙니다. 먼저 들어가겠습니다." "그래, 그래라. 고생했다." 나는 고개를 까딱거리고 사무실로 돌아왔다.

털썩 자리에 주저앉았다. 팀장도 참 안된 사람이었다. 하지만 동정만 드는 것은 아니었다. 조금 전 축축해 보이는 작업복 차림으로 터덜터덜 흡연실로 걸어가던 팀장이 내가 한때 믿고 따르던 그 사람 맞는가? 홍 소장 같은 사람을 찾아내고 보상 처리를 진두지휘하고 결국 진급 누락당하고 모욕당하기는 했지만 그 전까지 회장의 왕자라고 하던 정 이사, 양 이사 앞에서 기죽지 않던 그 사람이 맞는가? 그런 사람이 어쩌다 이 지경이 됐는가? 회사가 그렇게 만들었을까? 무도한 알력과 쟁탈이 한 사람을 이렇게 짓이겨놓은 걸까? 그렇게 말할 수도 있었다. 하지만 원론에 불과했다. 안 그런 회사가 어디 있는가? 팀장 탓이었다. 팀장이 진즉 양 이사의 품속으로 들어가지 않은 탓이었다. 서라 할 때 줄 서지 않고 버텨보고 이겨보겠다고 한 탓이었다. 애초에 보험 일도 팀장이 맡지 말았어야 했다. 일 잘하는 양 이사나 학벌 좋고 성격 좋은 정 이사에게 미뤄야 했다. 신분이 달랐다. 그런 것이 없다고들 말했지만, 그런 것은 있었다.

팀장도 결국 수긍한 것 같았다. 그 일이 있고 난 후 팀장은 한결 고분고분하게 양 이사를 대했다. 양 이사가 주는 일들만 기안해 올렸고 기획조정실 팀장급 회의에도 꼬박꼬박 참석했다. 그래도 답답한지 한 번씩 외근 핑계를 대고 회사 밖으로 나가기는 했다. 나는 안도했다. 그런 팀장의 속이, 속이 아닐 거라는 생각이 들면서도 진급이나 다른 문제를 생각하면 고맙고 다행스러운 일이었다. 어차피 힘은 양 이사에게 있었고, 힘은 우스운 것이 아니었다. 길들이려 들면 길이 들어야 할 터였다.

여름이 끝날 무렵 팀장은 사표를 제출했다.

18.

팀장이 옮긴다는 곳은 인근 도시에 있는 전자 제품 제조 회사였다. 한국에서 들여온 부품을 조립해서 다시 한국으로 보내는 위탁 가공 업체였다. 팀장의 외근은 실은 이직 자리를 알아보러 다닌 것이었다.

팀장은 허심탄회한 얼굴로 앞으로 있을 일을 얘기했다. 이미 사직서는 양 이사에게 제출했고 출근은 다음 주까지였다. 팀장이 떠나면 팀은 없어지고 업무는 기획조정실에서 흡수할 예정이었다. "다들 그렇게 알고, 내일까지 짬 나는 대로 한 사람씩 면담할 테니 부르면 회의실로 들어와라. 가는 마당에, 속닥하게 얘기나 해보자. 각자 하고 싶은 말도 있을 거고."

영입 제의였다. 차례로 들어갔다 나온 손 과장, 정 대리는 팀장이 함께 가자고 했다는 얘기를 털어놨다. "어떡하실 거예요, 과장님?" 정 대리가 담배 연기를 뱉다 말고 말했다. "생각 좀 해봐야지, 인즘 대답할 수 있나." "조건은 좋잖아요. 주 발주처에서 지분 80퍼센트가 넘으면 한국 대기업 중국 지사나 다름없는데." "그래도 회사 옮기는 건 신중해야지. 정 대리 니는 가게?" "갈까, 생각 중이에요. 회사도 꼴이 말이 아니고 지금 따라가면 팀장님이 연봉이랑 진급은 챙겨주시겠죠. 문 기사도 갈 거죠?" "네? 아, 글쎄요. 생각 좀 해봐야 할 것 같은데……." "같이 가요. 내년에 진급해봤자 여긴 국물도 없어요. 나 봐요, 진급하자마자 연봉 유보나 당했잖아요." 내가 대답을 더듬고 있는 사이 손 과장이 준매에게 물었다. "준매 니는 어쩔래? 팀장님이 가자면 갈 거나?" "저는 가요, 팀장님 가자면 무조건 가요. 의리 지켜야죠."

심경이 복잡했다. 기어이 길들기를 거부하고 회사를 그만두는 팀장이었다. 회사를 옮긴다고 팀장이 달라질까? 또 그 회사에는 정 이사, 양 이사 같은 사람이 없을까? 하지만 남는다면, 남는 대로 문제였다. 양 이사 밑에 들어가서 뭘 할 수 있을까? 추진력, 회사 안에서 휘두르는 영향력, 솔직히 모두 부럽고 탐이 났다. 부청과 한 부서에서 근무할 수 있다는 것도 마음이 끌렸다. 하지만 양 이사가 배를 못 일으킨다면? 아무리 회장의 왕자라고 하지만 앞으로도 그럴까? 모든 것이 회장의 뜻대로 굴러가는 것이라면 양 이사 역시 그 일부였다. 게다가 그 배는 홍 소장과 팀장 모두 말린 배였다. 배를 세우는 것은 쉽지 않을 터였고 이미 두어 달 넘게 아무 진척도 없다는 것이 그 사실을 방증했다. 안전한 선택이 아니었다. 준매 말대로 의리에 맞지도 않았다. 팀장을 이렇게 나가게 만든 사람이 양 이사였다. 팀장을 따라나서는 게 옳았다. 팀장이 아니었으면 나는 이 회사에 들어올 수도 없었다. 회장 면접 전, 실상 최종 면접이나 다름없는 실무자 면접에서 면접관은 양 이사와 팀장 두 사람이었고, 내게 관심을 보인 사람은 팀장뿐이었다. 팀장은 잡지사에 있을 때 가장 인상 깊게 쓴 기사를 묻기까지 한 반면, 양 이사는 변변한 질문조차 하지 않았다. 양 이사는 내게 흥미가 없었다. 간다고 해도 미국 공인회계사 자격증이 있는 부청 같은 대우는 받지 못할 터였고, 허드렛일이나 할 것이 분명했다. 하지만 이제 와 또 회사를 옮기면 아무 일관성도 없는 이력만 세 줄이었다. 가면 그야말로 옴짝달싹 못 하는 처지가 될 터였다. 좀처럼 마음을 정할 수 없었다. 오후 들어 팀장이 나 대신 준매를 먼저 불렀을 때, 나는 안도했다. 도무지 결심이 서지 않았다. 하지만 결국 내 차례가 왔다.

팀장의 말은 뜻밖이었다. "생각해봤는데, 너는 회사에 그냥 남는 게 좋겠다." 팀장의 표정은 담담했다. 떠보려고 하는 소리가 아니었다. "왜, 저는?" "넌 벌써 회사 한번 옮겼잖냐. 이력서 지저분해서 좋을 것 없다." "제가 안 믿기시는 겁니까?" "그런 게 아니다. 그 회사가 어떨지 내가 아직 모르고." "정 대리한테는 가자고 하셨잖습니까?" "정 대리야 결혼할 중국 여자도 있으니 여기서 뿌리를 내려야 하잖냐. 넌 아직 결혼도 안 했고 한국에 돌아갈 수도 있는데, 뒷일 생각 안 하고 나 편하자고 데리고 갈 순 없는 노릇이다. 넌 남아라. 그러는 게 좋겠다." 불쑥 가야겠다 싶었다. "아니, 회사도 지금 사람이 이렇게 빠진 마당에 어떻게 될지 모르고 또 배 일으킨다는 것도 저러는 상황이고……." "배는 어차피 안 세울 거다." "네?" "생각해봐라. 양 이사가 저렇게 나선다고 자기가 직접 배를 일으켜 세우는 것도 아니고 결국 돈 줘서 시키는 건데, 회사에 지금 그만한 돈이 없다." "돈이야 유보도 하고 신공장 부지도 팔고, 있잖습니까?" 팀장이 툭 내뱉었다. "필리핀이다."

2002호 사고 당시 회장이 있었던 그 필리핀이었다. 회장은 휴양차 그곳에 간 것이 아니었다. 조선소가 무탈하게 돌아가는 듯하자 회장은 신사업으로 눈을 돌렸고 그중 하나가 한국 은퇴자를 위한 실버타운 건설이었다. 중국 안착으로 자신감이 붙었고 번듯한 조선소까지 소유한 그룹사가 됐으니 보란 듯이 거창하게 해 보일 생각이었다. 최초 진출 같은 수식어는 이 조선소로 족했다. 최대, 초호화 같은 수식이 붙는 은퇴자 전용 도시를, 대기업과 경쟁해도 결코 밀리지 않을 일류 생활 단지를 조성할 계획이었다. 그것으로 한국의 일반 중소기업들과 전혀 다른 위치를 일찌감치 선점할 작정이었다. 회장은 지대가 평탄하고 마닐라와 한 시간 이내 거리에 있는 작은 마을을 통째로 사들였고 한국 건설사를 시공사로 지정했다. 자재는, 물론 최상품이었다. 호황의 황혼, 베이징 올림픽 직후로 모든 원자재가 최고가를 연일 경신하던 무렵이었고 같은 이유로 한국 건설사 역시 국내외 가릴 것 없이 몸값이 최고치를 기록하던 때였다. 은행은 조선소가 황금 똥을 싸는 돼지라고 생각했고 넘쳐나는 돈을 어서 가져다 쓰시라고 갖다 바치지 못해 안달이었다. 회장은 양 이사를 통해 프로젝트 파이낸싱, 특정 사업 융자를 일으켰고 막대한 돈이 들어오자 모든 것이 순조롭고 신속하게 흘러갔다. 현지 건설사가 정리한 부지 위로 한국 건설사 사람들이 기거할 숙소부터 올라갔고 평탄화 작업이 끝난 말끔한 부지 위로 최고급 자재들이 쌓였다. 우기에 접어들기 전, 자재 창고 수십 동이 올라갔고 그 안으로 이미 있던 자재와 새 자재, 한국에서 공수한 공구와 장비 들이 차곡차곡 들어찼다. 인력들이 넘어와 기초공사를 시작했다. 그때쯤 2002호가 쓰러졌다. 인도금은 들어오지 않았고 생산이 밀리면서 후속 호선의 자금 결제까지 밀렸다. 본공사를 시작하자 필리핀 현장은 더 많은 현금을, 더 빠르게 빨아들이는 중이었다.

"그럼 지금까지 이것저것 팔고 유보시켜 뭉쳐놓은 종잣돈이 죄다 필리핀 공사판에 빨려 들어간 겁니까?" 팀장은 고개를 끄덕였다. "양 이사도 벌써 단념했다. 구조 업체들도 실사 비용 다 챙겨서 돌아갔고." "그럼 더 문제 아닙니까? 앞으로도 그쪽에 계속 현금이 빨려 들어갈 거고 안 그래도 생산은 지지부진한데 상황이 더 나빠진다는 얘기 아닙니까?" "그래도 은행 쪽에서 일단 돈을 대고 있으니까 당장 어떻게 되지는 않을 거다. 별거 없어 보여도 그렇게 만만한 회사가 아니다. 수주 잔량도 아직 넉넉하고 호황이 끝나간다고 하지만 발주는 꾸준히 나오고 있으니까, 당분간 별일 없을 거다." 반드시 따라가야겠다는 생각이 들었다. "저 그냥 데리고 가시면 안 됩니까?" "안 데리고 가고 싶어서 안 데리고 간다는 게 아니잖냐. 좀 기다려보라는 거다. 그쪽 회사가 든든하다 싶고 내가 자리 잡으면 먼저 연락하마. 너도 알잖냐, 해외 나온 회사들이 어떤지. 겉으로는 다 좋아 보이지. 인건비 싸고 물가 낮으니 생활하기 좋고 파견비까지 두둑하고 정부 혜택에, 우리 회사만 해도 똑같은 건화물 운반선만 스물네 척 연달아 수주해놨다 하고. 한국 은행뿐 아니라 중국 은행에서 자금 지원받을 수 있다고 했을 때 얼마나 좋아 보이더냐? 근데 막상 와서 보니 어떻던? 회사가 그렇게 돌아가더냐? 나도 여기 오기 전 딴 회사에서 자리까지 다 마련해놓고 내 몫으로 컴퓨터까지 사놨다고 했는데 고사하고 왔다. 그런데 지금 나를 봐라, 좋아 보이냐? 다 생각하는 게 있어서 그런 거니, 일단 자리 지키고 있어라. 그쪽이 확실하면 부른다고 하지 않냐."

한숨이 나왔다. "그럼 저는 어떻게 합니까? 양 이사 밑으로 갑니까?" "생산기획팀 어떠냐?" "네?" "어차피 거기 가봐야 부청이도 있고, 양 이사도 일 배울 사람은 못 된다. 정 이사 밑에 가서 생산기획 팀 일 배워놓으면 어떨까 싶다." "제가 생산을 뭘 안다고……." "그러니 가서 배우라는 거다. 그래도 조선소에서 생산기획 했다고 하면 다 알아주니 나중에 갈 데는 많을 거다." 갑작스러운 전환에 나는 대꾸가 선뜻 떠오르지 않았다. "갈 마음 있으면 내가 정 이사한테는 잘 얘기해놓으마." 팀장은 덧붙였다. "어차피 생산기획팀도 제대로 안 돌아가기는 마찬가지다만, 그래도 여기선 제일 괜찮은 축이다. 그리고 조선소 생산기획 배워놓으면 다른 어느 제조업 가도 써먹을 데가 있다. 넌 아직 모르겠지만 제조업이라는 게 다 거기서 거기다. 수주하고 설계하고 자재 사들여서 가공하고 팔고 더 팔려고 마케팅하고 다 그런 식인 거다. 그냥 직수굿하게 머리 박고 공부한다고 생각해라. 이제 기사다. 너무 조급해할 거 없다."

시내 고깃집에서 한 송별 회식은 아주 화기애애했다. 팀장의 안색은 환했고 준매나 정 대리는 자기들끼리 새 둥지를 틀 회사에 관해 얘기했다. 모두 기분 좋게 마시고 떠들었다. 편해 보였다. 손 과장은 회사에 남아 외련팀으로 넘어갈 예정이었다. 나는 생산기획팀에 가는 것으로 됐다. 따로 봤을 때 한 번 더 청했지만, 팀장은 고개를 저었다. 그렇게까지 나를 남겨두겠다는 이유를 물어봤지만 팀장은 이미 한 말을 반복할 뿐이었다. 공평한 것인지도 몰랐다. 내가 동정하면서 한편 원망해온 것을 팀장은 알았을 것이다. 분위기를 어그러뜨리고 싶지 않아 함께 웃고 마시고 떠들었지만 속은 착잡했다. 자리는 길어지지 않았다. 고깃집 앞에서 서로 인사하고 헤어졌다. 팀장과 나는 같은 방향이라서 한 택시를 탔다.

"정 이사하고는 얘기가 잘됐다." 팀장이 말했다. "꽤 마음에 들어 하는 눈치더구나. 보험 일 할 때 와서 자료 구하고 모르는 걸 물어보는 태도가 차분하고 성실해 보였다면서." "네. 잘됐네요." 창밖에 눈을 둔 채 대답했다. 길 건너 해변에서 나온 중국인 한 무리가 젖은 맨발로 도로를 걸어가고 있었다.

뒤늦게 취기가 올랐다. 여지껏 참았던 말이 툭 튀어나왔다. "이게 뭔지 모르겠습니다. 어쩌다 이렇게 팀이 다 찢어지게 됐는지." 팀장은 술내 나는 한숨을 푹 내쉬었다. "내 잘못이다. 그때, 내가 보험 일 맡겠다고 괜히 나서는 게 아니었는데." "그게 아니잖습니까, 그런 게 아니잖습니까." 나는 내가 원망하던 것도 다 잊고 그렇게 말했다. 나 역시 결국에는 팀장처럼 가진 것이라고는 몸뚱아리밖에 없었다. "다 그런 거다. 뱁새가 황새 쫓아가자면 가랑이가 찢어지는 거야. 분수 넘치는 일에 괜히 덤벼들면 결국 이 지경이 되고 마는 거다." "그럼 줄도 없고 뭐도 없으면 시키는 대로, 하라는 것만 해야 하는 겁니까? 능력이 있든 없든 종생 시다바리나 해야 하는 겁니까?" "어쩌겠냐, 그렇게 돌아가는 건데." "회장님도 처음부터 줄이 있지는 않았을 거 아닙니까? 줄대로 돌아가니까, 힘 있다고 힘만 있는 사람들 마음대로 돌아가니까 회사가 이 꼬라지 아닙니까."“그래서 넌 어떻게 하고 싶으냐?" 팀장이 나를 쳐다봤다. 마주 오는 차들의 전조등이 팀장의 취하고 피로한 얼굴을 비췄다. 중국 택시의 낡고 거친 엔진음이 실내를 채웠다.

"결국 줄이다. 남자는 마흔 중반, 쉰 그쯤에서 다 꺾인다. 슬슬 하초에 힘도 달리고 여자도 지겹고. 그러면 눈이 어디로 가는지 아냐? 권력에, 정치로 가는 거다. 조직, 자기 세력이 남자의 지렛대가 되는 거지. 그걸로 서로 넌지시 가늠하는 거다, 누가 더 큰지. 화장실에서 서로 남의 것을 훔쳐보듯이 말이다. 가랑이 사이 것이 쪼그라드니까 뭐라도 하나 길게, 큼직하게 늘어뜨리고 싶은 거지. 남자란 다 그렇기 마련이고 너도 나중에 그렇게 될 거다. 그렇게 되지 않으면 또 어쩔 거냐? 집에서는 식구들, 밖에서는 부서원들, 다 너만 바라보고 있다. 실적을 내야 계속 일을 할 거고 일을 하자면 잡고 흔들 힘이 있어야 할 거 아니냐? 어느 지위 이상 올라서면 일을 하는 게 중요한 게 아니다. 일이 되게 시키고, 시키는 대로 해오게 만들고 그걸 내 부서, 내 조직의 실적으로 만드는 게 더 중요해지는 거다. 원리 원칙이나 너 하나 문제가 아니란 말이다. 그런 걸 두고 이렇다, 저렇다 하는 건 다 부질없는 짓이다. 그러니까 지금부터 잘해라, 알아서 기어라." 팀장은 피식 웃었다. "어련히 잘할 것 같기는 하다만." 그 말에는 내 속을 찌르는 것이 있었다. "나도 그럴 생각이다. 이제부턴 들어도 못 들은 척, 봐도 못 본 척, 시키면 시키는 대로, 하라면 하라는 대로, 그렇게 할 참이다." 팀장은 말을 돌렸다. 나는 입술을 지그시 깨물었다.

"그런데, 회장님은 배를 세울 마음이 있기는 있었습니까? 아니면 애초에 그냥 필리핀 일 덮고 돈이나 당기려고 그런 겁니까?" 나는 내내 걸리던 것을 물었다. 팀장은 웃었다. "그 속을 누가 알겠냐? 또 안다고 한들 누가 어쩌겠냐?"

택시는 팀장의 집에 먼저 닿았다. "들어가십시오." 평소와 다를 바 없이 인사했다. "들어가라." 문을 닫기 전 팀장은 잠시 나를 봤고 나도 그랬다. 아무 저의도 없었다. 마침표를 찍듯 주고받은 짧은 눈 인사였다. 팀장이 문을 닫자 택시는 빈 도로를 크게 돌아 집으로 향했다.

이렇게 됐다는, 그리고 이렇게 될 수밖에 없었다는 생각이 들었다. 더는 틀린 질문을 할 것도 없었다. 받아들이는 것만이 남아 있었다. 생각해보면 크게 밑진 것도 없었다. 팀장이 간 것은 안된 일이다. 오 대리가 그렇게 나간 것도 안된 일이다. 회사는 시궁창에 처박혀 있다. 하지만 어제오늘 일도 아니었고 그런 채로 회사는 여전히 굴러가고 있었다. 잘됐다면, 나는 더 잘된 셈이었다. 양 이사의 눈 밖에 난 팀에 더는 속해 있지 않아도 됐고 정 이사는 양 이사만큼 회장의 총애와 신임을 받는 사람이었다. 종잡을 수 없는 양 이사와 달리 매사 침착했고 성격도 온화하고 세심했다. 정 이사의 중국 직원들은 시키지 않았는데도 매일 아침 정 이사의 책상을 닦고 주전부리가 있으면 올려놨다. 업무 역시 나중에 이직까지 생각하면 더할 나위 없었다.

이것으로 나도 회장의 줄 안에 들어간 것이었다. 안심이 됐다. 그 힘, 눈먼 힘을 나는 잘 알고 있었다. 그것을 경멸했지만 두려워했고 혐오했지만 동경했다. 팀장과 팀이 그렇게 된 것은 슬프고 갑갑했지만 내가 이렇게 된 것은 기쁘고 다행스러웠다. 나는 두 겹으로 나뉘어 있었다. 힘에 사로잡힐 때 사람은 그렇게 되기 마련 아닐까? 갇힌 기분은 들었다. 이제 내게 남은 것은 견디고 버티는 회사 생활, 그것밖에 없었다. 당연한 귀결이었다. 나는 도망쳐왔다. 도망친 곳에 자유가 있을 리 없다고 말들 하지 않는가? 실은 도망쳐온 것조차 아닐지 몰랐다. 상관없었다.

나는 괜찮았다. 기분이 나쁘지 않았다. 택시를 돌려 여자와 술집이 있는 거리로 향했다.


19.


나는 생산기획팀으로 책상을 옮겼다. 생산기획실 밑에는 생산관리팀, 생산기획팀, 생산기술팀이 있었고 생산관리팀과 생산기획팀은 정 이사와 오랫동안 함께해온 한국인 이 대리와 조선족 황 대리가 각각 팀장 대행이었다. 생산기술팀은 얼마 전 새로 넘어온 최영록 차장이 팀장이었다. 환영식은 없었다. 간단한 소개와 인사가 끝나자 황 대리는 지금 짓고 있는 배 도면 두어 장을 내게 건넸다. "그냥 외우는 거이 제일 빠를 거예여." 조선족도 한국에서 어느 지역 출신이었느냐에 따라 말투가 조금씩 달랐는데, 황 대리는 북한 말 같기도 하고 강원도 사투리 같기도 한 억양이었다. 손 과장은 경상도 억양에 더 가까웠다.

당장 다음 날부터 황 대리는 일을 시켰다. "1021호 3번 밸러스트 탱크에 그라인딩 아직 안 끝나 있던데 한번 알아봐이여, 무어링 윈치 입고는 어이 됐나? 그것도 알아보고 1013호 엠에이MA 끝났는지, 디엠DM 일정은 잡혔는지도 확인하고 알려줘이여." 나는 머저리 같은 얼굴로 황 대리를 쳐다봤다.

다른 일도 마찬가지였다. 생산 진도를 관리하는 엑셀 표들은 배한 척에 들어가는 블록 수십 가지와 그 블록에 들어가는 주요 공정 수십 가지로 쪼개져 있었고 각각의 수치들은 내가 한번 써보기는커녕 본 적도 없는 함수까지 동원해 서로 얽히고설켜 있었다. 생산 부서와 계약관리팀, 영업팀에서 넘어오는 문서들과 내가 이전에 받아본 문서들의 공통점이라고는 종이 위에 인쇄했다는 것밖에 없었다. 생소한 양식에 온통 기호와 영어투성이였고 영어도 내가 전혀 모르는 조선 영어에, 대부분 약어였다. 사무실 생활도 적응 안 되기는 마찬가지였다. 출근해서 제일 먼저 해야 하는 일, 점심을 먹으러 가자고 운을 떼는 시점, 퇴근 순서, 모든 것이 설었다. 하루는 생산관리팀 이 대리에게서 메일 한 통을 받았다. 아침마다 하는 전체 체조 시간에 나오라는 얘기가 짧게 적혀 있었다. 경영기획팀에서는 체조 시간에 나가든 말든 참견하는 사람이 없었다. 하지만 이제 그럴 처지가 아니었다. 이 대리도 똑똑히 적어놓았다. "여기는 생산기획실이고 생산기획실에서는 모두 체조 시간에 나가서 체조를 하니 문 기사도 적응해야 하지 않겠습니까?" 맞는 말이었다. 적응, 그것이 내 유일한 과제였다. 나는 내가 예상한 것부터 예상하지 못한 것까지 모조리 적응해야 했고 다시 신입 기사가 된 것처럼 바닥부터 기어 올라가야 했다.

어느 정도 각오는 했지만 못 할 짓이었다. 내년이면 대리가 될 기사 말년이라고 생각하면 서글프기까지 했다. 더 괴로운 것은 그동안 일머리에 익은 요령들 탓이었다. 일이 전혀 달라지자 그 요령들을 써먹을 수 없었고 그러자 일이 더 많고 어려워졌다. 하지만 수가 있는가? 몸담았던 팀은 없어졌고 팀장도, 손 과장을 뺀 팀원들도 이제 이 회사 사람이 아니었다. 나 혼자였고 나중에 어떤 회사로 가든 이력은 생산기획팀으로 남을 터였다. 앞으로든 옆으로든 뒤로든, 모두 막다른 길이었다.

다행히 팀원들은 유능하고 좋은 사람들이었다. 땅딸막한 키에 여드름 자국을 감추려 두껍게 화장한 얼굴로 '치쓰 워러', 짜증 나 죽겠다는 말을 입에 달고 사는 석 대리는 보기와 달리 대범하고 관대했다. 수십 밤을 새워가며 혼자 익혔을 것들을 내게 상세히 가르쳐줬고 내가 따라갈 때까지 기다려줬다. 베이징 대학교 경제학과 출신 순 기사는 머리가 총명하고 눈치가 재빨랐다. 내가 아는지 모르는지 봐가며 자기 쪽에서 먼저 손발을 맞춰왔다. 황 대리는 자잘한 일을 일부러 내게 넘기는 것으로 자신의 역할을 다했다. "팀장이 너무 부지런해도 안 되거든여. 팀장이 다 하면 밑에 있는 직원이 할 거이 없자네여. 팀장이 게을러야 팀원 유능해진다는 말이 괜히 있는 거이 아이지여." 그렇게 말하면서도 내가 감당 못 할 일을 넘기지는 않았다. 내가 할 수 있는 일을 시키되 조금씩 난이도를 높여가며 일을 넘겨줬다. 세세한 것을 가르쳐주는 것은 석 대리 몫으로 넘겼지만 전체 그림을 먼저 잡아주고 다른 일과 연계해 생각할 수 있게 해주는 것은 직접 했다. 좋은 사수였다.

날씨가 무더워지면서 생산량은 다시 추락했다. 그제야 한 사람 몫을 하는가 싶던 신입 직공들은 조선소의 여름을 배겨내지 못하고 이탈했다. 보조 직공들이 나가떨어지자 숙련공들의 손도 더뎌졌다. 선대 두 곳에 모두 배가 올라가 있었지만 설비는 2001호, 2002호를 건조하던 시기, 선대 하나와 드라이독을 운용하던 수준과 동일했다. 회사는 추가로 설비투자 할 여력이 없었다. 하지만 회의는 늘 원만하고 단합하는 분위기로 끝났다. 다음 한 주는 정말 최선을 다해 분투하자고 말들 했지만 그다음 주에도 생산량은 더 떨어졌고 그래도 회의는 늘 원만하고 단합하는 분위기로 끝났다. "혁신! 혁신! 혁신!" 공허한 구호 삼창도 여전했다.

위기감을 느끼고 타 부서의 헐거운 일 처리를 비판하는 임원들도 있었다. 조 상무가 그 임원들을 좋은 말로 타일렀다. "우리끼리 그러지들 맙시다. 따지고 보면 다 저 배 때문 아닙니까." 넙데데한 얼굴의 조 상무가 찢어진 눈으로 웃었다. 일 잘하던 사람이 나간 것도, 업체들이 신입 직공으로 머릿수만 채운 것도, 회사가 저생산의 함정에 빠진 것도, 그 밖의 수많은 실수와 실패도 모두 저 배가 쓰러지며 일어난 것 아니냐고 누운 배에 덮어씌웠다. 임원들은 자신들의 허물과 실패를 덮어주는 그 말에 맞장구쳤다. 누운 배는 온갖 악덕을 뒤집어씌워도 죽은 사람처럼 말이 없었다. 더는 기이하지도 않았다. 이렇게도 돌아간다면, 돌아가는 것이었다. 하지만 가을이 오고 있었다.

가을은 금융 환란과 함께 왔다. 미국 금융사들이 부동산을 담보로 한 부실채권을 감당하지 못하고 파산한 것이 시작이었다. 하수관이 터진 것처럼 부실채권의 더러운 물이 사방에서 뿜어져 나왔고 투자사를, 투자사에 돈을 꿔준 은행을, 은행에 돈을 꿔준 대형 은행을 잠식했다. 중앙은행은 터져 나오는 부실채권을 현금으로 틀어막아야 했다. 기준 금리를 낮추고 현금을 찍어냈다. 주요 통화권의 중앙은행들과 스와프협정을 맺어 시장에 환율 진정 신호를 보냈다. 역부족이었다. 은행들은 예금 금리만 낮출 뿐 대출 금리는 오히려 올렸다. 부실채권에 투자해 발생한 손실을 메워야 했고 추가 위험을 최소화해야 하는 까닭이었다. 개인과 기업은 이미 빚을 더 낼 여력이 없었다. 호황을 믿고 이곳저곳에 투척한 자금은 휴지 조각, 막대한 채무로 되돌아오고 있었다. 모든 경제주체가 현금을 원했지만 시중에 현금은 말라붙었다. 개인은 파산했고 기업은 도산했고 은행은 폐업했다. 현금은 마이너스 장부 속으로 끝없이 빨려 들어갔다. 환율과 금값이 폭등하고 이전까지 연일 치솟던 유가는 폭락했다. 소비와 생산이 함께 주저앉았다.

물동량이 오그라들자 해운업계가 환란에 휩쓸려 들어갔다. 자동차 수천 대씩을 실어 올려 항구를 떠나던 자동차 운반선들은 텅 빈 채 항만의 먼바다에서 수상돌기를 드러내고 둥둥 떠 있다고들 했다. 정육이나 과일, 채소, 공산품을 실어 나르는 컨테이너 운반선, 목재와 석재, 광석과 석탄을 나르는 건화물 운반선, 원유나 과즙, 우유 같은 액체를 실어 나르는 탱커들도 다 똑같은 처지였다. 운임과 용선비가 폭락했고 관련 지수들이 그래프 바닥으로 일제히 내리꽂혔다. 현금 줄이 말라죽자 해운사들은 중고 선박을 시장에 토해냈고 신조 계약을 취소하거나 보류시켰다. 중고 선가와 신조 선가가 동시에 폭락했다. 용선 시장에 이어 발주 시장, 중고 시장도 모조리 박살났다.

조선소 차례였다. 건조 중 선박에 대한 중도금 지급조차 낙관할 수 없게 되자 운전자금을 조달하는 은행들은 추가 대출을 극도로 꺼렸고 불과 한 분기 전과 비교할 수 없는 금리를 요구했다. 시장이 삭정이처럼 타들어가고 보유 현금이 빠르게 고갈하자 대형 조선소들은 해양 설비와 풍력발전기로 눈을 돌렸다. 조선 속보 1면에는 연일 그 소식이 실렸다. 그만한 자금과 설비, 기술 여력이 없는 중견 조선소들은 저가 수주라는 논란을 무릅쓰고 발주 물량이 나오는 대로 쓸어 담았다. 호황기에 난립한 각지의 소형 조선소들은 이러지도 저러지도 못했다. 법정 관리나 청산에 관한 얘기가 나오기 시작했다.

사람들의 얼굴에도 동요는 선명했다. 조선업 특성상 끼리끼리 일한 사람이 많았기 때문에 조선소가 어려움에 처했다는 뉴스는 그저 뉴스가 아니었다. 친구와 동기, 친척 들의 일자리가 위태로워진다는 뜻이었다. 연락이 닿는 친구들은 하나같이 죽는소리를 했다. 증권사에 취직한 후배 두엇이 벌써 해고당했다는 소식도 전해 들었다. 보통 감원은 연봉 높은 관리직부터 시작하지만 증권사나 투자자문사들은 연봉이 높고 연차가 높을수록 굴리고 벌어들이는 돈뭉치가 컸기 때문에 무력한 젊은 직원부터 잘라내는 모양이었다.

환율이 오르자 당장 생활부터 궁상스러워졌다. 1위안에 142원쯤 하던 것이 180원대로 치솟았고 곧장 210원, 220원까지 솟구쳤다. 위안화로 수령하는 월급은 불붙은 낙엽처럼 오그라들었다. 값싼 중국 담배를 피우고 값싼 중국술을 마시고 값싼 중국 식당의 양꼬치를 먹는 것이 더는 재미가 아니었다. 해외 거주라는 특수 상황 때문에 불안과 위축은 더 컸다. 나나 동기들처럼 독신자들은 그럭저럭 견딜 만했지만 가족이 있는 사람들은 근심을 말로 다 할 수 없었다. 총무팀 한 기사는 둘째를 임신 중인 집사람이 매일 두 개씩 챙겨 먹던 망고도 끊었다고, 점심 먹는 자리에서 웃으며 말했다. 달리 수가 없어서 웃는 웃음이었다. 한국 식당이 밀집한 지역에서는 한국 사람을 찾아보기 어려워졌다. 저녁마다 붐벼 자리 잡기 어렵던 식당들도 한적했다. 근처에 숙소가 있는 직원들은 김 솟는 찌개 냄비나 고기 굽는 불판 앞에 둘러앉아 백주 잔 주고받는 중국 사람들이 들여다보이는 습기 찬 통유리를 서둘러 지나쳤다.

회사 역시 심상치 않았다. 재무팀은 선수급 환급 보증을 비롯해 회사에 돈을 박아둔 채권단의 전화에 일을 못 할 지경이었다. 잇따

147

라 은행 담당자들이 들어왔고 부청은 연일 회사와 공항, 술집과 호텔을 오가며 그 사람들을 수발했다.

한 달이 지났을 무렵 사장이 회사를 그만뒀다. 퇴임식은 없었다. 토요일 오후 마지막 공정 회의를 끝내고 전 사장을 태운 검은색 링컨 승용차가 조선소를 빠져나갔다. 중국인 경비가 거수경례로 사장을 전송했다. 자동차가 지나간 자리에 흙먼지가 조용히 내려앉았다. 조선족 사장 비서는 다음 날 탐재팀으로 책상을 옮겼다.

2부

20.

  사장의 퇴임은 회장의 결정이 아니었다. 채권단의 결정이었다. 부
청은 얘기하지 않으려고 했지만 내가 팀장에게 필리핀 얘기까지 들
었다고 말하자 결국 털어놨다. "한마디로 조선소부터 정상화시키라
는 거지. 한국의 그 회사 꼴 나기 전에." "뭔 회사?" "왜 있잖냐, 한
국 조선소. 수주 대박 터졌다고 한강 유람선에 건설사에 다 사들였
다가 병신 된 회사." "그럼 우리도 그 회사처럼 되는 거야? 법정 관
리 그런 거 들어가는 거야?" "그 정도는 아니고. 채권단에서도 박아
놓은 돈이 덩어리가 큰 데다 필리핀에 자기들 돈도 들어가 있으니
까 죽이지는 못하지. 안 그래도 지금 한국에서 회사들 다 망해나간
다는데 면피할 구멍은 만들어야 할 거 아냐. 사장 선임하는 걸로 타

협 본 거지." "필리핀은 어떻게 돼가는데?" "거긴 작살났다. 한창 비
쌀 때 사놓은 자재며 계약이며, 게다가 공사판이 그렇잖냐, 원래 프
로젝트 들어갈 때보다 총액은 자꾸 늘어나지, 환율까지 이 모양이
니 돈 빨아먹는 속도가 말도 못 해. 완전 변기통 됐다."

누운 배는 이미 거론할 것도 없었다. 아무도 그 배를 더 궁금해하
지 않았다. 사람들의 관심은 온통 새로 올 사장에게 쏠려 있었다. 새
사장이 이 난국에서 회사를 어떻게 일으켜 세울지 궁금한 것이 아
니었다. 줄로 일어선 사람들은 새 사장이 한국 조선 3사 중 어느 곳
출신인지 궁금해하고 있었다. 채권단에서 사장을 선임했다는 것도
몰라 이번에야말로 조 상무가 사장으로 올라서지 않겠냐고 얘기하
는 사람들도 있었다. 조 상무 본인 역시 아무것도 모르는 듯했다. 조
상무는 생산기획실 회식까지 쫓아와 정 이사 손을 잡고 이렇게 말
했다. "회장님께서 뭐라 하셨는 줄 알아? 이렇게 척 나를 지켜보시
며 말이야, 자네 같은 사람이야말로 사장감이지, 이러셨단 말이지.
그래서 내 두말 않고 이 회사 온 거라고!"

그달의 마지막 주, 회장과 함께 한 남자가 회사에 들어왔다. 남자
는 회장을 뒤따라 6층 로비로 들어와 결재판을 들고 나가려던 내 앞
을 지나쳤다. 회장은 로비 끄트머리에 서서 주변 사무실들을 가리
키며 얘기했고 남자는 고개를 끄덕거려가며 회장의 말을 경청했다.
작은 키에 다부진 몸이었고 짧게 깎은 머리칼은 뒤통수만 보였지만
숱이 빽빽했다. 검은 정장에 흰 셔츠를 입었고 셔츠 깃 위로 보이는
목덜미는 생산 부서 직원들처럼 벌그스름했다. 나이는 쉰 후반? 어

쩌면 환갑을 넘겼을까? 한두 마디밖에 듣지 못했지만 목소리는 쇳가루를 마신 것처럼 걸걸하고 힘이 넘쳤다. 내가 선 곳에서는 뒷모습만 보였기 때문에 남자의 얼굴이 궁금했다. 하지만 두 사람은 곧장 출구를 지나 회장실, 사장실이 맞붙어 있는 복도로 들어갔다.

남자의 걸음걸이가 눈에 띄었다. 땅을 디디는 발뒤꿈치는 괭이가 흙을 찍듯 단단하고 힘찼다. 땅을 미는 발끝은 물 주름을 남길 것처럼 가벼웠다. 느리지도 조급하지도 않았다. 절도가 있었다. 옆에서 걷는 회장의 걸음걸이, 영지를 둘러보는 영주처럼 크고 호방한 걸음걸이와 달랐고 회사 안 그 연배의 어떤 사람과도 달랐다. 이전 사장을 비롯해 부사장, 임원들의 걸음걸이는 모두 느리거나 조급했고 흐느적거리거나 삐거덕거렸다. 금방 멈출 것 같고 어서 앉아 쉬고 싶어 하는 걸음걸이였다. 자신의 걸음걸이라기보다 몰고 가는 소의 걸음걸이 같았다. 남자의 걸음걸이는 고랑을 푹푹 밟고 다시 쑥쑥 뽑으며 소를 재촉하는 기운찬 농부의 걸음걸이 같았다. 내가 너무 많은 생각을 하고 있는 걸까? 고작 걸음걸이일 뿐이었다. 나는 문을 밀고 나섰다. 몇 걸음 걸었고, 멈춰 섰다. 나는 어떻게 걸었지?

그 남자가 사장이었다. 며칠 뒤 오후 사보에 신임 황철주 사장의 취임사가 사진과 함께 실렸다. 사진 속에서 황 사장은 작업복 차림이었다. 두상이 자그마하고 동그스름했고 퍽 순진해 보일 만큼 입을 벌린 채 웃고 있었다. 숱 많던 뒤통수와 다르게 이마는 훌쩍 넓었고 낮은 볕에 잘 그을어 있었다. 얼굴 골격이 쇠심을 박은 것처럼 정력적이고 강단 있어 보였다. 사진 옆의 취임사는 직접 쓴 듯했다.

예전에 우리말로 배를 짓는다고 하지 않고 배를 모둔다고 말했습니다. 모둔다는 말은 모둠 지어 끌어온다는 뜻입니다. 모둔다, 이 말만큼 조선을 쉽고 분명하게 내 마음에 각인하는 말은 없습니다. 모둔다는 것은 이것저것을 끌어다 놓는 것과 다릅니다. 보기 좋게, 쓰임에 맞게, 그것이 하나로 어울려 각각의 이름이 아니라 모둠이라는 한 덩어리로 부를 수 있게 한다는 것입니다. 우리가 배 한 척을 생산한다는 것은 자재를 모둠 짓고 도면을 모둠 짓고 여러 지식과 고안을 모둠 짓고 영감을, 또 시행착오를, 그리고 그것을 모둠 짓는 사람을 모둠 지어가는 과정입니다. 그 낱낱의 모둠을 다시 모두어 배라는, 거대하고 존재하지 않던 모둠이 탄생하는 것입니다. 모둔다, 나는 이 말 위에 서서 조선소를 경영하겠습니다. 한국 직원, 중국 직원 가리지 않고 모든 직원의 능력과 노력을 모두어 우리 조선소가 건조했다고 자랑스럽게 말할 수 있는 탁월한 선박, 우리가 건조할 수 있는 최상의 선박을 건조하겠습니다.

지금 세계는 불황에 직면해 있고 회사는 그 어느 때보다 위기입니다. 하지만 중국어에서 위기는 위험이자, 동시에 기회를 뜻한다고 들었습니다. 지금을 회사가 도약할 수 있는 기회로 만들자면 우리는 먼저 서로 믿고 힘을 보태야 합니다. 응축해서 솟구쳐야 이 불황을 뚫고 비로소 기회의 땅 위로 올라설 수 있는 것입니다. 그 과정은 지난하고 고단할 것입니다. 하지만 나는 여러분에게 피와 땀만 요구하지 않겠습니다. 1년 내 생산량을 두 배로 늘리고 2년 내 순익을 두 배로 늘리겠습니다. 3년 내 중국 직원 기준, 여러분의 급여와 복지 수준을 두 배로 늘리겠습니다. 이것은 내 목표이고 나는 허언을 목표로 삼지 않습니다. 나는 여러분과 이것을 약조하며, 내가 약조한 것을 지키겠습니다.

낙담과 포기는 늘 할 수 있습니다. 희망과 전진은 항상 어렵고 희미합니다. 하지만 이것이 낙담하고 포기할 이유, 전진과 진화의 기회를 날려버릴 이유는 결코 아닐 것입니다. 여러분의 힘을 모두어주십시오. 나는 그 힘을 헛되이 흩어버리지 않겠습니다. 필요한 곳에 필요한 만큼 쓰일 수 있게 최선을 다하겠습니다. 나는 진두에 서겠습니다.

황 사장은 출근 첫날 아침밥만 7층 임원 식당에서 먹었다. 점심밥과 저녁밥은 중국 직원 식당에서 먹었다. 다음 날은 아침도 중국 직원 식당에서 먹었다. 점심은 한국 직원 식당에서도 먹었지만 다음 날도, 그다음 날도 임원 식당에서는 다시 먹지 않았다. 임원들이 이죽거렸다. "뭘 어쩌겠다는 건지. 애들 밥 먹을 때라도 편하게 해줄 것이지, 왜 괜히 거기 가서 하루 종일 현장 돌고 온 애들 눈칫밥을 먹게 만들어. 한심한 양반하고는."

출근 나흘째, 황 사장은 조간 회의에서 곽 상무에게 임원 식당 폐쇄를 지시했다. 임원 식당에서 아침밥 잘 먹고 내려와 회의에 참석한 임원들이 아연한 눈으로 황 사장을 쳐다봤다. 황 사장은 곽 상무를 보고 있었다. "인사총무 담당께서는 중국 직원 식당에서 밥 먹어본 적 있습니까?" 곽 상무는 대답하지 못했다. "인사 팀장!" 총무팀 팀장은 공석이었다. "인사 팀장은 중국 직원 식당에서 밥 먹어본 적 있습니까?" "없습니다." 인사팀 팀장이 뻣뻣이 서서 정면을 보고 대답했다. 황 사장이 곽 상무를 봤다. "그러면 누가 중국 직원 식당에서 밥을 먹습니까?" "저희 중국 직원들이……." 황 사장의 언성이 치솟았다. "지금 말장난합니까? 관리자가 가서 급양 상태를 관리, 감독하느냐 묻는 겁니다!" 곽 상무는 고개를 떨궜다.

황 사장은 회의실에 모인 사람들을 둘러봤다. "며칠간 중국 직원 식당에서 아침, 점심을 먹어봤습니다. 더럽고 맛없기는 말할 것도 없고 의자는 고장 난 것투성이에 직원들은 20분, 30분씩 기다려서 고작 5분, 10분 만에 먹고 나갔습니다. 이걸 알고 개선하려고 한 사람 있습니까?" 아무도 대답이 없었다. "생각들 해보십시오. 여러분 식당에서 저런 밥이 나온다면 여러분은 그걸 먹고 일할 수 있겠습니까? 이 회사에서 일하고 싶은 마음이 나겠습니까? 생산에 집중할 수 있겠습니까?" 외련 담당 홍 상무가 끼어들었다. "중국 회사 어느 곳을 가나 급식 수준은 한국인이 보기에 불량합니다. 아무래도 다르다는 것을 인정해야 하지 않겠습니까?" "홍 상무는 한 번이라도 중국 직원 식당에서 밥을 먹어보고 하는 말씀입니까?" "그런 건 아니지만, 굳이 먹어보지 않더라도 충분히……." "먹어본 다음에나 말씀하세요. 중국이니까 어떻다, 그런 얘기를 하자는 게 아닙니다. 사람이 먹을 만한 음식, 먹고 싶은 음식이 나오느냐, 우리 회사가 우리 직원에게 그런 밥을 먹이고 일을 시킬 수 있느냐, 이 말입니다. 이건 다른 게 아니라 맞냐, 틀리냐 문젭니다. 알아듣습니까? 곽 상무, 지금 중국 직원 인당 급식비가 얼마입니까?" 곽 상무는 대답하지 못했다.

황 사장이 대신 말했다. "중국 돈으로 인당 3위안입니다. 한국 직원은 인당 10위안입니다. 하지만 중국 식당에 가면 도저히 한국 식당 3분의 1이라고 생각할 수 없어요. 뭐가 똑바로 안 굴러가고 있단 말입니다. 업체 불러들여서 원가 분석시키십시오. 직원들 취식 환경도 개선하세요. 만족도 설문 조사하고 지금처럼 멀쩡한 음식이 나와도 식중독 걸릴 것 같은 환경을 바꾸란 말입니다." 곽 상무는 간신히 대답했다. "그렇게 하겠습니다." "다음 주부터 중국 직원 식당에서 아침, 점심 드세요. 본인이 드시기 싫다면 관리자급으로 내려보내 먹게 하세요. 그리고 아까 말한 대로 임원 식당 폐쇄하세요. 임원들은 모두 일반 식당에 가서 밥 먹고 한국 직원, 중국 직원 할 것 없이 현 수준에서 급양 질을 최대한으로 끌어올릴 수 있는 안을 내놓기 바랍니다. 임원 식당은 선주선급사 전용으로 돌리고 양식 준비시키세요." 다시 한번 당황한 기색이 임원들의 얼굴에 살얼음처럼 잡혔다. 임원 식당에서 아침과 점심을 전채부터 후식까지 모두 갖춰 먹는 것은 임원들의 특권이고 복리였다.

조 상무가 에둘러 반항했다. "하지만 조찬 회의는 어떻게 하시겠습니까? 사장님 이하 임원들이 조찬을 들며 회의하는 것은 전 사장님 때부터 이어져온 전통이고 회장님께서도 회사에 들어오시면 꼭 참석하시는 회의입니다만." 회장이 조찬 회의에 참석하는 것은 손 꼽았다. 비행기 시간 때문에 점심 이후 도착하는 것이 보통이었다. "그럴 필요 없습니다. 조찬 회의, 조간 회의 두 번 할 것 없이 조간 회의만 하겠습니다. 앞으로 각자 밥 먹고 매일 오전 6시 반까지 본 회의실에서 봅시다. 회장님께는 내가 말씀 올리겠습니다." "사장님, 6시 반이라면 아직 출근 시간 전입니다만." "당연하지 않습니까. 회 의를 왜 합니까? 생산을 더 잘하자고 하는 것 아닙니까? 8시에 일과 시작이니 임원, 팀장 들은 6시 반부터 7시 반까지 회의하고 남은 30 분 동안 회의 내용을 팀장들에게 전파, 당일 생산 활동에 반영할 수 있도록 조치하세요. 곽 상무, 한국 직원 식당 아침 준비 시간 앞당기 세요. 회의 참석하는 인원수 조사해서 배차도 하시고."

속내 복잡한 침묵이 회의장을 자욱이 뒤덮었다. 황 사장은 불쾌 한 기색을 감추지 않았다. "모두 알았습니까?" "네, 알겠습니다." 임 원들이 웅얼거렸다. "알겠다고 말하지 말고 알았다고 말하십시오. 내가 지금 해야 할 것을 모두 말했고 그렇게 시켰는데, 뭘 알겠다는 겁니까? 모르는 것이 있는데 알았다고 말해두겠다는 뜻입니까, 모 르든 알든 덮어놓고 아는 척하겠다는 뜻입니까?" 임원들은 곤욕스 러운 표정을 지으며 고개를 떨궜다. '누가 알았습니다, 하나? 다 알 겠습니다 하지' 하는 얼굴들이었다. "알면 안다, 모르면 모른다, 분 명하게 말씀하세요. 말이 흐릿하면 생각이 흐릿해지고 생각이 흐릿 하면 판단이 흐릿해지는 겁니다. 알았습니까?" "네, 알았습니다." 황 사장이 정면을 봤다. "본회의 시작합시다, 정 이사."

안건들이 올라왔다. 황 사장은 사소한 것 하나도 문제점이라고 생각하면 놓치지 않았다. 왜? 왜? 왜? 계속 다그쳐 물었고 자신이 납득할 만한 이유가 나올 때까지 캐고 깨고 밀어붙였다. 임원, 팀장 가리지 않았다. 저마다 당황한 기색을 감추지 못했다. 하지만 그 정도로 끝나지 않았다. 당황이 황당으로 바뀌고 황당이 포기와 자백으로 바뀔 때까지 황 사장은 멱살을 쥐고 흔들듯 재우쳐 묻고 더 물었다. 회의가 끝나자 사람들이 우르르 쏟아져 나왔다. 사우나에 감금당했다 나온 것 같은 얼굴들이었다. 황 사장은 임원 두어 명을 더 붙잡아 얘기한 뒤 맨 마지막에 회의실에서 나왔다.

황 사장은 매일 오전, 오후 현장에 나갔다. 안전모에 안전띠까지 착용하고 신발은 현장 직공들 것과 똑같은 안전화를 신었다. 6층 로비를 특유의 걸음걸이로 가로지르는 황 사장 뒤를 새로 채용한 중국인 비서가 뒤쫓았다. 대학교를 갓 졸업했다는 비서는 황 사장처럼 완벽한 작업복 차림으로 어깨에는 기다란 작업용 전등을 비껴 걸고 손에는 커다란 회사 수첩을 든 채 황 사장의 빠르고 정확한 걸음걸이를 쫓느라 허둥지둥했다.

회의 시간은 더욱 격렬해졌다. 황 사장은 자신이 직접 관찰한 현상과 확인한 사실을 회의 자료와 대조했고 그 괴리를 해당 임원에게 물었다. 임원들은 나름대로 해명하고 탄원하고 하소연했지만, 소용없었다. 황 사장은 왕성하고 강력한 어조로, 그 걸걸하고 들끓는 힘이 있는 목소리로 끝장을 볼 때까지 임원들을 추궁했다. "아는 걸 말하세요. 아는 걸 아는 만큼만 말씀하시란 말입니다!" "아녜요, 아녜요, 그 얘기가 아니잖습니까. 왜 엉뚱한 얘기로 논지를 흐트러뜨립니까? 분명히 말하세요!" "이전 회사에 다닐 때도 똑같이 하셨다, 이 말씀입니까? 그 말, 책임질 수 있습니까?" "조건 달지 마세요. 이랬다면, 저랬다면 하지 말고 지금 이건 이렇고 저건 저렇다고 확실히 알고들 말씀하시란 말입니다. 흐리멍덩하게 얘기하면 누가 알아듣습니까? 보여지기는 뭐가 보여집니까? 보는 거고 듣는 거고 생각하는 겁니다. 보여지고 들려지고 생각되어지고 그딴 말 집어치우세요. 보고 듣고 생각하는 게 확실한데 왜 꼬리를 말아 말합니까?" "아니 딴소리 말고 주체를 말씀하란 말입니다. 관리 주체, 주무 부서가 누굽니까? 자꾸 타 부서나 협력 부서라고 에두르지 말란 말입니다. 조립2팀이면 조립2팀, 선장설계면 선장설계, 왜 말을 똑바로 못 합니까?" "그래서 지금 어떻게 하자는 말입니까? 결론이 뭐냔 말입니다. 자기가 한 일이면 자기 의견이 있을 거 아닙니까!" "지금 내가 다른 부서를 헐뜯으라고 하는 겁니까? 부족했다느니, 미흡했다느니 하는 소리로 덮어놓고 자기 부서 잘못이라고 하지 말라고 하는 겁니다. 각자 자기가 한 것, 하지 못한 것, 다른 곳에 해야 할 것, 하지 않은 것을 적시해 말하란 말입니다." "구체적으로 말하세요, 구체적으로! 지금 상황을 사실대로 똑똑히 말하고, 앞으로 어떻게 될지, 그걸 바꾸려면 어느 부서가 어떻게 나서고 도와야 할지 찍어서 말하란 말입니다. 왜 어영부영하는 것과 예의를 착각들 하는 겁니까?" 황 사장은 쇳내 풍기는 목소리로 포화를 퍼부었다. 그 포화

속에서 무능한 임원들의 해명은 변명이 됐고 변명은 핑계가 됐으며 핑계는 무관심과 무책임으로, 무관심과 무책임은 이해력과 관찰력 부족, 관리 태만, 책임 회피, 분별력과 판단력 결여로 낱낱이 까발려졌다. 황 사장은 거침없었다. 알아야 하지만 모르는 것, 잘못됐지만 바로잡지 않은 것, 간과하고 누락해온 것, 관습대로 해온 것들을 걸려드는 대로 일일이 끄집어내고 누더기가 될 때까지, 모든 것이 명확해질 때까지 질문과 문책으로 두들겼다.

첫 주간 공정 회의는 쉬는 시간 없이 세 시간 동안 이어졌다. 황 사장은 마지막까지 공세를 조였다. 말미에 이르자 모든 사람이 입을 굳게 다물었다. 한숨을 내쉬는 사람조차 없었다. 참담한 침묵, 참패의 정적이 회의실에 막막했다. 황 사장은 눈을 감고 있었다. 그 침묵을 듣는 듯했다.

황 사장이 입을 열었다. "오늘 회의를 기준으로 삼기 바랍니다. 이전에도, 또 다른 회사에서도 똑같이 해왔다는 말 같잖은 소리는 집어치우십시오. 모른다, 확인하겠다, 말만 하지 말고 미리 준비해서 들어들 오세요. 이 회의는 주간 공정 회의입니다. 회의 이름에 걸맞게 지난주 생산 실적을 확인, 정리하고 다가올 한 주의 생산을 제고할 방안을 미리 세운다는 관점에서 준비들 해오세요. 이 회의에 참석한 여러분은 모두 관리자고 책임잡니다. 1분 1초가 귀한 사람들입니다. 설명 같은 변명, 변명 같은 핑계, 핑계 같은 거짓말, 불순하고 무책임한 잡설로 자신의 시간을 허비하고 남의 시간을 뺏는 일이 없도록 하기 바랍니다. 이상입니다." 황 사장은 수첩을 덮었다.

21.

중국 직원 식당은 일주일 만에 한결 상태가 나아졌다. 어두컴컴하고 지저분하던 조리실 내부는 말끔히 때를 벗었고 끈끈하게 풍겨 나오던 산패한 기름내는 한결 걷혔다. 모서리가 부서지거나 상판 훼손이 심한 식탁은 새것으로 바뀌었고 배치를 바꿔 넓힌 공간으로 새 식탁이 더 들어왔다. 음식들은 제법 꼴을 갖췄고 맛은 사뭇 나아졌다. 대기 시간과 잔반이 모두 크게 줄었다. 황 사장은 매일 중국 직원 식당에서 비서와 함께 밥을 먹었고 밥 먹으면서 관찰하고 생각한 것을 한구석에 앉아 밥 먹던 인사팀 팀장에게 전달했다.

이 밖에도 당직 근무, 현장 분위기 모두 황 사장의 지시로 빠르게 변했다. 당직 근무자는 이전처럼 가짜 서명한 당직 일지를 총무팀에 주고 퇴근하는 것이 아니라 직접 순찰하면서 보고 점검한 것들을 디지털카메라로 찍어 조간 회의 시간에 보고해야 했다. 현장에서 복장 불량이나 작업환경 불량이 보이면 업체 사장과 해당 부서 담당자가 함께 징계당했다. 작업복을 안 입거나 운동화를 신고 돌아다니는 직공들이 사라졌다. 하지만 이 같은 소소한 변화들은 말 그대로 소소한 것이어서 황 사장을 증명하는 것은 아니었다.

건화물 운반선 1002호는 이미 인도 예정일이 한 달 가까이 밀린 채 진수조차 못 하고 있었다. 지금부터 전력을 쏟는다고 해도 인도일은 두 달 이상 지연할 수밖에 없었다. 인도 지연에 따른 벌금은 근무일 기준 1일당 미화 3000달러였다. 황 사장은 1002호 진수 긴급 대책 회의를 열었다.

"시작하세요." 황 사장이 말했다. 조 상무가 먼저 입을 열었다. "빠진 블록들이 있습니다." 조 상무는 영어와 숫자로 조합한 블록 번호를 떠듬떠듬 불렀다. "그렇게 말하지 말고, 작업 단계별로 말하세요. 그래야 어떤 작업이 즉각 필요하다 생각할 수 있지 않습니까?" 황 사장이 말했다. 조 상무는 헛기침하고 메모한 것을 돋보기로 내려다보며 다시 표시했다. 회의에 참석한 사람들이 그 모습을 멀뚱히 지켜봤다. 황 사장이 답답한 얼굴로 조 상무를 쳐다봤다. 조 상무는 서두르지 않았다.

조 상무가 고친 메모지를 보며 느릿느릿 말했다. "선행 의장 중인 게 하나, 선행 도장 대기 중인 게 둘, 도장 중인 게 하나, 선행 탑재 중인 게 셋, 탑재 대기 중인 게 다섯, 이렇습니다." "탑재 대기 원인은 뭡니까?" "인력 부족입니다. 얼마 전 업체 한 곳이 손 털고 나갔고 또 다른 선대에서도 탑재 진행 중이라 인력이 부족합니다." 털고 나간 업체는 연초 곽 상무와 단가를 낮춰 계약한 한국 업체였다.

"해치 커버, 해치 코밍은 어떻습니까?" 황 사장이 임 상무를 돌아봤다. "탑재 일정이 밀려 진수 전 시공은 어렵습니다." 체구가 자그마하고 눈이 작은 임 상무가 목소리를 가다듬고 대답했다. "제작, 도장은 다 끝났습니까?" 황 사장은 임 상무가 말하지 않은 것을 물었다. "작업 중인 것으로 알고 있습니다." 애매한 말이었다. "조립2팀." 황 사장이 해치 커버와 해치 코밍을 조립하는 부서를 불렀다. "네, 1002호 해치 커버, 해치 코밍은 현재 5번창 물량 작업 중입니다.” 혁준이 일어서서 대답했다. 조립2팀은 팀장이 없어 기사인 혁준이 팀장 대리로 참석했다. “왜 이렇게 늦었습니까?” 혁준은 잠시 임 상무 눈치를 보다가 말했다. “1002호 작업이 지연 중이라서 일부 인력을 후속 호선 물량으로 돌렸습니다.” “그게 가당한 말입니까? 어떻게 감히 앞 호선 공정이 늦는다고 계획과 다르게 생산할 수가 있습니까?” “죄송합니다.” 혁준은 고개를 숙였다. 임 상무가 1010호 시공 책임을 맡으면서 일어난 사달이었다. 자기 호선이 됐으니 앞 당길 수 있는 건 최대한 앞당기려 들었고 그렇게 시킨 것이었다. 혁준은 임 상무를 봤지만 임 상무는 혁준을 보지 않았다.

“모두 들으세요. 사전 공지나 협의 없이 생산 부서 임의로 물량 변경하는 것을 절대 불허합니다. 특히 특정 호선 공정이 늦어진다는 이유로 개별 행동할 시 엄중히 문책하겠습니다.” 황 사장은 덧붙였다. “계획은 부서별 생산계획에 그치는 것이 아닙니다. 다른 부서들이 참고하고 함께 맞춰가는, 약속이고 소통 통로입니다. 그걸 무시한다는 건 좁게 보면 부서의 관리 지표를 잃어버리는 것이고 넓게 보면 다른 부서 작업을 훼방하는 것입니다. 도로에서 교통신호 무시하고 혼자 내빼는 건데, 절대 좌시하지 않겠습니다. 알았습니까?”

이어서 후행도장팀 성 이사가 뚱뚱한 몸을 일으켜 세워 진수 전까지 1차 도장은 하겠다고 말했다. 진수 후 공사를 늘리겠다는 것이었고, 배를 흔들리는 물 위에 띄워서 도장해야 하니 그만큼 더 많은 공기工期가 필요하다는 뜻이었지만, 감춰져 있었다. 다시 일어난 임 상무는 엔진과 발전기가 도착했으나 탑재 일정이 불확실해 장담할 수 있는 것이 없다고 말했다. 생산기획실의 정 이사가 상황을 간추렸다. "현재 탑재 공정을 중심으로 전후 공정이 모두 밀려 있습니다. 단기간에 만회하기 어려운 것이 어쩔 수 없는 현 실정입니다. 부득이 진수 일정을 1개월가량 미룰 수밖에 없을 듯하니 이 점 참고해 주시기 바랍니다." 황 사장은 눈을 감았다. 생각을 끌어모을 때 하는 버릇인 듯했다.

문제는 탑재 공사처럼 보였다. 탑재만 밀린 공정을 따라 붙여준다면 기자재들은 실으면 될 것이고 도장도 일정에 맞춰 최대한 서두르면 될 터였다. 해치 커버, 해치 코밍도 당장 인력을 복귀시켜 생산량을 늘리면 될 터였다. 간단한 일이었다. 하지만 간단한 일을 지금까지 하지 못해 추가 공기 한 달이 필요한 상황이라면 간단하지 않다는 뜻이었다. 문제는 탑재 공사가 아니었다. 무엇일까?

황 사장이 입을 뗐다. "그 한 달은 누가 생각한 숫자입니까?" 임원들이 서로 눈치 보던 중에 정 이사가 나섰다. "저와 생산 임원들이 상의하고 진수 전 공사를 끝낼 수 있는 목표 기간으로 상정한 것입니다." "한 달이면, 각자 진수에 필요한 공사를 모두 끝낼 수 있다고 정 이사는 장담할 수 있습니까?" 정 이사는 대답하지 못했다. "다른 임원들 중에서, 장담할 수 있는 사람 있습니까?" "탑재는 끝내겠습니다." 조 상무였다. "탑재는 훨씬 전에 끝내야 합니다. 그래야 선각에서 해치 코밍도 올리고 기장에서 엔진, 발전기도 올리고 후행 도장에서 2차 도장까지 할 것 아닙니까?" 황 사장은 일고의 가

치도 없다는 듯 눈을 돌렸다. 다시 한번 물었다. "한 달 안에 각자 진수에 필요한 공사를 모두 끝내겠다고 장담하고 책임질 수 있는 사람 있습니까?" 아무도 대답하지 않았다.

황 사장은 정 이사를 쳐다봤다. "진수가 한 달이 밀리면 인도는 얼마나 밀릴 것 같습니까?" "인도일 기준 최소 두 달가량 밀릴 것 같습니다." "두 달이면 장담할 수 있습니까? 책임질 수 있습니까?" 정 이사는 대답하지 못했다.

"생각을 바꾸세요!" 황 사장이 말했다. "하루하루가 벼랑 끝입니다. 지금은 미룰 날짜를 셀 것이 아니라 만회할 방법을 생각해야 할 때란 말입니다. 두 달은 그냥 흘려보낼 수 있는 시간이 아닙니다. 그 일정까지 포함해 직공들은 밥을 먹어야 하고 월급을 받아가야 합니다. 가스와 전기는 돈을 줘서 사 써야 하고 장비와 설비는 소모해야 합니다. 선주들 역시 가만히 앉아 기다리지 않습니다. 벌금은 벌금대로 내고 신용은 신용대로 잃어야 합니다. 그것들은 고스란히 다음 호선, 다음 계약에 반영될 것이고 회사 전체에 악영향을 끼친다는 걸 몰라서들 하는 소립니까? 아무것도 공짜가 아닌데, 왜 알 만한 사람들이 그걸 모른 척하고 있습니까?" 황 사장은 자신의 책상 양옆으로 앉아 있는 임원들을 봤다. "회사가 어려워지면 회사의 모든 사람이 그 고통을 나눠 질 수밖에 없습니다. 하지만 고통을 나누는 게 책임을 나눠 진다는 건 아닙니다. 회사가 어려워진다면 잘못은 내게 있고 또 각자 자기 분야에서 최고참이자 전문가인 임원들, 우리 경영진에 잘못이 있습니다. 책임 역시 내 책임이고 우리 경영진의 책임입니다. 수십 년 일해온 우리가 각자 자신이 맡은 일조차 장담하지 못한다는 사실이, 뒤집어 말해 돌발 상황과 변수를 통제하지 못하고 다른 부서가 일하는 것에 자기 일을 맞춰나가겠다고 하는 이 상황이 말이 된다고 생각합니까? 내 일의 주도권을 남에게, 외부 요인에 내줬다는 게 명백한데도 그걸 되찾을 거라고, 되찾아야 한다고 어떻게 생각조차 하지 않습니까? 어떻게 실패와 지연에 적응하고 익숙해질 수 있습니까?" 회의실 안은 적막했다.

황 사장이 말했다. "진수일은 계획대로 갖고 갑니다. 지금부터 실무자들은 그 날짜까지 작업을 마치려면 필요한 것을 나한테 직접 말씀하세요." 임원들 뒷자리에 앉은 팀장들부터 술렁거렸다. 대체 이게 무슨 소린가?

"탑재1팀 송무열 팀장." 황 사장은 해당 부서의 호선 담당 팀장을 직접 호명했다. 송 팀장이 벌떡 일어났다. "진수일까지 남은 20일 중 탑재가 열흘을 쓴다고 합시다. 현 상황에서 가장 큰 문제가 뭡니까?" "인력입니다. 용접 인력이 부족합니다. 그리고 엔진 쪽 E10B, E12C, E23B 블록 세 개가 아직 도장이 안 된 걸 어제 확인했습니다." 황 사장은 해당 호선을 담당하는 선행도장팀 팀장을 호명했다. 황 사장은 호선별 담당자를 모두 알았다. 저녁마다 올라오는 일일보고 메일을 꼼꼼히 읽고 있다는 증거였고 그것이 팀장들을 바짝 긴장하게 만들었다. 황 사장이 까닭을 묻자 선행도장팀 팀장은 조립팀에서 작업이 끝난 대로 넘겨줬기 때문에 순서가 엉켰다고 대답했다. "지금 공기를 만회할 수 없는 이유가 무엇입니까? 대안을 말

쓰하세요." 선행도장팀 팀장은 곧바로 인력이 문제라고 대답했다. 황 사장은 한심하다는 표정으로 선행도장팀 팀장을 쳐다봤다. "도장 설비 압력 문제는 해결했습니까?" 며칠 전 일일 보고서에 장비들의 분사압이 약해 블록 녹을 벗기고 방식재를 입히는 데 많은 시간이 든다고 적힌 것을 떠올리고 묻는 것이었다. 선행도장팀 팀장은 그제야 압이 약해 작업이 더디다고 대답했다. "문제점이 개선되지 않았으면 계속 문제 제기를 해야지 왜 그만두는 겁니까! 고쳐야할 것은 고치세요. 이미 수차례 내가 말하지 않았습니까!" 황 사장은 이어 후행도장팀 팀장과 공무팀 팀장을 함께 일으켰다. 후행도장팀 팀장에게 선행도장팀으로 인력 지원 방안을, 공무팀 팀장에게 분사기 압력을 높일 수 있는 방안을 금일 내 제출하라고 일렀다.

해당 호선 공정 담당자들과 일일이 사안을 확인하고 정리한 뒤황 사장은 말했다. "한 번 더 말합니다. 일에 끌려간다는 생각을 버리십시오. 우리가 일을 끌고 나가는 겁니다. 처음 회의 시간에 나온 말대로 한 달을 연기해 그 한 달을 장담할 수 있다면, 나는 한 달을 연기하고 직접 회장님과 선주에게 양해를 구할 겁니다. 하지만 아무도 그 한 달을 장담하지 못했습니다. 장담할 수 없는 한 달이기 때문입니다. 이미 일에 질질 끌려 여기까지 왔는데, 우리가 손에 일을 잡고 있는 게 아니라 일이 우리 목덜미를 틀어쥐고 있는데 어떻게 장담하고 책임지겠습니까? 우리가 일을 하는 거고 우리가 일을 휘어잡고 있어야 합니다. 각자 자기가 해야 하는 일이 무엇인지 생각하고 그 일을 반드시 시간 안에 해내기 위해 무엇이 필요한지, 인력,

자재, 장비, 설비 원인을 확실히 알아낸 뒤 그것을 담당 임원들에게 요청하고 또 내게 요청하세요. 당신들 각자에게 할 일을 맡기고 그 일을 잘해낼 수 있게 이끌고 도와주는 게 나와 임원들의 역할입니다. 알았습니까?"

다음 날부터 황 사장은 오전, 오후 한 번씩 1002호 진수 회의를 주관했다. 팀장들이 작업 관리에 시간을 뺏기지 않게 아침밥을 먹은 직후, 저녁밥을 먹기 직전으로 시간을 맞췄다. 업무 시간에는 직접 현장에 나가서 부서들이 지시한 사항을 제대로 이행하고 있는지 확인했고 새로 발생한 문제들을 현장에서 즉각 보고받았다. 문제를 보고하지 않거나 놓친 팀장들을 호되게 나무랐고 임원들에게 현장을 다니면서 애로 사항을 청취하고 상관 부서들에 즉각 업무 협조를 요청하라고 시켰다. 그렇게 하면서도 심야까지, 새벽부터 팀장들에게 업무 지시 메일을 보냈다.

황 사장은 선상지원팀을 신설했다. 공무, 선거, 안전 관리 부서들에서 인력을 차출하고 신입 직원들을 보강한 팀으로, 생산에 필요한 지원 설비인 '조통통자발', 즉 조명, 통로, 통풍, 자재, 발판 다섯 가지를 전담으로 설치, 준비하는 부서였다. 이전에는 조명 설치, 통로 확보, 발판 설치 모두 제각각이었고 그것을 생산 부서 기사들이 일일이 직접 챙겨야 했다. 황 사장은 각 생산 부서에서 전날 작업 계획서를 퇴근 전까지 보내면 선상지원팀 인원이 정한 시각에 찾아가 미리 작업환경을 조성하라고 지시했다.

팀을 신설했다고 처음부터 황 사장의 뜻대로 일이 돌아가지는 않왔다. 어느 팀장과 친하면 먼저 해주거나 또 기사, 대리가 연락하면 무시하다가 임원이 연락하면 들어주는 일들이 일어났다. 황 사장은 대로했다. 회의 시간에 관련자를 모두 일으켜 세워 문책했고 부서 역할을 부서장의 힘이나 친소 관계, 이해관계로 환원하는 것을 엄격히 금지했다. "각 팀의 역할은 그야말로 각 팀의 역할이며 의무와 책임, 권한입니다. 임원이나 팀장 한두 사람의 것이 아닙니다. 앞으로 이 같은 상황을 반복할 시 해당 관리자는 반드시 징계하겠습니다. 긴말하지 않겠습니다. 원칙을 지키세요. 지원팀은 요청 순서에 따라 지원하고 동시 지원이 불가능하거나 선지원이 반드시 필요할 경우, 관련 당사자들끼리 먼저 협의시켜 지원 순서나 규모를 지원팀에 다시 알리라고 요청하십시오. 생산팀은 생산팀, 지원팀은 지원팀입니다. 지원팀에서 생산팀의 시급 여부를 지레짐작해서 어느 쪽을 먼저 지원하거나 뒤늦게 지원하는 일이 없도록, 또 생산팀에서 지원팀에 사람이 없다고 손 놓고 기다리는 일이 없도록 엄히 단속하겠습니다."

이어 황 사장은 공무팀 팀장에게 지시해 1002호 관련 작업자들이 한 채널을 사용하도록 조치시켰다. 사장실에도 무전기를 비치해 1002호 주파수에 맞춰두고 라디오처럼 일과 내내 틀어놨다. 수시로 무전기를 들어 지시했고 실무자들 간 소모적 언쟁이 오가면 즉각 중단시킨 다음 조치를 결정해 하달했다. 현장에 없는 시간에도 현장에 있는 것과 다름없었다. 황 사장은 막대한 정보를 받아들였고 그만큼 막대한 양의 일을 해치워나갔다.

1002호는 사장이 공고한, 선표상 진수 예정일보다 일주일 늦게 진수했다. 늦기는 했지만 아무도 장담하지 못하던 그 한 달을 3주나 앞당긴 것이었다. 진수는 1박 2일에 걸쳐 무사히 끝났다. 그것 역시 이전 2박 3일에서 크게 당긴 것이었다.

다음 날 주간 공정 회의 분위기는 무척 화기애애했다. 황 사장은 너그러운 얼굴로 좌중을 둘러봤다. "먼저 지난 한 달간 고생한 생산 부서 팀장들과 임원들, 또 생산 부서를 지원한 여러 부서의 담당자들, 관리자들, 수고 많았습니다. 고맙습니다. 솔직히 말해, 나도 우리가 이렇게 해낼 거라고 생각하지 못했습니다. 그때는 우리 모두 그랬습니다. 하지만 지금 우리가 해낸 것을 보십시오. 아무도 장담하지 못한 그 배를 우리는 예상 연기일 대비 3주나 앞당겨 진수했고 진수 전 공정률 역시 이전 호선들 중 가장 높습니다. 이것이 우리 힘이고 저력입니다. 1002호 진수는 시작입니다. 이제 우리는 거세게 뻗어나가야 합니다. 잠재력을 실력으로 계발하고 모든 현장에서 분투하며 전진해야 합니다. 이 기회로 체감한 우리의 능력과 정신을 각자 확고히 새기시길 당부합니다." 황 사장은 잠시 사이를 뒀다. "막 부임한 사장을 지난 한 달간 보좌해 노고를 아끼지 않은 모든 임원, 직원에게 다시 한번, 참 고맙습니다."

박수 소리가 회의실을 가득 채웠다.

22.

"조금 있다가 10시 좀 넘어서 사장실로 가봐." 정 이사는 웃고 있었다. "네?" "〈해운일보〉라는 데서 인터뷰가 있다나 봐. 사장님이 마땅한 사람 없냐고 해서, 문 기사 추천했어." "인터뷰라면 그쪽 사람이랑 사장님이 직접……." "메일로 질문이 왔대." "서면 인터뷰 말씀이신가요?" "그래, 그거. 문 기사가 그쪽 출신이라면서. 사장님이 어느 정도 답은 써놨는데 잘 다듬어줬으면 하시는 거니까 별거 아닐 거야." "오전 중으로 1022호 도면 개정 목록 정리해야 하는데요, 황 대리가 급한 거라고 해서." "황 대리한테는 내가 얘기해놓을게." 정 이사는 별것 아니라는 듯 싱글거렸다.

내가 찾아갔을 때 황 사장은 중국어 선생과 공부 중이었다. 나는 사장실 밖에서 기다렸다. 잠시 후 두꺼운 뿔테 안경에 모자를 쓴 중국 남자가 서류 가방을 들고나왔다. 비서는 내가 온 것을 전화로 알린 다음 사장실의 묵직한 나무 문을 열었다. 안으로 들어서자 황 사장은 무전기를 내려놓으며 자리에서 일어났다. "아, 자넨가? 들어와요, 들어와." 황 사장은 밝은 얼굴로 나를 맞았다.

황 사장이 질문지를 건넸다. 질문들 아래에 연필로 흘려 쓴 답변이 적혀 있었고 여러 곳에 줄을 좍좍 그어놓아 알아보기 힘들었다. 별거 아니라더니. "기자 생활을 했다지요?" 황 사장의 말투는 의아할 만큼 온화했다. "네, 입사하기 전에. 별것 아닙니다. 신문사도 아니고 잡지사였고……." 황 사장이 너무 큰 기대를 하고 있는 것은 아닐지 걱정스러웠다. "대단하다고 생각합니다. 젊을 때 전혀 다른 두 가지 일을 한다는 건 용기가 필요한 일이고 그만한 능력이 있어야 하는 거지요. 하지만 그 어떤 것보다 젊기 때문에, 자신이 젊다는 것을 알아야 할 수 있는 일이에요." 그랬나? 그저 몰리고 몰려 도망쳐왔을 뿐이라고 생각했는데. 황 사장이 말을 이었다. "우리 나이 사람들은 그걸 몰랐습니다. 이것도 해보고 저것도 해볼 수 있다는 걸, 그게 젊음이라는 걸 몰랐어요. 대학 졸업하면 취직하고 취직하면 결혼하고 결혼하면 애 낳고 회사에서 승진하고, 그런 게 전부라고 생각했습니다. 나도 그랬지요. 그러다 보니 일평생 아는 거라고는 배 만드는 거, 그거 하나밖에 없습니다. 글이라는 게 참 중요한 건데, 그런 재주도 없고. 골프나 좀 칠까? 다른 건 할 줄 아는 게 없지요." 황 사장은 진정 부럽다는 듯 나를 봤다. 달가우면서도 낯설었고 지나치게 자신을 낮추는 듯해 조금 두려웠다.

비서가 중국차 두 잔을 내왔다. "일 얘기를 해봅시다." 황 사장이 한 모금 마시고 의자 등받이에서 몸을 뗐다. "기자가 다음 주 월요일까지 회신을 달라고 했고 내가 좀 써놓기는 했는데, 영 마음에 들지가 않습니다. 어떻게 풀어나가면 좋겠습니까?" 지시를 주시면 그대로 따르겠습니다, 하고 말할까 하다가 나는 생각을 바꿨다. "잠시 시간을 주시겠습니까? 이전에 쓰신 것을 먼저 보고 싶습니다." 황 사장은 웃었다. "그러세요, 전문가일 테니 보고 소견을 말해주세요." 나는 묵례하고 질문지를 훑어봤다.

비교적 젊은 나이에 퇴사해서 중소 조선소의 부사장으로 취임,

173

이후 여러 중소 조선소에서 부사장, 사장을 역임하고 스스로 중소 조선소 협회를 설립, 초대 협회장까지 된 이력들은 질문과 답변 모두 명료해서 손댈 필요가 없었다. 회사 설명과 특장에 관한 내용도 내가 회사 소개서에 쓴 내용을 덧붙이면 될 듯싶었다. "이런 질문들이 인터뷰에서 뼈대를 이루는 것 같습니다. 사장님께서 어떤 분이신지, 어떤 생각으로 회사를 경영해나가실지 묻는 것들인데요. 제 생각에는, 제가 이 질문을 지금 사장님께 여쭙고 그 답변을 들어 정리하면 좋을 것 같은데 어떠신지요?" "좋습니다. 그렇게 합시다." 황 사장은 흔쾌히 웃었다.

"먼저 이 말씀이 궁금합니다. 왜 여기 중국에, 한국에서 그다지 이름이 알려지지도 않은 조선소에 부임하셨냐는 질문에 한바탕 크게 웃어볼 만한 곳이라고 쓰셨다가 지우셨는데, 원래 어떤 말씀을 쓰시려던 거였습니까?" 황 사장은 멋쩍게 웃었다. "사실, 오기 전에 중국에 관한 책을 찾아 읽다가 연암 박지원이라는 사람이 쓴 글을 읽었습니다. 거기 보니 그 사람이 요동 벌판을 처음 보고 한바탕 크게 울어볼 만한 곳이구나, 하고 쓴 구절이 있더군요. 그 말이 마음에 들었습니다. 크게 울어볼 만한 곳. 그 울음이라는 말이 와 닿으면서도 한편 나라면 크게 웃어볼 만한 곳이라고 했을 텐데, 싶었습니다. 그런데 너무 지어낸 말 같다는 생각도 들고, 또 그다음에 마땅히 이을 말도 생각나지 않아서 쓰다 말았습니다." "그렇다면 사장님께서 부임을 결정하신 이유를 어떻게 말할 수 있을까요?" 나는 부러 일까요, 하고 물었다. 그 어미는 질문을 던지는 것이 아니라 두 사람

사이에 내놓는 듯한 느낌을 줬고 그렇게 물을 때 사람들은 대개 더 편하고 이성적으로 대답했다. 기자로 일하면서 배운 것 중 하나였다.

황 사장은 잠시 생각했다. "역시, 웃어볼 만하다고밖에 말할 수 없겠습니다. 한국에서는 쉽지 않습니다. 대형 조선소, 중소형 조선소, 그 밑에 하청 업체 이미 다 줄이 서 있고 지을 수 있는 배도, 확보할 수 있는 부지나 채용할 수 있는 인력도 다 정해져 있습니다. 현대나 삼성중공업에 갈 만한 사람이 중소 조선소에 올 이유는 결코 없지요. 하지만 여기서는 어떻습니까? 우리 회사만 해도 베이징 대학교 졸업생이 셋이나 있고 칭화대, 푸단대, 지아퉁대, 또 장 비서처럼 상하이외국어대 나온 사람까지 있습니다. 월급만 높게 준다면 더 끌어올 수도 있을 겁니다. 부지도 마찬가집니다. 사용권을 매입한 것이긴 하나 이만한 요지를 한국에서 마련하자면 값을 수십 배는 더 쳐줘야 했을 겁니다. 게다가 외자 회사에 대한 정부 특혜도 상당하지 않습니까? 회장님을 따라 처음 왔을 때 나는 벌판에 선 기분이었습니다. 아직 아무것도 없고, 그래서 여기서 하는 모든 것이 처음이고, 그것이 다 새 역사가 된다는 생각에 정말 가슴이 쩌르르르했습니다. 여기서는 해볼 수 있겠구나, 한국에서 못 해본 것을 여기서는 다 해볼 수 있겠구나, 그런 생각이 들었습니다." 황 사장은 잠시 말을 멈췄다. "물론 많은 문제가 있습니다. 아직까지 너무 많은 것이 비효율적으로, 되는대로, 시키는 대로, 하던 대로, 또 그저 '하면 된다'는 식으로 그렇게 권위와 관습으로 돌아가고 있습니다. 하지만 그것들은 결국 떨쳐내야 하는 것들입니다. 조선업은, 제조업 중 규모에 비해 자동화율이 가장 낮은 업종입니다. 배는 사람이 짓는 겁니다. 기계처럼 일해서는 배를 지을 수 없는 겁니다. 사람답게, 생각을 하고 서로 필요한 것이 뭔지 묻고 대답하면서, 대화하고 도와가면서 그렇게 지어야 하는 거지요. 그래서 나는 모둔다고 말한 것이고, 내가 말한 대로 모둘 수 있는 것을 모두 모두어나갈 방침입니다." 거창한 말을 하는 사람들이 흔히 하기 마련인 손짓이나 눈짓 없이, 황 사장은 나를 똑바로 보며 생각에만 집중해 말했다.

"그 방침이란, 어떤 것일까요? 구체적 전술이나 방법 말입니다." "혁신입니다." 황 사장은 두말할 것 없다는 듯 말했다. 맥 빠지는 소리였다. "좀 더 구체적으로 말씀해주실 수 있을까요? 사실 요즘 모든 회사가 혁신, 혁신 하고 외치고 있으니, 말뜻을 먼저 풀어야 할 것 같습니다." 황 사장은 고개를 끄덕였다. "맞는 말입니다. 혁신이라는 말처럼 혁신해야 할 말도 없다고, 나도 친구들끼리 농담합니다." 이 말 역시 진부하게 들리기는 마찬가지였다.

"내가 생각하는 혁신이란 이렇습니다. 새로운 것으로 바뀌는 것이 아니라, 새롭게 바꾸는 것입니다." 황 사장은 자기 말을 따라오는지 살피듯 나를 봤다. "바꾼다는 것은 무엇을 바꾸는 것입니까? 우리가 다른 사람인 척할 수는 있어도 결코 다른 사람이 될 수는 없듯, 어떤 것을 바꾼다면 우리 자신을 바꿀 수밖에 없습니다. 그렇다면 우리는 자신의 어떤 것을 바꿀 수 있습니까? 흔히 미래를 혁신한다고 거창하게 말합니다만, 미래는 아직 오지 않은 것이고 알 수도 없는 겁니다. 그렇다면 현재는 어떻습니까? 현재는 권투 선수가 올라선 링입니다. 공이 울리고 다시 공이 울리는 사이이지요. 그 사이에 권투 선수가 무엇을 할 수 있습니까? 날아오는 주먹을 막고 피하고, 자기 주먹을 뻗고 또 맞아가면서 결코 드러눕지 않는 것, 그게 전부입니다. 글러브에서 면도칼이라도 꺼내 쥐지 않는 한 링 위에서 바꿀 수 있는 건 아무것도 없습니다. 현재는 인내하고 극복하고 개척해나가는 과정이지 바꿀 수 있는 게 아닙니다. 그러면 무엇을 바꿀 수 있겠습니까?"

황 사장은 나를 직시했다. "결국 우리가 바꿀 수 있는 것은 과거입니다. 이미 일어나고 지나간 것을 어떻게 바꾸는가? 말이 안 된다고 생각할 테지만 나는 다르게 봅니다. 과거야말로 우리가 바꿀 수 있는 겁니다. 링 위에서 똑바로 못 했다면 이유가 뭐겠습니까? 링에 오르기 전까지, 링 밑에서 똑바로 안 했기 때문입니다. 현재를 견디고 헤쳐나가는 데 아무 도움이 되지 않는 과거, 되레 우리 발목을 잡고 억압하는 과거, 인습, 껍데기뿐인 규정과 규제, 타성, 그런 것들이야말로 바꿀 수 있고 바꿔야 하는 겁니다. 우리가 현재를 돌파하는 데 도움 주는 것들, 전통, 통찰, 지혜라고 부르는 것, 아니 더 쉽게 말해서 지금도 쓸모 있는 것, 실용적이고 구체적인 것, 많은 시간이 지나도 여전히 옳고 올바르다고 생각하고 말할 수 있는 것만 과거에 남겨둬야 합니다. 우리가 어떻게 미래를 전망합니까? 현재에 근거해서? 현재를 어떻게 인식합니까? 지금 당장 저 작업장에서 무슨 일이 벌어지고 있는지 내가 어떻게 알 수 있습니까? 저 무전기로?

이 전화기로? 아닙니다. 그것들은 모두 조각나 있는 정보에 불과하고 그 모든 것을 우리는 지나간 것, 경험이라는 실로 꿰서 인식합니다. 과거에 비춰 미래를 보는 겁니다. 따라서 과거가 혼탁하면 미래도 혼탁하고 과거가 없다면 미래도 없습니다. 나는 그렇게 생각합니다. 그러니 그 껍데기와 쓰레기들, 우매하고 모호한 것들을 모두 걷어치우면 당연히 새로운 미래가, 또 더 싸워나가기 수월한 현재가 열릴 것이라고 생각합니다. 훈련다운 훈련을 한 선수에게 링이 새로워지는 것과 마찬가지입니다."

총변이고 달변이었다. 압도당했지만, 내색하지 않으려고 애쓰며 나는 찻잔을 들었다. 한숨 돌렸다. "그렇다면, 그 혁신이라는 것은, 새롭게 바꾼다는 건 어떤 식으로 적용할 수 있을까요? 물론 앞서 과거를 바꾸는 것이라고 말씀하셨지만 그 말씀이 아직 추상으로 들립니다. 더 상세히 말씀해주실 수 있을까요?" 황 사장은 고개를 크게 끄덕였다. "곧 혁신 부서를 신설할 예정입니다. 원가를 절감하고 같은 일을 하더라도 더 많은 효율을 올릴 수 있는 방안을 전 사에서 끌어모을 생각입니다." 나는 고개를 갸웃했다. 혁신 부서? 그게 부서 하나로 될 일인가? 황 사장은 계속했다. "나는 중국 직원들에게, 그리고 젊은 한국 직원들에게 희망을 걸고 있습니다. 그 사람들에게는 아직 때가 덜 탔다고 할까, 틀이 덜 잡혔다고 할까, 그런 것이 있습니다. 당장은 하라는 대로 하고 있지만 분명 자기 생각들이 있을 겁니다. 젊은 사람은 늘 자기 생각이라는 게 있기 마련이지요. 나도 그랬고, 그것 때문에 뻑 하면 싸우고 다녔지만." 황 사장은 예전 생각이 난다는 듯 웃었다. "어쨌든 그런 생각이 중요합니다. 그걸 억누를 게 아니라 왜 그렇게 생각하는지 이해하고 풀어가는 과정이 다 혁신입니다. 그렇지 않겠습니까? 우리 같은 사람에게야 역사고 추억이지만 그 사람들한테는 그저 과거고 구태고 습관일 겁니다. 그중에서 무엇이 진짜 구태이고 또 진짜 전통인지 대화하고 결정해나가야 합니다. 그건, 그 사람들이 얘기해주지 않으면 우리 같은 사람은 모르는 겁니다. 우리야 다 그렇게 살아왔으니까요."

좋은 말이었다. 하지만 거슬리는 것이 있었다. "그 말씀은 여전히 선을 두고 있으신 것처럼 들립니다. 젊은 사람은 불만을 가져와라, 그게 불만인지 아닌지 우리가 검토해보겠다는 말씀 같습니다. 어떻게 생각하십니까?" 황 사장은 손을 내저었다. "아닙니다, 그런 말이 아니지요. 두고 보고 판단하겠다는 얘기가 아닙니다. 생각해보세요, 만약 나이 든 사람들이, 또 높은 사람들이 그렇게 하고 있으면 과연 젊은 사람들이 스스로 알아내고 생각한 것을 순순히 내놓겠습니까? 일은 그렇게 돌아가지 않습니다. 노인들이 뒷짐 지고 있으면 젊은이들은 주저앉습니다. 애들 앞에서 냉수 한잔 함부로 못 마신다는 말이 왜 있겠습니까? 축구팀을 생각해봅시다. 노장 선수들이 나이 들었다고 설렁설렁 뛰고 조금만 뛰다가도 아이고, 내가 나이가 들어서, 그러면 젊은 선수들이 그걸 어떻게 보겠습니까? 반대로 노장 선수들이 죽어라 뛰면, 당최 그 나이라고 믿을 수도 없을 만큼 뛰고 공을 차면 젊은 선수들이 어떻게 생각하겠습니까? 저 사람들도 저렇게 뛰는데, 나는 왜 못 뛰나? 더 젊은 내가 왜 그만큼 못 뛰나?

다리가 풀리다가도 꼿꼿해질 겁니다. 따라잡겠다고 기를 쓰고 뛰겠지요. 이기고 싶으니까, 자기도 그만큼 해보고 싶으니까. 그게 사람 마음 아닙니까? 물론 나이가 들면 기력이 떨어집니다. 가정도 생기고 일도 지겹고 그럴 때가 다 한 번씩 오지요. 하지만 일은 몸으로만 하는 게 아닙니다. 잘 뛰는 노장들을 보세요, 그 사람들이 어디 젊은 선수들처럼 내일 없을 것같이 뜁니까? 아닙니다. 뛸 때, 안 뛸 때를 가려가면서 뛰는 겁니다. 머리를 쓸 줄 알고 그것대로 자기 몸을 움직일 줄 아는 겁니다. 바로 노련하다는 거지요. 그렇게 하면 더 많은 일을, 젊은이들은 넘쳐나는 기운 때문에 또 경험이 없어서 못 하는 것을 할 수 있습니다. 그게 진짜 이기는 겁니다. 나이 든 사람은 젊은 사람들이 보고 있다는 것을 무섭게 알면서도 한편 우습게 볼 줄 알아야 합니다. 그만큼 실력으로, 계급장이니 나이니 집어치우고 능력으로 올라서야 합니다."

황 사장은 잠시 무전기에서 오가는 소리에 귀 기울였다. 다시 말을 이었다. "하지만 나이 든 사람이 젊은 사람을 이겨먹든, 또 젊은 사람이 나이 든 사람을 이겨먹든 중요한 건 그게 아닙니다. 어떤 팀이 경기에서 이겼다면 이긴 이유가 있을 겁니다. 그 이유에는 이긴 방법이 있고, 그 방법에는 실행이라는 게 있고, 그 실행에는 각자 배분한 역할이 있기 마련입니다. 중요한 건 각자 그 역할을 이해하고 견실히 수행하는 겁니다. 내가 노장이니까 젊은 애들은 공을 따와라, 슛은 내가 넣겠다, 이런 게 아니란 말입니다. 골을 잘 넣는 선수가 젊다면 공을 따오거나 몰아주는 사람은 노장일 수도 있습니다.

180

또 그 반대일 수도 있지요. 요는, 골을 넣고 골을 먹지 않아야 이기는 것이고, 그렇다면 골을 넣되 먹지 않는 최적의 방법을 먼저 찾아야 한다는 겁니다. 그 방법이 요구하는 실행과 그 실행이 요구하는 역할에 각자 최상의 능력을 발휘할 수 있는 사람이 들어가야 한다는 겁니다. 최전방 공격수는, 공격수가 되고 싶은 사람도, 노장이나 신성도, 감독이나 구단주 친척도, 학교 후배도 아닙니다. 지금 하는 경기에서 골을 넣을 확률이 가장 높은 사람이 돼야 합니다. 중앙 공격수, 중앙 수비수, 최종 수비수 모두 마찬가지입니다. 그리고 감독이란 그런 식으로 팀을 짜는 사람입니다. 책임을 진다고 하지만 사실 책임이라는 걸 누가 온전히 질 수 있습니까? 흘러버린 시간을 되돌릴 수 없듯, 책임은 지겠다고 하는 순간 이미 지나가버립니다. 책임은 나중 일이고 실은 허울이나 다름없습니다. 감독이 그만둔다고 망해버린 시즌이 돌아오지는 않습니다. 실행과 역할을 찾고 그 역할에 걸맞은 사람을 뽑고 그 사람들 발목을 잡은 불필요한 사람을 솎아내는 게 감독, 즉 관리자와 책임자의 일이고 최선이라는 말입니다. 그런다고 팀이 항상 승리만 하는 건 물론 아닙니다. 하지만 이길 확률이 더 높아지는 건 사실 아닙니까? 이길 수 있다고 믿을 때 선수들은 분명 더 빨리, 더 많이 뛰지 않겠습니까? 팀이 팀으로서 작동하고 성능을 내지 않겠습니까? 그런 식으로 커다란 원이, 선순환이라고 부르는 것이 생기는 겁니다. 올바른 목표가 올바른 방법을 찾고 올바른 방법이 올바른 실행을 찾고 올바른 실행이 올바른 역할을 찾아서 각 역할들이 제대로 자기 역할을 해내면, 올바른 실행이 나오고 올바른 실행이 올바른 방법을, 올바른 방법이 올바른 목표, 즉 이기는 결과로 나오는 겁니다. 나이가 많고 적고, 어느 쪽이 이기고 지고는 아무 문제도 되지 않습니다."

"그게 정말 가능할까요? 예컨대 회사만 보더라도 임원과 직원, 또 직책 있는 사람과 없는 사람, 한국 직원과 중국 직원 이런 식으로 무수히 나뉘어 있습니다. 우리와 우리 아닌 사람들로 갈라서면 갈등과 분쟁은 늘 일어나는 것이고 그 결정은 옳고 그름이 아니라 힘이 더 센 쪽에 따라 결정되기 마련이지 않습니까? 자연히 힘을 가진 쪽은 힘을 내놓기 싫어하고 힘이 없는 쪽은 힘을 구하려 들기 마련인데, 과연 어떤 사람이 올바른 목표와 방법, 또 실행과 역할을 위해 가지고 있는 힘을 내려놓거나 더 큰 힘을 얻을 수 있는 기회를 포기할까요?" 질문지와 상관없이 대화에 빠져들면서 튀어나온 질문이었다. 하지만 내가 회사에서 봐온 것이었고 늘 궁금해하면서도 어느 때부터 더는 묻지 않게 된 것이었다.

황 사장은 웃었다. "내가 늘 생각하는 게 있습니다. 이전 회사에서 나는 나이 많은 설계 임원들에게 도면을 그리라고, 제일 어렵고 까다로운 도면을 그리라고 시켰습니다. 질색들 했지요. 그 일 안 해도 월급은 똑같이 나오니 억울하지 않겠습니까? 하지만 생각해봅시다. 덕분에 젊은 사람들은 들인 품에 비해 성과는 시원찮은, 그 사람들 경험이나 능력에 걸맞지 않은 일을 하지 않게 됐습니다. 대신 자기 능력에 맞게 보조를 하거나 더 쉬운 도면을 그리면서 자기 능력을 계발할 여유가 생겼지요. 회사는 난이도 높은 도면에서 오작이 적어지고 의사 결정이 빨라지니 비용을 절감하게 됐습니다. 임원들도 실은 얻은 것이 있습니다. 세상이 빠르게 변하는 만큼 도면을 옛날 식으로만 그릴 수는 없는 노릇이고 그러다 보면 별수 없이 요즘 젊은 사람들은 도면을 어떤 프로그램으로, 어떻게 그리는지 보고 따라 하기도 하고 그걸로 상의도 했을 겁니다. 새것을 배우고, 자기 생각을 자꾸 말로 해보면서 옳고 당연하다고 생각하던 것을 검증하고, 확인하는 과정이 필연히 뒤따르는 겁니다. 그게 뭐겠습니까? 바로 더디 늙는다는 것입니다. 무력하게 노쇠하는 것이 아니라, 끊임없이 자기 자리와 역할을 찾고 확보해나갈 수 있게 된 겁니다."

하지만 임원들이 어느 날 갑자기 도면을 그린다고 달라지는 것일까? 힘의 차이가 분명하다면 상의든 합의든 모두 형식이 돼 임원들이 합시다, 하고 말하더라도 결국 하겠다, 한다는 말과 똑같아진다. 나만 해도 처음 이 방에 들어왔을 때 사장이 내 의견을 물어보니 당황스럽기부터 하지 않았나? 지금도 그랬다. 반박이 튀어나오려고 했지만 일단 삼키고 있었다. 사장의 말을 끊기는 쉽지 않았고, 그것이 내가 기자로 일할 때 하던 인터뷰와 다른 점이었다.

황 사장은 하던 말을 이었다. "요는 이렇습니다. 누가 어떤 일을 많이 하건 적게 하건, 힘을 많이 가졌건 적게 가졌건 모두 올바른 목표와 방법 위에서만 의미가 있다는 겁니다. 그 자체로, 떨어진 낱낱으로서 유일하고 중요한 건 아무것도 없으며 만약 그렇게 생각하고 행동한다면 목표에 가까워지는 게 아니라 더 멀어진다는 겁니다. 임원들이 도면을 그리지 않을 때, 그 사람들이 뭘 했겠습니까? 엉뚱한 일을 벌여서 시기를 놓치고 한정된 인력과 시간과 비용을 허비하고 낭비했겠지요. 젊은 사람들이 무엇을 하건, 하고 싶건 아무 상관하지 않고 자신들은 편하니 계속 편하기만 바랐을 겁니다. 그게 뭡니까? 바로 노쇠지요. 그것도 아주 추한 노쇠입니다. 편하고 싶으면 관 속에 들어가라는 말처럼 송장이라면 편하기도 편하고 남한테 피해도 안 줄 텐데 그렇지 않으니 아주 끔찍스러운 겁니다. 어디 그뿐입니까? 젊은 사람들은 그런 사람 밑에서 나쁘고 틀린 것을 배우고 견디는 습관이 들 것이고 이내 자신들 역시 그러고자 할 겁니다. 조직 전체가 빠르게 노쇠하고 무력해지는 겁니다. 노쇠한 사람이 어떻게 됩니까? 그런 조직이 어떻게 되겠습니까? 망할 수밖에 없습니다. 적어도 회사 일, 그중에서 조선 일에 관해서라면, 나는 그렇다고 확실히 말할 수 있습니다. 모든 것이 올바른 목표가 그리는 순환 속에 있습니다. 그 순환에서 벗어나 있다면, 단지 벗어나 있는 게 아니라 순환을 깨는 겁니다. 진화하지 않는다는 건 퇴행이고, 똑바로 하지 않았다는 건 단지 똑바르게 하지 않았다는 것이 아니라 잘못했다는 겁니다. 말이 파놓는 함정에 빠지지 말아야 합니다. 중간은 없고 유보도 없습니다. 모든 것이 더 좋아지거나 더 나빠질 뿐입니다. 이건 흑백논리가 아닙니다. 옳고 그르다거나 좋고 나쁜 것을 구분할 수 없다면 알아야 할 것을 충분히 알지 못했다는 뜻이지 그런 구분이 없다는 게 아닙니다. 올바른 방법을 찾고 실행해나가야 합니다. 그러지 않으면 모두 망하고 맙니다. 더 빠를 수도, 늦을 수도 있지만 결국 망해버리고 맙니다. 필연입니다. 편을 갈라 세워 선택하거나 손 놓고 내버려둘 수 있는 문제가 아닌 겁니다."

무전기에서 오가던 말들이 요란해졌다. 황 사장이 벌떡 일어나 무전기를 잡아챘다. "지금 뭣들 하는 겁니까? 가용 인력 모조리 4번 창으로 집중시키세요. 앞뒤 좀 가려가며 일들 하란 말입니다." 조금 전 온화한 얼굴은 오간데 없이 황 사장은 핏대를 세웠다. 당혹스러웠다. 현장 사람들이 황 사장을 두고 회의에서 하는 것과 현장에서 하는 것이 딴판이라고 투덜대던 것이 떠올랐다. 묘한 기분을 느끼며 나는 서둘러 일어났다.

오후와 주말 내내 다듬고 고쳐가며 인터뷰를 완성해 월요일 새벽, 사장에게 보냈다. 출근해 회사 메일을 열었을 때 황 사장의 답장이 이미 와 있었다. "문 형, 정말 고맙습니다. 내 마음을 이렇게 알아주고 유창하고 멋진 글로 옮겨주다니, 정말 감사합니다. 수고 많았습니다."


## 23.


그쪽에서는 내가 보낸 것을 수정 없이 2주간 2회 연재로 실었다. 이전까지 2회 연재로 간 적 없는 꼭지였다. 그 덕분인지 황 사장은 정 이사를 통해 내게 일을 줬다. 전 회의에 참석해 자신이 내린 지시 사항들의 이행 여부와 진행 결과를 확인하는 업무였다.

쉬운 일이 아니었다. 황 사장의 의중을 정확히 읽어야 했고 그 의중을 황 사장에게서 지시받은 현업 부서에 정확히 전해야 했다. 황 사장의 지시 사항은 전문용어나 전문 지식이 많았고 잘 모르는 내가 지시 사항이랍시고 함부로 외워 옮겨대기만 하다가는 현업 부서 사람들에게 욕먹기 십상이었다. 생산기획팀으로 옮긴 직후 비슷한 꼴을 이미 여러 번 당한 터였다.

황 대리는 매일 현장을 오가며 도면과 후행 공정을 챙기느라 바빴다. 대신 정 이사가 많이 도와줬다. 전문용어의 의미와 쓰임을 잘 정돈해 가르쳐줬고 내가 회의 중 놓친 내용까지 자신의 수첩을 펼쳐보며 풀어서 설명하고 일깨워줬다. 정 이사의 도움으로 황 사장의 지시는 정확히 이해할 수 있었지만 그것을 전달하는 문제는 또 달랐다. 기자로 일한 경험이 쓸모 있었다.

나는 사장님의 지시 사항 때문에 연락했다고 바로 묻지 않았다. 바쁘실 테지만 조간 회의에서 나온 지시 사항을 사장님께 보고해야 하는데 실제 상황이 어떠한지 확인하려고 전화드렸습니다, 하고 물었다. 어떻게 할 건지 묻는 대신 어떤 방법이 있을까요, 하고 물었고 언제까지 할 건지 묻는 대신 예상 기한은 어느 정도 걸릴 거라고 보십니까, 하고 물었다. 또 황 사장이 지시한 내용만 묻지 않고 담당자, 실무자로서 생각하는 문제점과 어려움, 다른 부서의 협조는 필요 없는지, 그 사람이 회의 시간에 말하지 못한 것은 없는지도 물어봤고 그것을 오해가 없게, 현장 사람들이 흔히 하는 거친 말을 다듬고 정리해 전체 맥락과 진의에 맞게 덧붙였다. 황 사장의 지시를 이행시키는 것이 아니라 자명종처럼 일깨워주고 그 이행을 확인하는 것이 내 일이라는 점을 대화 속에서 분명히 했다. 그것이 사실이기도 했다.

쓸데없는 일만 맡게 만든다고 생각한 기자 일 경험은 이렇게도 이어졌다. 사람 일은 알 수 없었다. 두어 번 실수도 있고 분란도 있었지만 일은 자리를 잡았다. 나는 현업 부서 사람들이 저녁 먹고 잔업을 시작하기 전, 한숨 돌릴 즈음에 전화해 보고해야 할 내용을 청취했고 그것들을 문장으로 조리 있고 간명하게 옮긴 다음 그날마다 메일로 황 사장에게 보고했다. 황 사장은 다음 날 조간 회의에서 보고받은 내용 중 중요하거나 지체 중인 것, 그리고 내가 옮겨 적은 대로 추가 협력이나 선결해야 하는 문제들을 얘기했다. 현업 부서 사람들은 갈수록 내 전화를 잘 받아줬다. 내가 괜한 말을 보고서에 쓰지 않는다는 것을 알자 최대한 자신들의 입장을 잘 전달하려고 집중력 있게 얘기했다. 벼락 같은 황 사장보다 내게 말하는 것이 편하기도 했을 것이다.

매일 잔업이었지만 불만은 없었다. 사장의 지시를 따라잡는다는 허영심도 있었고 현장 실무를 비롯해 많은 일을 새로 배우고 간접 경험해볼 수도 있었으며 그 복잡다단한 일들을 황 사장이 인식하고 분석하고 판단하고 결정하는 과정 일련을 가장 가까이에서 지켜볼 수 있었다. 나는 집중했고 내가 본 것들을 하나도 놓치지 않으려고 애썼다. 정확하고 정밀하게, 반듯하고 올바르게 일하려고 노력했다. 이렇게 일한 게 언제였는가? 기억도 나지 않았다. 보험 일? 하지만 그때 내가 만든 건 다 가짜, 거짓말이었고 이후에 한 많은 일이 엇비슷했다. 힘없는 팀장과 관리가 없는 회사 사이에서 눈치껏 만든 기안문과 양식들. 생산기획팀에서도 마찬가지였다. 나는 예전처럼 내가 맡은 일을 빨리하고 별것 없으면서도 해놓은 것처럼 보이게 하는 요령을 익히려고 애썼지, 그 일을 일답게 하려는 욕심은 전혀 없었다. 그런 게 어디 있는가? 있다 한들 그렇게 해서 뭐하는가? 황 사장이 말한, 노쇠한 사람들 밑에서 일하다 나쁘고 잘못된 버릇에 물든 젊은 직원이란, 나 같은 사람을 두고 한 말이었다. 아직 다 받아들일 수는 없었지만, 또 얼마쯤 의심도 있었지만 황 사장의 얘기에는 나를 설득하고 일깨우는 것이 있었다.

황 사장은 혁신팀을 신설했다. 여러 부서에서 희망하는 사람을 받았고 중국 직원도 여러 명 배속시켰다. 총무팀의 한 기사도 혁신팀으로 자리를 옮겼다. 중국 직원들이 적극 참여할 수 있게 통역하고 또 문서 작성에 미숙한 생산직 직원들이 자기 의견을 제대로 반영할 수 있도록 제안서 작성을 돕는 역할이었다. 구성이 끝나자 혁신팀은 직원이나 부서에서 제출하는 제안을 심사, 2주에 한 번씩 혁신안을 선정해 생산에 적용하고 포상하겠다고 공지했다.

많은 한국 직원이 혁신팀 활동에 회의적이었다. 아무 생각 없이 현장을 오가며 기계처럼, 더 솔직히 말해 노예처럼 일하는 중국 직원들이 혁신다운 혁신안을 과연 낼 수 있겠느냐는 것이었다. 첫 혁신안이라고 올라온 것은 초보적 작업 개선이었다. 생산을 잘 모르는 내가 보기에도 그동안 잘못 작업해온 것을 고친다는 것에 불과할 뿐 혁신이라는 말과 거리가 멀었다. 그럴 줄 알았다는 듯 곳곳에서 피식거리는 소리가 들렸다.

그 주 주간 공정 회의에서 황 사장은 직접 표창장과 상금을 수여했다. 서툰 중국어로 축하하고 고맙다고 말한 뒤 판정승을 선언하는 권투 심판처럼 제안자의 손을 잡고 번쩍 들어 보였다. 기념사진이 사내 곳곳에 비치한 혁신 전용 게시판에 붙었다. 포상금은 신입 중국 직원이라면 반달 치 월급에 해당하는 액수였다. 마트에 가서 쓸 만한 핸드폰 한 대를 살 수 있는 금액이었고 씀씀이 헤픈 한국 직원이라도 일주일 치 장을 볼 수 있는 금액이었다. 포상금은 고정이 아니고 앞으로 예상 비용 절감액을 산출해 비례 등급을 적용, 걸맞은 금액을 포상하겠다는 내용이 덧붙어 있었다.

분위기가 바뀌었다. 직원들은 그깟 혁신이라면 나도 할 수 있겠다고 덤벼들기 시작했다. 혁신 제안서 제출 건수가 급격히 늘어났다. 혁신 수준, 혁신에 따른 비용 절감액과 포상금도 차츰 올라갔다. 더 중요한 변화가 뒤따랐다. 직원들이 혁신이라는 관점으로 일을 보기 시작한 것이었다. 포상금에 한국, 중국이 없듯 새로운 관점, 태도에도 중국 직원, 한국 직원 가릴 것이 없었다. 특히 젊은 직원을 중심으로 더 나은 방법, 이전보다 힘과 비용을 덜 들이고 똑같이 일할 수 있는 방법을 생각하려는 태도가 번져나갔다. 황 사장이 표창하는 혁신안 낱낱은 분명 개선안에 가까웠으나 이런 태도의 변화, 분위기 변화는 이전에 없던, 전혀 새로운 것이었다. 분명 혁신이라고 할 만했고 이 바탕 위에서 개별 개선안이 나온다고 말할 수 있었다.

냉소하는 사람들은 여전히 있었다. 그 사람들은 혁신이 그런 게 아니라고 말했다. 하지만 정확히 어떤 것인지도 말하지 못했다. 당연했다. 한국어에서 혁신이라는 말이 그렇게 쓰였기 때문이다. 혁신이라는 개념은 실상 텅 비어 있었다. 혁신이 무엇인가? 이노베이션. 이노베이션은 무엇인가? 혁신. 이런 식으로 두 외국어 사이를 오갈 뿐 실상 무엇을 의미하고 의미해야 하는지, 온전하고 치밀하게 생각한 것을 나는 책에서든 텔레비전에서든 읽거나 본 적이 없었다. 스티브 잡스가 얘기했다든지, 또 어느 돈 많고 성공한 유명인이 얘기했다는 이유로 막연히 거창하고 대단한 것, 어떤 뜻 그 자체일 거라고 더듬어 생각하는 것이 일반이었다. 혁신만 그런 것이 아니었다. 어떤 개념과 단어를 수입할 때 흔히 일어나는 현상이었고 한자어도 부족해 영어까지 끌어다 쓰느라 혼탁해진 한국어에서 흔히 볼 수 있는 현상이었다. 이를테면, 붕우라고 하면 대단한 친구 사이를 가리키는 것 같지만 중국에서는 한국말 친구와 똑같이 평이하고 흔하게 쓴다. 천기라고 하면 어마어마한 말인 듯싶지만 실은 티엔치, 한국어로 날씨와 한 치도 어김없이 똑같은 말이다. 한국에 있을 때 기사를 쓰면서 여기저기에 갖다 붙이던 디자인이라는 말은 중국어로 설계다. 명확했다. 설계이기 때문에 디자인이라는 것은 당연히 기능적 요구와 미감을 동시에 충족시켜야 한다. 단지 꾸미고 고치는, 겉모양에만 치중한 것이 아닐 수밖에 없다. 혁신이라는 말도 마찬가지였다. 중국어로 꺼신, 가죽째 아니면 가죽까지 바꾼다는 비유, 관용 표현이다. 한국말로 하자면 통째 바꾼다는 것과 엇비슷한 말이다. '혁신합시다' 하는 구호 대신 '통째 바꿉시다' 하고 말한다면 곧바로 사람들은 물을 것이다. 도대체 뭘 통째 바꾸자는 거지? 어떻게 통째 바꾸자는 거지? 하지만 '혁신합시다!', 하고 말할 때 사람들은 '그래, 혁신해야지, 혁신해야 해', 하고 무심결에 생각하고 말았다. 그 점에서 황 사장과 여느 임원, 직원들, 또 회장 사이의 차이는 분명했다. 황 사장은 혁신이라고 말할 때 그 뜻을 분명히 알았고, 그것을 자신의 단어로 썼다.

투자 요청에 관한 기안문을 읽을 때도 황 사장은 문장 하나 무심코 넘어가지 않았다. 투자 목적, 품목, 수량, 예상 비용, 기간, 경제 효과, 자금 회수 기간, 비용 대비 이익 들을 모두 기안문에 압축적이고 간결하게 집어넣으라고 시켰다. 적당히 말로 설명하고 넘어가는 것, 임원들이 이전까지 써오던 방법은 통하지 않았다. "나를 설득해보란 말입니다. 이 장비가 왜 지금 필요한지, 필요하다면 어째서 이것이 비용을 최소화하는 투자인지, 운용과 유지 보수는 누가 어떻게 할 것인지 명약관화하게 얘기해보란 말입니다. 여러분 주머니에서 나가는 돈이라면 애들 사탕값 주듯 이렇게 쓰겠습니까? 구체적인 숫자를 내놓으세요. 현재 상태와 투자 효과를 산출하고 비용 비교를 하고 사용 계획을 세우고 관리 책임자를 써넣으란 말입니다!" 황 사장은 말이 온전하더라도 기안문이 온전치 못하면 왜 말만큼 기안문을 작성하지 못하냐고 나무랐고 말조차 온전치 못하면 기안문이라도 똑바로 작성하라고 나무랐다. "내가 읽고 결정할 수 있는 서류를 만들어오란 말입니다. 서류를 왜 작성하는지, 그것부터 생각해보세요. 요식행위가 아니란 말입니다. 그 서류 한 장을 보고 필요한 의사 결정을 빠르고 정확하게 내릴 수 있어야 하고 한 장 한 장이 모두 남아 잘한 것, 잘못한 것의 근거가 돼야 합니다." 황 사장은 문서가 엉성하고 부실한 현실에서 떨어져 내린 각질이 되게 내버려두지 않았다.

겨울로 접어들 무렵 황 사장은 역량은 뛰어나지만 줄곧 팀장 없이 일하던 조립팀 과장 두 명을 모두 팀장으로 승격시키고, 팀을 쪼개 나눠줬다. 타 부서에서도 회사에서 잔뼈가 굵고 일 잘하는 사람들을 높이 평가해 관리자나 관리자 대우로 임명했다. 관리 안 되는 부서는 그나마 성과를 보여주는 팀장에게 모두 통합시켰고 이미 통합해 있다면 잘하는 부서만 독립시켜 나머지 부서의 문제점이 더 드러나게 만들기도 했다. 황 사장은 조직에 따라 인원을 맞추지 않고 현 상황의 인력에 따라 조직을 짜 맞췄다. 보유 인력 내에서 팀장과 팀의 최상 조합을 찾는 듯했다.

길고 날씨 좋던 그해 가을 동안 생산량은 비약했다. 월 0.3척에서 0.5척으로, 이어 0.6척을 찍었고 유난히 따뜻하던 12월에는 무려 0.78척에 이르렀다. 불과 석 달 사이 생산력을 2.5배 이상 끌어올린 것이었다. 추가 장비나 인력 증강 없이, 순전히 똑같은 조건에서 운영 방법만 바꿔 일군 결과였다.

24.

황 사장이 일갈했다. "정말, 화가 납니다, 화가 나! 어떻게 자신의 자리가 어떤 자리인지 모르고, 그렇게 아무 생각 없이, 전망도 의지도 없이 말하고 대처할 수 있습니까? 왜 사실에 기초해 생각하고 판단하지 않고 해오던 방식대로, 편한 대로 결정하려고만 듭니까? 왜 여러분 밑에서 일하는 사람들, 또 여러분과 함께 일하는 사람들을 생각하지 않습니까? 왜 우리가 다다를 수 있는 최상의 결과에 대해 욕심부리지 않습니까? 왜 처지에 따라 생각만 하고 의지에 따라 생각하진 않습니까? 생각들 하란 말입니다, 생각을! 지시를 받고 지시대로 하려고 회사를 다니는 게 아니지 않습니까? 나는 사장으로서 여러분이 내 뜻대로 무조건 따라오길 바라는 게 아닙니다. 간단히 말해, 나는 여러분이 돈을 벌어오길 바랍니다. 협박하고 갈취해서 벌어오는 게 아니라 일을 해서, 생산을 해서 벌어오길 바랍니다. 그러자면 같은 시간, 같은 자원과 공수工數를 들여서 더 많이 생산하는 방법을 찾아야 할 것 아닙니까? 그게 단지 사장이나 임원들 말만으로 가능합니까? 또 준비 없고 변명뿐인 회의와 토론으로 가능합니까? 판단을 해야 합니다. 구분 짓고 검증해서 올바른 방책을 찾고 똑바로 결과가 나오도록 생각을 하고, 그다음에 일을 해도 해야 하는 겁니다. 덮어놓고 일만 할 게 아니라, 나무가 넘어갈 자리를 미리 봐놓고 넘어갈 때까지 도끼질해야 한단 말입니다!"

가을 동안 거둔 기적에 가까운 결실은, 기실 싸움의 결과였다. 황 사장은 매 회의 시간마다 임원들, 팀장들과 싸웠다. 그 사람들이 아니라 해온 대로 하려는 구습과 관성에 맞서 싸우는 것이었지만 말을 하는 사람은 황 사장이었고 듣는 사람은 임원이고 팀장이었다. 회의실 밖에서는 불평과 험담이 나돌았다. 가을 한 분기 동안 생산한 총량이 지난 반년간 생산한 총량과 맞먹는 명백한 결과를 앞에 두고도, 황 사장이 독선적이고 독단적이라고, 모진 독설로 사람을 몰아세워 현장 특수성과 업무 위계를 무시한 채 악착을 떤다고 비난하는 얘기들이 들렸다.

황 사장이 심한 것은 사실이었다. 몰아세우기 시작하면 물러설 곳 없을 때까지 몰아세웠고 특유의 말과 논리로 숨통을 짓이겼다. 정 이사가 어느 날 말한 것처럼, 황 사장은 용장이고 맹장이지만 덕장은 아니었다. "저러니 한국에서도 고만고만한 데 전전하다가 여기까지 쫓겨난 거 아냐. 이전에 있었다는 회사 임원들도 그 인간 거기로 갔냐고 혀를 차더라, 혀를 차. 거기서는 더했다대. 맘에 안 들면 조인트 까고 씨팔조팔 쌍욕 하고." "그러게 말이야. 사장은 아무나 하나? 그냥 임원 정도나 했으면 괜찮을 텐데, 인덕도 없으면서 무슨 사장을 한다고." 이런 대화가 회식 자리뿐 아니라 회사 곳곳에서도 자주 들렸다.

황 사장은 개의치 않았다. 자신의 일을 계속해나갔다. 연말이 가까워지면서 기온이 급격히 떨어지고 기상이 악화하자 작업장 곳곳에 강설 시 위험 구역을 파악해 대비시켰고 생산 부서마다 강설량에 따른 작업 기준을 작성시켜 안전을 확보하는 한편 인력을 일관하게 운영할 수 있도록 준비시켰다. 계속해서 혁신안을 선정했고 매월 우수 직원을 뽑아 크게 보상했다. 관리 능력 있는 중국 직원 여럿을 팀장으로 진급시켰다. 이전에 함께 일했다는 이홍출 상무, 권인구 전무도 영입했다. 사람들은 그것도 인맥 인사라고 뒤에서 수군거렸다.

신년 경영계획 회의는 올해도 있었다. 일을 해본 사람이 나밖에 없었기 때문에 황 대리 대신 정 이사가 초안을 잡고 내가 직접 실무를 챙겨나갔다. 황 사장은 본회의 전에 두 번이나 직접 점검했다. 전해의 것을 답습한 얼토당토않은 중점 운영 지표는 모조리 쳐냈고 핵심 운영 지표는 보완하거나 빠진 항목을 집어넣게 시켰다. 각 항목이 유기적으로 이어져 증폭 효과를 일으키게 만들었고 뜬구름 잡는 목표는 끄집어 내리고 너무 자잘한 목표는 취합해 실행 방안으로 끌어올리는 한편 새로운 목표를 줘서 모든 목표가 일정 수준을 이루는 동시에 손에 꽉 잡히듯 명료해질 때까지 조였다. 표제는 작년에 회장이 정한 혁신 대신 전진으로 정했다. 혁신은 방편일 뿐 목표가 아니라는 것이 이유였다.

모든 것이 지난해보다 더 나아졌다. 자료는 견실해졌고 목표와 과제는 유효하고 분명해졌다. 하지만 신년 경영계획 회의 내내 보여준 회장의 태도는 지난해와 똑같았다. 회장은 회의 자료를 보는 것이 아니라 회의에 참석한 사람들을 봤고 사람들이 자기 아래로 뻗어 내린 위계에 어떤 태도로 복종하는지, 그것만 보고 있는 듯했다. 나는 명확하게 이해할 수 있었다. 100여 명이 들어찬 회의실에서, 그 수많은 눈앞에서 일어나는 모든 일은 그 자체의 필연과 필요에 따라 일어나는 것이 아니라 권력관계와 이해관계, 보여주려는 복종과 입증하려는 충성에 따라 일어나는 것에 불과했다. 회장은 여전히 가장 높은 곳에서 군림한 채 자신의 아래를 굽어봤고 그럴 수 있는 것에 스스로 만족하고 있었다.

인사 발표가 났다. 생산기획실의 이 대리와 황 대리는 과장으로 진급했다. 나는 대리로 진급했고 동기들도 모두 대리로 진급했다. 노심초사하던 진급이었지만 막상 하고 나니 아무 감격도 없었다. 회사에 더 바짝 붙들린 것 같은 기분만 들었다. 진급자 회식을 하던 날 차장에서 진급한 생산기술팀 최 부장이 말했다. "생각보다 별로지? 진급이란 게 다 그런 거야. 빨리 올라가면 책임질 것만 늘고 또 빨리 나갈 일만 남는 거지. 그러니까 하는 말 있잖느냐, 진급은 천천히, 연봉 인상은 빨리. 그게 최고라니까." 나는 쓰게 웃었다.

연봉은 다시 한번 동결이었다. 전해처럼 곽 상무가 연봉 계약서를 찢는 일까지는 벌어지지 않았지만 조정할 수 있는 것 없이 서명만 하는 것은 똑같았다. 유보한 임금은 다행히 돌려줬다. 목돈을 쥔 대리와 과장 들은 싱글벙글거렸다. 그러면서도 뒷말은 했다. "취임사 때 말은 거창하게 하더니 개뿔." 사람들은 연봉 인상이 사장 한 사람의 권한이 아니라는 것을 알았다. 하지만 자신들을 밀어붙이는 사람이 황 사장인 만큼 불평은 황 사장에게 돌렸다. 직원 식당을 통합시킨 채 내버려둔 것이 그 이유 중 하나이기도 했다. 황 사장은 반년째 그것을 내버려뒀다. 통합은 이미 아무 의미도 없었다. 급양 수준은 더 올라가지 않았고 급식 속도도 더 빨라지지 않았다. 급식비, 급식 인원수, 식당 규모라는 물리적 제약이 있었다. 더 나아지는 것은 없었으나 더 괴로운 사람은 있었다. 한국 직원이었다. 질이 좋아졌다고 해도 중식은 단지 중식이었다. 느글거리고 물컹거리고 향이 역했다. 먹어도 먹은 것 같지 않았고 가끔은 차라리 안 먹느니만 못했다. 나 같은 사무직 직원들은 그나마 버틸 만했다. 점심을 굶지 않을 만큼만 먹거나 미숫가루 한 통 타서 마시고 때울 수도 있었다. 몸으로 일해야 하는, 배 위를 오르내리며 걷고 뛰고 탱크 속을 기어가며 일하는 생산직 직원들은 그럴 수 없었다. 그 사람들은 점심시간이면 중국 직원들이 이미 좋은 자리를 다 차지한 식당 한구석에 모여 앉아서 전날 밤이나 출근 전 한국 슈퍼에 들러 사 온 컵라면과 통조림을 꺼냈다.

황 사장을 옹호하고 지지하던 젊은 직원들조차도 그것만큼은 황 사장의 문제로 돌렸다. 항상 자신이 옳고, 자신은 오직 올바른 것만 한다고 생각하는 오만 탓이라고들 말했다. 수긍이 갔지만 한편 이런 질문이 떠올랐다. 왜 임원들부터 지적하지 않는가? 식당 통합은 이미 더 기대할 수 있는 것이 없으니 직원들 밥이나 편하게 먹게 해주자고 회의 시간에 한마디 말하는 임원은 단 한 명도 없었다. 황 사장이 나무라고 꾸짖을 때는 그렇게 변명하고 핑계 대며 자신을 합리화하고 긍휼히 여겨줄 것을 탄원하던 임원들은 제 새끼 같다던 부하 직원들이 그런 밥을 먹는데도 약속한 것처럼 입을 다물고 있었다. 그러면서도 자기들끼리는 점심시간마다 짝지어 회사 차를 타고 회사 밖에서 밥을 먹었다. 가끔 팀장과 팀원들을 데리고 나가기도 했다. 은혜라도 베풀듯 밥을 샀고 따라간 팀장과 팀원들은 은혜라도 받는 듯 임원들이 사주는 밥을 얻어먹었다. 함께 밥을 먹으면서 입을 모아 욕하고 흉을 보는 대상은 물론 황 사장이었다.

식당 통합 건은 회장의 중재로 원상 복귀했다. 신년 경영계획 회의 후 회장이 황 사장에게 직접 말했다고 얘기가 돌았다. 회장은 점잖은 말로 타일렀지만 황 사장은 조건을 달았다. 업체를 바꿀 수 있게 해달라고 했고 그것이 실은 뒷얘기가 돌게 된 이유였다. 감히 회장에게 어떻게 조건을 다느냐는 것이었다. 황 사장은 그 말을 하기 싫었을 것이다. 황 사장 부임 후, 회사에서 손을 떼다시피 한 회장이었다. 회장을 다시 회사 일에 개입시키는 것이 불편하기도 했을 것이고 급양 상태가 불량해 업체를 바꾸는 당연한 일조차 담당자가 곽 상무라는 것 때문에 회장에게 허락받고 지시해야 한다는 것도 못마땅했을 터였다. 하지만 다른 수가 없었다. 그런 일을 그렇게 처리할 수밖에 없는 곳이 회사였고 그렇게 하게 만드는 사람이 회장이었다. 황 사장이 그 단서를 달았을 때, 자신의 말에 다른 사람들과 달리 '예, 알겠습니다' 하지 않았을 때, 회장의 기분은 어땠을까? 좋지는 않았을 것이다. 하지만 내색하지도 않았다. 회장은 그런 것을 내색하는 사람이 아니었다.

분란의 연기가 회사에 어른거렸지만 보름 가까이 춘절 연휴를 쉬고 돌아온 회사에는 활기가 차 있었고 공정 회의 시간에는 작년까지 대리이던 사람들이 여러 명 과장으로 진급해 팀장 자리에 앉아 있었다. "올해의 목표는 단 하나입니다. 전진. 나는 올해도 최선을 다할 것이고 진두에 서겠습니다." 황 사장의 회의는 여전히, 황 사장의 회의였다. 황 사장은 악천후 때문에 생산이 거의 멈춘 회의 자료를 가리키며 강설일, 강설량에 대한 자료조차 보유할 생각을 하지 않느냐고, 악천후면 두 손 놓고 하늘만 쳐다보고 있을 거냐고 임원들과 팀장들을 다그쳤고 춘절 연휴로 빈 인력 결손과 질 저하를 최소화할 방안을 내놓으라고 요구했다. 자신이 진급시킨 팀장이 여럿 있었지만 그 사람들 역시 멍청한 소리를 하거나 대충 나오는 대로 지껄이면 모든 사람이 보는 앞에서 깨부쉈다. 황 사장은 비난하고 비판할 것을 모조리 비난하고 비판했다. 계획하고 주도하려 들지 않는 정신을 두고 보지 않았고, 대비하고 보강해서 새로운 국면을 만들어나가려는 정신을 칭찬하고 지지했다. 황 사장은 편을 가르지도 않았고 갈린 편을 들어주거나 존중하지도 않았다. 황 사장은 권력을 도모하지 않았다. 황 사장 개인으로 서 있었고, 계속 싸웠다.


25.


1012호 진수 관련한 임원 회의 중이었다. 문제는 진수를 하더라도 배를 댈 곳이 없다는 것이었다. 생산 속도가 올라와 진수가 잇따라 이어진 데다 2002호는 여전히 가장 좋은 자리에 누워 있었고 의장부두 안벽은 겨우내 거친 파도에 시달려 바깥쪽을 절반밖에 쓸 수 없었다. 황 사장은 결단을 내려야 했다.

"조금 위험하더라도 공사 중 안벽에, 공사가 끝난 쪽으로 최대한 붙여서 댑시다. 선거팀한테 사내에 있는 계류삭 총동원하라 하고 보강시키세요.""안 됩니다." 외련 담당 홍 상무에게 시선이 모였다. "의장부두 반대쪽 안벽은 아직 해사국에서 사용 허가가 안 났습니다. 그쪽에 배를 대면 불법입니다." 황 사장이 답답하다는 듯 홍 상무를 쳐다봤다. "그러니 홍 상무께서 해사국 담당자를 만나 사정을 설명해주셔야 하지 않겠습니까. 안 된다는 말씀만 자꾸 하시면 도 대체 어쩌자는 겁니까?" 홍 상무가 정색했다. "여긴 한국과 다르단 말입니다." 황 사장은 웃었다. "다르다, 다르다, 허구한 날 그 말씀만 하시는데 그런 말은 집사람한테나 쓰세요. 회사에서 다르다는 말은 올바르지 않은 걸 감추거나 내버려두고 싶을 때 쓰는 말입니다. 올 바른 방법은 항상 있고 그걸 찾는 게 우리 일입니다." 웃는 얼굴로 말했지만 가시가 억셌다. "무슨 말씀이십니까? 제가 지금 일을 똑바로 안 한단 말씀입니까! 사장님이야말로 지금 이 일이 어떤 일인지 알고 계시기나 한 겁니까? 배가 저렇게 누워 있는 판에 해사국에서 회사가 하자는 대로 호락호락 해줄 성싶으냔 말입니다!" 황 사장은 일단 타일렀다. "홍 상무께 그만한 능력이 있으시니 하는 말 아닙니까. 쉬운 일이 있으면 어려운 일도 있는 거고 어려운 일을 어렵지 않게 해내니 그게 능력 아닙니까?" "입에 발린 말씀 하지 마십시오. 제가 그렇게 만만해 보이십니까? 이 홍원기가 혀 안에 든 사탕처럼 이리 굴리고 저리 굴리고 할 수 있는 사람으로 보입니까?"

황 사장은 어처구니없다는 눈으로 홍 상무를 봤다. "말 같잖은 소리 치우세요. 내가 언제 홍 상무를 우습게 봤단 말입니까? 그리고 이게 사장이 한 결정에 대한 임원의 적절한 대응입니까! 사장이 불가피한 결단을 내렸으면 그걸 수긍하고 보좌하는 것이 임원의 일 아닙니까?" "사장님께서 정황도 모르시면서 자꾸 우기고 계시잖습니까!" 황 사장은 기가 막힌다는 얼굴이었다. "백번 양보해 홍 상무 말이 옳다고 합시다. 그렇다고 해사국이 회사 생산을 막을 명분이 있습니까? 해사국이 생산 지연에 따른 손실을 대신 책임질 수 있습니까? 그러면 해사국에서도 우리 방안을 들어봐야 할 것이고 그 사람들대로 조건과 대책을 내놓아야 할 것 아닙니까. 그리고 홍 상무는 그걸 들고 와서 나하고 얘기해야 할 것 아닙니까." "해사국은 그런 데가 아닙니다. 모르는 소리 좀 마십시오!" 홍 상무의 거품 낀 입술에서 침이 튀었다. "중국 공무원들이 그런 사정을 봐주는 줄 아십니까. 하라면 하라는 대로 해라, 그런 뎁니다. 여긴 한국이 아니라고 제가 몇 번을 말해야 합니까?" 황 사장이 터트렸다. "그 말씀은 지금 자신의 무능을 실토하는 겁니까? 해보지도 못할 만큼 무력하다는 것을 인정하는 겁니까?" "지금 뭐라시는 겁니까?" "어디다 대고 대거립니까? 지금 해보자는 겁니까?" 탕! 황 사장이 책상을 내리쳤다. 홍 상무는 어금니를 꽉 물고 황 사장을 노려봤다. 한쪽 눈꺼풀이 경련했다.

"니미 좆도, 그럼 직접 해보든가!" 홍 상무가 고개를 돌리며 씨부렁거렸다. "지금 뭐라고 했습니까!" 황 사장이 벌떡 일어났다. 권 전무와 조 상무가 함께 일어나 황 사장을 말렸다. "당신 지금 뭐라고 말했어? 말해봐, 다시 말해보라고!" 홍 상무는 자리에서 일어나 수첩을 챙겨 들고 나갔다.

한동안 홍 상무는 회의에 참석하지 않았다. 황 사장은 자신의 결단대로 배를 붙였다. 며칠 뒤 홍 상무는 아무렇지 않게 다시 임원 회의에 참석했고 해사국 서류를 황 사장에게 보였다. 상황을 양해하겠다는 내용이었다. 홍 상무는 일전에 자신이 흥분해 결례했다고 사과했다. 그저 하는 말, 건성으로 하는 사과라는 것은 자리에 있는 사람 모두 알 수 있었다. "알았습니다. 다음부터는 주의하세요." 황 사장은 홍 상무를 뚫을 듯 노려봤다. 홍 상무는 이미 눈을 돌려 회의 자료를 띄운 화면을 보고 있었다.

갈등이 물 위로 올라오고 있었다. 무능하고 무책임한 사람을 못 견뎌 하고, 그런 사람에게 더 거칠고 맹렬하게 말하는 것이 황 사장의 성격이고 방식이었다. 반발이 노골적으로 일어서고 있었다. 하지만 힘은 아직 황 사장에게 실려 있었다. 구정이 지나면 중국이 물동량을 회복하면서 용선비 지수가 호전할 것이라는 전문가들의 예상은 빗나갔다. 운임지수는 반등 없이 계속 추락했다. 한국 은행들은 태도를 분명히 했다. 금리를 일괄 상향 조정했고 대출 조건과 담보 조건을 강화했으며 지렛대 삼을 수 있는 여신與信 한도를 낮춰 대출 자체를 거의 불가능하게 만들었다. 양 이사는 수완을 발휘했다. 자금팀과 회계팀의 중국인 팀장들에게 있는 은행 쪽 인맥을 동원해 중국 쪽으로 숨통을 틔웠다. 450톤 문형 기중기와 250톤 탑형 기중기 두 대, 의장부두의 50톤 이동형 기중기, 250톤과 500톤 이동차들을 포함해 조선소 내 저당 잡힐 만한 설비, 장비는 모두 저당 잡혀 자금을 끌어왔다. 이미 한국 은행에 저당 잡힌 것들이었지만 중국 은행은 한국 은행과 정보 교류가 없었고 기업 평가 방식이나 기준이 아직 헐거웠기 때문에 가능했다. 하지만 간신히 운전자금을 조달하는 수준이었다. 불황은 깊어갔고 회사는 막다른 길로 몰리고 있었다. 출구는 생산량 증대밖에 없었다.

봄이 되자 황 사장은 이전까지 아무도 상상하지 못한 일, 황 사장 말을 빌리자면, 젊은 사람은 도저히 할 수 없는 일을 시작했다. 생산관리팀과 생산기술팀이 바삐 움직였다. 황 사장은 생산기획실의 정 이사와 생산관리팀 이 과장, 생산기술팀 최 부장, 내업 담당 이홍출 상무, 조립팀 팀장들까지 모두 참여시켜 태스크포스, 집중업무팀을 꾸렸다. 업무는 조립 공정 자동화 체계였다. 줄여서 카스CAS라고 불렀다. 컨베이어 어셈블리 시스템의 약자였다.

조립 공정 자동화 체계, 황 사장이 엄중한 표정으로 처음 이 말을 꺼냈을 때 조 상무는 웃었다. 난색조차 보이지 않았다. 많은 임원이, 자신들의 추억이자 자랑인 한국의 조선소를 떠올리면서 그 얘기를 했다. 하지만 그것이 이곳에서 실현 가능하다고 말하는 사람은 아무도 없었다. 그림부터 나오지 않았다. 한국 대형 조선소는 모두 옥내 작업장이었다. 사시사철 외부 환경과 무관하게 작업할 수 있도록 지붕과 벽에 둘러싸여 있었고 천장에서는 기중기가 긴 궤도를 따라 이 끝에서 저 끝까지 오가며 블록을 옮기고 뒤집었다. 작업자들은 모두 각자 자리에 대기한 채 블록이 오기만을 기다렸다가 똑같은 작업만, 자동차 공장의 기계 팔들처럼 하면 됐다. 그럴 수 있었다. 한국이니까, 또 없는 것 없이 다 있는 대형 조선소니까 가능했다. 이곳은 아니었다. 작업장은 천장도 벽도 없이 정반만 덜렁 놓여 있는, 바닷바람에 흙먼지와 쇳가루가 함께 날리는 벌판이었다. 덜컹덜컹, 삐거덕삐거덕 간신히 오가는 문형 기중기는 고작 50톤, 100톤밖에 못 옮겼다. 문제는 설비와 장비만이 아니었다. 단계별로 작업량과 난이도, 시간이 모두 일정해야 했다. 회사는 기본 작업 분류조차 명확하지 않았고 가장 오랫동안 경험을 누적해온 조립팀조차 한 사람이 한 시간에 작업하는 생산량, 이른바 시수 개념조차 없어서 외주 업체와 정산할 때 물량 단위로만 정산했다. 작업관리전산시스템은 설치한 지 4년이 다 돼가는데 여전히 아무도 쓰는 사람이 없어, 작업 지시서는 갱지에 수기로, 모든 회의 자료와 생산성 자료는 엑셀 파일로 작성했다.

"쉘터를 올리시겠다는 말씀입니까? 3공장, 1공장 조립장에 모두 벽을 치고 지붕을 얹자면 비용이 어마어마하지 않겠습니까? 더군다나 기중기도 걸어야 할 텐데, 지금 회사에 그만한 여유가 없잖습니까." 조 상무가 말했다. 황 사장은 고개를 가로저었다. "그렇게 생각할 필요 없습니다. 난 지금 우리가 할 수 있고 해야 하는 걸 하자는 겁니다. 한국에 있는 대단한 것들부터 떠올리지 말고 일단, 우리에게 필요한 것부터 생각해봅시다. 조립 자동화, 필요하지 않습니까? 조립이 따라가주지를 못하니까 월 한 척까지 생산할 수 있는 선대가 맥을 못 추지 않습니까? 강재 적치장에서는 전처리 끝난 강재들이 다시 녹을 먹고 선행 도장동은 일양이 늘었다 줄었다 대중이 없습니다. 조립 자동화는 미룰 수 있는 문제가 아닙니다." 피식 웃는 조 상무 뒤로 임원들 서넛이 고개를 설레설레 저었다. 싸움닭 사장이 하겠다는데 누가 말릴까? 황 사장이 말했다. "한 번 더 말하지만 조립 자동화는 절실한 사안입니다. 회피하거나 무시할 수 있는 게 아닙니다. 방법을 찾아야 합니다." 황 사장은 확신에 찬 눈으로 좌중을 둘러봤다. 하지만 마주 보는 눈들은 하나같이 말하고 있었다. 그래서 대체 어쩌겠다는 말입니까? "블록을 기중기가 아니라 운반차로 옮길 겁니다. 그리고 그것에 맞게 작업용 정반을 새로 만들 겁니다."

조 상무가 반박했다. "정반만 문제가 아닙니다. 물론 정반에 들어가는 비용도 엄청날 테지만 작업용 사다리, 작업대 모두 새로 만들어야 합니다. 그 많은 강재들, 또 인력과 장비는 어떻게 됩니까? 곧 장마철인데 지붕도 없이 운영은 또 어떻게 하실 겁니까?" 황 사장은 이미 계산이 서 있었다. "강재는 현재 보유한 폐철을 활용할 예정입니다. 판매하는 A급부터 D급까지 모조리 박박 긁어모을 거고, 사내 곳곳에 처박혀 있는 제작품들도 전부 회수해서 해체할 생각입니다. 간단한 작업은 모두 기술 훈련소에 시킬 겁니다. 실제 정반 제작은 탑재나 조립 팀 숙련 용접사들이 필요하겠지요, 그건 그때 가서 인력 상황을 검토하고 결정하겠습니다. 지붕도 벽도 없으니 작업 편의나 효율이 떨어지는 것은 모두 사실입니다. 하지만 그것 역시 검토하고 보완해나가야 할 문제지 내버려둘 수 있는 문제는 아닙니다. 누차 말했듯 우리가 해야 하고 할 수 있는 것을 생각들 하시기 바랍니다. 벽치고 지붕 올리고 기중기 걸자면, 어느 세월에 우리가 자동화 공장을 갖겠습니까? 누가 공장 지으라고 하늘에서 돈이라도 뿌린답니까? 아닙니다, 우리가 해나가야 합니다. 방법을 찾아서 필요한 것을 하나씩 자급자족해야 합니다. 요행을 바라더라도 그다음에야 바랄 수 있는 겁니다."

황 사장이 하는 생각의 방향과 순서는 임원들과 정반대였다. 임원들은 각자 본 것, 높은 천장에 수백 톤을 들어 움직일 수 있는 기중기부터 생각했기 때문에 아무것도 할 수 없었다. 경험이 상상력을 짓눌렀다. 황 사장은 공정에 투입하지 못한 블록이 쌓여 있는 1공장의 넓은 자리, 그 공터부터 생각했다. 그것을 어떻게 할 것인가? 거기에 무엇이 있어야 할 것인가? 황 사장은 상상했고 그 상상을 떠받치기 위해 자신이 보고 듣고 체득한 것을 떠올렸다. 지금 가진 것으로 실현하자면 어떻게 해야 하는가? 더 필요한 것은 무엇인가? 당겨야 할 것과 미뤄둬야 할 것은 무엇인가? 경험은 토대였고 그 토대 위에서 황 사장은 자신이 할 수 있는 것과 하려는 것이 서로 포개지는 지점들을 찾았다. 황 사장은 상상할 줄 알았다. 혁신이라는 말을 알듯 상상이라는 말도 알았다. 임원들에게 없던 그 그림이 황 사장의 머릿속에는 있었고 그것도 세부까지 묘사하고 교정한, 아주 상세한 것인 듯했다. 황 사장은 착수했다.

상황은 만만치 않았다. 조 상무의 지적대로 자재와 인력, 장비는 빈곤했고 생산력이 올라섰다고 하나 아직 안정 단계가 아니었다. 만회 중이라고 하나 그간 누적한 공정 지연이 상당했고 두어 호선은 인도 지연일이 여전히 계속 늘어나고 있었다. 매 순간 황 사장은 어느 쪽의 이득이 클지, 손해가 작을지 가늠해야 했고 크든 작든 손실을 감수하는 결단을 내려야 했다. 쉬운 일이 아니었다. 손실은 녹아 없어지는 것이 아니라 쌓이고 두꺼워지는 것이고 그만큼 위험과 책임으로 황 사장의 어깨를 짓누를 터였다. 상처투성이 성공은 성공일 수 없었다. 지연하거나 틀어져 간신히 꼴이 나올 뿐 투입한 자원만큼 성과를 내지 못하면 결국 실패였다. 이 모든 판단과 결정이, 막대한 비용과 시간이 수포로 돌아가는 것이었고 그 책임은 온전히 황 사장 자신의 것이 될 터였다.

막대한 중압에도 황 사장은 평소대로 일했다. 새벽 5시부터 올라온 메일을 회신하기 시작했고 출근하면 곧바로 조간 회의, 임원 회의를 잇달아 주관했다. 이어 현장을 돌았고 점심시간 한 시간 전쯤 사무실로 돌아와 사무를 봤다. 그동안에도 늘 켜놓는 무전기로 현장 상황을 청취하고 지시했다. 오후에도 현장에 나갔고 돌아오면 마감 회의를 주관한 뒤 집중업무팀을 불러 카스 회의를 시작했다. 끝나면 다시 사무를 봤다. 저녁에는 선주나 선급사 사람들과 술 약속도 종종 잡았다. 하지만 다음 날이면 생산 부서 사람들은 새벽 5시 언저리에 사장이 회신한 메일을 받았고, 항상 그랬다. 황 사장은 자신이 하려는 것을 알 뿐 아니라 그것을 하기 위해서 자신이 어떤 상태를 유지해야 하는지도 잘 아는 듯했다. 그것이 노련하다는 걸까?

강재 절단부터 조립까지 관할하는 내업 담당 이홍출 상무와 생산기술팀의 최 부장이 좌우에서 황 사장을 도왔다. 두 사람은 자신들 선에서 해결할 수 있는 것과 아닌 것을 명석하게 구분할 줄 알았고 자신들이 할 수 있는 것은 모두 자신들 선에서 처리했다. 황 사장은 두 사람을 믿고 의지했다. 과감하게 결단을 내리면서도 두 사람이 만류하면 무시하지 않았다. 재고, 삼고했고, 자신이 틀렸다고 생각하거나 두 사람의 제안이 더 낫다고 생각하면 즉각 결단을 철회하고 방향을 돌렸다. 주간 공정 회의에서는 독불장군처럼 보였지만 카스 회의에서는 그렇지 않았다. 사람의 성격이란 손발을 맞추는 사람에게 달린 것이기도 했다.

최 부장이 작업 2반장이라고 별명 붙인—작업 1반장은 황 사장이었다—이홍출 상무는 작달막한 키에 좁은 어깨를 바짝 붙이고는 늘 생각에 골똘히 잡혀 있는 듯 허리를 앞으로 숙이고 걷는 영감이었다. 이 상무는 잰걸음으로 조립장, 기술 훈련소, 정반 제작장을 들쑤시고 다녔고 일이 잘못 돌아간다 싶으면 그 자리에서 날벼락을 떨어뜨렸다. 카랑카랑한 목소리로 "이런 썩을 놈들!" 하면서 한국 직원, 중국 직원 가리지 않고 호되게 욕을 해댔다. 특히 중국 직원에게 욕할 때가 가관이었다. 자신이 욕하는 것을 하나도 빠뜨리지 말고 그대로 옮기라고 해서 통역자를 난감하게 만들기 일쑤였다. "욕먹을 짓을 했으면 한국 놈이든 중국 놈이든 욕을 먹어야지, 왜 니 맘대로 내 말을 건너뛰어!" 중국인 팀장들, 직공들은 이 상무를 싫어하지 않았다. 이 상무가 노발대발하기는 했지만 똑같은 잘못을 반복하지 않게 일이 돌아가는 정황을 분명히 알려줬고, 정리할 것은 정리해주고 단속할 것은 단속해줬기 때문이다. 물론 이 상무는 "하여튼 또 이따위로 해봐, 내가 아주 가만 안 둘 거야, 이런 썩을 놈들!" 하고 협박하는 것도 잊지 않았다. 웃는 얼굴 보기 힘든 사람이었지만 자주 통역을 도와주던 생산기술팀 주 기사에게 공장 앞에서 농사꾼들이 파는 자두나 복숭아 한 봉지를 사서 건네기도 했다. "이것 좀 씻어와라." 자기는 딱 한 알만 먹고 갔다. 나머지는 알아서 먹으라는 뜻이었다. 괴팍한 영감이었다.

마흔 줄의 최 부장은 늘 여유가 있었다. 엉뚱하게 작업해놓기 십상인 현장 직공과 잇따른 사고에 짜증이 날 법한데 한 번도 얼굴을 찡그리거나 언성을 높이지 않았다. 정말 짜증이 나면 그 자리에서 억지로 활짝 얼굴을 펴고 웃었다. "잠깐 쉬자." 혼자 나가서 조용히 담배 두어 개비를 피우고 들어왔고, 멀쩡한 얼굴로 다시 자리에 앉았다. "일하자, 일. 짜증 낸다고 일이 없어지는 것도 아니고, 해서 치워버려야 없어지지, 이놈의 일. 안 그래?" 싱긋 웃었다.

두 달 가까이 지나 여름에 접어들었을 때, 사무동 정면에 거대한 평균대 같은 정반이 2열로 6행씩 깔렸다. 각 열은 측벽 블록과 바닥 블록을 구분했고 각 행은 작업 단계에 따라 나눈 것이었다. 여섯 시간을 기준으로 단계별 작업을 완성하는 것이 최초 목표였다. 여섯 시간마다 250톤, 500톤을 운반할 수 있는, 상판이 넓적하고 운전석이 거의 지면에 붙어 있는 운반차들이 블록을 작업용 정반에 올려놓은 뒤 다음 행으로 이동시켰다. 직공들은 각자 위치에서 블록이 오기를 기다렸고 해당 블록이 오면 이전 블록에서 한 작업과 동일한 작업을 수행했다. 최종 작업이 끝난 블록은 곧장 선행 도장장의 블록 적치장으로 이동했다. 당장은 여섯 시간이지만 향후 네 시간으로 줄이는 것이 목표였다. 네 시간이면 오전에 한 번, 오후에 한 번, 잔업에 한 번, 하루에 총 세 번까지 블록을 이동시킬 수 있었다. 블록 하나를 완성하는 데 기존 작업 시간 대비 3분의 1 수준도 걸리지 않았다. 거짓말 같은 일이었다.

황 사장은 작업량과 난이도에 따른 작업 분류와 재배열을 종용했다. 말하자면 소프트웨어를 개선하는 것이었다. 한편 작업을 더욱 용이하게 하는 보조 장비들을 추가 제작하라고 주문했다. 3공장에서 생산하는 난이도 높은 선수, 선미 블록에 대한 작업 체계 정비와 방식 개선은 직접 챙겼다. 3공장은 문형 기중기가 잇달아 늘어서 있고 기존 재래식 정반을 이미 완비한 상태라 1공장처럼 완전히 갈아엎을 수 없었다. 현 조건을 최대한 활용하는 쪽으로 방법을 강구해야 했고 그만큼 추가 비용은 적게 들지만 더 골치 아팠다. 나아가야 할 방향은 황 사장과 이 상무, 조립팀 팀장들 모두 알고 있었다. 반복 작업과 비반복 작업을 나누고 사람의 일과 기계의 일을 나누고 그것을 가용한 장비, 시간과 결합시켜 분업과 자동화 함수를 최대한 적용시켰다. 직공들의 숙련도가 오르고, 장비 활용 방안과 적용 범위를 고안하고 늘려가면서 작업 전체를 계속 개선해나갔다. 1공장에 비하면 더디고 효율이 떨어졌지만 효과는 차츰 나타났다. 대기 시간이 줄고 부하가 균일하게 나뉘면서 공정은 계획에 따라 움직였다. 돌발 변수는 줄었고 생산량은 뛰었다.

여름이 완연해지자 지붕 없는 자동화 작업장 위로 뙤약볕이 내리쳤다. 쉴 틈 없이 돌아가는 반복 작업에 직공들은 더 빠르게 지쳤다. 조 상무는 그럴 줄 알았다는 듯 한마디 했다. "끝끝내 밀어붙이더니 아주 잘 돌아가는구만. 이제 장마라도 져보라지, 그때는 뭐라고 할지." 황 사장은 생산기술팀에 지시해 작업장 위로 차양을 올리게 했다. 블록 이동을 고려해 높이를 조절한 장대를 세우고 그 위로 검정 장막을 걸쳤다. 넓고 엷은 그늘이 작업장 전체에 드리웠다. 직공들은 별 차이가 없다고 투덜거렸지만 실측 결과 작업장 온도는 5도 가까이 떨어졌고 사방이 트여 통풍이 잘됐다. 이전에 차양도 없이 이 블록, 저 블록 쫓아다니며 뙤약볕 아래에서 일하던 것에 비하면 훨씬 나았고 직공들의 투덜거림은 사실 쉴 짬 없이 계속 일해야 하는 것에 대한 투정이었다. 작업장은 잘 돌아갔고 물량을 계속 토해냈다. 돈이 되자 조립팀 외주 업체들은 서로 자동화 작업장에서 일하고 싶어 이 상무와 교섭하려 들었다. 단가를 낮춰서라도 일하겠다는 업체까지 있었지만 이 상무는 잘라 거절했다. 초기에 정반이 무너지고 블록이 운반 중에 추락하는 사고 속에서도 회사를 믿고 계속 따라온 업체를 이제 와서 뺀다는 것은 도의에 어긋나는 일일 뿐 아니라, 그동안 집중 투입해 숙련도가 한창 올라가고 있었기 때문에 실리에도 어긋나는 일이었다. 이 상무는 황 사장에게 관련 내용을 보고했고 황 사장도 그른 판단을 하는 사람이 아니었다. 현 업체의 집중도와 숙련도를 더욱 올리라고 지시했다.

장마가 졌다. 장막은 폭우에 속수무책이었고 빗물에 젖은 철판은 용접기 불꽃이 닿으면 울었다. 직공들은 일손 놓고 비가 그치기만을 기다릴 수밖에 없었다. 예년보다 긴 장마였다. 블록은 빗물에 난사당하고 검정 장막은 바람이 불 때마다 궁상스럽게 펄럭거렸다. 조 상무는 연일 싱글벙글이었다.

마지막 카스 회의 분위기는 침울했다. 황 사장이 제일 속이 쓰려 보였다. "서두르지 맙시다. 여유가 돼 지붕만이라도 올릴 수 있다면 계속 작업할 수 있겠지만, 할 만큼 했으니 장마가 물러가기를 기다려봅시다. 생산량이 늘고 매출과 이익이 올라가면 내년에는 지붕을 올릴 수도, 어쩌면 좌우로 벽까지 칠 수 있을지도 모르지요. 지금까지 모두 수고 많았고 잘해줬습니다." 이 상무가 황 사장을 위로했다. "그나마 겨울은 나을 겝니다. 눈이 오면 장막으로라도 받아낼 수 있을 거고, 블록 위에 쌓인 눈 치우는 인력과 시간은 절약할 수 있을 겝니다. 장마 사그라지는 대로 최 부장하고 얘기해서 장막을 더 두껍고 팽팽하게 할 수 있는 방법을 구해보겠습니다." "좋습니다, 앞을 봅시다." 황 사장은 수첩을 덮고 회의를 끝냈다.


26.


장마가 걷히자 카스 작업장은 목표한 대로 하루에 세 번씩 블록을 옮겼다. 급격히 늘어난 조립 물량에 힘입어 그해 여름 생산량은 전년 대비 400퍼센트에 육박했다. 조 상무의 얼굴에 웃음기가 가셨다. 진짜 성과는 아무도 짐작하지 못한 모습으로 나타났다. 조립 물량이 폭등하면서 정상 수준을—황 사장은 이것이 정상이라고 누차 강조했다—회복하자 공정 전후의 문제점들이 낱낱이 까발려지기 시작했다. 그동안 총체적 난국 속에 묻고 묻히고 덮고 덮이어 어느 것이 속이고 겉인지, 위인지 아래인지 분별할 수도 해체할 수도 없던 문제의 다발과 넝쿨이 줄줄이 딸려 나오며 실체를 드러냈다.

먼저 불거진 것은 전처리였다. 조립에서 강재를 빨아들이자 그동안 묻혀 있던 난잡한 적치, 계획과 체계를 무시하고 조립 부서에서 요청하거나 도면이 나오는 대로 녹을 벗기고 재단하던 작태가 고스란히 드러났다. "내가 오고 나서 이미 여러 차례 지적했는데, 지금껏 고치는 시늉만 했단 말입니까?" 전처리팀의 중국인 팀장은 고개를 들지 못했다. 황 사장은 이 상무에게도 호통쳤다. "조립 자동화 때문에 그간 여력이 없었다는 건 알지만 일을 이렇게 처리할 수 있습니까? 이러고도 내업 담당이라고 말씀하실 수 있습니까?" 이 상무는 고개를 숙였다. "죄송합니다. 제 불찰입니다. 시정하겠습니다." 이 상무는 다음 날 절단팀의 중국인 팀장을 직위 해제하고 협력 업체를 바꿨다. 고장 난 절단기와 기중기에 대해서도 수리 업체를 수배하라고 지시했다.

다음은 조립이 끝난 블록의 녹을 벗기고 페인트를 바르는 선행 도장 차례였다. 역시 계획과 체계 없이 블록이 들어오는 대로 도장하고 내보내서 당장 탑재하지 않을 블록을 쌓아두는 행태부터 드러났다. "누누이 내가 말하지 않았습니까. 계획을 보라고! 왜 다들 자기 마음대로 일을 하고 있습니까? 왜 다른 부서의 공급과 수요를 보고 맞춰나갈 생각을 안 합니까? 나는 할 만큼 했다, 그거면 끝입니까? 왜 일을 합니까? 정한 시간 안에 배 한 척을 만들기 위해서 하는 것 아닙니까? 왜 눈멀고 귀먹은 사람들처럼 일을 하고 있습니까? 하던 대로만 하려고 하고 그것만 하면 충분하다고 생각하는 겁니까!"

조 상무가 걸핏하면 뒷말했듯 황 사장이 사장 권한으로 인력과 권한을 다 쏟아부었기 때문에 잠깐 나아지는 듯했지만 황 사장이 관심을 돌리면 이전의 관성대로 되돌아가기 마련이었고 실제로 그렇게 된 것이었다. 이제 조건이 바뀌어 있었다. 조립할 물량이 없다면 모를까, 현 수준에서 더 적게 조립할 수는 없었다. 관성의 방향이 바뀌어 있었다. 폭발하는 조립 물량을 결국 다른 공정이 따라갈 수밖에 없었고 그러자면 해오던 대로 할 수 없었다. 문제들은 계속 불거져 나왔고 황 사장은 그 문제들을 가차 없이 정리해나갔다.

개보수한 창고를 도장동으로 바꿔 작업 공간을 늘리고 녹을 벗기거나 페인트를 분사하는 노즐과 압축기도 더 나은 제품으로 교체시켰다. 선행 도장을 잡고 나자 조립 직후 관철재를 미리 설치하는 선행 의장 문제가 드러났다. 황 사장은 자재관리팀에 선행 의장용 자재를 따로 보관해서 출고 속도를 높이도록 지시했다. 가능한 한 모두 선행화해서 도장이 끝난 블록에 다시 화기를 대는 일이 없게 조치시켰다. 권 전무와 정 이사에게는 전사자원관리시스템 작업 개선도 서두르라고 일렀다. "전사자원관리시스템은 광장이고 의사소통 창굽니다. 쓰는 사람이 계획이 뭐고 자재, 도면이 어떻게 돼가고 있고 어느 부서가 어떤 작업을 했고 나는 뭘 해야 할지 시스템을 보면 직관적으로 알 수 있어야 합니다. 그게 아니면 일껏 삥이 치고 들어와서 끼워 맞추듯 숫자만 입력하는, 불필요한 작업이 되고 만단 말입니다. 현업 부서에서 고쳐달라는 대로 다 고쳐주는 게 능사가 아닙니다. 시스템 관리자는 그 관점에서 시스템 전반을 점검하고 개선하세요." "조치하겠습니다." 생산기획실과 전산팀을 총괄하는 권 전무가 대답했다.

생산이 속도를 올리자 설계 문제가 여실히 드러났다. 이전까지는 도면 지연, 수정이 모두 개별 사안으로만 보였기 때문에 문제는 개별 생산팀 기사와 설계팀 담당자가 풀어야 했다. 늘 갑론을박이 오갔고 어느 팀장, 임원이 나서야 상황을 정리할 수 있었으며 그 정리도 시점이나 사람에 따라 들쭉날쭉이었다. 생산량 폭주로 문제가 동시다발하자 설계팀의 계획 운용과 준수에, 또 자재 발주를 구매팀으로 넘기는 시점과 방식에 문제가 있다는 것이 훤히 보였다. 한 상무는 연일 깨졌지만 이전처럼 시정하겠다는 말뿐 문제를 해결하지 못했다. 황 사장은 설계 조직을 개편하고 한 상무 이하 이사들을 재배치시켰다. 배를 짓는 최초 공정인 만큼 일정 준수를 최우선으로 삼고 발주 누락이나 지연이 발생하지 않게 연계 부서들이 서로 교차 확인하는 방안을 마련하라고 지시했다.

수많은 문제가 꼬리를 물고 수면 위로 떠올랐다. 끝도 없었다. 해

묵은 문제와 새로운 문제, 문제의 꼬리를 물고 출현하는 문제와 다시 재발하는 문제들이 끊이지 않았다. 황 사장은 계속 지적했고 책임 소재를 밝혀 무능한 임원과 팀장 들은 거세게 압박했고 방법을 찾아나가려는 임원과 팀장 들은 힘차게 독려했다. 문제를 감추거나 덮으려고 들지만 않으면 끝까지 다그치지는 않았다. 문제가 문제라는 것을 인식하지 못하는 것, 문제가 문제라는 것을 알면서도 넘기거나 지나치는 것, 오직 이 두 가지에 대해서는 예외 없이 격노했고 벼랑 끝까지 문책했다. "이건 능력의 문제가 아니라 자격의 문제고 태도와 양심의 문젭니다. 무능한 사람은 도울 수 있습니다. 하지만! 무책임하고 무치한 사람은 도울 수 없다, 이것이 내 원칙이고 방침입니다. 그런 사람은 회사에서 배제하는 수밖에 없습니다. 각별히 유념하세요."

뜨겁고 더딘 여름이 물러갔고 조선소는 가을에 접어들었다. 총생산량은 월 한 척을 넘어섰고 일기가 고른 가을 석 달 동안 안정을 유지하면서 계속 상승했다. 2박 3일에서 1박 2일로 줄어든 진수 작업은 다시 24시간 안팎으로 더 줄어들었다. 설계팀은 혁신팀을 통해 설계 간소화 방안을 발표했고 이전까지 동일 호선을 거듭 건조하며 매번 발생하던 오작과 추가 설계를 크게 줄였다. 조립, 선행 도장, 선행 의장이 자리 잡히면서 진수 전 공정의 효율과 속도도 동반 상승했고 공정률도 비약했다. 탑재팀 역시 혁신팀을 통해 자동화 작업안을 발표하면서 생산력을 올렸다. 배들은 2차 도장까지 완벽히 끝낸 상태에서, 온전한 꼴을 갖춰 진수했다. 겉보기에 당장 인도

해도 될 것 같은 배들이 의장부두에서 후행 공정을 마무리했다. 여름 내 태풍이 불 때마다 방파제들이 쓸려 내려가 말썽이던 의장부두도 완공해 진수하는 배들을 족족 받을 수 있는 규모를 갖췄다. 2002호는 여전히 그 자리에 누워 있었지만 이제 그 배에 관심을 두거나 탓하는 사람은 없었다. 생산이 궤도에 올라선 것은 분명해 보였고 회사는 안정기에 접어든 것 같았다. 황 사장이 거두려던 결실이 눈앞에 보이는 듯했다.

황 사장은 더욱 고삐를 죄었다. 탑재로 눈을 돌렸다. 이미 문제는 명백했다. 예전보다 속도가 오른 것은 사실이지만 탑재는 여전히 선행 도장이 끝난 블록을 받아먹는 수준이었다. 황 사장은 탑재가 조립만큼 물량을 쏟아내길 바랐다. 도장까지 끝난 블록을 쓸어 담듯 쌓아 올리고, 어서 더 내놓으라고 선행 도장을 압박하는 한편 후공정에 더 많은 공기를 남겨줘야 했다. 여름에 도장동 두 채를 신설하면서 그만큼 탑재장 공간도 넓어져 있었다. 선행 도장과 후행 도장, 탑재가 모두 조 상무 아래 있었으므로 손발만 맞아 들어간다면 분명 생산량을 더 늘릴 여지가 있었다. 하지만 조 상무는 황 사장과 한배를 탈 생각이 없었고 그 점을 황 사장 역시 알았다. 두 사람의 불화는 이미 골이 깊었고 황 사장이 직접 관여하기 시작하자 더 격렬해질 수밖에 없었다.

"도대체 일을 하자는 겁니까 말자는 겁니까! 곧 겨울입니다. 눈이 올 거고 눈이 오면 손발이 꽁꽁 묶이게 됩니다. 내가 왜 서두르는지 이해가 안 갑니까?" 황 사장이 대갈했다. 주간 공정 회의 시간이었다. "바람이 그냥 부는 바람입니까? 이렇게 부는데 블록을 어떻게 올리란 말이십니까? 사장님께서는 자꾸 해봐라, 해봐라, 하시는데 그러다가 정말 사고라도 나면 어쩌시려는 겁니까? 급한 것도 알지만 서두르는 게 다가 아니지 않습니까?" 조 상무는 맞섰다. "방법을 내놓으시란 말입니다, 방법을! 안전 확보가 안 되면 확보할 방법을 찾고 능률이 떨어지면 올릴 방법을 찾아야 할 것 아닙니까? 작업이 불가하면 가능한 방법을 찾아야 하지 않습니까?" "제가 안 한 게 뭐라고 이러시는 겁니까? 지금까지 올라온 탑재 혁신안, 다 제 손 거쳐서 올라왔습니다. 제 손 안 거치면 되는 일이 뭐 하나라도 있다고 생각하십니까? 사장님이야말로 생각 좀 하고 말씀하십시오!" 황 사장이 조 상무를 꼬나봤다. "뭐라?"

조 상무는 이미 내친김이었다. "직원들 안전이 먼저 아닙니까? 맨날 현장 헤집고 다니시면서 이거 해라, 저거 해라, 직원들 생각은 안 하십니까? 안 되는 거 뻔히 아는데, 위험한 거 뻔히 보이는데 옆에서 아주 닦달을 해대시니 안 할 수 없는, 그런 직원들 생각은 안 하십니까? 날마다 생산, 생산, 생산! 더 빨리, 더 빨리, 더 빨리! 그러면 직원들을 갈아 마실 듯이 부려먹어도 되는 겁니까?" "조 상무! 말 그렇게 함부로 할 겁니까? 내가 직원들을 언제 내몰았습니까? 그 자리에 내가 있었습니다. 안전 확보할 수 있게 조치했고 내가 내 무전기 주파수 맞춰서 직접 작업 지시했습니다. 사고 나지 않을 만하니 시킨 거고 사고가 나지도 않았습니다. 만약 사고가 날 것 같은데, 그걸 알면서도 내가 우기고 윽박질러서 시켰다면!" 황 사장이 책상을 내리쳤다. "이 황철주는 사장이 아니라 갭니다!" 황 사장이 결벽하고 진노한 눈으로 조 상무를 노려봤다.

조 상무는 숙이지 않았다. 황 사장을 보던 눈길을 돌리면서 나직하게, 황 사장이 들을 만큼 크게 이죽거렸다. "사고가 어디 난다고 예고하고 난답니까? 다 저의가 있으시니 그런 것이겠지요." 조 상무가 말한 저의란 곧 있을 사장 재계약이었다. 황 사장이 발끈했다. "조 상무!" 권 전무가 정면을 본 채 황 사장의 손을 가만히 잡았다. 황 사장은 어금니를 꽉 물었다. 고개를 돌렸다. "정 이사, 일단 회의 계속 진행하세요." 권 전무가 말했다.

회의가 끝났다. 권 전무가 일어서려는 조 상무를 잡았다. "이대로 가시면 아랫사람들 보기에 좋지 않습니다. 잠시 말씀 좀 하고 가시지요. 저도 있겠습니다." 조 상무는 성가시다는 듯 혀를 차며 털썩 자리에 주저앉았다. 황 사장은 정면을 향한 채 눈을 감고 있었다. 생각을 그러모을 때 늘 그러듯. 사람들이 모두 빠져나갔다. 형광등 빛으로 회의실은 창백하게 환했다.

잠시 후 회의실 안에서 말소리가 오갔고 이어 고성이 터져 나왔다. 거친 말들이 오갔고 기어이 욕설까지 나왔다. 조 상무가 버럭 일갈하더니 회의실 문을 확 열어젖히고 나왔다. 조 상무는 쌍욕을 씨부렁거리며 5층 사무실로 내려갔다.

27.

　조 상무는 다음 날 회의에 아무 일 없다는 듯이 참석했다. 자기 차례가 오면 충심으로, 오직 생산에 매진하는 사람인 것처럼 겸손하고 진지하게 의견을 개진했다. 황 사장은 아무 대꾸 없이 그 얘기들을 들었다. 다음 회의, 그다음 회의에서도 마찬가지였다. 황 사장은 회의 시간마다 여전히 각 팀장들을 일으켜 세워 변명을 깨트리고 핑계를 부수고 엉뚱한 얘기들을 걷어버리고 묻어버렸다. 하지만 조 상무와 조 상무의 팀에 대해서는 침묵했다.

　황 사장의 침묵은 버티기였다. 겉보기에 조 상무와 사장 두 사람의 갈등처럼 보였지만 실은 회장과 사장 간의 갈등이었다. 생산이 안정 궤도에 올라서자 회장은 다시 한번 조 상무를 통해 회사가 자기 회사라고 말하고 있었다. 최 부장이 간단히 논평했다. "태양이 두 개일 수는 없는 거니까. 생산도 안정기에 들어섰겠다, 회장님께서 다시 회사를 굽어다 보시려는 게지." "그러니까 더 황 사장에게 힘을 줘야 할 거 아녜요? 회사가 잘되는 게 먼저잖아요." "아니지. 자기가 평생 걸려 일으켜놓은 회산데, 회사가 아무리 잘 굴러가도 자기 회사 같지 않으면 기분이 어떻겠어? 훈련소에 개를 보내놨는데, 개가 말을 잘 들어. 그런데 나보다 훈련소 조교를 더 좋아하면 기분이 개 같잖아." 최 부장은 웃었다. "하지만 지금 그럴 때가 아니잖아요. 한국에선 중견 조선소도 넘어간다 만다 그러고 있는데." "그러니까 황 사장도 버티는 거야. 홍 상무 때처럼 적당히 넘어가주

면 수가 안 나니까. 그래도 얼마나 버틸까 싶다. 회장이 말만 전가
의 보도지 인사권, 재무권은 안 넘겼으니 칼자루 빼고 칼날만 준 셈
이니까. 설계 한 상무도 결국 못 쳐냈잖아. 사람들이 다 조 상무가
참다 참다 그랬다고 오죽하면 그랬겠냐고들 한다만, 모르고들 하는
소리지. 조 상무가 어떤 인간인데. 물어도 꼼짝 못 하는구나 싶으니
까 덥석 달려들어 물어뜯어놓은 거라고."

"시작합시다." 황 사장의 말에 정 이사가 한 주간 생산량을 요약
했다. 그 주는 눈이 와 생산량이 현저히 낮았다. 조립량 발표에 이어
탑재량과 호선별 선행 도장 면적량 자료가 화면에 떴다. 눈이 이틀
동안 왔다는 것을 감안하더라도 참담한 수치였다. 황 사장이 아무
말 하지 않고 조 상무를 내버려둔 결과였다. 조 상무가 상황을 설명
했다. "폭설과 이어진 강풍 때문에 작업이 어렵습니다. 지속적으로
일기 상태를 관찰 중이고 작업 가능해지는 대로 작업하겠습니다.
선행 도장은 업체 한 곳이 파업 중입니다. 타산을 맞출 수 없다는 핑
계를 대고 있는데 여러 차례 회유했으나 듣지 않아 일단 다른 업체
를 수배 중에 있습니다." 회의록을 적어나가던 나는 속으로 혀를 찼
다. 날씨가 나쁘면 나쁜 대로 일을 하지 않겠다는 얘기였고 만회해
야 할 물량이 얼마나 있는지, 며칠을 더 일하면 그 물량을 만회할 수
있는지 아무 얘기도 없었다. 또 업체가 타산이 맞지 않는다고 손을
뗐다면 어째서 타산이 맞지 않는지, 이전까지 계속해오던 일을 왜
이제 와 하지 못하겠다는 것인지 설명해야 했다. 연말이고 곧 춘절
이었다. 있던 업체들도 조금씩 인원을 줄여나가는 판국에 새 업체

를 수배? 가당찮은 소리였다.

"알겠습니다. 조 상무께서 잘 살펴셔서 최대한 공정을 앞당길 수 있게 노력해주시기 바랍니다." 황 사장의 대꾸에 회의실이 일순 조용해졌다. "네, 조처하겠습니다." 기다렸다는 듯 조 상무가 받았다.

내가 잘못 들은 걸까? 최대한 공정을 앞당길 수 있게 노력해달라고? 황 사장은 한 번도 두루뭉술하게 말한 적이 없었다. 그런 말은 이른바 정치적 말이었다. 상대방을 믿고 지지한다는 뜻일 뿐 아무 사실도 결정도 담고 있지 않았다. 그런 말이야말로 황 사장이 경계하고 적대하는 말, 결코 용납하지 않고 나오는 족족 저격해서 쓰러뜨리는 표적이었다. 황 사장의 얼굴에 비꼬려는 기색은 전혀 없었다. 황 사장은 웃고 있었다. 회장이 웃을 때 따라 웃는 임원들의 얼굴처럼 텅 빈 채 웃고 있었다.

회의는 화기애애하게 이어졌고 황 사장은 별다른 지시 사항 없이 회의를 끝냈다. 그때까지 가장 빨리 끝난 주간 공정 회의였다.

황 사장은 달라졌다. 여전히 묻고 싶은 것을 묻고 지적할 것을 지적하는 듯했지만 이전과 달리 끝까지, 막다른 곳까지 밀고 나가지는 않았다. 어느 선에 멈춰 서서 두 번, 세 번 말해도 똑같은 대답이 나오면 최대한 공정을 앞당길 수 있게 노력해주시기 바랍니다, 같은 소리로 넘겨버렸다.

"뭐긴 뭐냐, 황 사장도 자기 살길 찾은 거지." 혁준이 말했다. "뭐 들은 거 있어?" "듣고 말고 할 게 어딨냐? 조 상무가 회장 사람인 거 뻔한 거고 안 그래도 생산 사람들 다 황 사장 너무 나댄다고, 좀 미친 또라이 같다고 하는데 회장도 듣는 귀가 있을 거 아냐. 한 소리 했겠지. 작작 좀 해라, 그랬겠지. 황 사장이 아무리 사장이래 봤자 회장 아래 사장이지, 별거냐? 생산에서도 이제 슬슬 그럴 때가 됐다고 그러고들 있다."

신년 경영계획 회의가 열렸다. 전년과 다른 것은 없었다. 양 이사는 특유의 말발로 어렵지만 밝은 재무 전망을 밝혔고 정 이사는 차분한 어조로 생산량이 안정기에 접어들었으며 곧 중량물 화물선 두 척을 수주한다고 밝혔다. 회장은 웃었고 황 사장과 다른 임원들도 웃었다. 회의는 끝났고 빠지지 않는 박수 소리가 회의실을 공허하게 채웠다.

실제 상황은 회의와 달랐다. 채권단에서 자금 지원이 들어오고 있었지만 자재 납기는 지급 지연을 이유로 자꾸 밀리고 있었다. 업체들에 지급할 기성금도 다시 눈덩이처럼 불어나고 있었다. 부청은 중국 은행들이 점점 대출 조건을 까다롭게 내세우는 바람에 양 이사는 요즘 매일같이 중국 은행 고위직을 만나고, 회계팀 왕 부장은 월급날이 되면 아예 은행으로 출근한다고 말했다. 새해 들어 중국 정부도 먹통을 조여왔다. 증치세라고 하는, 한국의 부가가치세와 관세를 환급, 할인해주던 특혜를 이전 대비 절반 수준으로 줄이고 앞으로 더 줄여나갈 것이라고 발표했다. 중국 쪽에서 보자면 현명한 판단이었다. 세제 혜택을 노리고 중국 내로 무분별하게 들어온 기업 중 비용만큼 생산력을 확보하지 못한 저급 기업은 퇴출시키겠다는 계획이었다.

그나마 수주가 유일하게 좋은 소식이었으나 온전히 그런 것은 아니었다. 선가를 20퍼센트씩 키이벤트keyevent, 즉 주요 공사 착공 때마다 입금하는 방식이 아니었다. 10퍼센트씩 네 번에 걸쳐 나눠 내고 나머지 60퍼센트는 인도 후에 지급하는 방식, 이른바 헤비테일Heavytail이라고 하는 계약 방식이었다. 불황이 심화하자 선주는 조선소에 위험을 전가했고 조선소는 발주량이 없으니 빡빡한 자금 운용의 위험을 감내해서라도 수주할 수밖에 없었다.

새해 연봉 협상은 양 이사가 진행했다. 당근 노릇을 하는 자금줄을 쥐고 있기 때문이기도 했지만 곽 상무가 급식 공급 업체 사장과 카드놀이를 하면서 상납 아닌 상납을 받아온 것이 들통 난 탓이었다. 곽 상무는 단번에 뒷방 늙은이 신세로 전락했고 하루 종일 상무실에 틀어박혀 회의에도 거의 참석하지 않았다. 사람들은 더는 곽 상무를 찾지도, 무서워하지도 않았다. "꼴 좋다." 한마디씩들 했다. 곽 상무는 회장의 광대였다. 왕의 광대이자 광대들의 왕. 늘 가장 지랄 맞고 우스꽝스러운 짓을 도맡아 했지만 남은 것은 그 자신이 행한 대로 당하는 것, 모든 사람 앞에서 내동댕이쳐지는 것이었다.

연봉은 조금씩 올랐다. 나는 300만 원이 오른 연봉 계약서에 서명했다. 3년 만에 300만 원이 오른 셈이었다. 나는 가지 않았지만 많은 직원이 양 이사와 개별 협상을 하기 위해 기획조정실 앞에서 기다렸다. 혁신팀의 한 대리와 생산기술팀의 주 기사도 있었다. 주 기사는 혼자 양 이사와 얘기하러 갔다가 사무실로 내려와 최 부장 앞에서 눈물을 쏟아냈다. 최 부장이 주 기사를 데리고 다시 올라갔지만 곧 내려왔다. 두 사람의 표정은 똑같이 캄캄했다. 주 기사는 가까스로 울음을 참고 있었다.

"팀장님께서 올라가셨는데도 양 이사 그 사람, 또 딴 얘기만 하는 거예요. 계속 회사 다닐 거냐, 곧 시집갈 거 아니냐, 남자 친구도 있다던데 시집가면 사직하고 한국으로 돌아갈 거 아니냐, 가면 언제 갈 거냐. 뻔뻔하게 웃으면서 자꾸 그러잖아요! 팀장님이 기어이 정색하고 이런 식으로 자꾸 딴 말씀 하실 거냐고 하니까 안색 싹 바꾸고 못 들은 척하고. 차라리 연봉 못 올려주겠다, 회사 사정이 어렵다, 그랬으면 이러지 않았을 거예요. 내가 여자라고, 여자라서 이러는 거잖아요!" 주 기사는 입사 3년 차였지만 진급도 누락이었다. 올해부터 진급 기준을 강화한다는 것이 이유였다. 한 대리는 정 이사와 함께 올라갔다. 그나마 조정을 받기는 한 모양이었다. 부서는 혁신팀에서 생산관리팀으로 옮겼다. "사실 지금도 그만둘까, 마음은 있어요. 정 이사님이 말씀하셔서 올리기는 했는데 그간 못 받은 거 생각하면 말도 안 되는 액수고. 나는 진급도 1년 늦었잖아요. 싫죠, 배신감 느끼고. 그래도 정 이사님이 저 챙겨서 함께 올라가주신 것도 있고, 또 나도 기왕 그만둘 거면 이력서에 생산기획실로 썼으면 하는 것도 있고. 일단은 조금 더 있어보려고요." 한 대리의 눈은 허심하게 6층 로비의 화단을 향했다. 춘절 전 건화물 운반선 인도식을 거하게 치르면서 사다 심은 꽃들이 얼어 죽어 있었다.

연봉 협상이 끝나고 불만이 있던 팀장 두어 명, 새로 진급한 과장과 대리 서너 명이 회사를 그만뒀다. 구매팀과 외주협력사팀 팀장과 팀원들도 대거 나갔다. 밀린 결제에 시달리다 못해 나가는 것이었다. 조직 개편이 있었다. 황 과장은 외주협력사팀 팀장으로 가고 그때까지 조립팀에서 근무하던 혁준도 외주협력사팀으로 부서를 옮겼다. 생산기획팀 팀장은 공석으로 남았다.

회사 분위기는 이전 어느 때보다 써늘하고 어수선했다. 지난가을 생산량이 역대 최고점을 찍은 것을 생각하면 급작스러운 반전이었다. 어떤 사람들은 매년 이맘때쯤 한 번씩 오는 분위기라고 치부했다. 춘절이 오고 중국 인력들이 빠져나가서 회사가 허전해 보이는 것이라고, 춘절이 끝나는 대로 인력이 복귀하고 수주 물량을 착공하면 다시 분위기가 반전할 것이라고들 말했다. 하지만 춘절이 끝나도 인력 복귀는 늦었고 생산직 한국 직원 대여섯 명이 더 그만뒀다.

눈은 3월까지 왔다. 2002호 위에 첩첩이 쌓여 꽝꽝 얼어붙은 눈은 좀처럼 녹지 않았다.


28.


"당장 한 달 후면 절단부터 착공하는데 절단 도면이 아직 다 안 나왔다는 게 말이 됩니까?" 황 사장의 호통에 한 상무는 고개를 숙였다. "죄송합니다. 조치하겠습니다." "조치하겠다는 게 벌써 몇 번 쨉니까. 말만 하지 말고 문제를 말하세요, 문제를! 지금까지 수없이 많은 문제를 고쳤는데도 도대체 왜 자꾸 지연 중인지 진짜 원인을 얘기해보란 말입니다!" 황 사장은 임원들을 둘러봤다. "모두 집중하세요. 이대로 가다가 또 벌크선 시작할 때처럼 헤맬 수밖에 없습니다. 장담할 수도 없는 날짜로 한 달이고 두 달이고 인도를 미뤄가며, 밀쳐가며 일을 해야 한단 말입니다. 그때는 그나마 버틸 수 있었지만 지금은 상황이 다릅니다. 완전히 달라요!" 사실이었다. 며칠 전 선주 감독관들이 계약관리팀과 품질관리팀을 통해 앞으로 주말에는 검사를 하지 않겠다고 알려왔다. 근무시간 엄수는 핑계였고 검사를 지연해 잔금 지급을 미루려는 수작이었다. 한국에서 발주 취소 소식이 흔하게 넘어오던 때였다. 불황은 길어지고 깊어졌고 제반 여건은 나날이 악화했다. 회사는 모서리에 간신히 서 있었다.

황 사장은 다시 회의 시간마다 한바탕 되게 몰아쳤다. 하지만 조 상무를 비롯한 회장의 사람들은 을러대지 못했고 조 상무 역시 매번 천연덕스럽게 황 사장의 공세에서 비켜섰다. 회장은 조 상무를 통해 황 사장에게 자신의 의중을 전하고 있었다. 조 상무를 믿는 것도 아니지만 황 사장을 조 상무보다 더 믿는 것도, 회사를 황 사장에게 내맡긴 것도 아니라는 뜻이었다.

사람들은 변화를 알아차렸다. "제 버릇 개 못 준다더니." 한동안 잠잠하더니 또 이제 와서 난리냐는 것이었고 조 상무한테는 아무 말 못 하면서 왜 만만한 자기들만 못살게 구느냐는 것이었다. 회의실에서 나온 황 사장의 단속과 지적은 이제 일관과 형평을 잃은 잔소리나 으름장으로 메아리쳤고 메아리에 둘러싸인 사람들은 이전처럼 일사불란하게 황 사장의 지시를 따르지 못했다. 황 사장의 집요한 문책과 추궁은 갈수록 힘과 날카로움을 잃어갔다. 상황은 더욱 예상하지 못한 곳으로 흘러갔다.

"네?" 정 이사는 의자 등받이에 몸을 붙였다. "뭘 그렇게 놀래? 2002호를 저 좋은 자리에다 언제까지 내버려둘 줄 알았어?" "아무리 그렇더라도 갑자기 구조하신다니⋯⋯." "회장님이 이전부터 여러 번 말씀하시던 거야. 황 사장님도 처음 올 때부터 해보겠다고 하신 거였어. 그래서 흔쾌히 하겠다고 하신 거고." "그럼 전 당장 내일부터 구조팀으로 나가서 근무하는 겁니까?" "아니, 그럴 필요는 아직 없고, 적당히 때 봐서 어느 정도 자리 잡히면 그때부터 가서 좀 도와드려." "제가 뭘 도울 수 있을까요? 저야 서류 만드는 것밖에 할 줄 아는 게 없는데." "그거야. 한 대리는 작업 관리하고 문 대리는 진행 상황 확인하면서 보고서 작성하는 거지. 한 대리가 많이 바쁘면 업무 협조문 같은 것도 대신 써주고. 그러면 되겠지, 한 대리?" "네, 문 대리가 오면 많은 도움이 될 것 같습니다." "그래, 해보자고. 다시 일으켜 세워야지. 배가 넘어간 것도 전무후무한 일이지만 그걸 조선소에서 자력으로 다시 일으켜 세우는 것도 전무후무 아니겠어? 현장 지켜보면서 보고서 꼼꼼히 잘 써봐, 다 기록이고 역산데. 잘할 거잖아. 그쪽 출신이니까."

연일 황 사장이 회의마다 길길이 날뛰던 때였고 중량물 화물선 건조가 최우선 과제이던 시기였다. 지금 당장 수주한 배를 지을 수 있을지 없을지조차 모르는 판에 쓰러진 지 2년이 다 돼가는 배를 구조한다는 것을 도무지 납득할 수 없었다.

"그거 두어 달 전쯤부터 얘기 나온 거야." 부청이 말했다. "회장하고도 소곤소곤하는 것 같았고. 생전 생산은 나 몰라라 하던 양 이사가 뜬금없이 2002호 어쩌고 하면서 얘기를 꺼내길래 나도 뭔가 싶어 들어봤는데, 내가 뭐 생산을 아냐? 얼마 전에 회장님하고 같이 술 마시는 자리에서 양 이사가 결정 났다는 듯이 얘기하길래, 그런 줄 알았지. 지금이 적기라고, 남아 있던 물량도 마무리 단계고 새 배는 가을에나 드라이독으로 들어오니 실상 지금 아니면 할 수도 없고 전망도 긍정적이라고." "될지 안 될지 양 이사 자기가 어떻게 알아? 생산은 개뿔 모르면서." "괜히 그러겠냐? 다 정 이사가 그렇다고 하니 숟가락 얹은 거지." "정 이사가 거기 있었다고?" 부청은 당연하지 않냐는 듯 고개를 끄덕였다. "그럼 사장님은? 황 사장도 거기 있었어?" "황 사장이 거길 왜 오냐?" "그럼 위에서 다 결정하고 황 사장한테는 지시만 했다고? 황 사장이 된다, 안 된다 말도 안 했는데?" "그거야 모르지. 근데 더 웃긴 게 뭔지 아냐?" "뭔데?" "지금 파나마 쪽에 페이퍼 컴퍼니 하나 만들려고 작업 중이라는 거지." "페이퍼 컴퍼니? 왜? 뭐 한다고?" "선사 하나 만들어서 2002호 일어서면 거기로 등록한댄다. 그래서 용선을 주든, 직접 운항을 하든." "파는 거도 아니고?" "양 이사가 계산기 두드려보니 그게 더 돈이 된다는 거잖냐. 자동차 운반선 폐선 주기가 3, 4년 있다 돌아온다니까 그때까지 굴리고 한창 값 오를 때 판다, 그거야. 그러면 홍콩에 지사도 하나 설립한다는데, 나도 그쪽으로 가볼까 싶다. 좋지 않겠냐, 홍콩 가는 거?" 부청은 키득거렸다.

터무니없는 생각은 아니었다. 당장 중량물 화물선 두 척을 수주하기는 했지만 앞으로도 계속 수주할 수 있을 것이라고는 장담할 수 없었다. 수주 시장은 겨우 물꼬를 튼 정도였고 회사가 계속 지어 온 건화물 운반선은 이미 폐선 주기를 돌아서서 물량도 없었고 수주하더라도 선가가 너무 낮아 타산이 안 나왔다. 중량물 화물선이든 컨테이너 운반선이든 아니면 자동차 운반선이든 폐선 주기가 다가오는 배를 수주해야 했고 그 배들은 건조 가능한 조선소가 적기 때문에 이윤 여력도 있었다. 하지만 물량은 아직 터지지 않았고 수주하더라도 건조 경험이 없는 선형이라면 지금 같은 혼란을 다시 반복해야 할 터였다. 비용이 들더라도 차라리 건조 경험이 있고 도면도 보유한, 아직 창고에 일부 자재가 있는 저 배를 재건조하는 것이, 더군다나 직접 운영한 것까지 감안한다면 최선이라고 할 수 있었다. 배도 멀쩡해 보였다. 2002호는 망망대해를 25년까지 운항할 수 있도록 설계하고 생산한 배였다. 누워 있기는 하지만 고작 2년 안팎이었고 그것도 잠잠한 내해, 조선소 안 의장부두에 누워 있었다. 겉보기에 멀쩡한 배이기는 했다.

황 사장은 2002호 구조팀을 꾸렸다. 팀장은 권 전무였고 밑으로 기본설계팀 안 부장이 구조 설계를, 생산기술팀 최 부장이 구조 장비 설계를, 한 대리가 실무 전반을 담당했다. 나는 아직 조직도에 없었다. 손 털고 나간 탑재의 한국 외주 업체 한 곳이 구조 작업 시공사로 따라붙었다. 생산에 여파를 최소화하려는 구성이었다. 황 사장은 서너 차례 회의로 구조 방안을 확정했고 확정한 안에 따라 자재와 장비 구매를 진행시켰다. 초기 구조 작업 설정에 많은 수정과 보완이 뒤따랐고 설계, 생산 팀들의 협조와 상당한 비용 지출이 필요했지만 일은 빠르게 풀렸다. 고급 용접 인력을 보유한 조 상무는 최고 수준 인력을 구조 작업에 우선 배치시켰고 양 이사는 구조 장비 구매 요청 건이라면 즉각 결제시켰다. 외주협력사팀은 다른 외주 업체 기성금 지급은 미루더라도 구조팀 외주 업체 기성금은 제날짜에 맞췄다. 다른 임원들도 2002호 구조 작업이라면 두말할 것 없었다. 2002호 구조는 회장의 지시였다. 임원들이 저마다 손을 보태지 못해 안달이었다.

간간이 현장을 둘러보고 들어오는 최 부장의 낯빛은 어두웠다. "돌아버리겠다. 지금 새 배에 들어갈 작업 정반이랑 사다리, 고소차용 작업대 만들기도 빠듯한데, 나자빠져 있는 배 끌어 올리는 게 보통 일도 아니고." 최 부장은 어지간해서 피곤하고 짜증스러운 기색을 안 드러내는 사람이었다. "작년 가을처럼 의장부두에 배 댈 데가 없는 것도 아니고, 뭘 모르는 제가 봐도 지금은 때가 아닌 것 같은데……. 회장님이야 그렇다 쳐도 사장님이 선뜻 한다 하셨다는 게 뭔지 잘 모르겠어요." "선뜻? 아닐걸. 지금 제일 미쳐 죽는 사람이 황 사장이야. 설계는 출도일도 확정 못 하고 퍼져 있지, 잠깐 독 비는 동안 공돈을 줄 수는 없으니 사람은 줄여봐야지, 게다가 기성금 못 받은 업체가 수두룩한데 나중에 업체 다시 수배하기는 쉽나, 또 수배해봤자 현장이 익은 사람하고 아닌 사람 작업량이야 천지 차이일 건 뻔할 뻔 자고. 미치고 팔짝 뛰지. 지금이야말로 절차 정비하고 뭐든 대충대충인 회사 체계 잡고 다듬어야 할 판인데 배 일으킨다고 푸닥거리를 해야 할 판이니 돌지, 돌아. 오죽하면 나랑 안 부장, 권 전무 다 있는데 하소연까지 하더라. 자기 좀 도와달라고, 회장 지시니 할 수밖에 없지만 지금 자기가 그걸 붙들고 있을 때가 아니라고."


29.


나는 8월부터 구조팀에 합류했다. 파견 지시를 받은 첫날, 안전 장구를 착용하고 권 전무를 따라 현장에 나갔다. 현장까지 900미터 남짓한 길을 권 전무는 절뚝절뚝 걸어갔다. 무릎이 좋지 않다고 말했다. 늙은 다리가 커다란 체구를 버티지 못한 탓이었다. "차를 부를까요?" 권 전무는 전용차가 있었고 다른 임원들은 의장부두까지 가면 대개 회사 차를 불렀다. "그럴 것 없네." 권 전무는 계속 걸었다.

임시 사무실은 컨테이너 두 칸을 이어 붙인 것이었다. 한쪽에 쌓아놓은 박스에 도면과 서류들이 있었고 창가 앞에는 책상 두 개, 그리고 중간에 회의용 책상과 의자, 냉온수기 하나가 있었다. 온수기 옆 종이 박스에는 비닐 포장째 있는 종이컵과 커피 믹스 한 통, 한국 컵라면 서너 개가 처박혀 있었다. 현장에서 콘크리트 타설한 곳을 살펴보던 한 대리가 돌아왔다. 반가워하며, 도와줘서 고맙다는 말부터 했다. 나는 민망했다. 매일 현장으로 곧장 출근하는 한 대리는 현장 직공들처럼 얼굴이 새카맸다.

한 대리가 구조 방안을 대략 설명했다. 의장부두와 드라이독 사이에 있는 3, 4선대 건설 부지에 콘크리트를 넓고 두껍게 타설해 지반을 이미 다져놓은 상태다. 그 위에 권양기 열두 대를 설치해서 중간에 시브를 한번 통과시킨 와이어를 배에 용접한 A프레임 열두 채에 걸고 당긴다. 간단한 내용이었지만 내가 알아들을 수 있는 말은 한국어 조사와 어미밖에 없었다. "그런데 열두 대로 저 배 무게를 끌어 올릴 수 있나요? 물까지 들어가 엄청나다면서요." "그래서 중간에 시브, 움직도르래를 거는 거잖아요. 여섯 번 오가면서 감는 걸로. 하중이 6분의 1로 줄어드는 거죠." "아, 네…… 그렇군요." 한 대리는 사람 좋게 웃었다. "좀 지내다 보면 무슨 소리 하는지 알게 되실 거예요."

나는 윈치를 권양기, 와이어를 강선, 블록조차 분단分段이라고 부르는 중국 직공들이 부러웠다. 고유명사를 제외하면 조선 영어의 많은 단어는 중국어로 온전히 옮길 수 있었고 중국 직공들은 그렇게 옮긴 말로 작업했다. 중국인들에게 조선 용어는 조선 영어가 아니었다. 중국인들은 중국어로 배 한 척을 거의 지을 수 있을 것이다. 한국인은 한국어로 그럴 수 없을 것이다. 조선 영어를 제외하고 나면 거의 조사와 어미만 남을 터였다. 다른 산업도 비슷하지 않을까?

안전관리팀의 장 부장이 잠수에서 돌아오자 권 전무는 회의를 시작했다. "밑의 상황은 어떻습니까?" 권 전무가 물었다. "아이고, 오늘은 좀 보이네예. 한동안 태풍 때문에 아무것도 안 보이디만 오늘은 좀 보있십니다, 보있십니다만, 상황이 좋아 보이지는 않십니다.

자잘하게 뜯기나간 곳도 많고, 길게 갈라진 곳도 많고예." 권 전무
는 인내심이 있었다. "수중용접이 가능할 것 같습니까?" "하라믄 해
야지예, 일단 해보는 수밖에 없을 것 같습니다. 지 혼자서는 안 될
것 같고예, 암만 사람이 더 붙어야 되지 않을까 싶은데예." 권 전
무는 다시 한번 인내심을 발휘했다. "몇 명이 더 필요할 것 같습니
까? 몇 명이 더 붙으면 월말까지 수밀 작업을 끝낼 수 있겠습니까?"
장 부장은 잠시 생각을 하는 듯했지만 실은 눈치를 보는 것 같았다.
"중국 직원 한 명 정도만 더 있으면 될 거 같습니다. 어차피 회사 사
정도 사정이고 전문 수중용접사를 고용해달랄 수도 없으니까예."
"정말 한 명이면 되겠습니까?" "해봐야지예." 권 전무의 안색이 불
편한데도 장 부장은 아랑곳하지 않았다. "한참 들어갔다 나오이마,
머리가 멍멍하네예. 근데 그거 아십니까? 밑에 해삼이랑 전복이 엄
청 많아예. 위에, 양식장에서 떠내려온 모양이든데예."

기본설계팀 안 부장은 선체 중량을 대략 1만 톤, 유입한 수량을
약 1만 톤, 도합 2만 톤가량으로 봤고 구조 성공률을 최대한 높이기
위해서 수밀 작업을 계속하는 것이 최선이라고 말했다. 권 전무는
장 부장에게 도와줄 사람을 수배하라고 지시했다. 주문 제작한 권
양기와 움직도르래의 상황을 한 대리가 보고했다. 권양기는 애초에
제작하기로 한 중국 업체가 품질 미달로 손을 들어 다른 업체를 알
아보는 중이었다. 움직도르래는 제조업체가 애초 조회한 규격이 없
다, 다른 규격으로 보내겠다 통보해와서 한 대리가 부랴부랴 다른
건 필요 없다, 그 규격이 필요하니 없으면 새로 제작해달라고 대답

했고 다시 2주가 걸린다는 회답까지 받은 상황이었다. 강선과, 강선을 철골과 연결할 고리는 사내에 있는 것을 모두 수배했는데 원한 규격은 태반이 부족하다는 얘기가 덧붙었다. 권 전무는 화를 냈다. 왜 중국 업체는 규격이 다른데도 굳이 보내려고 하고 또 네 개를 추가 제작하는 데 앞서 여덟 개를 제작한 것과 똑같이 2주가 더 필요하다는 말인가? 한 대리에게 내는 화가 아니었다. 답답해서 나는 화였고 소용없는 줄 알면서도 터지는 화였다. 아무렇지 않게 그런 일이 일어나니 중국이었다. 여기까지 오는 데도 별별 일들이 숱하게 있었을 터였다. 권 전무는 언성을 가라앉히고 상황을 정리했다. 생산 가능한 새 업체를 찾고 기존 업체에 관해서는, 하겠다는 대로 하되 지연에 대한 벌금을 잔금 정산 때 반영하라고 지시했다. 부족한 강선에 대해서는 생산기술팀 최 부장이 자재로 들어와 있는 앵커체인, 닻에 거는 쇠사슬을 쓰자는 묘안을 냈다.

누운 배 위로 A자 철골이 하나둘 붙었다. 최대한 힘을 길고 세게 받을 수 있게 긴 변을 외벽에 용접해 붙였다. 시공이 끝나자 A자가 옆으로 누워 하늘을 향해 다리를 벌리고 있는 모양이었다. 많이 붙일수록 좋겠지만 외판이 얇았기 때문에 붙여서 힘을 받을 만한 곳, 그중에서도 어느 정도 수평을 이뤄 시공 가능한 공간을 가려야 했다. 그것을 계산해 나온 개수가 열두 개였다. 지면에 권양기를 두고 중간에 움직도르래를 놓아 배를 끄는 방식은 값비싼 해상 기중기를 지상으로 옮겨놓는 셈이었다. 무게 추 대신 콘크리트 지반이 권양력을 받치고 가로로 놓인 움직도르래가 해상 기중기에서 수직으로 떠 있는 움직도르래처럼 힘을 증폭시켰다.

권 전무는 수중용접을 계속 진행시켰다. 권양기 한 대당 끌 수 있는 힘이 250톤이었고 열두 대씩 여섯 배를 곱하면 2000톤가량 힘이 부족했다. 관건은 안 부장이 말한 대로 수중용접으로 들어오는 물을 막고 양수기로 내부의 물을 빼 선체를 가볍게 하는 작업이었다. 여름이라 작업하기는 좋았지만 물밑이라 작업 진도를 확인하기 어려웠고 바람이 크게 불어 바다가 일어나면 작업해놓은 곳이 다시 터졌다. 장 부장은 잠수 자격증이 있고 수중용접을 할 줄 알 뿐 전문 용접사는 아니었다. 하지만 수중용접 전문가 몸값이 비쌌고 중국인 수중용접사의 말과 실력을 믿을 수 없어서 권 전무는 지켜볼 도리밖에 없었다.

속속 도착한 권양기들은 허벅지만 한 쇠못을 박아 넣어 콘크리트 바닥에 고정시켰다. 자재 창고에서 가져온 닻용 사슬은 의장부두 전용 이동식 기중기로 들어 올려 A자 철골에 걸었다. 권양기와 연결하지 않고 선체 위에 늘어뜨려놓은 사슬은 사무실에서 보면 가느다란 팔찌 같았지만 가까이 가서 보면 하나하나가 커다란 수화물 가방만 했다. 지게차가 사슬 끝에 건 굵직한 강선을 잡아당겨 임원 책상 두 개를 붙여놓은 것만 한 움직도르래까지 당겼다. 직공들은 그 강선을 다른 강선과 잇고, 이은 강선을 움직도르래 안에 넣어 좌우로 줄을 걸고 당겼다. 손과 수공구로만 해야 했기 때문에 작업은 힘들고 위험했다. 움직도르래를 거쳐 나온 강선을 권양기에 걸면 비로소 한 가닥 작업이 끝났다. 하루에 두 가닥을 작업하면 여름 해가

졌다. 일정상 최초 시도일은 8월 31일이었다.

황 사장은 회의실에서 악전고투 중이었다. 조 상무를 비롯한 임원들이 혼란을 더욱 부추기고 있었다. 힘든 일, 어려운 일, 불편하고 귀찮은 일은 모두 떠넘기는 권한을 휘두르면서도, 부하 직원이 일에 치이고 밟힐 때, 퍼져서 후들거리고 주저앉으려 할 때 정작 자신이 져야 할 책임은 황 사장에게 떠넘겼다. 부하 직원이 일을 더 편하게 할 수 있게 해주고 그래서 더 많은 일을 할 수 있게 유도하지는 못하면서 회식이나 시켜주는 것으로 자신의 책임을 다했다고 뻔뻔스럽게 믿었다. 동시에 '너는 누구 편이냐', '네 상관이 누구냐' 같은 유치하고 졸렬한 말로 부하 직원을 수시로 강압하고 교란시켰다.

하지만 이것은 내 관점에 불과했다. 탑재2팀 김 대리는 모르는 소리 말라는 얼굴로 나를 봤다. "그기 그른 기 아이라. 밖에서 보믄 상무님이 막무가내로 막 하는 것 같아 비도, 안에서 같이 일해보믄 잘 챙기준다. 회식도 자주 시카주고, 몸 아프다 하믄 일찍 들여보내주고. 안 그러겠나, 한 식군데. 막말로 황 사장이야 맨날 왔다 갔다 거리면서 사람 솔분케나 하지, 뭐 하나 챙겨주는 건 없다 아이가. 암만 그래도 한 식구는 아닌 기라." 다른 생산 부서 사람들 생각도 비슷했다. 입버릇대로 일은 어차피 일, 맨날 하는 일이고 시키면 시키는 것밖에 못 하는 중국 직공들 데리고 하는 일이었다. 더 나아져야 하고 나아질 수 있을 거라고 생각하지 않는 것에, 힘든 것을 원래 힘든 것으로, 어려운 것을 원래 어려운 것으로 체념하고 감수하는 것에 이미 길들어 있었다.

황 사장의 말은 점점 더 거센 메아리로만 울려 퍼졌다. 아랫사람들은 임원들이 시키는 대로 일을 하면서 황 사장의 지시 사항은 지시 사항대로 챙겨야 했고 그러면서도 반복하는 사고와 실수에 직면해야 했다. 사람들은 지쳐갔고 지쳤기 때문에 타성에서 헤어 나올 수 없었으며 타성으로 일했기 때문에 더욱 황 사장의 지적과 다그침을 피할 수 없었다. 임원들처럼 그 호통에서 비켜설 수도, 자리가 굳건한 것도 아니었기 때문에 불안했고 소모당하고 고갈당한다고 느꼈다. 어제까지 일 잘하던 사람이 오늘 회사를 그만두기 시작했다. 그만둔 사람들 대부분은 황 사장을 욕했다. 남은 사람들은 부스러지고 흩어졌으며 일은 성긴 사람들 틈으로 모래알처럼 빠져나갔다. 퇴사자 두어 명을 면담한 끝에 황 사장은 회의 방식을 바꿨다. 나무라고 다그치는 말을 줄이고 일의 전후를 총 공정 흐름 위에서 풀어 설명하려고 노력했다. 그 탓에 회의는 더욱 길고 지루해졌으며 요점을 잃은 설교가 됐다.

황 사장은 양 이사에게 지시해 인력 보충을 재촉했다. 임원이나 팀장급이 아니라 과장, 대리급 중심으로 영입할 것을 주문했다. 하지만 그만한 사람들은 각자 한국 회사에서 한창 좋은 대우를 받으며 일하고 있었다. 자금조차 충분하지 않았기 때문에 영입할 수 있는 수준, 양 모두 한정적이었다. 돌아간 사람들이 퍼트린 악평은 이미 수위를 넘어섰다. 조선소에서 일하는 사람들이 모이는 인터넷 카페에는 배가 떡하니 자빠져 있는 조선소에 볼 것이 뭐가 더 있겠느냐는 글부터 황 사장을 직접 겨냥해 비난하는 글도 상당했다. 충원은 좀처럼 되지 않았다.

　문제는 더 있었다. 우려대로 2002호 구조에 시간과 돈을 들이느라 신선형 건조에 필요한 설비, 장비가 턱없이 부족했다. 연초부터 한두 번씩 밀리던 기성금은 이제 석 달 넘게 밀려 있었고 구매팀은 결제 언제 해줄 거냐는 업체들의 독촉 전화로 개인 전화기를 꺼놓는다고들 말했다. 자재 창고는 빈 곳이 더 많았다. 이상한 일이었다. 채권단의 지원 자금은 계속 들어왔고 선주는 지연하기는 했지만 배를 인도했고 인도금을 입금시켰다. 하지만 그렇게 돌아갔고 분명한 것은 황 사장에게 쓸 수 있는 패가 없다는 사실이었다. 모든 상황이 나쁘게 굴러가고 있었다.

　어쩌면 저 배가 회사의 유일한 희망일지도 몰랐다. 일으켜 세워 재건조하고 직접 운용하면서, 자금줄을 틔우고 회사 평을 반전시킨다면 이 모든 난제를 단숨에 풀어헤칠 수 있을 것 같아 보였다. 배가 일어서면 대박 날 거라는 얘기가 다시 한번 돌았다. 사람들은 반신반의하면서도, 일은 고되고 회사든 업계든 달리 전망이 보이지 않았기 때문에 여기저기에서 그 얘기를 했다. 얘기는 대박이 날지도 모른다에서 대박이 날 거란 얘기로, 다시 대박이 난다로, 또 초대박이라는 얘기로 새끼쳤다. 모든 사람이 구조 작업 진행 소식에 촉각을 곤두세웠다. 사람이란 고달플수록 손쉬운 희망에 손 뻗기 마련일까?

　8월 31일, 1차 시도는 어처구니없이 실패로 끝났다. 권양기 세 대가 아예 작동하지 않았다. 내부 부속 불량이었다. 9월 중순까지 대여섯 번 더 시도했고 모두 실패로 돌아갔다. 생산이 밀려, 여름 한 달간 비어 있던 독에는 중량물 화물선의 블록이 깔리기 시작했다. 회사는 컨테이너 3800동을 실을 수 있는 배 네 척을 추가로 수주했다.

신선종이었고 다른 선택이 없었다. 시행착오를 반복하지 않는 것이 최선이었다. 황 사장은 기본 설계 단계부터 직접 챙겼다. 아무도 상상하지 못한 문제의 알맹이가 드러났다. 현실의 문제가 대개 그렇듯 지금까지 켜를 이루며 묻히고 쌓여온 문제들의 가장 아래, 모든 문제의 시초는 어처구니없을 만큼 사소한 것이었다.


30.


전산 시스템상 일정이 애초부터 틀렸다고, 과연 틀릴 수나 있을 거라고 누가 상상이나 했을까? 더군다나 기본 일정을 입력하고 그 일정에 따라 공정별 일정을 자동 산출할 수 있도록 함수를 집어넣은 사람은 생산기획실 정 이사였다. 회장이 총애하고 나라에서 제일 좋은 대학교, 그것도 조선 공학으로 박사까지 딴 데다 대형 조선소 경력까지 있고 또 이제 겨우 마흔 중반에 들어선, 바로 그 정 이사였다.

황 사장은 격분했다. "이게 가당키나 하단 말입니까! 생산기획실 실장이라는 사람이, 조선소 생산 일정을 조율하고 확정하는 사람이 지금까지 문제를 죽 봐오면서 최소한 다시 점검해볼 생각조차 못했다는 것을 내가 어떻게 받아들여야 합니까? 이건 무능도 아닙니다. 무분별이고 몰지각이고 무책임입니다. 비양심이고 몰염치한 겁니다!"

조 상무가 정 이사를 두둔했다. "진정하시지요. 정 이사도 워낙 일이 많지 않습니까. 여력이 나지 않는 것을 어쩌겠습니까? 지금이라도 모두 도와 수습해나가면 될 일입니다." 홍 상무도 거들었다. "아직 젊고 경험이 부족해 일어난 일인 듯합니다. 이번 일을 계기로 삼을 수 있겠지요. 사람들도 많은데 말씀이 지나치신 듯합니다."

뻔한 편들기와 감싸기가 황 사장을 더욱 지폈다. "그 입 다물지 못합니까? 이게 어디 정 이사 한 사람 잘못이라고 생각합니까? 시수 관리 같은 건 할 생각조차 안 하고 생산기획실에서 나오면 당연히 그런가 보다 넘겨두고 밑에서 일하는 사람들이 자꾸 일에 치이는데 문제가 뭔지 들여다보지도 풀지도 않으려고 한 당신들 잘못도 정 이사보다 가볍지 않습니다! 그래놓고 뭐라고요? 이제 와서 모두 도와 수습해나가자고요? 그게 말입니까? 잘못은 한 사람이 저지르고 수습은 왜 열 사람이 나눠 합니까? 임원이라서요? 생각들 똑바로 하세요! 임원이기 때문에 한 사람도 수습할 일 없게 일해야 하는 겁니다! 당신들이 똑바로 안 하면 당신들 밑에 있는 수십 명이 바로 당신 하나 때문에 개고생, 헛고생을 해야 한단 말입니다! 당신들 그 잘난 경력, 직급, 권한 다 뭘 위해서라고 생각합니까? 이사 행세, 상무 행세, 뭐든 다 아는 척 거들먹거리면서 대접이나 받고 특권이나 누리라고 회사가 그 많은 연봉을 당신들에게 지급한다고 생각합니까? 당신들부터 똑바로 하세요! 지금 누가 누굴 감싸고 두둔한단 말입니까, 감히!"

"말씀 자제하시지요. 회사가 장난도 아니고 애들 다 있는 앞에서 지금 뭐라시는 겁니까?" 조 상무가 벌떡 일어섰다. "어디 눈을 부라립니까, 사장은 납니다! 당장 그 자리에 앉지 못합니까?" 황 사장이 책상을 후려쳤다. 조 상무는 도려낼 듯 황 사장을 노려봤지만 앉았다. 황 사장은 수첩을 들어 조 상무를 가리켰고 이어 시선을 피하는 임원들을 가리켰다. "부끄러운 줄 아세요, 창피한 줄 좀 알란 말입니다. 아랫사람들 눈이 무섭지도 않습니까? 저 사람들이 없으면 당신들만 남아서 뭘 할 수 있을 것 같습니까? 조 상무, 당신이 고소차 올라타서 용접할 겁니까? 임 상무, 당신이 밸러스트 탱크 박박 기어 다닐 겁니까? 웃기지 마세요, 정신들 차리란 말입니다. 회사는 당신들 마음대로 하라고 있는 게 아닙니다. 여기 있는 사람들, 또 여기 없는 사람들, 그 모든 사람이 당신들을 위해서 일한다고 생각합니까? 그 사람들은 그 사람들 각자를 위해 일하고 그 힘에 얹혀가는 게 회사고 당신들이란 말입니다. 당신들이 위에 있다고 손에 채찍을 들 권한은 없다고!" 회의장은 먼지 한 톨 떨어지지 않을 듯 정적했다. 아무도 감히 황 사장을 쳐다보지 못했다. "이 불한당들! 무뢰한들!" 황 사장은 씹어 내뱉었다.

황 사장은 회의를 계속했다. 모욕을 뒤집어쓰고 뒤로 칼을 갈고 있을 임원들을 눈앞에 두고 그날도, 그다음 날도 매일 그랬듯 하루에 서너 번씩 황 사장은 회의를 주관했다. 그것이 황 사장의 일이고 책무였으며 황 사장은 그것을 피하지 않았다. 정 이사에게 잘못

된 출도 일정을 수정시킨 뒤 일일이 보고받았으며 지금까지 해왔듯 생산 전반에 지시를 내렸다. 조 상무에게는 탑재 일정 앞당길 방안을 내놓으라고 닦달했다. 이전과 달리 더는 눈치 보지 않았다. 이미 선을 넘어섰다고 여긴 듯, 신랄하고 맹렬하게 몰아세웠다. 황 사장은 회의 시간마다 가루가 날리도록 정 이사를 쪘었고 조 상무와 다른 임원들도 박살 냈다. 깨야 할 사람을 모조리 다그치고 몰아세우고 홀닦았다. 하지만 그 사람들을 솎아낼 수는 없었다. 솎아내지 못하는 사람들의 말을 황 사장은 믿을 수 없었고 인정할 수 없었기 때문에 더 다그치고 몰아세우고 홀닦았다. 끝내 솎아낼 수는 없었다.

사람들은 황 사장에게서 더욱 등을 돌렸고 담당 임원들을 두둔했다. 황 사장이 그렇게 말할수록 힘들어지는 건 자신들뿐이었고 따져보면 황 사장 역시 잘못과 실책이 없지는 않은, 털자고 들면 먼지 하나 안 나올 사람이겠냐는 것이었다. 어차피 그놈이 그놈이라면 당연히 편들어줘야 할 사람은 임원들 아니냐고들 보탰다. 기이한 얘기였다. 황 사장이 구린 걸 들추고 치우자고 하니 힘이 드는 것이고, 임원들은 구린 걸 구린 대로 내버려두자고 버티고 있으니 더 힘든 것이었다. 황 사장 역시 잘못과 실책은 있었다. 성격과 신념 탓에 이따금 터무니없이 높게 기준을 잡았다. 불필요하게 흥분하기도 했고 잘해보자고 한다는 말이 종종 의미 없는 탄식으로, 설교로 장황히 이어지기도 했다. 한 사람의 문제를 일반화해 모든 사람의 문제로, 가만히 잘하던 사람까지 싸잡아 얘기할 때도 있었다. 그러려고 말한 것이 아니었지만 그러려고 말한 것처럼 말하는 실수도 저질렀다. 하지만 그건 사람이고 사람이 하는 말이기 때문에 일어날 수밖에 없는 실수 아닌가? 백번 양보해서 더 잘하려고, 나쁜 것을 치우고 없애려고 저지른 잘못과 실수를, 그냥 내버려두고 더 악화시키려고 저지른 잘못, 실수와 어떻게 똑같이 놓을 수 있는가?

　그 사람들은 힘과 위계에 굴복할 수밖에 없어 굴복한 것을 스스로 선택한 것이라고 믿고, 높은 곳에서 질금질금 떨어지는 쾌락과 평안을 정당하고 자연스러운 대가라고 여겼기 때문에 구린 것을 구리다고 말하지 못하는 것 아닐까? 그래서 구린 것을 치우고 없애려는 사람을 비판하고 비난하며, 자신들을 억압하고 속박하는 사람을 지지하고 옹호하는 것 아닐까? 그렇게 하면 자신들의 알량한 처지를 지키고 방울져 떨어지는 쾌락과 평안을 계속 맛볼 수 있을 테니까. 나는 기어이 임원들을 옹호하고야 마는 사람들이 불편했다. 하지만 비난하고 싶지는 않았다. 나이가 들면서 지켜야 할 가족과 체면이라는 것이 생긴 사람들이었다. 서른하나, 나 역시 곧 그 대열에 들어가게 될 터였다.

　구조 준비는 막바지였다. 나는 매일 현장에 나갔다. 황 사장은 6차 시도가 실패로 끝났을 무렵 현장에 왔다. 현장을 둘러본 다음 2002호 선체에 각도를 가늠할 수 있는 지표를 그리게 하고 권양기에 상황을 전파할 사람을 배치하라고 지시했다. "윈치 간 거리가 멉니다. 당일이면 소음도 있고 통제가 어려울 수 있으니 두 대당 한 사람씩 무전기를 쥐여주고 상황을 곧바로 전달할 수 있게 조치하세요. 그리고 총무팀에 얘기해 윈치마다 차양 하나씩 준비시키세요.

아직 낮 햇살이 뜨겁고 한두 시간 안에 끝날 일이 아닙니다. 볕을 피할 수 있게 하고 생수도 한 상자씩 비치시키세요. 현장 통제는 어디에서 할 겁니까? 사무실은 안 됩니다. 현장을 한눈에 볼 수 있어야 해요. 선상지원팀에 연락해서 2층 작업대 서너 개 쌓아 올리게 하고 거길 통제탑으로 삼으세요. 그 위에도 차양과 생수를 준비시키시고요. 윈치에 전력 공급할 비상 발전기도 비치하고 단선되지 않게 통로 확보하세요. 준비 끝나는 대로 현장 통제해서 작업 외 인원 출입은 엄금하세요. 보안팀에는 내가 들어가면서 일러두겠습니다."

권 전무는 황 사장의 조치대로 현장을 준비했다. 며칠 뒤 황 사장이 다시 한번 현장을 둘러보고 미비점을 지적했고 그때까지 계속되던 장 부장의 수중 작업을 중지시켰다. "일단 끌어봅시다. 힘을 받아서 실제로 배가 도느냐, 안 도느냐가 더 중요합니다. 9월 말일로 구조일을 확정하고 그때까지 준비 끝내세요."

구조일 전날, 제어반에서 전력을 끌어올리자 권양기들이 일제히 돌았다. 전날 지게차와 기중기, 직공이 힘을 보태 작업한 강선들이 권양기 속으로 슬금슬금 말려 들어갔다. 이어서 검은 윤활유로 범벅한 강선이 커다란 움직도르래로 빨려 들어갔다. 질질 끌리던 움직도르래들이 차츰 떠올랐다. 선체와 이어진 쇠사슬이 힘을 받았고 육중한 쇠사슬 열두 줄이 이내 강선과 일직선을 이루며 허공에 빨랫줄처럼 팽팽하게 걸렸다. 움직도르래 열두 채가 완전히 허공으로 부양했다. 권 전무는 권양기에 브레이크를 걸고 하룻밤을 묵혔다. 장 부장은 마지막 수중 작업을 끝내고 밤새 양수기를 돌렸다. 다음 날 새벽에도 선내 수심은 변함없었다.

　아침 8시, 권 전무는 한쪽 다리를 절며 6층 높이의 통제탑으로 올라갔다. 나는 태블릿을 들고 따라 올라갔다. 권양기 작동 시간, 당긴 줄의 길이와 걸린 힘, 배가 움직인 각도 들을 기록하는 것이 내 임무였다. 권 전무는 10분에 1미터씩 권양기를 작동시키고 10분을 쉬었다. 휴지 10분은 배가 실제로 들린다면 물이 빠지는 데 걸리는 시간이었다.

　두 시간 동안 작업했으나 배는 미동하지 않았다. 권 전무는 내려와 회의를 소집했고 안 부장은 배가 일어서는 것이 아니라 끌려오는 것 같다고 봤다. 정도팀에서 나온 조선족 직원이 전자식 거리계와 각도계를 설치했다. 권 전무는 다시 다리를 절며 통제탑으로 올라갔고 구조 작업을 지휘했다. 안 부장의 말대로 배는 끌리고 있었다. 권양기가 감는 거리보다는 적게 끌려오고 있었다. 미미하지만 배가 돌고 있다는 증거였다. 권 전무는 작업을 계속했다. 정오 무렵 드디어 배가 일어서기 시작했다. 0.05도 정도로 미세했지만 일단 각도 변화가 생기자 배는 조금씩 더 빠르고 크게 일어섰다. 총무팀에서 점심밥을 날라 왔다. 권 전무는 작업을 30분 더 진행한 뒤 점심 시간을 알렸다. 권양기들에 브레이크를 걸고 직공들은 차양 밑에서, 구조팀 직원들은 컨테이너 사무실에서 점심밥을 먹었다.

　점심밥을 먹으러 모인 사람들의 얼굴이 잔뜩 들떠 있었다. 안 부장이 구조법을 바꿔보자고 제안했다. "마찰계수가 떨어지면서 속도가 점점 더 붙는 것 같습니다. 지금 상태라면 대기 시간을 줄이고 더 빨리 들어보는 것이 좋겠습니다. 선체 기울기가 45도 이하라면 힘이 수직 방향으로 작용해 드는 즉시 물이 빠질 듯합니다. 쭉쭉 끌어올리고 45도 이상 올라오면 원래 계획대로 물 빠지는 시간을 10분씩 주는 걸로 하시죠." 30분 만에 점심밥을 먹어치우고 각자 제 위치로 돌아갔다. 권 전무는 안 부장의 말대로 1분씩 사이를 두고 권양기를 당겼다. 장력은 150톤을 넘어서는 중이었다. 오후 3시에 이르자 선체는 4도가량 돌았고 권양기 장력은 240톤을 기록했다.

권 전무는 다시 회의를 소집했다. 공무팀의 김 과장은 권양기 상태를 우려했다. "아직까지 이 이상 작동시켜보지 않아서 아무래도 어려울 것 같습니다. 제어반의 장력 표시도 250톤이 한계고요." 최 부장이 김 과장에게 물었다. "수동으로 작동하면 어떻습니까? 일전에 들어보니 설계 장력은 300톤이라고 하던데." "맞습니다. 각 윈치에서 수동 운전한다면 300톤까지 끌 수는 있습니다. 단, 그러면 제어반으로 할 수 있는 게 없어집니다. 작동과 제동을 각 윈치에서 사람이 직접 해야 합니다." 권 전무가 최 부장에게 물었다. "콘크리트 지반은 어떻습니까?" "오면서 하나씩 다 살펴봤는데 아직까지 금 가거나 들린 곳은 없었습니다." "그러면 최 부장 말대로 해봅시다. 한 대리는 깃발 준비해서 오세요. 흰색, 빨간색 두 가지로 준비해서 수신호를 정합시다. 김 과장은 윈치에 있는 직공들 불러다 작동법 교육하세요. 작동, 제동 두 가지만 가르치면 되겠지요?" "클러치 넣는 방법까지 세 가지면 됩니다. 금방 할 수 있습니다."

황 사장이 빵과 음료수를 차에 싣고 현장에 왔다. 비서와 한 대리가 직공들에게 부식을 나눠주는 동안 다른 직원들은 회의실로 모였다. "잘되고 있습니까?" 황 사장이 묻자 권 전무가 현재까지 상황을 전했다. 황 사장은 고개를 끄덕이고는 잘하셨습니다, 한마디만 했다. 황 사장은 현장을 죽 둘러봤다. 콘크리트 지반을 꼼꼼히 살폈고 권양기 상태도 점검하면서 직공들을 격려했다. 통제탑 위에도 올라갔다가 내려왔다. 권 전무가 무전기를 넘기려고 했으나 사양했다. "권 전무께서 계속 수고해주십시오." 현장을 잘 모르는 자신이 사장이라는 이유로 통제권을 무턱대고 받을 수는 없었고 지금까지 수고한 권 전무에게 공을 돌린다는 뜻도 있었을 것이다. "다리는 괜찮습니까?" "아직까지는 쓸 만합니다." 권 전무가 웃으면서 대답했다.

권 전무가 다시 통제탑으로 올라갔다. 해가 스멀스멀 기울고 있었다. 권양기가 다시 1미터씩 줄을 당겼다. 장력은 계속 늘어나 240톤을 넘어서 250톤에 이르렀다. 각도는 거의 변화가 없었다. 찜찜했지만 권 전무는 계속 권양기를 작동시켰다. 260톤에 이르렀을 때 권양기 네 대가 작동을 멈췄고 동시에 1번과 12번 움직도르래가 추락했다. 쿵. 땅이 울렸고 동시에 쇠사슬 두 줄이 선체에서 튕겨 나왔다. 팽팽히 당겨놓은 것이기 때문에 육지로 날아올 듯했지만, 너무 무거웠다. 쩡. 쇠사슬은 선체를 때리고 바다로 떨어졌다. 12번 철골은 통째 뜯겨 끝만 간신히 붙어 있었고, 1번 철골은 쇠사슬을 걸어둔 머리가 떨어져나가고 없었다. 순식간에 일어난 일이었다.

권 전무는 상황을 종료시키고 서둘러 권양기 상태부터 점검했다. 권양기들은 이상 없었다. 최 부장은 철골의 용접 강도에 문제가 있는 것 같다고 말했다. 1번 철골은 강재가 부족해 잔재를 덧붙여 만든 것이었고 12번 자리는 외벽이 각지는 곳이라 원래 우려가 있었다. 권 전무는 날이 곧 저물 테니 작업을 중지하자고 말했다. 안 부장의 생각은 달랐다. "배가 돌 때 계속 끌어야 합니다. 이대로 멈추면 어떻게 될지 알 수 없습니다." 그 말도 일리가 있었다. 권 전무는 쉽게 결정하지 못했다. 최 부장이 나섰다. "안 부장 말도 맞습니다만, 이미 A프레임 두 개가 날아갔고 윈치도 작동을 멈춘 상탭니다. 더 밀어붙이다가 나머지 윈치에 이상이라도 생기거나 과중을 못 견딘 다른 A프레임들까지 탈 나면 작업 재개에 더 많은 시간이 걸립니다. 그나마 균형을 유지할 수 있을 때 작업을 중지해서 보강하고 가는 것이 안전합니다." "이미 안전한 상황이 아닙니다. 배는 돌기 시작했고 미미하지만 선체 끝이 들려 있습니다. 풍랑이라도 오면 상황이 어떻게 될지 모릅니다!" 안 부장이 언성을 높였다. 최 부장은 담담한 어조로 받았다. "일어나는 일은 일어나는 겁니다. 어쩔 수 없지 않습니까? 그런 것까지 감안하면 아무것도 안전하지 않고 할 수 있는 일도 없습니다. 다만 제가 말씀드리고 싶은 건 여지를 남겨두자는 겁니다."

권 전무가 결단을 내렸다. "구조는 일단 중지합시다." 권 전무는 나머지 철골들까지 다시 점검하고 보강한 다음 재개하겠다고 말했다. 업체 사장을 불러 보강 작업 소요 기간을 확인하고 당겨놓은 선체 위에서 철골 보강 작업을 해야 하니 작업 시 안전에 각별히 주의시켜줄 것을 당부했다. 다음 구조 작업은 일주일 뒤로 잡고 권양기

가 이슬에 젖지 않게 포장재를 덮어씌우라고 시켰다. 권 전무가 현
상황을 전화로 황 사장에게 보고하자 모든 일이 끝났다. 직원들과
직공들이 해산했다. 해가 졌다.


31.


나흘간 청명하던 하늘은 닷새째부터 구름이 뭉글뭉글 잡혔지만
바람이 크게 일지는 않았다. 바다는 잔잔했고 대기는 안온했다. 보
강 작업은 예정보다 이틀이 늦어졌다. 선체로 올라가니 철골 서너
개에 변형이 일어나 있었고 그것들을 포함해 나머지 철골까지 머리
를 이중, 삼중으로 보강 용접해야 했다. 쇠사슬로 잡아당겨놓은 위
태로운 선체 위에서, 기중기가 망가진 철골을 걷어내고 새 철골을
얹었다. 용접사들이 철골을 선체에 용접했다.

"괜찮을까요?" 보고 있자니 아슬아슬했다. "일이 터지려면 첫날
A프레임 나갔을 때 벌써 터졌겠지. 프레임이 무거워 보여도 선체 중
량에 비하면 아무것도 아냐." 작업 지시를 끝내고 내려온 최 부장이
담뱃불을 붙이며 말했다. "보강이 끝나면 지난번보다 더 잘 끌려오
겠죠? 그만큼 힘을 더 받을 거잖아요." "이론상으로는 그런데, 모르
지. 변수는 늘 있으니까." 나는 고개를 끄덕였다. 실상 구조 작업 전
체가 그랬다. 이론과 실제, 예측과 돌발 사이에서 좌충우돌하면서
여기까지 온 것이었다. "어쨌거나, 물리란 대단하네요. 저 엄청난 무

게도 바늘 한 개랑 똑같은 이치로 움직이는 거잖아요.""바위도, 깃털도 떨어지기는 매한가지니까. 배도 대단한 거야. 그 무게의 철판을 그냥 바다에 던져둔다고 생각해봐, 가라앉잖아. 설계해서 힘을 모으고 붙들면 뜨지. 그게 물리, 사물의 이치라는 거고 모든 사물이 그 안에서 움직이는 거지." 최 부장이 뿜은 담배 연기가 바람의 결을 따라 흩어졌다.

구조 작업은 중추절, 한국의 추석 연휴 첫날에 재개했다. 구조팀은 평소보다 이른 시각에 특별 배차한 차를 타고 현장으로 곧장 출근했다. 하늘은 화창했고 바람이 조금 불었지만 작업을 방해할 정도는 아니었다. 선체 각도는 이전 작업의 최종 각도에서 조금 내려가 있었다. 보강 작업으로 선체에는 A자 철골이 1번과 2번 사이에 하나 더 붙었고 12번 철골은 포기하고 원래 자리보다 더 아래쪽에 새로 13번 철골이 하나 더 붙었다. 전날 강선을 모두 끌어놔, 거대한 움직도르래 열두 채는 허공에 빨래집게처럼 사뿐히 떠 있었다. 떨어졌을 때 지면을 울리고 땅을 패던 무거운 움직도르래가 그렇게 떠 있는 모습은 비현실적이었다.

현장 사무실 앞에서 직공 20여 명이 수신호와 작동법을 한 번 더 확인하고 권양기 열두 대로 흩어졌다. 최 부장은 권양기들 뒤로, 공무팀의 김 과장은 제어반이 있는 소형 컨테이너실로, 안 부장은 정도팀이 설치해놓은 전자식 각도계와 거리계가 있는 곳으로 각자 자리했다. 이전과 달리 나는 현장 사무실 탁자에 무전기와 전화기를 놓고 대기했고 중국어로 직접 지시할 수 있는 한 대리가 권 전무와 함께 통제탑으로 올라갔다. 권 전무는 중간에 한번 쉰 다음 꼭대기까지 절뚝절뚝 걸어 올라갔다.

모든 작업을 수동으로 진행해야 했다. 제어반에서는 권양기에 걸린 힘만 확인할 수 있었고 권양기 통제는 권 전무의 무전기 소리와 한 대리의 깃발 신호에 따를 터였다. 어떤 일도 일어날 수 있었고 오늘 작업이 어떻게 끝날지 알 수 있는 사람은 없었다. 현 상황에서 동원할 수 있는 모든 자원을 집결했고 가능한 모든 준비가 끝난 것만큼은 틀림없었다. 오늘로 끝을 봐야 했고 끝을 보지 못한다면 보강과 보완이 아니라 구조 방법 자체를 바꿔야 했다. 저릿한 긴장이 잡아당긴 쇠사슬들처럼 팽팽했다. 바닷물이 누운 선체를 때리는 소리가 들렸다. 지지직, 무전기의 발신음이 들렸고 권 전무가 나직하고 든든한 목소리로 말했다. "현재 시각 오전 8시 23분, 2002호 구조 작업을 재개합니다. 매회 차 10분씩 윈치를 작동하고 1분간 휴지한 다음 윈치와 지반 상태를 점검, 다시 윈치를 작동하겠습니다. 이상 징후가 보이면 즉시 작업을 정지하고 보고하십시오. 준비가 끝나면 윈치 사이에 서 있는 기수들이 흰 깃발을 들어 준비가 끝났음을 알려주세요." 기수들이 일제히 흰 깃발을 들자 한 대리도 흰 깃발을 치켜들었다. 권 전무가 말했다. "시작하겠습니다. 1회 차 권양, 실시." 흰 깃발이 떨어졌고 권양기 열두 대가 쇳소리를 내며 힘차게 돌았다.

배는 다시 끌려왔다. 돌지도 않았고 일어서지도 않았다. 안 부장이 직접 각도계를 확인했지만 수치는 변동 없었다. 반면 선미와 선

252

수는 모두 15센티미터 이상 안으로 들어왔고 계속 끌려 들어오고 있었다. 배를 당기는 역점이 낮은 현 방식상 피할 수 없는 문제점이었다. 해상 기중기라면 배를 위에서 들어 올릴 것이니 애초에 이 같은 문제가 일어날 수 없었다. 권 전무는 일단 계속 진행했다. 배는 당기는 족족 끌려왔다. 이대로 계속 끌려온다면 부두와 충돌할 수 있었고 충돌한다면 더 큰 낭패였다. 밑으로 가면서 홀쭉해지는 선체 구조상 부두와 톱니처럼 맞물릴 수밖에 없었고, 그렇다면 더 끌 수도 다시 눕힐 수도 없는 지경에 처할 터였다.

20회 차 시도가 끝나고 권 전무는 작업을 중지시켰다. 권 전무와 한 대리가 사무실로 내려왔고 흩어져 있던 직원들도 모두 현장 사무실로 모였다. 한발 앞서 들어온 안 부장은 안전모를 벗고 땀에 젖은 머리를 털었다. "빌어먹을, 되든 말든 그날 끌었어야 했는데." 속속 도착하는 직원들의 낯빛은 하나같이 침통했다.

"배가 질질 끌려오고 있습니다. 어떻게 생각들 하십니까?" 권 전무가 말을 꺼냈으나 선불리 대답하는 사람이 없었다. "차라리 확 잡아당기면 어떨까요? 지금보다 장력을 더 높이거나 오랫동안 잡아당기면 위쪽에 붙는 힘이 더 세져서 배가 돌지 않을까요?" 내가 나설 만한 자리가 아니었지만, 침묵이 갑갑했고 내 딴에는 그럴싸했다. 권 전무가 김 과장에게 물었다. "장력을 높일 수 있습니까?" "가능은 합니다. 점검하면서 안쪽을 열어봤는데 기어를 강제로 바꿔서 작동하는 게 가능한 구조였습니다. 하지만, 그러면 내부 제어반을 완전히 죽여야 해서 장력 확인을 못 하게 됩니다."

잠시 침묵이 흘렀다. "어떻게 보십니까." 권 전무가 말했지만 안 부장은 말이 없었다. 아직도 이전 시도 때 강행해야 했다는 후회에 사로잡혀 있는 듯했다. 최 부장이 말했다. "제 생각은 좀 다릅니다. 어차피 하부에서 힘을 받쳐주는 것이 없으면 배는 돌지 못합니다. 도리어 힘을 늦추고 당기는 시간을 짧게 가지고 가면서 천천히 배를 끌어 선체 하부에서 지렛대 받침점처럼 작용해줄 수 있는 게 걸리기를 기다리는 편이 더 나을 것 같습니다." "그렇다고 무한정 기다릴 수는 없지 않습니까? 이대로 배가 끌려오다가 부두에 근접하면 옴짝달싹 못 하게 됩니다." 안 부장이 반문했다. "어쩔 수 없는 일은 어쩔 수 없는 일이지요. 다만 성공 확률이 더 높은 방식을 생각해보자는 겁니다. 안 부장님도 아시잖습니까, 줄다리기도 아니고 저 윈치로 아무리 잡아당겨봤자 배가 이쪽으로 확 쏠려 올라오지는 못합니다."

"생각을 좀 해봅시다." 권 전무가 말했다. "지금 우리가 모르고 있는 것이 무엇이지요? 무엇을 더 알아야 정확한 판단을 내릴 수 있겠습니까?" 한 대리가 슬그머니 일어나 의장부두 수심도를 가져왔다. 예전 보험 처리 때 본 그 수심도였다. 모두 머리를 붙이고 살폈지만 수심이 일정하지 않다는 사실만이 유일하게 명백했다. 권 전무가 결단을 내렸다. "일단 장력은 지금 그대로 유지하고 당기는 시간은 절반으로 줄입시다. 끌 수 있는 만큼 최대한 끌어볼 테니 안 부장, 각도와 거리 계속 주시하면서 상황을 판단해주세요. 이 이상 끌려오면 죽도 밥도 안 되겠다 싶을 때 작업 중지 후 다시 대책을 수

254

립합시다." 회의가 끝났고 각자 자기 자리로 돌아가려고 사무실을 나섰다. "이제 기도밖에 할 게 없네요." 내가 말하자 최 부장은 일부러 얼굴을 활짝 펴 웃었다. "다 그런 것 아니겠어. 할 만큼 하면 나머지는 요행이지. 옛날 배 타는 사람들이 그랬다잖느냐. 바다가 뒤집혀도 키는 놓지 말라고."

가을 하늘의 파란빛은 가늠할 수 없이 깊었다. 바다에서 불어오는 바람은 선득하고 맑았다. 오전 10시 정각의 햇살이 보이는 모든 것을 명징하게 비췄다. 아름다운 날이었다. 계절과 날씨 탓인지, 그동안 너무 끌어온 일에 시달리고 질린 탓인지, 불안하지는 않았다. 될 일이면 될 것이고 안 될 일이면 안 되겠지, 그런 기분이었다. 아무것도 장담하거나 기대할 수 없었다. 다만 기다릴 수 있을 뿐이었다. 담대한 기다림은 사람의 숙명이고, 할 수 있는 것을 모두 다 한 사람만이 그렇게 기다릴 수 있을 것이다.

나는 권 전무와 한 대리가 통제탑 위에 자리 잡은 것을 보고 사무실로 들어왔다. 짧게 전파음이 들렸고 이어서 권 전무가 말했다. "21회차 권양을 실시합니다. 본 권양부터 권양 시간은 5분으로 단축합니다. 착오 없이 진행할 수 있게 각지의 관리자들은 다시 한번 작업자들에게 주의시켜주시기 바랍니다." 이어서 '우편 중! 우편 중!', 중국어로 5분간이라는 복창 소리가 들렸다. "준비가 끝나면 흰색 깃발을 올려주십시오." 잠깐 침묵이 흐른 뒤 권 전무가 지시했다. "21회차 권양, 실시."

회 차는 거듭해 올라갔고 시간은 빠르게 흘렀다. 11시를 넘어서도 배는 계속 안으로 끌려 들어왔다. 배가 끌려 들어오는 간격은 일정했다. 보강한 철골들 덕분인지 작동을 멈춘 권양기는 아직 없었다. 11시 30분이 지나, 권 전무는 작업을 잠시 멈췄다. 통제탑에서 안 부장에게 작업을 계속해도 되는지 무전으로 확인했다. 안 부장은 맥없는 목소리로 작업을 계속해달라고 말했다. 사무실로 들어온 안 부장이 의자에 털썩 주저앉았다. "에이, 씨발. 지금까지 해온 게 좆도 허사라니!" 안전모를 벗어 던졌다.

황 사장은 출근했지만 현장에는 오지 않고 있었다. 오지 않는 것이 도와주는 일이라는 것을 잘 알고 있는 듯했다. 권 전무가 진행하고 있지만 명받은 사람, 책임질 사람도 황 사장이었다. 자기 자리를 지키고 있기란 말처럼 쉬운 일이 아니었지만 권 전무가 무전기를 통해 수시로 보고할 때마다 황 사장은 짧게 알았다, 잘하셨다고만 대답했다. "저한테 보고하느라 시간 쓰실 것 없습니다. 계속해서 권 전무의 판단에 따라 진행해주세요." 황 사장은 사장실 유리창 앞에 서서 질질 끌리고 있는 배를 초조하게 보고 있을 터였다.

정오 직전, 정도팀 직원이 최초로 각도 변화를 보고했다. 미세한 수치였지만 변화는 분명했다. 무전기로 들리는 안 부장의 목소리에 활기가 돌았다. 각도는 조금씩 더 커지며 이윽고 확연해졌다. 안 부장은 배가 어느 지점에 걸터앉은 것 같으니 권양기 작동 시간을 더 짧게 가져가자고 무전기로 제안했다. 권 전무는 제안을 받아들였다. "전 인원에게 알립니다. 윈치 작동 시간을 1분으로 줄입니다. 1분간 작동하고 1분간 휴지합니다. 관리자께서는 작업 인력에게 즉시 전파해 착오가 없도록 조치하기 바랍니다." 한 대리의 통역이 끝나자 '이펀 중, 이펀 중', 중국어로 외치는 소리가 들렸다. 권 전무는 작업을 재개했다. 점심시간이었고 총무팀이 밥을 날라왔지만 권 전무는 오후 1시로 밥때를 늦추고 작업을 계속했다. 배가 올라오고 있었다. 각도는 점점 뚜렷하게 변화했다. 오후 1시에 이르자 4도가량 올라섰다. 권 전무가 작업을 중지시키고 밥때를 알렸다. 환호성은 터지지 않았다. 사무실로 모여든 사람들의 얼굴은 환했지만 약속한 듯 모두 입을 꾹 다물고 있었다. 섣부른 말로 성냥불 같은 희망이 꺼져버릴까, 두려워하는 듯했다.

점심밥을 준비하는 동안 권 전무는 상황을 다시 한번 점검했다. 수치들은 상황의 반전을 명료히 나타냈다. 배는 여전히 조금씩 끌려오고 있었지만 분명 일어서고 있었다. 각도는 매회 차 0.3~0.4도로 확연하고 꾸준하게 상승 중이었다. "좋습니다. 당분간 이대로 계속해봅시다." 두 부장 모두 동의했다. 권 전무의 얼굴이 한결 풀렸지만 아직 웃음은 비치지 않았다. "점심시간은 언제까지로 할까요?" 한 대리가 물었다. 권 전무는 잠시 생각한 뒤 한 시간으로 하자고 말했다. "연휴에 아침 일찍부터 수고들 했는데 조금 시간을 줍시다. 밥 다 먹은 사람은 잠수부 대기실이나 사무실에서 좀 자두라고 하세요. 여러분도 밥 먹는 대로 눈치 보지 말고 쉬세요. 오늘은 언제 끝날지 모릅니다. 체력들 비축해둡시다." 연휴라 회사 식당이 휴무였기 때문에 점심은 총무팀이 시내 한국 식당에서 사 온 김밥과 국물이었다. 서둘러 먹은 다음 사람들은 하나둘 사무실을 벗어나 쉴 곳을 찾아갔다. 권 전무는 사무실에 남아 내가 기록한 수치와 수심도, 안 부장이 작성하고 출력해놓은 구조 방안 도면들을 검토했다. 쉬지 않았다.

2시 정각에 권 전무는 다시 6층 통제탑으로 절뚝절뚝 걸어 올라갔다. 오전 내내 서 있느라 많이 불편할 텐데도 마음이 급한지 단번에 올라갔다. 곧 작업을 재개했고 모든 것이 순조로웠다. 오후 3시까지 배는 5도 가까이 올라서면서 마이너스 각도를 극복했다. 분필선 두께만큼이기는 했지만 2년 동안 물밑에 잠겨 있던 곳이 처음으로 물 밖으로 나오고 있었다. 권양을 지시하는 권 전무의 목소리에 더욱 힘과 위엄이 붙었고, 모든 사람이 일사불란하게 자기 자리에서 자기 일을 했다.

속절없이 쓰러진 배가, 2년 동안 관처럼 누워 있던 배가 일어서고 있었다. 얼굴 새카만 중국 직공들은 좁은 차양 그늘 밑에서 권양기를 작동시키고 멈췄다. 서 있기조차 쉽지 않았을 권 전무는 통제탑 위에 서서 작업을 지휘했고 그 옆에서는 직공들만큼이나 얼굴이 새까만 한 대리가 팔을 귀에 붙여 깃발을 치켜들고 다시 내렸다. 안 부장은 정도팀 옆에 바짝 붙어 서서 배와 각도계를 번갈아 노려봤고 최 부장은 작업 중인 직공들 뒤에 서서 권양기 작동과 고정 상태를 지켜봤다. 김 과장은 집중력을 잃지 않고 자신의 차례에 맞춰 권양기를 점검하고 상태를 무전기로 알려왔다.

3시 반이 조금 지났을 무렵, 양복 차림에 안전모만 쓴 회장이 황 사장과 함께 현장을 찾아왔다. 그때까지 지나가는 개처럼 이따금 현장을 기웃거리던 조 상무와 임 상무도 따라왔고 양 이사, 정 이사도 함께 있었다. 한창이던 작업을 중지하고 권 전무는 다리를 절며 1층까지 내려와 회장에게 인사했다. "수고 많습니다." 회장은 특유의 웃음을 지으며 권 전무와 악수했다. 권 전무가 상황을 간략히 정리해 설명했다. 회장은 너털웃음을 터트렸다. "아주 잘하셨습니다. 모두 정말 고생 많았습니다." 회장은 흡족한 얼굴로 현장을 둘러봤고 황 사장의 소개와 설명에 연신 고개를 끄덕였다. 바짝 긴장해 작업 중이던 직공들은 회장이 오자 작업모를 벗고 황송한 듯 인사했다. 회장은 고개를 끄덕이며 인사를 받았지만 손을 잡거나 중국어로 말을 붙이지는 않았다. 그사이 회장이 갖고 온 빵과 음료수가 사무실로 들어왔고 나와 한 대리는 그것을 들고 가 직공들에게 일일이 나눠줬다. 한창 일을 해 붙여야 할 때였지만 모두 지치기도 한 터라 잠깐 쉬고 가는 것도 나쁘지 않을 것 같았다. 4시쯤 휴식하면서 참을 들기로 예정해둔 것도 있었다.

다시 현장 사무실로 온 회장은 이미 여러 번 한 수고한다, 고생한다는 말을 되풀이했다. 잠시 대화가 끊긴 틈을 타 조 상무가 말했다. "회장님께서 직접 현장을 지휘해보시면 어떻겠습니까? 회사의 오랜 숙원인 배를 일으켜 세우는 오늘이야말로 기념비적이고 상징적인 날 아니겠습니까. 회장님께서 무전기를 잡고 지휘하시면 그것도 또 하나, 기념이고 상징이 될 것 같습니다." 조 상무가 이렇게 말을 잘하는 인간이었나? 회장 앞에서는 날마다 욕지거리만 내뱉던 혀도 들기름 바른 듯 매끄럽고 향기로워지는 모양이었다. "회장님이 지휘하시면 배도 회장님을 알아보고 벌떡 일어나지 않겠습니까." 임 상무는 좌중을 둘러보며 재미있는 농담이라도 했다는 듯 웃어댔다. 사람들이 따라 웃었지만 황 사장의 표정은 복잡했다. 권 전무가 먼저 나섰다. "그렇게 하시지요. 저와 함께 올라가셔서 통제탑 위에서 현장도 한번 보시고 조 상무 말대로, 날도 날인 만큼 회장님께서 지휘해주시지요." 권 전무는 하루 종일 몸에서 떨어뜨리지 않던 무전기를 회장에게 두 손으로 바쳤다. "그럼, 그래볼까요?" 회장은 웃으며 무전기를 받아 들었다.

회장이 성큼성큼 통제탑으로 걸어 올라갔다. 권 전무는 아픈 무릎을 손으로 꾹꾹 눌러가며 부지런히 따라 올라갔다. 몸에 꼭 맞는 검은 정장에 목 단추 푼 흰 셔츠를 입고 회장 전용의 흰색 안전모를 쓴, 체구 훤칠하고 잘생긴 회장이 난간을 잡고 섰다. 바람에 값비싼 바짓단이 날렸고 이우는 가을 햇살에 잘 닦인 검은 구두가 반들거렸다. 자리가 비좁았기 때문에 황 사장은 아래층 난간에 기대 씁쓸한 얼굴로 서쪽 하늘을 보고 있었다. 어느덧 한 시간 반 가까이 훌쩍 지나 있었다. 안전하게 작업할 수 있는 소중한 낮 시간을 회장 의전으로 날려 보낸 셈이었다. 회장은 두어 번 '아아, 아아' 하며 무전기 감도를 확인했다. 옆에서 권 전무가 사용법을 알려주는 소리가 들렸다. 이어 대본을 읽듯 어색한 목소리가 흘러나왔다. "제172차 권양, 실시." 권양기가 돌아갔다. 밑에 있는 임원들은 뿌듯한 얼굴로 손차양까지 지어가며 회장을 올려다봤다.

회장은 9시가 가까워서야 권 전무에게 무전기를 돌려주고 현장을 떠났다. 임원들도 함께 떠났다. 황 사장은 남았다. 황 사장은 사람들이 모두 구조 작업에 매달려 있는 동안 총무팀에 연락해 저녁밥과 야식을, 또 추워질 것을 대비해 인당 두어 벌 이상 껴입을 수 있게 겨울 작업복을 넉넉히 준비시켰고, 공무팀에도 연락해 해가 지기 전에 조명을 가져오라고 지시했다. 조명이 도착하자 자신이 직접 현장을 오가며 설치할 위치와 비춰야 할 지점들을 일러주고 점검했다.

회장이 돌아갈 때 인사 때문에 내려온 권 전무는 다시 6층까지 절뚝절뚝 걸어 올라갔다. 힘이 부치는지 세 번을 쉬었다가 올라갔다. 작업은 계속 이어졌다. 회 차는 300을 넘겼다. 권양기들은 순서를 바꾸어가며 돌다 멈추고 다시 돌기를 반복했다. 배가 올라오면서 힘이 쏠리고 풀리는 현상이었다. 자정에 다다르자 선체는 수면 위로 20도 이상 올라왔다. 배가 선 것이 확연히 보였지만 밤이었기 때문에 선체 반대편 상태는 확인할 수 없었다. 자정이 되자 권 전무는 작업을 중지시키고 내려왔다. 권 전무는 걸음마 배운 아이가 계단을 내려올 때처럼 조심스럽게 한 발씩 디뎌 천천히 내려왔다. 한 대리가 뒤에서 작업등으로 계단을 비췄다.

황 사장이 숙소로 가서 쉬다 오라고 말했지만 권 전무는 듣지 않았다. "지금 들어가면 잠도 안 올 거야. 그냥 여기 있는 게 편해." 지친 탓인지 권 전무는 두 사람만 있는 듯 말했다. 두 사람은 대학교 동기이고 오랜 친구였다. 쉬는 시간은 한 시간이었다. 총무팀에서 날라온 치킨과 피자를 꾸역꾸역 먹은 직공들은 사무실과 대기실로 들어가 서로 몸을 붙이고 기절하듯 잠들었다. 종일 사무실에 앉아 있던 나조차 눈이 따갑고 온몸이 꽁꽁 묶인 것처럼 저렸다. 사람들은 모두 피로에 찌든 얼굴이었고 밤바다의 차가운 바람에 쓸려 입술이 허옇게 터 있었다. 낮에 흘린 땀이 말라붙어 땟물 흐른 듯 얼룩진 뺨에는 소금기가 모래알처럼 붙어 있었다.

"모두 고생스럽겠지만 조금만 더 해봅시다. 거의 다 왔습니다. 45도 이상만 일어서면 주저앉으려는 힘보다 일어서려는 힘이 더 커질 테니 밤을 새워서라도 거기까지만 합시다. 지금부터는 내가 지휘하겠습니다." 황 사장이 자리에서 일어서며 안전모를 썼다. 다른 사람과 똑같은 노란색 안전모에는 사장 직위를 나타내는 굵은 검은 줄 하나가 둘러쳐져 있었다. 야식으로 배를 채운 사람들이 황 사장을 따라 몸을 일으켰다.

나와 권 전무만 사무실에 남았다. 직원들이 흩어지자 권 전무는 배가 45도 이상 일어서면 평형수 탱크에 물을 채울 양수기를 공무팀 직원에게 준비시켰다. 구멍은 전날 뚫어놨으니 배가 45도 이상 일어서기만 하면 장 부장이 준비해둔 고무보트를 타고 가서 미리 꽂아놓은 주수 호스를 확인하고 양수기에 연결하면 됐다. 양수기는 육상에서 가동시킬 예정이었다. 양수기 용량도, 주수 호스의 길이도 넉넉했다. 수중용접은 결국 실패로 돌아갔지만 그 작업을 하느라 장만해놓은 것들은 곧 요긴하게 쓰일 터였다. "이 나이가 돼도 사람 일이란 정말 알 수 없는 거네. 공사가 안 될 때는 내 그렇게 돈 낭비, 시간 낭비라고 장 부장한테 잔소리했는데." 권 전무는 웃었다.

황 사장은 날랜 걸음으로 단숨에 6층까지 올라갔다. 한 대리는 따라붙으려고 했지만 몸이 뜻대로 움직이지 않는 것 같아 보였다. 권 전무처럼 한 대리도 하루 종일 그 계단을 숱하게 오르고 내렸다. 꼭 대기에 올라선 황 사장은 그때까지 펼쳐져 있던 차양을 접어 한쪽에 치웠다. 한 대리가 올라오자 황 사장은 무전기를 들었다. "모두 수고 많습니다. 오늘 여러분의 노고에 마음 깊이 감사하고 또 고맙습니다. 밤이 깊었고 모두 피곤할 테지만 배를 안정시키는 것이 급선무고 그 점에서는 내 마음과 오늘 하루 종일 혹사하며 배를 이만큼 일으켜 세운 여러분의 마음이 똑같을 거라고 생각합니다. 모두 조금씩 더 힘을 내 마지막까지 집중력을 잃지 말고 작업에 임해주기 바랍니다. 어두우니 안전에 최우선을 두고 작업 지시하겠습니다. 각자 이상 징후를 포착하면 작업등을 들어 지체 없이 신호하기 바랍니다. 윈치가 한계 장력에 다다랐고 상황 식별이 어려운 점을 감안해 권양 시간은 30초, 휴지 시간도 30초로 하겠습니다. 모두 상황을 숙지하고 준비 완료하면 작업등을 점멸시켜 알려주십시오." 한 대리의 통역이 끝나자 곧 권양기 열두 대에서 작업등들이 점멸했다. "모두 고맙습니다. 조금만 더 힘을 내 오늘 밤 저 배를 끌어 올립시다." 한 대리가 통역하고 나자 황 사장은 중국어로 직접 지시했다. "쓰바이 지우쓰 얼 후이츠, 췐양 쉬쓰." 492차 권양을 실시한다는 지시와 함께 한 대리가 점멸 중이던 작업등을 끄며 힘껏 호각을 불었다. 권양기들이 일제히 돌았다.

보름달이 중천이었다. 휘영청 쏟아지는 달빛에 작업복을 껴입은 직공들의 노란 작업모가 번들거렸다. 바다는 빗은 듯 잠잠했다. 생선 비늘처럼 차가운 바람이 현장에 있는 지치고 노곤한 사람들을 깨웠다. 내뱉는 날숨들이 허옇게 부서졌다. 권양기들이 찬 밤공기에 윤활유가 굳어 뻣뻣해진 강선을 감아올렸다. 배는 끌어 올리는 족족 일어섰다.

주수는 새벽 4시에 시작했다. 양수기가 바다에서 퍼 올린 물이 호스를 타고 평형수 탱크로 쏟아져 들어갔다. 배가 안정했다는 신호였지만 아무도 환호성을 지르지 않았다. 각자 자기 자리에서 웅크린 채 허연 입김을 토해내며 황 사장의 지시에 묵묵히 따르고만 있었다. 대용량 양수기의 거칠고 조급한 엔진 소리가 텅 빈 듯 고요한 현장을 지나 아직 캄캄한 하늘과 바다로 울려 퍼졌다. 달이 회사 서쪽 헐벗은 산 너머로 저물었다.

동이 트자 바다는 짙은 안개에 휩싸였다. 배는 49도 가까이 서 있었다. 힘이 달려 강선을 감아올리지 못하던 권양기들은 주수를 시작하면서 조금씩 더 감고 멈추기를 반복하다가 하나둘 한계에 다다랐다. 열두 대 중 일곱 대가 더는 돌지 못하자 황 사장은 작업을 중지시켰다. 30초씩 반복하는 작업에 밤새 시달린 직공들은 그 자리에 털썩털썩 주저앉아 두 다리 사이로 고개를 파묻었다. 황 사장은 통제탑에서 내려왔다. 날이 훤했다. 배는 무겁고 두꺼운 해무에 파묻힌 채 일어서 있었다. 부두에 서니 운항실이 보였다.

배는 예상보다 훨씬 멀쩡해 보였다. 회장의 말대로 재건조해 운영할 수 있을지도 모르겠다는 생각이 들 정도였다. 역시 회장은 회장인 걸까? 황 사장은 흐뭇한 얼굴로 부두 이쪽에서 저쪽으로, 다시 저쪽에서 이쪽으로 걸어오며 장대한 선체를 봤다. 잰걸음에서 흥분을 느낄 수 있었다. 권 전무가 걸어왔다. 불편한 걸음이었지만 절지는 않았다. "욕봤다." 권 전무가 말했다. 황 사장은 씩 웃었다.

구름 낀 하늘을 등지고 장 부장이 어슬렁어슬렁 걸어왔다. "한번 둘러보셔야 하지 않겠십니까? 안개 걷힐라면 아직 한참 있어야 될 낍니데예." "그럽시다, 그러려던 참입니다." 권 전무가 말했다. 장 부장이 중국인 잠수부를 시켜 고무보트를 준비하는 동안 나는 주춤주춤 권 전무 곁에 섰다. 보트를 타고 가서 배를 보고 싶은 마음이 굴뚝같았다. "왜, 문 대리도 가고 싶나?" "그래도 될까요?" "안 될 거 뭐 있겠나. 타라." 나는 먼저 보트에 내려가 황 사장과 권 전무가 내려오는 것을 도왔다.

사과 상자만 한 고무보트 엔진이 진회색 바닷물을 부수었다. 이틀 내내 붙박여 있던 현장의 모습이 안개 너머로 희미해졌다. 귓가에서 웽웽거리던 양수기 소리도 아스라이 멀어졌다. 다른 세상으로 온 듯 주위는 안개에 휩싸였고 고무보트 옆으로 바닷물이 나른한 물살을 그렸다. 서늘한 비린내가 올라왔다.

자동차 6700대를 실을 수 있는 거대한 선체가 안개 속에 보였다. 뒤에서 운전하던 잠수부가 키를 꺾자 고무보트는 선수를 돌려 먹선이 번진 것처럼 윤곽이 흐릿한 선체로 접근해갔다. 안개 때문에 고무보트가 배로 다가가는 것이 아니라 배가 고무보트로 다가오는 것 같았다. 윤곽선들이 차츰 또렷해졌고 표면의 색과 질감이 나타났다.

아직 아무것도 확인할 수 없었다. 고무보트가 2, 3미터 거리까지 다가섰다. 배는 고무보트를 덮칠 듯 크고 높았다. 2년 동안 의장부두 안에 잠겨 있던 배의 반쪽이 드러났다.


32.

참혹했다. 진무 속에서 모습을 드러낸 배는 참혹하다고밖에 달리 할 말이 없었다. 선체 외판은 염산을 부은 듯 녹아내려 있었다. 배의 내부가, 자동차를 싣는 갑판과 골조들이 개복한 환자의 갈빗대처럼 훤히 보였다. 균등한 높이로 층층이 올라가 있어야 할 갑판들은 포탄을 맞은 것처럼 허물어지고 으스러져 있었고 갑판을 받친 쇠기둥들은 죄 녹슨 채 휘고 기울고 반 토막 나 있었다. 배는 유령선 같았다.

중국인 잠수부가 선미 쪽으로 고무보트를 몰았다. 거대한 극장 화면에 비친 것처럼 배의 참담한 절반이 시야를 완전히 채웠다. 황 사장과 권 전무 모두 눈을 떼지 못했다. 성한 곳이 하나도 없었다. 얇은 선실 부위는 태풍이 휩쓸고 간 듯 형해조차 불분명했다. 간신히 붙은 철판들이 이곳저곳에서 고장 난 시계추처럼 덜렁거렸고 난간과 장비가 모두 쓸려나간 갑판 상부는 곪아 터진 환부처럼 짓뭉개져 있었다. 수밀 작업이 성과를 낼 수 없던 것은 당연했다. 중외벽, 하외벽 할 것 없이 모두 긁히고 찢긴 상처투성이였다. 평형수 탱크로 이어지는 아래쪽 철판은 새카맸다. 따개비들일까? 고무보트가 선체 가까이 붙자 분명히 보였다. 따개비가 아니었다. 구멍이었다. 배 전체에서 가장 두꺼운 철판에 난 구멍이었다. 수십 센티미터 넘는 철판조차 녹이고 파먹은 녹 구멍이 따개비처럼 빽빽한 것이었고 2년 동안 빛 한번 보지 못한 평형수 탱크의 암흑이 그 안에 도사리고 있었다.

"썩었다. 싸그리 다 썩었어." 황 사장이 씹어뱉었다. 권 전무는 말이 없었다.

고무보트가 선미에 이르자 중국인 잠수부는 다시 한번 배를 둘러볼 것인지 물었다. 황 사장은 고개를 흔들었다. "더 볼 것도 없다." 고무보트가 다시 임시 선착장으로 돌아갔다. 부두 위로 올라서자 눈이 퀭한 사람들이 다가왔다. 황 사장은 내뱉었다. "썩었다. 마카 다 썩었다." 날이 개고 안개가 걷혔다. 고무보트를 타지 않아도 배의 반쪽이 환히 보였고 사람들은 황 사장의 말을 실감했다. 괴물이 씹다 뱉어낸 듯 배 반대쪽은 완전히 삭아 있었다. 저걸 재건조하겠다고? 어림없는 소리였다.

회장은 점심 전에 들어왔다. 간밤에 샴페인이라도 터트렸는지 얼굴이 부스스했다. 굳은 표정으로 인사를 받는 둥 마는 둥 하고 오자마자 배 상태부터 살폈다. 믿기지 않는 듯 굳이 고무보트를 타고 가까이 가서 참상의 세부를 확인했다. 뭍으로 돌아온 회장은 곧장 황 사장을 불렀다. "재건조할 수 있겠습니까?" 황 사장은 잠시 막막한 듯했지만, 대답했다. "불가합니다." 회장은 돌아갔다. 함께 온 임원들이 뒤따랐다. 황 사장은 서 있었다.

황 사장은 주수가 끝나자 권양기를 다시 작동시켰다. 모든 권양기를 최대치로 감아올린 다음 작업 완료를 알렸다. 최종 각도는 54도 안팎이었다. 황 사장은 밤샘한 직공들의 트고 때 묻은 손을 하나하나 다 잡아주며 중국어로 수고했다고 말했다. 후속 대책을 논의할 권 전무와 두 부장만 남기고 나머지 인원은 모두 퇴근시켰다. "고생 많았습니다. 어서 들어가 쉬고 연휴 끝나면 봅시다." 착잡한 속을 억지로 감추려는 말투였다. 나는 걸음을 돌리기 민망했지만 더 할 일도 없었다. 피곤하다는 느낌조차 없었지만 내 방의 희고 따듯한 침대가 생각나기는 했다. 장 부장은 벌써 오토바이에 시동을 걸고 있었다.

현장이 마음에 걸렸는지 한 대리는 다음 날도 출근한 모양이었다. 나는 모른 척, 남은 연휴 사흘을 집에서 쉬었다. 마음은 평온했다. 배가 일어선 것은 배가 쓰러진 것만큼이나 엄청난 일이었다. 하지만 배가 쓰러졌을 때와 달리 아무것도 혼란스럽거나 두렵지 않았다. 평온했다. 평온의 의미는 알 수 없었다. 알고 싶지도 않을 만큼 평온했다. 나는 자고 먹고 또 잤다. 사흘 동안 여한 없이 먹고 자며 쉬었다. 정 이사도, 얼마 전 새로 온 김 팀장도 나를 찾지 않았다.

연휴가 끝나고 나는 정시에 출근했다. 소식을 전해 들었는지 출근 버스에서 사람들은 일어선 배 얘기로 부산스러웠다. 이미 출근한 중국 직공들은 통제 중인 현장을 에워싼 채 일어선 배를 쳐다보고 있었다.

아침 회의는 길었다. 황 사장은 임원들에게 재건조 가능성부터 검토하라고 지시했다. 불필요한 지시라는 것을 알았지만 어쩔 수 없었을 것이다. 회장은 보고서로, 각 부서 임원들이 내놓은 의견을 정제하고 정리한 문건으로 배의 재건조 가능 여부를 알고 싶어 했다. 그 보고서에서 재건조 가능하다는 결론이 나온다면 그것을 근거로 황 사장을 다그칠까? 그 보고서 한 묶음이 썩은 배를 재건조하기라도 한다는 듯. 어쩌면 가능하다는 결론이 나올 때까지 보고서를 결재하지 않고 물릴지도 모를 일이었다. 아, 임 상무가 한 농담처럼 배가 회장을 알아보고 벌떡 일어나주면 얼마나 좋을까? 여자들이 새 원피스를 입듯 배가 깨끗하고 말끔한 새 강판으로 갈아입어준다면, 정말 그래만 준다면.

황 사장은 회장의 지시가 회장의 지시대로 이루어지도록 내버려둔 채 자신의 일을 했다. 출도 일정 오류의 후폭풍은 조립, 탑재, 후행 공정으로 계속 이어지고 있었다. 정 이사는 계속 말을 바꿔가며 변명할 뿐 상황을 바로잡지 못했다. 정 이사가 이런 사람이었나 싶을 정도였지만 비난할 마음은 일지 않았다. 정 이사는 내게 잘해줬다. 나 역시 어쩔 수 없었다. 그렇다고 황 사장을 욕할 마음도 들지 않았다. 그런 것이 아니었다. 그러면 안 되는 것이었다. 조 상무는 황 사장이 오히려 멀쩡한 계획을 생트집 잡는다는 말을 하고 다녔다.

자금 상황은 더 나빠졌다. 채권단이 자금 지원 규모를 줄인 것은 아니었다. 구조가 끝나자 이전부터 돈줄이 죄어 있던 이유가 드러났다. 회사 돈이 필리핀으로 들어가고 있었다. 조선업이 당분간 살아나갈 가망이 없자 회장은 그쪽으로 승부를 걸었고 채권단에서 운전자금 명목으로 들어온 돈도 빼돌릴 수 있는 만큼 최대한 빼돌린 것이었다. 더 있었다. 양 이사가 딴 주머니를 찼다는 얘기가 들렸다. 이전 구매팀이 결제 지연에 두 손 두 발 다 들고 대거 한국으로 빠져나간 뒤 새로 들어온 구매팀에서 나온 얘기였다. 견적과 협상가, 실구입가가 제각각인 것이 한두 가지가 아니었다. 부청은 그저 모르는 얘기라고만 말했다. 중요하지 않았다. 배만 썩은 것이 아니었다. 회사 역시 마찬가지였다.

이미 썩은 배를 끌어 올릴 수밖에 없었듯 황 사장은 자신의 일을 할 수밖에 없었다. 소용없는 일이었다. 썩은 배를 어찌할 수 없듯, 썩은 회사도 어찌할 수 없을 터였다. 이런 것이 회사였다. 이런 회사들이 돌아가는 곳이 세상이었다.

어리석은 사람은 저 사람들이 아니라 황 사장일지도 몰랐다. 나는 결국 모든 것이 썩었고 썩은 것은 썩어 문드러지도록 내버려둘 수밖에 없다는 냉소와 비관을 지울 수 없었다. 회의에 더는 들어가지 않았다. 황 사장의 지시 사항 확인은 구조 작업에 참여하면서 그만둔 참이었고 다시 하라고 말하는 사람도 없었다. 한동안 황 사장을 볼 일은 없었다. 나는 새로 맡은 일 때문에 사무실과 생산 부서만 오갔다.

김 팀장이 나를 불렀다. "문 대리, 니 사장님이랑 친하나?" "무슨 말씀이신지?" "사장님이 오늘 임원 회의에서 문 대리 니 찾던데?" "왜요?" "왜요는 일본 요고." 김 팀장은 혼자 웃다가 어이없어하는 내 얼굴을 보고 더 웃어댔다. "사장실에 한번 가봐라. 사장님이 올해 신년사 니한테 쓰게 하고 싶다시더라."

"일이 바빠 부득이 문 대리를 청했습니다." 황 사장은 이전 인터뷰 때와 다름없이 환하고 따뜻하게 나를 맞아줬지만 목소리는 쉰 듯 꺼끌거리기만 했다. 이전 같은 왕성한 원기를 느낄 수 없었다. 회의에 안 들어간 지 한참이라 오랜만에 보는 얼굴이었다. 넓은 이마의 머리숱은 눈에 띄게 줄어 있었고 볼은 홀쭉해져 있었다. 귓가의 흰머리는 더 늘어 재를 묻힌 것 같았다. 그새 많이 늙어 있었다. 나는 이전의 황 사장을 떠올렸다. 쇳내 풍기던, 들끓는 힘이 있던 목소리와 흐벅진 흙을 푹푹 밟으며 걷는 기운찬 농부 같던 걸음걸이를, 또 혁신에 관해, 일과 젊음, 올바른 순환에 관해 말하면서 불꽃을 튀길 듯 나를 바라보던 눈빛을. 아주 옛날 일 같았다. 나도 해를 넘기면 서른둘이었다.


33.


무전기는 꺼져 있었다. 사무실 안은 눈이 내린 듯 고요했다. 나는 사무적 태도로 자리에 앉아 녹음기를 켰다. "신년사에서는 어떤 말씀을 하고 싶으십니까?" 황 사장은 생각해둔 것을 줄줄 읊었다. 한 해 생산을 치하하고 그것을 되짚고 내년 목표와 전망 같은 것들이었다. 정연하게 말하기는 했지만 이전 같은, 독창적이고 구체적인 개념과 논리, 설득하는 힘은 없었다. 하긴, 이 썩어버린 회사에서 그게 다 무슨 의미고 소용이란 말인가? 나는 황 사장이 가짜 같았다.

"나도 한때 청춘이었습니다." 내가 수첩을 덮고 녹음기를 끄려고 할 때 황 사장이 말했다. 이 양반이 이제 고리짝 얘기 푸는 습관까지 들었나? 황 사장의 눈빛은 조금 전 신년사 얘기를 할 때와 달랐다. 회고하고 추억하는 희끄무레한 눈빛은 아니었다. 진정 청춘으로 돌아간 듯 또렷하고 날카롭게 나를 보고 있었다. 나는 녹음기 끄려던 손을 멈췄다.

"술을 좋아했지요. 한잔 거하게 걸치면 쩌렁쩌렁 노랠 부르며 고현 바닥을 매일 밤 휩쓸고 다녔더랬습니다. 그래도 다음 날이면 말짱했습니다. 해만 뜨면 몸도 거뜬했지요. 배가 좋았습니다. 바다가 좋았다는 말이 더 맞을지도 모릅니다. 바닷가에서, 바다를 보며 일하는 것이 마음에 들었습니다. 사람들이 작업반장이라고 놀려댔지만 답답한 사무실에 있느니 현장에 나가는 것이 더 좋아서, 그 소리가 듣기 싫지 않았지요." 황 사장은 나를 보지 않고 계속 얘기했다. 술회가 촘촘히 이어졌다.

황 사장은 그때부터 악착스러웠다. 동기들 중 가장 먼저, 튀어 오르듯 두각을 드러냈고 길다면 긴 회사 역사 동안 황 사장만큼 능력을 인정받고 빠르게 진급하고 첩첩이 가로막힌 요새를 돌파하듯 성과를 낸 사람은 없었다. 최연소 임원이 된 지 2년 만에 중국 지사의 전무직으로 발령받았을 때 사람들은 돌아오면 조선소장을 거쳐 사장이 될 거라고 말했다. 황 사장에게도 그런 기대, 희망이 없는 것은 아니었다. 그 기대와 희망 때문에 황 사장은 더 빠르게, 더 모질고 억세게 자신을 몰아붙이며 내달릴 수 있었다. 하지만 황 사장이 떠나자마자 그때까지 황 사장을 든든히 지켜주고 끌어주던 윗선은 힘싸움에 밀려 하루아침에 횡령과 특혜 논란으로 공중분해당했다. 황 사장을 중국으로 보낸 것 역시 세력을 분산시키려는 방편이었다.

"본사로 복귀하고 나는 사표를 냈습니다. 주저하지 않았습니다. 회사는 이미 예전 그 회사가 아니었으니까요." 거제군이 거제시가 됐듯 회사는 입사할 때와 비교할 수 없이 커져 있었고 회사가 생산해내는 막대한 잉여를 차지하기 위한 다툼이 거의 모든 곳에서 일어나고 있었다. 그 회사를 계속 다닌다는 것은 참전을 의미했고 참전은 곧 승리나 패배를 의미했다. 하지만 어느 쪽이든 결국 실패였다. 자신을 발탁해준 사람들도 처음에는 승리했지만 끝까지 승리하지는 못했다. 밀려나고 뿌리 뽑혔고 버려졌으며 그것은 곧 실패, 승리할 수는 있어도 승리를 무한정 지킬 수는 없는, 패배가 아닌 실패를 의미했다. 그 다툼에는 심판도, 규칙도 없었다. 승리도, 패배도 결국 요행이었다. 그 요행 속에서 사람이 할 수 있는 것은 없었다. 강물에 휩쓸려 떠내려가는 사람처럼 무작정 이기기를 기대하고 희망하는 것뿐이었고 그 막연한 기대와 희망에 추동당해 맹신자, 광신자가 그러듯 동원할 수 있는 모든 방법과 수단으로 이기려 들었다. 그렇게 악순환의 바퀴가 돌아갔다.

"요행의 강물에 뛰어들기를 그만둔 뒤에야 비로소 내게 있던 희망과 기대가 가짜였다는 것을 알았습니다. 희망과 기대라고 부르던 것, 더 높은 직함, 연봉, 영향력, 권세…… 그것들이 정말 나, 나라는 사람이 바라는 걸까? 되물어봤습니다. 20년 넘게 일하면서 나를 나로 만든 건 그런 게 아니었습니다. 나는 바다가 좋았고 바닷가에서 일하는 내가, 직성이 풀리도록 쇳가루 마셔가면서 일하고 저녁이면 고주망태가 돼 노래나 부르고 다니는 내가 좋았습니다. 그렇다면 그 희망과 기대는 무엇이었나? 남들의 욕망이었습니다. 내 것이 아닌, 모든 사람에게 똑같이 있는 것이었고 그래서 내 마음 안에 있을 뿐 실은 다른 사람들이 차지하고 있는 영토였습니다. 다른 사람들이 바랐기 때문에 나 자신도 따라서 바라고 있던 것, 그런 것일 뿐 진짜 희망과 기대, 내 젊음과 순수한 즐거움 속에서 올라온 건 아니었습니다. 나는 내 것이 아닌 것들, 그 욕망들을 쓸어내고 다시 시작하고 싶었습니다. 마흔여덟이었지요. 늦었다고 생각하지는 않았습니다. 뱃사람은 늙지 않는 법이니까요."

그때는 조선소에 뱃사람이 많았다. 마음에 안 들면 술판을 뒤엎듯 용접기 가스통을 내던지던 남자들, 무식하고 단순하고 저돌적이지만 비열하지 않고 저의가 없는, 순박하되 편협하지 않고 의리를 알되 야합은 모르던 남자들, 그 남자들은 낙천적이지만 게으르지 않았다. 늘 자신이 할 일을 알았고 그 일을 했다. 대리든 과장이든, 차장이든 부장이든, 사무실에서 나온 얼굴 허연 인간들이 헛소리를 지껄이면 면전에서 침을 뱉어버리고 회사를 나와 새벽 출어선에 올라탔다. 바다에는 사철 물고기가 있었다. 그물을 뿌리고 당기면 물고기는 은화처럼 매달려 올라왔고 그것을 팔면 쌀과 술을 살 수 있었다. 그 사람들이 그것 말고 무얼 더 바랄까. 일을 마다하는 사람들이 아니었다. 살려면 일해야 한다는 것이 잠자고 밥 먹는 일처럼 당연했다. 일을 피하지 않았기 때문에 삶을 피하지도 않았다. 배운 것은 없었지만 비겁을 경멸했으며 부끄럽고 창피한 것을 알았다. 일을 하는 한, 자기와 여자 하나 정도 더 먹여 살릴 여력은 있었으므로 만족할 줄도 알았다. 그 남자들은 항상 일했고 일해서 벌어들인 만큼 살았고 그만큼만 살았기 때문에 제멋대로 살았다. 하지만 일을 할 때는 한 사람처럼 일했다. 일은 몸으로 하는 것이고 몸은 순리대로 움직이므로 일을 하는 몸은 두 명의 몸이든 열 명의 몸이든 한 몸 같았다. "그렇게 일하고 나면 돼지 새끼들처럼 똥밭에서 굴렀습니다. 독한 소주를 컵째 마시고 담배를 씹어 먹을 듯이 피워댔고 자기 여자 엉덩이를 아무 곳에서나 덥석덥석 주물러댔지요. 살 줄 아는 사람들이었습니다."

그 사람들은 늙어 보였다. 조각칼로 파낸 것처럼 골 진 이마, 녹슨 쇠처럼 그은 살갗, 수십 년 바닷바람이 빗고 털고 말렸을 성긴 머리숱, 핏줄이 불거졌지만 굵지는 않은 팔뚝. 하지만 늙은 것은 아니었다. 나이가 들어 색이 엷어진 홍채는 먼 곳을 잘 볼 수 있었고 옹이 진 관절은 바람이 바뀌고 바다가 뒤집히는 것을 일기예보보다 정확하게 알았다. 손이 더뎌도 낭비가 없었기 때문에, 열 가지 일을 해도 한 가지 일을 하듯 한결같고 깔축없었다. 쉬 지치지도 않았다. 일의 끝을 알았기 때문에 끝을 보기 전까지는 손을 쉬지 않았고 쉬지 않는 손은 젊은것들의 허둥대는 손보다 더 많은 일을 더 야무지게 해냈다. 노화의 흔적은 노화한 결과가 아니라 세월이 낸 흠집 같았다. 모든 사람에게 있는 것이고 그래서 아무것도 아닌 것 같았다. "그 사람들은 정녕 늙지 않았습니다. 어떤 물건들은 골동품이 되듯, 그 사람들도 다른 어떤 사람이 되었다고, 나는 생각합니다. 수많은 사람이 사람으로 남지 못합니다. 대리든 과장이든 차장이든 또 사장이든, 어떤 것이든 되지만 대부분 사람으로는 남지 못합니다. 하지만 그 뱃사람들은 사람이었고 사람으로 남았습니다. 물론 뱃사람이라고 모두 한가지는 아니지요, 당연합니다. 미친놈도 많았습니다. 하지만 미친놈은 과장이든 변호사든 국회의원이든 늘 있기 마련입니다. 미친놈은 미친놈일 뿐, 다른 아무것도 아니기 때문에 미친놈이고 그래서 미친놈을 부를 말은 미친놈밖에 없습니다. 내가 부르고 기억하는 건 사람입니다. 사람이 사람만큼 잘 기억할 수 있는 것이 또 있을까요? 아무리 귀엽게 키우던 강아지나 고양이도 대개 사람만큼 오래, 선명하게 기억에 남지는 않습니다. 나는 아직도 내가 만난 뱃사람들을 기억하고, 그래서 말합니다. 뱃사람은 늙지 않는다고."

황 사장은 조그만 조선소에 부사장으로 갔다. 이제 막 시작하는 조선소라면 다를 것 같았다. 자신이 일하던 조선소가 막 일어서기 시작할 무렵처럼 전체가 젊음으로, 의지와 힘으로 가득 차 있을 것 같았다. 그곳에서 다시 한번 뱃사람 같은 사람들과 함께 배다운 배를 만들고 싶었다. 하지만 그런 사람들은 없었고 그런 곳도 아니었다. 회장이라는 사람은 배를 만드는 데 관심이 없었다. 호황의 황금 물결을 타고 배가 벌어들이는 돈에만 관심 있었고 그 돈벌이로 다른 돈벌이만 궁리했고 그 돈벌이들이 만들어주는 회장이라는 명패와 권세, 그것들이 보장하는 평안과 쾌락에 만족했다. 사장이라는 자는 회장의 눈치만 봤고 늙은 임원들은 회장과 사장의 눈치를 함께 봤고 그 밑 팀장들은 회장과 사장과 임원들의 눈치를 봤다. 그런 식으로 모든 것이 모든 것을 힘으로, 아래에 있는 것들을 사로잡고 결박하고 지배하고 약탈했다.

"배는 눈치로 만들 수 있는 게 아닙니다. 배는 일로, 사람 머리의 정신과 사람 몸의 힘으로 만드는 겁니다. 그 조선소에서 짓는 건 배가 아니었습니다. 배꼴을 한 것, 그 조선소가 아니라 어느 조선소에서든 지을 수 있는 것, 마트 진열대 위에 놓인 수많은 공산품과 다를 것 없는 배였습니다. 그런 배라면 내가 그만두고 나온 회사에서, 이 나라에서 손꼽히는 일류 조선소라는 곳에서 얼마든지 만들고 있었습니다. 각오는 했지만 현실은 더 암담했습니다. 작은 조선소는 단지 작은 조선소가 아니었습니다. 이류 조선소, 삼류 조선소였고 이류 선사, 삼류 선사의 일감을 주워 먹거나 일류 조선소의 일감을 받아 조립이나 해주는 것 말고 할 수 있는 것이 없었습니다. 하지만 회장은, 사장과 임원들은 그것으로 만족하는 사람들이었지요. 그 사람들은 자기 직위와 늙음 안에서 안락했고 젊은 사람들은, 자기 젊음이 쉬 부스러지기 전에 갈고 닦아 더 젊어져야 할 그 사람들은 그런 사람들의 눈치를 보느라 더욱 빨리 늙어갔습니다. 젊음을 젊음인 줄도 모르고 소모하고 잃어버렸지요. 안타까웠지만 내가 할 수 있는 것은 없었습니다. 나는 도망쳐 나왔고 또 다른 회사에 부사장으로, 사장으로, 고만고만한 조선소 서너 곳을 옮겨 탔습니다. 다른 곳도 다르지 않았고 또 다른 곳도 또 다르지 않았지요. 모두 똑같았습니다. 한 치 어김없이 똑같았습니다."

황 사장은 잠시 허리를 세우고 눈을 감았다. 황 사장의 이야기에 빨려 들어가 있던 나는 그제야 간신히 숨을 내쉬었다. 녹음기의 숫자는 계속 올라갔다.

"그런 일은 회사 안에서만 일어나는 것이 아니었습니다. 큰 회사가 작은 회사를, 또 일찍 자리 잡은 회사가 새로 자리 잡으려는 회사를 똑같이 굴리고 길들이려 들었습니다. 나는 중소 조선소들을 규합해 협회라는 것을 만들어도 봤습니다. 하지만 협회 사람들은 자신들의 권익을 찾는 대신 더 비싸게 팔 궁리만 했습니다. 나는 지쳤습니다. 내가 상대하고 있는 것이 회사라고 생각했는데, 실은 바다 전체였습니다." 어쩌면 한국이 문제인 것일까? 정의니 명예니 하는 것이 객쩍고 진부한 말이 돼 말라죽고, 힘과 돈이 없으면 억울하고 부당한 처지에 놓여 몽땅 뒤집어쓸 수밖에 없는, 도대체 어디서 어떻게 잘못되기 시작한 건지 알 수도 없고 고칠 수도 없는 나라이고 좁은 바다인 탓일까? "나는 그렇게 생각했습니다. 그래서 위에 있는 늙은이들은 모든 것이 지금처럼 흘러가기만을 바라고 연금 받듯 월급을 받으려 들고 그렇게 돌아가지 않으면 되려 분노하고, 두려움으로 주름진 몸을 부들부들 떨며 원칙을 뭉개고 규칙을 악용하며 쥐어짤 수 있는 것을 모두 쥐어짜 단 즙만 빨아먹으려고 하는 거라고. 또 젊은이들은 일의 의미와 즐거움을, 남들의 욕망이 아니라 자기 자신에게서 비롯한 기대와 희망을, 인생이 주는 진짜 꿈이라는 걸 잃어버린 채 어서 편해지기를, 저 지루하고 고리타분한 늙은 이들의 높은 연봉과 권세를 부러워하며 쾌락을 보상이 아닌 목적으로, 생활의 한 부분이 아닌 근거로 삼은 채 어서 늙어가기만을 바라느라 인생의 금화 같은 젊음을 지폐 몇 장에 너무나 쉽게 바꿔버리는 거라고 말입니다."

채권단에서 이 조선소의 사장 자리를 제의했을 때 황 사장은 한동안 쉬고 있었다. 성과는 냈지만 불화의 원인으로 찍혀 더 불러주는 곳도 없었고, 더 가고 싶은 곳도 없었다. 장고했지만 결국 수락했다. 시집보내야 할, 나이 찬 딸들이 줄줄이 있었고 일을 그만하기에는 여생도 너무 길었다. 마음 깊은 곳에 이 변하지 않는 시궁창을 부정하고 싶다는, 자신이 틀리지 않았다는 것을 증명하고 자신을 긍정하고 싶다는 자족적 욕망도 아직 있었다. 지독스럽게 지리멸렬한 한국을 벗어나서라도 힘에 굴복하지 않은 사람들, 기계가 되지 않은 사람들, 사람다운 사람들과 함께 다시 일하고 싶었다. 중국은 넓고 중국인은 일이 사람을 부리는 것이 아니라 사람이 일을 부려야 한다는 것을 아는 듯했다. 그 생각의 바탕이야 중화사상이든 뭐든 상관없었다. 다시 한번 그런 사람들과, 뱃사람들과 일할 수 있다면. 일이 잘된 날이든, 못된 날이든 할 만큼 실컷 하고 난 다음 퇴근해서 시시껄렁한 농담에도 웃어젖히며 한 컵 가득 따른 소주를 벌컥벌컥 마시고 담배 한 대 맛있게 빨며 똥밭의 돼지 새끼가 될 수 있다면. "아, 정말 그런 날이 다시 오기를 얼마나 기다렸는지, 문 대리는 모를 겁니다. 이해할 수도 없겠지요. 하지만 정말, 정말로 나는 학수고대했습니다."

그것이 이 회사에 한바탕 웃어보려 왔다는 말의 내용이었다. 한바탕 웃어보려 왔다, 좋은 말이었다. 하지만 이후에 일어난 일은 모두 내가 본 대로 흘렀다. 한때 승리와 성공이 가까워진 듯 보였지만 이제 모든 것이 분명했다. 패배고 실패였다. 하지만 어떤 패배고 실패였는지, 연유가 무엇이라고 생각했는지 나는 더 듣고 싶었다. 무엇이 진짜 문제인지, 황 사장은 늘 그것을 캐내는 사람이었다. 하지만 비서가 문을 두드렸다. "후이장 진라이 꽁쓰러." 회장이 회사로 들어왔다는 말이었다.

황 사장의 얼굴은 어느새 자기 얘기를 하기 전으로 되돌아가 있었다. 여기까지였다. 나는 녹음기를 껐다.

사장실을 나서기 전, 나는 황 사장에게 왜 불쑥 자기 얘기를 했는지 묻고 싶었으나 짬을 찾지 못했다. 인생의 많은 순간처럼, 그 순간도 그냥 그렇게 지나갔다. 내가 문을 나설 때 황 사장이 고개를 들고 말했다. "수고했습니다. 무척 고마웠습니다." 황 사장은 잠시 나를 응시했다. 말로 집을 수 없는 짧은 침묵이 있었다. 황 사장은 웃어 보였고 다시 회장에게 보고할 서류들을 챙겼다. 묵례하고 나는 사무실로 돌아왔다.

34.

　며칠 뒤, 진수 중이던 1032호가 장비와 함께 바다로 빨려 들어갔다. 가루눈이 빠르게 흩날리는 겨울 새벽이었다. 진수 책임자는 즉시 황 사장에게 연락했고 황 사장은 회사로 출발하면서 직접 필요한 인원들을 호출했다. 고무보트와 사고선을 운전할 선거팀, 선체 손상 부위를 확인하고 수리할 탑재팀, 배 위에서 작업을 보조할 선상지원팀, 육지에서 장비와 공구를 조달할 공무팀, 상황을 기록하고 통제할 생산기획실 인원들이 회사에 속속 도착했다.

　황 사장은 사고 경위를 묻지 않았다. 선체 진입 계획부터 세웠다. 비상 발전기와 무전기, 전지 여분에 충전기까지 넉넉히 챙긴 인력들이 곧바로 고무보트를 타고 사고선으로 접근했고 도선사들이 오르내릴 때 쓰는 파일럿 래더를 타고 배 위로 올라갔다. 풍랑이 거칠었기 때문에 배에 오르는 것조차 쉽지 않았지만 오르고 나니 상황은 더 나빴다. 배는 제 속도를 못 이기고 진수용 작업선을 지나쳐 곧장 바다로 빨려 들어갔다. 영화에서 보던 자동차처럼 멋지게 날아오른 것이 아니었다. 궤도를 이탈하자마자 수천 톤 자중으로 주저앉으면서 배꼬리가 작업선 머리 위에 처박혔다. 배를 추진하는 회전날개가 빠지면서 축을 뒤틀었다. 뒤틀린 축이 선체를 조리 틀자 외판이 찢어졌고 그 틈으로 물이 들어와 엔진실 절반은 바닷물에 잠겼다. 침수 수압으로 더 많은 물이 더욱 빠르게 들어왔다. 배는 뒤부터 가라앉는 중이었다.

날이 밝았을 때 후미는 갑판 상단의 선실 부위만 제외하고 거의 가라앉아 있었고 화물창으로도 물이 들어와 배는 간신히 선수만 치켜들고 있었다. 구원은 불가능하고 상황은 이미 끝난 것처럼 보였다. 출근한 사람들은 낙담한 얼굴로 앞바다에 겨우 떠 있는 배를 봤다. 이미 배가 한번 쓰러진 회사였다. 사람들은 고개를 저었다. 황 사장은 사장실에서 계속 방법을 찾았다. 일을 중지시키는 것은 오직 배가 구원할 수 없는 지경에 빠지는 것, 시간이라고 생각하는 듯했다.

황 사장은 배를 단숨에 구하려 들지 않았다. 더 안전한 방법을 찾고 그 방법에 필요한 장비와 인력을 투입할 수 있는 시간부터 벌었다. 2002호에 붙어 있던 양수기와 작업용 고소 사다리, 전등과 추가 비상 발전기, 휘발유 들을 실어 보냈다. 구조 인원들은 사다리와 전등으로 확보한 통로를 통해 황 사장의 지시대로 침수가 번지지 않게 격문들을 잠그고 이미 들어온 물을 양수기로 배출시켰다. 배가 계속 가라앉았기 때문에 위험천만한 작업이었으나 황 사장이 무전기로 한 사람씩 지명해 사장실에 붙여놓은 도면을 보며 정확한 공간과 그 공간 상태에 따라 임무를 분명하게 지시했기 때문에 구조 인원들은 태업하거나 불복할 수 없었다. 오후가 돼 양수기 다섯 대의 설치가 끝나고 배수를 시작하자 배의 침몰 속도가 감소했다. 장 부장과 중국인 잠수부가 장비를 챙겨 배로 떠났고 선내로 진입해 잠글 수 있는 격벽을 모두 잠갔다. 밀폐를 확보하는 즉시 양수기를 옮겨 달아 물을 배출시켜 공간을 개척해나갔다.

겨울이라 해는 빨리 졌고 바닷물은 차가웠다. 비열이 낮아 바닷물에 열을 빼앗긴 배는 무쇠 냉동고나 다름없었다. 황 사장은 작업복과 손난로, 담요 들을 비닐로 싸서 고무보트에 실어 보냈다. 구조 인원들은 옷을 껴입고 바닷물에 젖은 작업화를 신은 채 밤새 작업했다. 새벽이 되자 철판들에 살얼음이 잡혔고 배 안으로 들어온 바닷물이 물도, 얼음도 아닌 채 설그럭설그럭 발에 감겼다. 완전히 침수한 엔진실에서는 꾸르렁꾸르렁 소리가 들렸다. 엔진실 안으로 들어온 바닷물이 얼고 풀리면서 쇠판을 긁어대는 소리였다. 그 소리는 배가 지금 당장에라도 가라앉을 수 있다는 사실을 상기시키려는 듯 쇠판을 타고 배 전체에 울렸다. 구조 인원들은 전등에 손을 대거나 비상 발전기와 양수기의 엔진에 엎드려 몸을 녹였다. 2기통 경유 엔진이 돌아가며 내는 지독한 소음은 사람들을 진정시켰다. 고요는 무서웠다. 고요 속에서는 파도 소리와 파도에 부딪히고 떠밀리는 배의 쇳소리와 배 안으로 들어온 바닷물의 음산한 신음이 선명히 들렸다. 구조 인원들은 밤새 작업했다. 황 사장도 밤을 새워 상황을 확인하고 지시했다. 날이 밝자 구조 인원들에게 필요한 용품을 잇달아 고무보트에 실어 보냈다.

다시 하룻밤이 지났다. 새벽 4시를 지나면서 선내 수심은 안정했다. 황 사장은 추가 구입한 양수기들과 새 구조 인원들을 보냈다. 최초 파견한 구조 인원 대부분이 안도의 한숨을 내쉬며 돌아왔지만 그중 서넛은 남았다. 말로 하는 인수인계만으로 충분하지 않다는 것이 이유였지만 기어이 배를 띄워 함께 들어오고 싶은 마음도 있었다. 한 대리도 남은 사람 중 하나였다. 다시 하루가 흘렀다. 남아 있는 구역들은 작업하기 어려웠기 때문에 진도가 나지 않았고 배는 좀처럼 다시 떠오르지 못했다. 밤이 왔고 황 사장이 추가로 보낸 석유난로와 야전침대 덕분에 구조 인원들은 전날보다 수월하게 쉴 수 있었다. 몇몇은 불편하게나마 돌아가면서 잠도 잤다. 황 사장은 밤을 새웠다.

다음 날 오후부터 배는 조금씩 떠올랐다. 고장 난 양수기들이 회사로 돌아왔고 수리를 끝내거나 새로 산 양수기들이 배로 들어갔다. 물막이할 추가 장비와 자재도 배로 올라갔다. 작업에 속도가 붙었다.

닷새가 지나 엿새 오전에 배는 간신히 의장부두로 들어왔다. 소식을 듣고 조 상무가 웃더라는 얘기를 들었다. 배가 들어오는 것이 반가워 짓는 웃음은 아니었을 것이다. 의장부두는 황 사장 지시로 세척 작업 준비를 이미 끝낸 상태였다. 배가 접안하자 호스들이 시커먼 뱀처럼 달려들어 담수를 뿜었다. 소금기와 불순물이 씻겨나갔다. 더 어려운 작업이 남아 있었다. 엔진과 발전기를 비롯해 탑재 전에 설치하는 거대 기자재들의 세척이었다. 시내에서 대기하던 제조업체 전문 인력이 회사에 들어왔지만 진수 중 선박이 바다에 빠져 부품이 침수당한 경험은 그 사람들에게도 없었다. 세척과 수리 가능 여부를 검토하는 데도 많은 시간이 걸렸다. 문제는 또 있었다. 배가 떠내려간 곳이 전복 양식장이었다. 어구들을 망가뜨렸을 뿐 아니라 배에서 흘러나온 기름 때문에 전복들은 폐사하거나 폐사시켜야 할 지경이었다. 막대한 손해액이 이미 발생했고 계속 올라갈 예정이었다. 2002호 보상 이후 후속 호선의 건조보험을 독점한 한국 보험사의 지점장은 수리 현장을 보고 울상이었다. "이딴 게 무슨 조선소라고!"

해가 넘어갔다. 신년 경영계획 회의는 없었고 다른 업무도 실상 마비 상태였다. 다시 한번 사고가 나자, 외주 업체들의 철수와 태업이 두드러졌다. 황 사장은 가용 인력을 모두 그러모아 세척과 정비, 수리 작업에 투입시켰다. 1월 중순이 넘어서야 세척 작업이 어느 정도 마무리됐다. 수리와 재건조까지는 아직 요원한 일이었지만 당장 할 수 있는 일은 모두 끝난 셈이었다. 황 사장은 회사를 그만뒀다. 퇴임식은 없었다.

황 사장이 스스로 책임을 진 것인지, 회장이 책임을 지운 것인지는 알 수 없었고 중요한 문제도 아니었다. 사고는 진수를 서두르다 일어난 것이었고 그 책임은 황 사장에게 있다는 것이 중론이었다. 사람들이 나가고 충원이 안 돼 생산량이 저하한 것도 모두 황 사장 탓으로 돌아갔다. 황 사장은 전 사장처럼 링컨 승용차를 타고 마지막으로 퇴근했다. 차고 메마른 바람이 불었고 배웅하는 사람은 없었다. 황 사장에게 회신하지 못한 신년사는 내 컴퓨터에 남았다.

35.

보름가량의 춘절 연휴가 끝나고 사람들이 회사에 복귀했다. 인사 발표가 있었다. 사장은 공석으로 남아 있었고 권 전무가 부사장으로 승진했다. 이외 임원 인사는 변동 없었다. 조 상무는 사장이 되지 못했다.

권 부사장은 조간 회의를 비롯해 주요 회의를 주관했다. 각 부서에서 올라온 의제를 신중히 분석하고 적절하게 판단했지만 올바르게 결정할 수는 없었다. 권 부사장은 황 사장처럼 사람들을 몰아붙이지 않았고 궁지로 내몰리지 않은 사람들은 문제 속의 문제, 문제의 뿌리까지 꺼내 보이지 않았다. 문제의 뿌리를 캐내지 못했으므로 대안과 대책은 합의에 그쳤고 합의였기 때문에 책임은 한 사람의 것이 아니었다. 책임이 모든 사람에게 있었으므로 어느 한 사람도 책임질 필요가 없었고 책임질 필요가 없었기 때문에 문제는 반드시 해결해야 할 것이 아니었다. 문제는 다른 문제로 모습을 바꾸며 다시 예전처럼 묻히고 덮였으며 그 위로 다른 문제들이 또 쌓였다.

나는 노무비 예산 일을 새로 맡았다. 시수 개념은 여전히 회사에 없었다. 나는 정 이사가 이전 회사에서 함께 일한 사람을 통해 빼내 온 대형 조선소 예산 자료를 그대로 베꼈다. 겉보기에는 대단했다. 시수, 단가, 총 예상 노무비, 기타 부대 비용 같은 항목들이 공정, 블록별로 촘촘히 들어가 있었고 호선별, 선종별로 함수를 넣으면 연속 호선 순번에 따라 배 한 척을 짓는 데 들어가는 예상 노무비가 뽑혀 나왔다. 하지만 아무 실효도, 영향력도 없는 자료였다. 이를테면 똑같은 시수 항목이라도 대기업 것에는 수십 년 누적해온 수치들의 평균과 보정치가 들어가 있었지만 내가 만든 것에는 최근 2년간 수치들, 그것도 당시 맥락을 모두 제외시킨 채 산술평균한 값이 들어가 있을 뿐이었다. 그 숫자들이 아무짝에도 쓸모없다는 것은 내가 가장 잘 알았고 정 이사도 알았다. 하지만 서류는 결재 서명이 하나씩 붙으면서 상부로 올라갔고 권 부사장의 최종 서명까지 않으면 수주 여부를 판단하는 중요한 근거 자료가 될 터였다.

노무비 전반을 살피게 되면서 나는 팀장들이 외주 업체별로 단가를 협상해 계약을 맺고 쓰는 시공 협약서도 관리해야 했다. 이전까지 업체와 계약을 맺고 단가를 협상하는 권한은 모두 임원에게 있었지만 기성금 지급이 밀리고 임원과 업체들 간 짬짜미 먹은 정황을 적은 투서들이 속속 들어오자 황 사장은 모든 권한을 팀장에게 줬다. 팀장들에게 업체를 통제할 수 있는 주도권을 넘기겠다는 의도였다. 황 사장이 떠나고 나자 생산 임원들은 업체를 선정할 수 있는 권한만 되가져갔다. 팀장들은 이미 담당 임원이 확정한 업체와 단가를 놓고 줄다리기해야 했다. 말이 좋아 협상이지, 돈이 없는 회사에서 협상은 곧 인하를 뜻했고 팀장들은 단가를 깎기 위한 책임과 의무만 다하도록 내몰렸다. 부서마다 난리통이었다. 내려가서 상황을 설명하고 자료를 요구하면 저마다 자기 담당 임원에게나 해야 할 불만을 내게 터트렸다. 생산 부서 사람들은 말이 거칠었다. 만만한 대리에게 하는 말이었기 때문에 더욱 거칠었다. 터진 입으로 싸

질러놓은 말을 대리인 나는 고스란히 뒤집어썼다. 뒤집어쓰고 나면 그 일을 김 팀장이나 정 이사에게 넘길 수 있었다. 김 팀장이나 정 이사 앞에서 그 사람들은 말을 조심했고 결국 하자는 대로 했다. 일은 하면 할수록 이골이 나지 않았다. 독이 차올랐다.

"바빠서 그랬다잖아요, 바빠서! 문 대리, 내가 그렇게 한가한 사람처럼 보입니까?" "왕 과장님! 제가 어제 말씀드렸습니까, 그제 말씀드렸습니까? 2주가 넘었습니다. 다른 부서도 지금 다 아우성이에요. 그런데도 똑바로 된 시공 협약서 가져왔고 왕 과장님 한 명 때문에 제 일이 계속 밀리는 중이란 말입니다! 일은 왕 과장님 혼자 다 하십니까? 도대체 몇 번을 미뤄드렸는데 아직도 바쁘다는 핑계만 대시는 겁니까!" "야, 너 말 다 했어? 얻다 대고 대리 주제에 팀장한테 핑계라느니 지껄여! 생산기획팀이면 눈까리에 뵈는 게 없냐! 야, 야 이 새끼야!" 정신이 어쩔해졌다. "왜, 욕지거립니까! 제가 왕 과장님보고 욕했습니까?" 욕이 치밀었지만 차마 할 수는 없었다. 도의가 아니라 보는 눈들 때문이었다. "전화 끊습니다!" 나는 전화기를 부술 듯 내려놓았다.

자리에서 지켜보던 김 팀장이 일어나 나를 데리고 나갔다. 분기 보고에 반영해야 할 시공 협약서를 왕 과장이 지금껏 가져오지 않은 자초지종을 설명했다. "아무리 그래도 팀장이고 과장인데, 니가 그런 건 잘못 아니겠나? 나야 이래저래 사정을 안다 하더라도 사무실에 이 과장이고 정 이사고 다 있는데, 다들 뭐라 생각하겠나?" 틀린 말이 아니었다. "죄송합니다. 면목 없습니다." "벌어진 일, 다시 주워 담을 수는 없는 거고, 정 이사한테나 이 과장한테는 이따 팀장 회의 때 말할게. 그리고 왕 과장한테도 연락해서 좋게 타이를 테니까, 니도 왕 과장 오면 다른 건 몰라도 아까 그런 건 사과해야 된다. 알았지?" 나는 고개를 숙이고 심려 끼쳐 죄송하다고 말했다.

며칠 뒤 왕 과장이 사무실로 왔다. 눈에 띄게 수척한 얼굴이었다. 작업모 옆으로 삐져나온 새치가 더 는 것 같았다. 왕 과장은 크게 숨을 내쉬었다. "미안합니다. 내가 일이 너무 많고 쪼여서 문 대리한테 너무한 것도 사실이고, 나도 전화 끊고 나서 생각 많이 했습니다. 김 팀장님이 하신 말씀도 있고, 사과하겠습니다. 미안합니다." 눈은 다른 곳을 보고 있었다. 건성 사과라서가 아니었다. 어쩌다 이 지경이 됐는지 모르겠다는 눈빛이었다. 나 역시 마찬가지였다. 왕 과장은 나쁜 사람도, 무능한 사람도 아니었다. 황 사장이 있을 때는 자주 자리에서 일어나 칭찬받던 조립 부서의 유망주였고, 처음으로 대리 진급 2년 만에 과장과 팀장을 동시에 단 인물이었다. 그런 사람이 일에 밀리고 치여 여기까지 왔다. 나 같은 대리에게 사과까지 했다. 그런 사람에게 대거리한 나나, 그것을 당한 왕 과장이나 똑같이 억울하고 처량했다.

조 상무는 앞에서는 손잡아주고 뒤로는 팀장을 시켜 단가를 후려치게 한 업체가 파업하자 주간 공정 회의 시간에 혁준을 불러들였다. "외주협력사팀의 대리라는 게 업체를 회유하고 진정시키기는커녕 파업을 선동했습니다! 회사 꼴이 도대체 어떻게 돌아가려고 이렇단 말입니까!" 조 상무는 벌떡 일어나 한탄하고 통탄하며 혁준이 회의실로 들어오기만 하면 벌거벗기기라도 할 듯 별렀다. 이 상무가 조용히 회의실 밖으로 나갔다. 영문도 모르고 막 회의실로 들어가려던 혁준을 불러 세웠다. "아이, 썩을 놈아, 도대체 일을 어떻게 했기에 조 상무가 저 지랄이야!" 말은 그렇게 했지만 먼저 속사정을 들어보고 방패 서주려고 한 것이었다. 혁준은 조립2팀에 있던 1년여 동안 이 상무 밑이었다. "따지고 보면 조 상무가 파업을 조장한 거 아닙니까. 애초에 일은 시켜놓고 팀장들 보내 돈은 예전만큼 못 주겠다고 하니까 업체에서 들고일어난 거고, 팀장들하고 얘기해봐야 안 되니까 저한테 찾아왔더랬습니다. 단가가 너무 낮아 일을 못 한다, 이러면 파업할 수밖에 없다고 하길래 그럼 어쩌겠냐고, 회사는 당장 돈이 없고 단가 협상은 우리 일이 아니다, 할 테면 해라, 그렇게 말했습니다. 제가 잘못한 건 아니잖습니까." "이런 썩을 놈!" 이 상무는 딱히 할 말을 찾지 못했다. 혁준의 잘못이 아니었다. "돌아가. 지금 회의실에 들어가봤자 치도곤만 당한다. 가서 퇴근 시간 되면 퇴근해. 괜히 회사에서 얼쩡거리지 말고." "그래도 됩니까?" "하라면 해, 내가 언제 너 손 나는 일 시키던? 이 썩을 놈아!" 혁준은 해죽 웃었다. "감사합니다."

혁준을 돌려보내고 이 상무는 회의실로 돌아갔다. 조 상무는 이 상무에게 당신이 뭐라고 마음대로 혁준을 돌려보내냐고 호통쳤다. 이 상무는 대꾸하지 않았지만 조 상무는 끝내지 않았다. "이 상무가 자기 밑 사람이라고 그렇게 덮고 감싸니까 애들이 천지 분간 못 하는 겁니다. 회사가 이 지경까지 오게 된 거란 말입니다. 아시겠습니

까!" 내내 꼼작 않고 서서 조 상무의 욕지거리를 받아내던 이 상무
는 한마디 질렀다. "조 상무! 임원 체면에 대리 하나를 불러 매질이
라도 할 겁니까? 그래야 그 속이 풀리겠습니까!" 조 상무는 잘 걸렸
다는 듯 혁준 대신 이 상무를 잡아댔다. 권 부사장이 나서서 말렸지
만 소용없었다. 욕설과 고성이 오갔고 두 사람은 끝내 되돌릴 수 없
는 선을 넘어섰다. 이미 그어진 선이기도 했다. 조 상무는 회장의 사
람, 이 상무는 황 사장의 사람이었다. 떠나야 할 사람도 정해져 있었
다.

며칠 뒤 이 상무가 회사를 떠났고, 얼마 지나지 않아 최 부장도
정 이사에게 사직서를 제출했다.


36.


이 상무가 가기로 한 상하이의 중국 조선소로 따라간다고 최 부
장은 솔직히 털어놨다. 정 이사는 최 부장을 잡지 않았다. 나는 최
부장에게 가시기 전 술자리 한번 하고 싶다고 말했다. 최 부장은 내
말을 그저 인사치레로 넘기지 않고 곧 자리를 잡았다. 고기 꼬치와
한국 라면을 파는 중국식 선술집으로, 최 부장이 싸고 맛있다고 좋
아하던 곳이었다.

어떤 말을 해야 할지 떠오르지 않았다. 2002호 구조부터 그간 함
께 겪은 많은 일이 떠올라 심란했다. "그렇게 됐다." 최 부장은 씩

웃었고 훌렁 술잔을 비웠다. "조 상무 꼴 보기 싫은 것도 있지만, 그 것 때문에 가는 것만도 아냐. 회사도 이제 별 볼 일 없어졌고, 나는 나대로 살아야지. 품 팔러 가는 거야. 가면 길어야 한 3년? 단물 빨리면 어차피 나야 외국인이고 인건비 비싸니 잘리겠지. 3년도 길다, 잘해봐야 2년 정도겠지." 뻔히 계속 일할 수 없다는 것을 알면서도 일을 하러, 단지 월급을 벌러 낯선 곳으로 가야 하는 남자의, 가장의 심정을 나는 짐작할 수 없었다. 최 부장은 잇달아 술잔을 비웠다. 얼굴이 이미 붉었다. "차라리 다롄 조선소에라도 가시는 게 낫지 않으세요? 그래도 한국 회사잖아요." "거기도 맛이 가는 모양이야. 관리가 안 되는 거지. 안에서는 얘기가 도는가 싶더라, 중국으로 넘길지도 모른다고." 나는 일전에 우리 회사를 벤치마킹하겠다고 다롄에서 넘어온 그 사람들을 떠올렸다. 그때는 아무것도 모르고 부러워했다. 내가 입은 칙칙한 회색이 아닌 상아색 작업복에 회사명이 선명히 박혀 있었다. 내가 대학교를 졸업할 즈음에 그 조선소는 대단했다. 학점 4.0 아래로 원서도 쓰지 말라고 할 만큼 업계 최고 연봉에 최상급 복리를 제공하는 회사였고 유럽 조선소까지 집어삼켰을 때는 반신반의하면서도 모두 그곳을 조선 3사와 동급으로, 빅4로 손꼽았다. 정 이사에게 듣기로 다롄의 그 조선소도 한국 조선 공학 전문가들이 모여서 설계한 초현대식 조선소였다. 한국처럼 작은 조선소에서 시작해 덧붙여나간 게 아니라서 자재 들어오는 것부터 완선完船 건조까지 한 번에 쭉 흘러갈 수 있게 지은, 한국 조선소의 설비 운영에 관한 시행착오를 모두 반영한 조선소의 결정판이라고 말했다.

 "그렇게 지었다고 그렇게 돌아가나. 결국 사람이 하는 일이야. 사람이 그만큼 관리를 하고 따라가야 하는데 그게 안 되니까 말짱 도루묵 된 거지. 위치도 안 좋았고. 겨울에 앞바다가 언다던데 무슨 생각으로 거기에 조선소를 지은 건지. 조 상무는 아직도 카스 갖고 헛소리하지만, 웃기지 말라 그래. 그게 지금 우리 회사에 딱 맞고 중국이라는 데에도 딱 맞는, 그 수준이야. 관리력이 못 받쳐주면 아무리 크고 좋아봤자 혼자 사는 사람이 70평 아파트 사는 거나 마찬가지지. 청소하다 쌔가 빠지거나 아니면 먼지나 쌓이는 거야." 나는 한숨을 내쉬었다. "결국 중국만 좋은 일 시켜주는 거네요. 공장도 다 중국에 있고, 그 설비에서 월급 쥐여주며 일 시키고 교육시킨 사람도 다 중국 사람이고. 그런데도 뉴스에서는 기술 유출이네, 중국 조선이 한국을 따라잡네, 그딴 얘기나 하겠죠. 결국 그 지경을 만든 사람은 위에서 결정이란 걸 한 사람들인데." "별수 있나." 최 부장은 술잔을 만지작거렸다. "나중에 공격받는 건 부장님 같은 사람이잖아요. 중국에 기술 유출시켰다고." 최 부장은 피식 웃었다. "예전에도 사람들이 전쟁 때 붙들려갔다가 돌아온 여자를 두고 화냥년이라 그랬다잖드나. 더럽지만 별수 없지. 가면 혼자 일할 수 있나, 가르쳐가면서 일해야 하고 그게 다 기술 유출이라면 기술 유출이지. 그렇다고 어째? 절은 망해도 중은 살아야잖아. 지금 한국 가도 조선소들 픽픽 죽어나가는데 당장 일자리 구할 수 있는 것도 아니고, 국가가 날 먹여 살려줄 것도 아니고." 그래서 가는 것이기도 했고 그런데도

가야 하기도 했고 어쨌든 가야 했다. 최 부장은 웃었다.

봄이 이르게 와 밤은 따뜻하고 부드러웠다. 술자리가 끝나고 집으로 걸어가는 길에 나는 두서없이 주고받은 이야기들을 곱씹었다. 나는 바담 풍 해도 너는 바람 풍 하라는 말이 있다. 최 부장은 그 말이 예전에는 가소롭게만 들렸는데, 그 나이쯤 되니 다르게 들린다고 말했다. "그건 나이 든 사람이 젊은 사람한테 하는 소린 거야. 나는 바담 풍이라고밖에 못 하지만 바람 풍은 바람 풍이 맞으니 너는 바람 풍이라고 해라, 이런 얘기지. 나이가 들면 이리저리 치이고 붙들리니까. 바람 풍인 걸 알아도 바담 풍, 하고 넘어갈 수밖에 없는 일이 생기니까. 그렇잖으면 안 꼬일 일도 꼬여버리거든." 이미 숱하디숱하게 겪고 본 일이었다. 나 역시 바람 풍을 바담 풍이라고 여겼다. 바람 풍이 아니라 바담 풍인 줄 알았다. 배가 누웠는데도 눕지 않은 것처럼 회사는 돌아갔다. 회사 생활이 그런 것이고 그것이 당연하고 유일한 것이라고 생각했다. 황 사장이 와서 바람 풍이 바람 풍이라고 말하기 전까지는.

"황 사장이 그렇게 쫓겨난 것도 너무 바람 풍, 바람 풍 한 탓인 거야." 최 부장이 말했다. 그러고도 떠난 사람은 황 사장이고 남은 사람은 조 상무였다. 조 상무는 이것이든 저것이든 바담 풍, 바담 풍, 온통 바담 풍이라고만 말하는 사람이었고 그것이 지혜이고 강령인 양 모든 사람에게 바담 풍이라고 말하게 시키는 사람이었다. 회사는 여전히 이런 회사고 현실도 계속 이런 현실일 것이다. 한국이라고 더 심한 것도, 중국이라고 다를 것도 없었다. 어느 곳에나 바담 풍이라고 말하는 사람들은 있었고 그 사람들이 바퀴벌레처럼 끝까지 살아남았다. 이것이 세상이었다. 내가 있고 살아가는 세상이었다. 도망쳐도 되돌아오고 그만둬도 다시 시작할 수밖에 없는 곳이었다.

　회사를 그만둘까요, 하고 물었을 때 최 부장은 잠깐 쉬어가는 것도 괜찮을 거라고 말했다. "나도 스물아홉인가, 서른인가? 그때쯤 다 때려치우고 한 1년 반 놀았더랬어. 그때가 내 인생의 황금기였지." 공고 졸업 후 곧장 취직해 6, 7년간 줄창 달리다가 처음 회사를 그만둔 뒤였다. 부모님 댁에 보내느라 모아둔 돈이 거의 없었다. 하루에 한 끼만 먹고 주말에는 예전 회사 상사 집을 순회하며 얻어먹고 얹혀 잤다. "그래도 좋았어. 나대로 산다는 느낌도 들고, 이런저런 생각도 많이 했고. 회사 생활 하면서 잘한 거, 못한 거도 생각하고. 앞으로 뭘 해 먹고살아야 하나, 그런 생각도 하고. 집사람도 그때 만났어. 그 사람도 참 철딱서니 없었지, 나 같은 사람이 뭐 좋다고." 여자가 생기니 노는 것이 이전처럼 마냥 좋지 않았다. 최 부장은 다시 일자리도 찾고 영어도 배웠다. "놀 만큼 놀았다는 생각도 들고, 또 결혼하고 아이 낳고 하는 게 당연하고 자연스러운 것처럼 보였으니까. 사람 사는 게 다 그런 거잖아. 남들만큼 잘 먹고 잘살지는 못하더라도 집이 있으면 좋겠고 집사람과 애들은 있으면 싶었지. 사람 사는 것처럼 살고 싶드라고." 최 부장은 회사에 입사했고 야간대학도 다녔다. 15년쯤 일했을 때 회사는 필리핀 조선소 설립에 착수하면서 부산 조선소를 놓았고 사람들을 줄여나갔다. 명예

퇴직, 권고퇴직. 말들은 그럴듯했지만 필리핀으로 가지 않으면 모두 자르겠다는 으름장이었고 이미 수십 년씩 일하며 뿌리박은 사람들이 위로금 몇 푼과 함께 잘려나갔다. 허망했다. "시스템, 시스템 해도 다 사람이 돌리니까 돌아가는 거야. 대기업은 다 갖춰놓고 시스템으로만 돌아가는 것 같지만, 웃기는 소리지. 일해본 사람은 알아. 같은 원칙, 같은 규정이라도 해석하는 사람마다 다 다른 거고 빠져나가려면 빠져나갈 구석이 다 있는 거야. 당연하지, 사람이 만들었으니까. 십수 년씩 일 잘하던 사람들이 빠져나가고 나니까 회사 개판 되는 건 순식간이드라. 15년 일한 회사가 하루아침에 그 짝이 나니 참 어이가 없었지. 그날로 배낭 하나 들고 가서 짐 싸 들고 나왔어." 예전 같지 않았다. 집에는 '마누라님'이 계셨고 애들은 다달이 공납금이니, 급식비니, 육성회비니 고지서를 들고 왔다. 그만둔 지 두 달 만에 최 부장은 이 회사로 왔다. 가족들은 바람 풍을 바담 풍이라고 해야 하는 여러 이유 중 하나이기도 했다. "결혼도 안 하고 아이도 안 낳고 그렇게 살 수 있으면, 그래도 괜찮으면, 그만두고 싶을 때 그만둬도 그만이지. 근데, 난 그게 뭔가 싶다. 일을 하고 돈을 벌고 그걸로 내 식구들하고 먹고사는 거, 그게 사람 사는 거잖아. 그런 게 사는 거고 사는 게 그런 거지. 잘 생각해봐, 문 대리. 어쨌든 쉬어가는 거야. 쉴 수 있을 때 한번 쉬는 것도 괜찮아. 그것도 혼자고 젊으니까 할 수 있는 거지."

결국 쉬어가는 것밖에 되지 않는다. 쉬고 다시 이 그칠 줄 모르는 바담 풍이 불어닥치는 난리통으로 뛰어 들어가야 한다. 쉬어가든 쉬지 않든, 결국 인생을 담배 연기처럼 바람 속에 태워 날려버리는 것은 다르지 않아 보였다. 나는 다른 길을 찾고 싶었다. 알고 싶었다. 하지만 결국 황 사장 같은 사람조차, 또 이전 팀장도 그렇게 되고 말았다. 나는 이미 3년이나 일했고 결혼, 출산, 승진, 어쩌면 이직까지 수많은 일이 밀린 채 기다리고 있었다. 내가 무엇을 할 수 있을까?

"왜 나이 든 사람은 젊은 사람에게 뭘 주지 않는 걸까요? 사람이란 다 자기 앞에 선 사람에게서 꿈이나 이상 같은 걸 배우는 거잖아요. 하다못해 애들조차도 록 스타 사진을 보면서 처음 기타를 쥐기 마련이잖아요." 헤어지기 전 담배 한 개비씩을 피울 때 나는 물었다. 최 부장은 들었는지 못 들었는지 대답하지 않았다.

사직서를 내고 보름 뒤, 최 부장은 마지막으로 출근했다. 정 이사가 회식하자고 했지만 최 부장이 원치 않았다. 퇴근 직전 최 부장의 고별인사가 있었다. 최 부장은 정 이사를 비롯한 팀장들에게 먼저 감사와 인사의 말을 한 뒤 나를 비롯한 대리, 기사들을 봤다. "내가 항상 우리 부서 교육 시간에 하던 말이 있습니다. 배운다는 걸 똑같이 따라 하는 거라고 생각하지 마라. 따라 하는 건 배우는 방법이다. 따라 하려고 배우는 게 아니라 더 잘하려고, 가르치는 사람들보다 더 나은 사람이 되려고 배우는 거다. 여러분 모두 아직 젊고 많은 일을 배워나갈 때니 이 말을 기억해줬으면 싶습니다. 우리가, 또 어떤 사람도 여러분보다 더 나은 인간이기 때문에 여러분을 가르친다고 생각하지 마십시오. 우리는 먼저 태어났고 먼저 배웠기 때문에 여러분에게 어떤 것을 가르칠 뿐입니다. 그것이 선생, 먼저 난 사람이라는 말뜻입니다. 배우고 익히되 우리처럼 되지는 마십시오. 부디 우리보다 더 나은 사람이 되기 바랍니다." 최 부장은 잠시 말을 멈췄고 다시 이었다. "그동안 여러분에게 많은 도움을 받았고 덕분에 가르치는 사람으로서, 또 함께 일하는 사람으로서 깨닫고 배웠습니다. 감사합니다. 여러분 앞에 우리가 살고 해온 것보다 더 좋은 날이 있기를 바랍니다. 다시 한번, 고맙습니다." 최 부장은 고개를 숙여 마지막으로 인사했다. 주 기사가 눈물을 글썽거리며 통역하자 여직원 두엇이 훌쩍거렸다. "야, 최 부장, 그렇게 거창한 말을 하면 우리는 뭐가 돼. 너무 혼자 멋있는 거 아이라." 전 회사에서 최 부장과 함께 일한 김 팀장이 부러 쾌활한 척, 가라앉은 분위기를 수습했다.

최 부장의 마지막 말은 그날 밤 내가 한 질문에 대한 답 같았다. 앞서간 사람들은 각자 이정표였다. 그만큼 갔다는 것일 뿐 그곳이 끝이라는 뜻도, 그 길로만 갈 수 있다는 뜻도 아니었다. 꿈이나 이상은 인생이 주는 것, 젊음이 주는 것이다. 가능성이 사그라지고 살아갈 날보다 더 많은 과거들이 자신의 뒤로 퇴적하면 꿈은 가벼워지고 옅어지며 이윽고 공기처럼 보이지 않게 된다. 자신이라는 지렛대는 꿈과 이상 대신 안정과 평안을 드는 데 쓰이고, 그러다 나중에는 이전 팀장이 말한 것처럼 그것들을 움켜쥐기 위한 세력을 차지하는 데만 골몰하게 되는 것이다. 그것이 나쁜 일일까? 좋고 나쁜 문제가 아니었다. 문제조차 아니었다. 그저 그렇게 되는 것뿐이었다.

최 부장이 떠나고, 황 과장도 최 부장을 따라 떠났다. 정 이사가 잡았지만 듣지 않았다. 생산기획팀에서 일 잘하던 사람을 급하다고 외주협력사팀으로 보내, 돈도 없으면서 업체를 상대로 온갖 졸렬하고 궁상스러운 일만 떠맡기다시피 했으니 정 이사의 말이 통할 리 없었다. "잘 지내이여, 또 봅시다." 황 과장과는 사무실에서 일하다 잠깐 악수한 것이 다였다. 그런 끝도 있었다. 잘 지내라는 말도, 또 보자는 말도 아주 멀게만 들렸다.

업적을 이룬 사람들이 회사를 떠났다. 회사의 퇴행은 명백했다. 하지만 정 이사는 회사가 더 나아지고 더 좋아질 것이라고 말했다. 회식 자리에서, 황 사장이 물러났으니 한국에서 인력 수급도 원활해질 것이고 임원들은 각자 최선의 노력으로 자신의 역할을 수행해 사장의 공백을 메우는 중이며 양 이사는 홍콩계 투자회사 쪽으로 새 자금줄을 틔웠고 회장 역시 유능하면서도 인덕 있는 새 사장감을 물색 중이라고 말했다. 정 이사도, 다른 임원들도, 또 회장조차도 퇴행을 퇴행이라고 여기지 않고 있는 듯했다. 누워서 썩어가던 배를 멀쩡한 배라고, 구조해서 재건조할 수 있는 배라고 여겼듯 그 사람들은 아무것도 책임지지 않은 채 보이는 것만 보고 보고 싶은 대로만 봤다. 그럴 수 있는 힘이 아직도, 나중에도 자신들에게 있을 것이라는 듯. 채권단도, 어쩌면 돈을 댄다는 그 홍콩계 투자회사도 다를 것 없을 터였다.

그 끝에 무엇이 기다리고 있을까? 몰락이었다. 내부에서 무너져 내리고 스스로 부스러지고 짜부라지는 몰락, 안개 속에서 모습을 드러낸 썩은 배처럼 참혹하고 돌이킬 수 없는 몰락. 어느 것도 어느 것을 기다리지 않으며 중간도, 보류도 없다. 황 사장의 말대로 모든 것은 좋아지거나 나빠질 뿐이다. 시간은 각자 흐르고, 썩을 것들은 썩을 수밖에 없기 때문에 썩어간다. 배는 썩었다. 배도 썩는다.


37.


오래전 미시경제학 수업 시간에 교수가 말했다. 허리에 덤프트럭 타이어를 끼운 것 같던 그 교수는 프린스턴 대학교에서 박사 학위를 딴 수재였다. "경제적이라는 것은 여기 이 그래프가 증명하듯 더 짧은 시간에 더 많은 것을 생산하는 상태를 말합니다. 이제 여러분은 사회에 나갈 것이고 각자 생업을 찾을 겁니다. 어떻게 해야 하겠습니까? 여러분이 경제적으로 할 수 있는 것을 하세요. 더 짧은 시간에 더 많은 것을 생산하든지, 아니면 더 짧은 시간에 더 우수한 것을 생산해야 합니다. 그것이 여러분의 능력이고 사람들은 그것에 기꺼이 돈을 지불할 겁니다. 더 많은 것을 생산한다면 더 적게 생산한 사람보다 여러분의 것이 더 싸기 때문일 테고, 더 우수한 것을 생산한다면 더 싼 것을 파는 사람들에게서 살 수 없는 것을 여러분이 팔기 때문일 것입니다. 그렇다면 사람들은 그저 여러분이 생산한 상품을 사기만 하는 걸까요? 아닙니다. 본질적으로 사람들은 여러분의 시간에 돈을 지불하는 것입니다. 여러분 각자가 생산한 상품을 자신들이 만들 시간이 없기 때문에, 또 재능 역시 시간의 함수이

므로, 그 돈을 주고 여러분이 생산한 것을 사는 겁니다. 시간은 돈이라는 금언이 결코 수사가 아님을 우리는 이 그래프에서 알 수 있습니다."

월급이란 젊음을 동대문 시장의 포목처럼 끊어다 팔아 얻는 것이다. 월급을 받을수록 나는 젊음을 잃는다. 늙어간다. 가능성과 원기를 잃는 것이다. 존재가 가난해진다. 젊음이 인생의 금화라던 황 사장의 말 역시 수사가 아니다. 이대로 10년, 20년 또 어느 회사에서 삶을 보내든 그 회사가 모두 이렇다면 내 인생의 금화는 결국 몇 푼 월급으로, 지폐로 바뀌어 녹아버릴 테고 나는 그저 노인이 돼 있을 터였다. 그다음은 끔찍하다. 명예퇴직, 권고퇴직, 그런 말 아닌 말로 수십 년 회사 일에만 길들고 늙은 사람인 채 양계장에서 풀어준 노계처럼 세상에 나올 것이다. 남는 것도 끔찍하기는 마찬가지다. 잘해야, 그것도 아주 잘해야 조 상무나 곽 상무 같은 사람이 될 터였다. 그 사람들은 그 방면에서 운과 능력이 모두 탁월한 사람들이었고 그래서 그 나이가 되도록 그 지위와 권세로 회사에 남아 있을 수 있었다. 그렇다면 황 사장은 어떤가? 불굴의 투사, 불요의 혁신가는? 결국 싸움에서, 이 끝없는 전쟁에서 내쫓기고 내쫓겨 패배하고 실패한 것이 황 사장의 종말이었다. 그래도 어떤 사람이 된다면, 황 사장 같은 사람이 되고 싶었다. 하지만 그렇다 한들, 또 무슨 소용이 있는가? 이렇게 쫓기든, 저렇게 쫓기든 다 그만 아닌가? 모두 늙고 쭈그러든다. 희미하게 엷어지고 사라진다. 그렇지 않은가? 결국 모든 것이 허무할 따름이고 그 허무야말로 모든 것을 축축하게 짓누르고 있는 현실의 중량이었다.

나는 계속 일했다. 일은 해도 해도 끝이 없었고 산정으로 밀어 올리면 굴러떨어지고 다시 밀어 올리면 다시 굴러떨어지는, 아무 희망도 보람도 주지 않는 시시포스의 바위처럼 매일 굴러떨어졌다. 젊은 카뮈는 매일 굴러떨어지는 바위의 부조리와 그것을 각성하면서도 그치지 않는 투쟁에 관해 썼다. 투쟁을 통해 부조리를 비웃는 것이야말로 인간의 유일한 미덕이고 행복이라고 결론지었다. 하지만 그 바위는 결국 모든 것을 깔아뭉갠다. 신이 아닌, 노쇠할 수밖에 없는 인간은 결국 바위를 이기지 못한다. 어리석음도, 각성도, 비웃음도, 경멸도, 희망도, 젊음도 굴러떨어지는 바위의 요란한 소리에 묻힌다. 쾅쾅쾅! 늙은 인간을 깔아뭉갠 바위만이 저 끝, 힘이 다해 더 굴러갈 수 없는 곳에 멈춘다. 모든 것이 침묵한다.

그런가? 침묵이 처음이자 끝, 모든 것일까?

퇴근하는 저녁마다 목적지도 없이 불안과 가뭇없는 생각들을 멈추려고 계속 걸었다. 그간 많은 일이 있었다. 그 일들은 옳은 것을 보여주기도 했고 그른 것을 보여주기도 했지만 모든 것을 단번에 보여주지 않았으며 늘 참과 거짓의 얼룩으로 어지럽고 흐릿했다. 또렷한 것은 허무였지만 허무는 얼음처럼 손에 쥘 수 없었다. 쥐자마자 손 틈으로 똑똑 녹아내려 사라지는 것이었다. 허무가 아닌 것이 필요했지만, 그것이 대체 무엇인지 나는 알 수 없었다.

나는 걸었고, 계속 걸었다. 꽃샘추위가 닥쳐 바람은 싸늘하고 매웠지만 무작정 걷다 보면 더웠다. 두꺼운 작업복을 반쯤 벗다시피

하고 걸었다. 미친 사람 같았다. 미친 사람이 아닐 것도 없었다. 자정이 넘어 도로는 텅 비었다. 가로등은 높은 곳에서 창백한 빛을 고요히 떨어뜨렸다. 별은 보이지 않았고 달도 건물 뒤 어느 쯤에서 희뿌연 빛무리로만 있었다. 담장 너머 아파트들은 거의 불이 꺼져 있어, 밤의 흙 속에 파묻힌 듯했다. 공허하고 황막했다. 바람만 불었다. 바람은 바담 풍, 바담 풍 하고 부는 것 같기도 하고 바람 풍, 바람 풍 하고 부는 것 같기도 했다.

하지만 정말 아무것도 없을까? 단 하나도 유용하고 구체적이고 명확한 것이 없는 걸까? 모든 것이 그 허무를 뒤덮은 얄팍한 기만일 뿐, 진실한 것은 없는 걸까? 단 하나도? 따라가고 쫓아가기 급급한, 모든 것이 컨베이어벨트처럼 빠르게 돌아가며 나를 옮겨놓는 이 세상에서 내가 디딜 진실은 단 하나도 없을까?

부청이 말했다. "야, 우울한 소리 그만하고 넘겨. 그냥 내비둬. 회사 좆같은 게 어디 하루 이틀이냐? 너나 나나 때려치울까 소리, 한두 번 했어? 그래도 여기까지 왔잖냐. 넘겨, 이번에도 넘기면 그냥 넘어가는 거야. 3개월, 6개월, 1년, 3년, 그렇게 때마다 한 번씩 온다고들 하잖냐." 나는 술잔을 비웠다. "그래, 그렇겠지. 그러다가 5년 만에 한 번, 10년 만에 한 번, 그렇게 점점 더 멀찍이 생각하다가 나중엔 더 하지도 못하게 되겠지." 나는 앞에 놓인 음식들을 쳐다봤다. 윤기도, 온기도 없이 식어버려 아무 식욕도 돋우지 못하는 것들을.

아무리 부정하려고 해도 부정할 수 없는 것이 있었다. "내가 젊다고, 한 번도 제대로 생각해본 적이 없는 것 같아. 당연히 대학 나오고 취직하고 돈 벌어서 결혼하고 애 낳고 회사에서 이런 일 저런 일 겪고 그러는 게 다라고 생각했어. 그런데 그게 아닌 것 같아. 너나 나나 다 알잖아, 어떻게 돌아가는지. 기사, 대리, 과장 한창 젊고 일 잘하고 많이 할 때지. 열심히 해다가 회사에 갖다 바쳐. 그런데 위에 있는 사람들은 그걸 자기들 마음대로 써. 회장은 필리핀에 실버타운 건설한답시고 다 날려먹었고 양 이사는 몰라, 정말 딴 주머니를 찼는지 아니면 회장이랑 뭘 하는지도 모르고. 임원들은 안 그래도 빡세게 일하는데 더 빡세게 시킬 궁리나 하면서 정작 자기들은 회사 차 타고 골프나 치러 다니고, 내가 니들 때는 그것보다 더했다, 개소리나 하겠지. 그래, 좋아. 그 사람들은 그게 좋고 그렇게 해왔고 또 그만한 터전 다 있으니까 좋다 이거야, 그렇게 살라고. 하지만 그 사람들 밑에서 일 같잖은 일이나 하는 사이에 우리는 늙는다고. 갈 데도 없어지고 새 일을 배울 기력도 점점 더 없어지는 거야. 남는 게 뭐야? 내 인생, 고작 그런 인간들 뒤나 닦아줬다는 거, 그거 하나뿐이잖아. 여기서 지내는 거 좋아. 집값, 술값, 그런 거 다 싸지. 하지만 그렇게 즐기고 누릴 때조차 우리는 늙어, 늙잖아." 부청은 고개를 끄덕였고 술잔을 비운 뒤 짧게 한숨을 내쉬었다. "어쩌겠냐. 흙수저 물고 태어났으면 다 그런 거지. 별수 없잖냐." 혁준이 말했다. "야, 다 그렇게 살아. 그냥 다 그렇게 사는 거 아니냐?" 나는 반문했다. "그럼 다 그렇게 죽냐?" 혁준은 잠시 말이 없다가 해죽 웃었다. "아님 말고."

밖으로 나왔다. 새벽 공기가 차가워 술기운 오른 몸이 으슬으슬했다. 부청이 말했다. "어차피 네가 하는 결정이고 네 말대로 네 인생이지만, 한 번 더 잘 생각해봐. 네가 황 사장 같은 사람이 되면 되잖냐." 나는 웃었다. "그런 것도 아니야. 나는 그만한 능력도 없고 또 이 일이 그렇게 좋은 줄도 모르겠어. 이대로 계속 있으면 아마 조 상무 같은 사람이 될 거야, 난." "야, 뭘 또 그렇게 생각하냐?" "아니야, 난 조 상무가 너무 싫지만 실은 나랑 비슷한 점이 있다고 봐. 그렇게 위로 올라가고 싶어 하고 또 인정받고 싶어 하고. 그러니까 더 싫어하고 욕하고, 그런 마음이 드는 거지. 사실 마음속으로는 그 사람이 그렇게 나쁜 사람이란 생각이 안 들어. 내가 좋아하지도, 잘할 생각도 없는 일을 그 나이 될 때까지, 또 자기랑 똑같은 윗사람에게 시달리면서 하다 보면 나도 조 상무처럼 될 수밖에 없을 거야. 문제는 너무 고생하면서 일을 한다는 거야. 그 고생을 했으니 나중에 위에 올라가서도 밑에 있는 사람들 고생이 고생처럼 보이지도 않는 거지. 군대에서도 그렇잖아. 별것도 아닌데 체육복 위에 깔깔이 입고 돌아다니는 병장들 보면 대단해 보이고 병장 되자마자 그것부터 하고. 밑에서 개고생해봤으면서 자기도 모르게 까라면 까, 그러고. 다 똑같은 사람인 거야. 내가 뭐라고 그 자리까지 올라가면 다르겠어? 다르게 살지 않으면 다 똑같아지는 거야. 몰라, 아직 다 안 살아봤으니. 하지만 정말 그럴 것 같아."

도무지 젊다는 것을, 그리고 이 젊음이 내 것이라는 진실을 부정할 수 없었다. 한동안 황 사장이 왜 그랬는지, 조 상무는 왜 그랬는지, 회장은, 또 정 이사, 양 이사는 왜 그런 건지, 저 배를 일전에 회

305

장이 일으켜 세우자고 했을 때 세웠으면 어땠을지, 또 아니었다면 어땠을지, 보상을 실손만큼만 받았다면 어땠을지, 그런 것들을 일일이 반추했다. 바담 풍으로도 불고 바람 풍으로도 부는 바람 속에서 미친 사람처럼 걸으며. 하지만 그것들이 정말 중요한 질문이었을까? 정말 중요한 질문은 단 하나였다. 내가 무엇을 할 것인가. 그것을 할 수 있는지 없는지, 돈벌이가 되는지 안 되는지 어떤 질문보다 가장 앞서야 할 질문은 바로 그것이었다. 그 질문을 하고 어떤 답이든 구하지 않으면 아무것도 모른 채 이대로 이거 해라, 저거 해라 하는 말에 길들어가며 세월만 보내게 될 것이다. 결국 지금 저 배처럼 다 썩은 채 일어선 것도, 누운 것도 아닌 것은 내가 될 터였다.

다 그렇게 산다고들 말하지만 다 그렇게 죽는다고 말할 수는 없었다. 그렇게 죽기는 싫었다. 적어도 나는, 정말 그렇게 죽기 싫었다. 말도 안 되는 인간들 뒤치다꺼리나 하면서, 그런 것이 회사 생활이라고 스스로 강박하고 세뇌하면서 일생을 보내다 늙고 병든 닭이 돼 죽기는 싫었다. 그렇게 살기에 나는 아직 젊었고 내게 남은 인생은 너무 길었다. 나는 그럴 수 없었다. 젊음이라는 것을 회사 안에서만 놓고 보자면, 내다 팔 수밖에 없는 것으로만 보자면 결국 아무 답도 찾을 수 없었다. 모든 것이 허무했다. 하지만 젊음은 내 위에 앉아 있는 임원들의 것도, 회사의 것도, 월급이나 연금에 저당 잡힌 것도 아니었다. 내 젊음이었고 아무것도 가진 것 없는 내게 있는, 또 모든 사람에게 있는 유일한 대지였다. 이상화 시인의 시구처럼, 빼앗긴 들에도 봄은 오지만 그 봄은 빼앗긴 봄일 수밖에 없다. 빼앗긴 봄에는 빼앗길 씨앗을 뿌릴 수밖에 없고 그 씨앗으로 알곡을 거 둘들 밥은 아닐 것이다. 사료일 것이다. 나는 내 젊음을 되찾아야 했 다. 그 젊음에 나는 어떤 사람의 것도 아닌 내 씨앗을 뿌릴 수 있을 터였다. 알곡이 패든, 쭉정이가 패든, 그것은 내 밥상에 올라 내 밥 이 될 것이다. 사료가 되지는 않을 것이다.

그렇다고 해도 당장 어떻게 할 것인가? 무엇을 하고 무엇이 될 것 인가? 더는 학생이 아닌 내게 그 질문은 내 나이만큼 무거웠다. 서 른둘, 나는 내 나이의 무게를 실감했다.


38.


알람 소리가 울리기 전에 눈을 떴다. 욕실에 가 씻고 베란다로 나 와 파삭하게 마른 작업복을 입었다. 날씨가 좋았다. 하늘은 쾌청하 고 볕은 따뜻했다. 바람은 늘 묻혀오던 꽃향기 없이 선선한 감촉만 있었다. 봄날이었지만 봄날 같지 않았다. 가을날 같았다. 첫차를 타 고 출근해 길게 드리운 사무동 그늘을 걸었다. 그늘은 서늘했지만 팬 것처럼 우묵한 느낌이 들어 아늑했다.

사무실로 들어와 창문부터 열었다. 산에서 내려온 청량한 공기가 밤새 묵은 탁한 공기를 씻어냈다. 청결한 바람이 불어 들었다. 바다 냄새조차 없이 선선하기만 한 바람이었다. 이런 바람은 가을에도 며칠만 불었다. 나는 창밖으로 고개를 빼 하늘을 바라봤다. 새파란

하늘은 평면처럼 명징하면서도 아득히 깊었다. 나는 숨을 깊이 들이마셨다. 사람들이 하나둘 들어왔다. 나는 내 자리로 돌아갔다.

9시 정각이 되자 임원 회의를 마치고 들어온 정 이사가 곧장 회의실로 향했다. 자리에 앉아 있던 팀장과 대리들, 나는 종이컵에 커피 한 잔씩을 타 들고 따라 들어갔다. 정 이사가 회의 내용 중 공유할 만한 것을 전달했고 업무 진행을 확인했다. 이 과장이 얘기하는 동안 나는 회의실 창문으로 반쯤 잘린 하늘을 봤다. 창틈으로 산들바람이 불어 정 이사의 수첩 종이가 달싹거렸다. 나는 회의실에 앉은 사람들의 얼굴을 하나씩 찬찬히 바라봤다.

이 과장의 얘기가 끝나자 정 이사가 다시 한번 두어 가지 사항을 확인한 뒤 회의를 마무리 지었다. "드릴 말씀이 있습니다." 내 말에 빈 종이컵을 들고 자리에서 일어나려던 사람들이 엉거주춤 다시 앉았다. 나는 숨을 골랐다. "사직하려고 합니다."

정 이사는 놀라지 않았다. 이 과장, 한 대리 모두 한두 번씩 그만두겠다고 말한 적이 있었다. 나도 한 번쯤 그런 말을 할 만한 연차였고 이 과장, 한 대리가 모두 이 자리에 앉아 있듯 결국 계속 일하게 될 터라고 생각했을 것이다. 정 이사의 얼굴은 호기심만 언뜻 비칠 뿐 담담했다. "이유가 뭐야?" 떨렸지만 나는 대체로 평온했다. "사직하는 사람으로서 일일이 사유를 말씀드리는 게 민망하고 죄송스럽습니다. 뜻만 받아주셨으면 합니다. 지금 하고 있는 업무는 사람 정해주시면 인수인계하고 그만두겠습니다." "인수인계할 사람 안 정해주면 계속 다닐 거야?" 정 이사가 농담했다. "한 달 정도 생각하고 있습니다." 정 이사는 얼굴빛을 고쳤다. "어디 정해둔 곳이 있어?" "없습니다." "그럼 무작정 그만둔다고?" "그럴 생각입니다." "왜?"

나는 내가 도처에서 목격한 퇴행들을 말했다. 점점 더 소진당하는 젊은 직원들, 풀리지 않는 생산과 관리의 문제점들, 사람을 쥐어짤 듯 돌아갈 수밖에 없는 상황과 쥐어짜일 수밖에 없는 사람들의 처지. 이대로 가면 회사는 몰락할 수밖에 없고 몰락하는 회사에서 나는 아무 전망도 볼 수 없다고 말했다. 모든 배후에 그것들을 그대로 내버려두고 문제라고 생각하지 않는, 풀 능력조차 없는 기고만장한 임원들이 있었지만 그것까지는 말하지 않았다. 정 이사는 내 말에 동의하지 않았다. "그거야 지금 회사 사정이 어려우니까 그런 거고. 회사가 더 커지고 안정하면 복리 후생도 좋아지고 연봉도 오르고 유능한 사람도 들어오고 또 비싼 설비나 장비도 사들이고, 다 그렇잖아. 한국 대형 조선소라고 이런 시기가 없었겠어? 그 회사들이라고 처음부터 그 높은 연봉에, 휴가 때마다 전용 해수욕장 내주지는 않았을 거 아니야. 돈이 벌리니까, 돈을 벌고 나니까 그런 거지. 어쩌겠어, 그때까지는 힘들어도 서로 돕고 버텨야지. 그렇지 않아?"

"제 생각은 다릅니다. 부족하지만, 제 생각에 회사가 돈을 버는 방법은 일을 일답게 해서 산출을 늘리고, 관리를 관리답게 해서 비용을 줄이고, 그렇게 생산해서 생산한 것을 내다 파는 것, 그것밖에 없는 것 같습니다. 그건 동네 빵집이든, 날고 긴다는 대기업이든 똑같지 않겠습니까? 호황을 맞고 은행에 돈이 넘쳐나면 가만히 있어도 회사가 커질 수도 있겠지만 지금은 그런 때조차 아니고 설사 그렇다고 해도 결국 일을 못하고 관리가 뒤떨어지는 회사는 장기적으로 낙오할 수밖에 없습니다. 저는 지금 이렇게 굴러가는 회사가 커지고 나아질 거라고 도저히 생각할 수 없습니다. 또 이사님 말씀대로 어느 날 회사가 커지고 안정한다고 해도, 그때는 그때대로 문젭니다. 회사가 커지면 그만큼 더 수준 높은 관리 방식이 필요하고 더 많은 일을 쉽게 해야 하는데 그러자면, 지금도 그렇지만, 더 나은 회사, 더 좋은 회사에서 사람들을 데리고 올 겁니다. 저보다 연봉도 더 많이 받고 직급도 엇비슷하거나 높겠지요. 저는 그때쯤 과장일 수도, 차장일 수도 있을 겁니다. 일을 책임지며 해나가야 할 직급이지만 바닥이나 훑어가며 일하던 제가 그 사람들을 어떻게 상대하겠습니까? 경력은 경력대로 밀리고 실력도 실력대로 밀릴 겁니다. 밑에 새로 들어오는 사람들도 마찬가집니다. 회사가 그만큼 크고 좋으니 당연히 학벌 좋고 똑똑한 친구들이 신입으로 들어올 겁니다. 그 친구들에게 제가 가르칠 수 있는 것이라고 해봐야 모두 회사가 지금, 이 한참 뒤떨어진 시기에 대충 해 넘기는 그런 일들뿐입니다. 위로든 아래로든 눈치 보면서 일할 수밖에 없고 눈치를 보다 못하면 결국 억지로 찍어내거나 누르려고 들 테지요." 그 말이 겨냥하는 것은 조 상무 같은 임원들이었다. "그러자면 회사는 회사대로 손해고 저는 저대로 낡고 편협한 인간이 되고 말 겁니다. 그러면서도 대우는 대우대로 못 받겠지요. 결국 회사가 잘되든, 못되든 저한테는 전망이 없는 셈입니다."

정 이사는 말을 돌렸다. "뭔 말인지 알겠는데, 그러면 전혀 재고의 여지가 없어? 좀 참고 기다려볼 수는 없는 거야?" "없는 것 같습니다. 저도 3년이나 일한 회사를 떠나자니 마음이 좋지 않습니다. 그만두지 않을 수 있다면 저도 안 그만두고 싶습니다. 바로 옆 사무실 부서로 옮긴 것도 힘들었는데 회사를 옮기면 얼마나 힘들까, 그 생각을 저도 합니다. 아닌 게 아니라 다른 회사에 가면 직급이 뭐가 되든 신입 사원처럼 복사기 자리, 탕비실 자리부터 익혀야 하겠지요. 그렇다고 전망이 없는데 계속 눌러 있을 수는 없습니다. 저는 회사에서 받는 월급이 전부인 사람이고 그 월급은 다 제 시간과 노동의 대가입니다. 시간이든 노동이든 무한정한 게 아니고 나이가 들면서 자꾸 줄어들 수밖에 없는데 그것들이 회사 안에서 쌓이지 않는다면, 그 위에 올라서서 바라볼 수 있는 게 없다면 전들 어쩌겠습니까? 곰곰이 생각해봤는데 결국 회사에서 제가 기대할 수 있는 것은 세 가지인 것 같습니다. 어려워도 전망이 있거나 아니면 제대로 배워서 내 기술로 삼을 교육이 있거나 그것도 아니라면 연봉이라도 세야 할 것 같습니다. 그런데 지금처럼 일해서야 전망도 없고, 일이라고 배우는 것도 대기업에 가면 모두 쓸 수 없는 수준이고, 연봉도 3년 전과 다를 바가 없습니다. 지금 대기업에서 넘어온 다른 직원들은 회사에 대해 아무것도 모르면서, 단지 대기업에서 넘어왔다는 이유로 저보다 기천만 원씩 더 받는데도요. 그러니 저 같은 사람은 계속 다닐래야 다닐 수가 없습니다."

정 이사는 나를 봤다. "일단 문 대리 말은 알겠고, 알겠어. 생각을 좀 해보고 또 회사가 한창 변화 중에 있으니까 다시 얘기하자. 문 대리도 아예 걸어 잠가놓지 말고 다시 한번 생각해보고. 알았지?" 그것까지 물리칠 수는 없었다. "네, 알았습니다." 정 이사가 한 번 더 물었다. "정말 어디 정해놓은 데 있는 건 아니고?" "아닙니다. 솔직히 말씀드리자면 저도 누가 저를 좀 설득시켜줬으면 좋겠습니다." 나는 웃었다. 농담이었지만 농담이기만 한 것은 아니었다.

사무실로 돌아와서 팀장과 먼저 상의 없이 말한 것을 사과하자 김 팀장은 별것 아니라는 듯 손을 내저었다. "괜찮아, 그런 얘기는 여러 입 거쳐봤자 좋을 것 없다. 잘했다." 내가 없으면 당장 아쉬운 사람은 자신일 텐데도 의연했다. 하지만 마냥 의연할 수만은 없었다. "그래도 좀 더 기다려볼 수는 없겠나? 솔직히 말해서 니 없으면 나도 당장 힘들고, 니도 어디 경력직이라도 내보려면 그래도 5년은 돼야지. 지금 가면 대우도 못 받는다." 김 팀장은 걱정스럽게 나를 처다봤다. "저도 저대로 많이 생각하고 내린 결정이고 결정을 한 이상 머뭇거리는 건 시간 낭비인 것 같습니다. 당장 다른 회사에 들어가겠다고 생각하는 것도 아니고요. 죄송합니다, 팀장님." "나한테 죄송할 건 아니고. 그래, 그런 말이 불쑥 나오는 것 같아도 그냥 나오지는 않지. 지난번에 그 일도 있고, 그래도 그건 내가 잘 마무리해줬잖나." "왕 과장 때문에 이러는 거 아닙니다. 아무리 제가 어려도 욕지거리 좀 얻어 들었다고 회사를 그만두겠습니까?" 나는 웃었다. "그런 거야 아이겠지만, 여튼 아, 알겠고, 그래 알겠다. 나도 이전 회사에서 나올 때, 딱 한 달 만에 나왔으니까. 회사가 앞 안 보이는 거야, 나도 아니라고는 말 못 하겠고. 그래도 갈 곳은 정해놔야지. 니 올해 몇이지? 서른둘? 그래, 적은 나이가 아니잖나. 갈 곳은 정해놓고 움직여야지. 안 그러나?" "일단 좀 쉬면서 생각해보려고 합니다. 다시 회사에 들어갈지도 모르겠고 또 간다고 해도, 경력이 아깝긴 하지만, 사실 계속 조선소에서 일할지 아직 미정입니다." 김 팀장은 농담 말라는 듯 웃었다. "회사 안 가면 뭐 할라고, 그 나이에. 어쨌거나 쉬면서 스펙 좀 올려 대기업 갈 생각해라. 대기업 가면 일은 편해, 확실히. 그래봤자 봉급쟁이 다 거기서 거기긴 하다만."

오후가 되자 이 과장이 건너와 넌지시 말했다. "한 대 빨러 가죠, 문 대리." 농담 두어 마디로 담배 한 대를 다 태우고 나자 이 과장은 속마음을 털어놨다. 예전에 아침 체조 참석 문제로 메일 보낸 것까지 들춰가며 자기가 도와줄 테니, 편하게 해줄 테니 함께 더 참고 있어보자고 말했다. "참 내가 이런 말까지 안 하려고 했는데. 문 대리, 내가 잘할게, 잘해줄게." 나는 웃었다. 1년 남짓 한 실장 아래서 이 일 저 일 서로 얽히는 것 많았는데도 이 과장은 한 번도 나를 찍어 누르려고 하지 않고 종종 이런 식으로 달래줬다. "과장님, 이런 말씀 안 하셔도 돼요. 저 정말 과장님이랑 일해서 좋았어요. 황 과장 가고 나서 이 과장님이 저 더 챙겨주신 것도 잘 알고 또 생산관리팀 일도 아닌데 기획팀에 부하 많이 걸린다고 편의 봐주신 거 다 잘 알아요. 일 힘들거나 과장님 싫어서 그만두는 게 아닌 거 아시잖아요." "그러면 좀 더 있어봐요. 지금까지 고생한 게 아깝잖아. 나도

313

몇 번이나 그만두려고 했어요. 알잖아, 문 대리도. 그래도 사람 하나 보고 남은 거예요. 위로 정 이사님 있고 또 문 대리 있으니까. 조금만 더 해봅시다, 문 대리. 내가 정말 잘해준다니까." 이 과장은 좀처럼 단념하지 않았다. 나는 하지 않으려던 말을 할 수밖에 없었다. "솔직히 말씀드리자면, 저는 좀 겁나요. 과장이 되고 이 과장님처럼 제 팀이 생기면 그때는 저 혼자 문제가 아니잖아요. 또 적은 나이도 아니고 결혼도 해야 하는데, 그러면 더 움직이는 게 쉽지 않잖아요. 그때는 제 생각대로 하는 게 단지 생각대로 하는 게 아니라 무책임한 게 되는 거고 거짓말한 게 되는 거니까요. 홀가분할 때 홀가분하게 떠나는 게 좋을 것 같아요. 죄송합니다." 그 말은 정 이사의 말을 듣고 여러 번 눌러앉은 이 과장의 마음을 아프게 찌를 터였다. 하지만 결론 없이 질질 끄는 것은 서로 더 고되고 지치는 일이었다.

다음 날 정 이사는 나를 따로 불렀다. "문 대리가 한 말 생각해봤는데, 맞는 말이야. 회사에 지금 문제가 좀 있지, 그래. 하지만 그런 문제가 있으니까 함께 풀어나가야 하는 것 아닐까? 회피하는 게 아니라." "이사님도 아시잖습니까. 제가 있든 없든 풀려면 풀 수 있는 문제고 또 풀 수 있었다면 진즉 풀었을 문젭니다. 윗분들 생각이 다르다는 건 이사님도 아시고 저도 아는 겁니다. 저는 회피하는 게 아니라, 이런 말씀 좀 주제넘지만, 실망한 거고 불신하는 겁니다." 정 이사는 불쾌한 기색을 내비치지 않았다. "자 그럼, 툭 털어서 내년에 과장 진급하고 연봉 인상하는 걸로 하자. 나도 문 대리가 그저 그런 대리였으면 이렇게까지는 안 해. 그만큼 높이 평가하고 회사의 재목이라고 생각하는 거야." 선심 쓰듯 말했지만 진심이었다. 그동안 자잘한 일까지도 도와주고 칭찬하는 것을 빠뜨리지 않은 정 이사였다. "말씀 감사합니다." 나는 묵례했다. "하지만 흥정을 하려고 사직을 말씀드린 게 아닙니다. 정말 회사에 전망이 없다고 생각하고 앞으로 남은 일은 더 나빠지는 것밖에 없다고 생각해서 사직하려는 겁니다. 진급이든 연봉이든, 다 회사가 지금보다 나아질 수 있다는 믿음이 있고 사람들이 딴생각 없이 자기 일만 하면 자연스럽게 따라올 것들입니다. 그게 아니면 이사님과 흥정을 한 것뿐이고 이사님이 그만큼 막강하시기 때문에 나중에 받을 것을 당겨 받거나 남의 것을 빼앗아 받는 것밖에 안 됩니다. 잠깐 동안 잘 지내기야 하겠지만 결국 변한 게 없으니 그만두겠다는 생각을 또 할 수밖에 없을 겁니다. 그만큼 더 늦었다고 느낄 거고 늦은 만큼 더 망설이고 두려워할 겁니다. 애초에 제가 먹은 마음이 틀렸다면 군소리 말고 접어야겠지만 그게 아니라면 마음먹었을 때, 마음먹은 대로 하는 게 맞다고 생각합니다."

"난 정말 모르겠어. 문 대리가 도대체 왜 회사가 더 나빠질 거라고만 생각하는지. 회사가 그런 게 아닌데 말이야. 너무 그렇게 자기 말만 하는 것도 고집이야." 정 이사는 얼굴을 찌푸렸다. "미욱하지만, 일단 제가 옳다고 생각하는 대로 해볼 수밖에 없다고 생각합니다. 죄송합니다." 정 이사는 질렸다는 듯 고개를 끄덕였다. "가봐." 나는 묵례하고 자리에서 일어났다. 잡지 않았다면 서운했겠지만 잡다가 결국 놓게 만들었으니 더욱 멀어진 기분이 들었다. 하지만 이

것이 사직이었다. 한 사무실에서 매일 여덟아홉 시간씩, 종종 밤을
새우면서 함께 일하던 사람들과 떨어지는 것이었다.


39.


"어쨌거나 자기소개서랑 해서 제대로 써서 갖고 와봐라. 그래도
갈 데는 있어야지. 우리 친구들, 현대, 삼성에 있으니까 한번 알아봐
줄게. 대신 장담은 못 한다, 그쪽 사정도 있으니까." 김 팀장이 말했
다. 끝내 마음을 돌려세우지 않는데도 이렇게 해주니 미안하고 고
마웠다. 내 선택에 대한 불안과 망설임이 있었고 대기업이라는 곳
에 선망이 있기도 해 나는 며칠 뒤 이력서를 건넸다. 김 팀장은 나를
참조 수신에 넣어 친구들의 회사 이메일로 이력서를 보냈다. 긴말
은 아니었지만 나를 아끼고 능력이나 태도는 자신이 보증할 수 있
다는 내용이었다. 곧 회신이 왔다. 당장 채용 계획이 없어 어렵지만,
참고하겠다는 답이었다. 나는 만족했다. 김 팀장과 일한 시간이 짧
았지만, 내가 잘못하지는 않은 것 같아 보람이 있었다.
　성큼 퇴사가 다가온 기분이 들었다. 늘 모이던 횟집에서 부청, 혁
준과 앉았다. "생각보다 늦었다? 금방 그만둘 것처럼 그러더니." 부
청이 툭 던졌다. 나는 웃었다. "그러게, 그날 출근하면서도 내가 그
말을 정말 할 줄은 몰랐으니까." "그런데 왜 했냐?" "관둔다고 말하
기 좋은 날씨라서?" "지랄 똥을 싼다, 아주. 야, 술이나 따라봐, 어서."

"정말 어쩌려고 그러냐?" 부청이 물었다. "내비둬. 지가 관두고 싶어 관둔다는데 뭘 자꾸 묻냐? 술이나 마셔." 혁준이 말했고 나도 같은 생각이었다. "술이나 마시자. 나도 만나는 사람마다 그 얘기 하느라 지친다, 지쳐." 나는 잘 마시지도 못하는 술을 홀랑 마셨다. 뜨끈한 것이 내려가고 달큰한 것이 올라왔다. "몰라, 정말 아직은 생각만 하고 있어. 뭐가 될지, 어떻게 될지. 이도 저도 안 되면 다시 회사 들어갈 수도 있고." 혁준이 코웃음 쳤다. "웃기고 있네, 누가 너 오라고 뭐 깔아놓고 기다린대?" 나는 웃었다. 그 말이 맞았고 맞아도 이미 저지른 일이었다. 그 얘기는 길어지지 않았다. 그동안 사수 하나 없이 어렵게 일 배우면서 욕먹고 자빠질 때마다 어울리며 먹고 마시고 떠들었다. 한국에 두고 온 친구들보다 더 자주 가깝게, 별꼴 다 보며 여기까지 왔다. 각자 자신의 판단대로 여기까지 왔으니 또 그렇게 헤쳐나갈 수밖에 없다는 것은 분명했다. 여느 날처럼 시시덕거리며 술잔을 비우고 생선회를 집어 먹었다. 부청은 배가 부른데도 버릇대로 또 장어를 시켰고 혁준은 고개도 못 가누면서도 술잔을 부지런히 비워댔다. 새삼 이런 모습을 보는 것도 얼마 안 남았구나 싶었다.

"하여튼, 잘 지내라, 내 처음이자 마지막 동기들아." 내가 말했다. "뭔 헛소리냐?" 부청이 말했다. "아직 모르지만, 어디 가든 이제 동기가 있겠어? 다 위나 아래일 거고 아니면 남이겠지. 이런 것도 이제 끝이다. 외로워지는 거야. 그냥 일이나 하는 거지." 자잘하게 많이 다투기도 다퉜고 어느 때는 부청과, 어느 때는 혁준과, 또 어느 때는 그 둘과도 데면데면하게 굴었다. 그것도 다 한때였다. 그래도 동기였고 어느 한 사람 힘들고 어렵다 하면 끝내 모른 척하지는 않았다. 풀었고 다시 어울렸고 그러다 또 다퉜지만 또 풀었다. 그렇게 함께 엉키고 뒹굴며 보낸 3년이었다. 여름이면 술에 취해 소리를 질러가며 중국인들의 거리를 뛰어다녔고 겨울에는 푹푹 빠지는 눈을 헤치며 술집을 찾았다. 좋은 한때였다.

한 대리는 여전히 2002호 현장으로 출퇴근했다. 인사를 하러 찾아갔지만 잠깐 자리를 비웠는지 보이지 않았다. A자 철골까지 다 떼고 난 2002호는 흉물, 그저 흉물이었다. 누워 있을 때가 차라리 보기 좋았을 정도였다. 돌아 나오려고 할 때 폐철 수거 업체 트럭에서 한 대리가 내렸다. 나를 보고는 늘 하듯 활짝 웃으며 손을 흔들었다. "배는 어떻게 된대요? 정말 재건조라도 하겠대요?" 한 대리가 어림없다는 듯 고개를 저었다. "스크랩 처리 들어가요. 벌써 프레임들은 수거 업체에서 좋다고 들고 갔어요." "결국 폐철 덩어리를 그 고생해서 들어 올린 거네요." 쓴웃음이 났다. "그러니까요." 한 대리도 웃었다. "그나마 폐철로 팔면 장비값이랑 인건비는 나오겠네요." "안 그럴걸요. 저거 일일이 해체하는 것도 만만찮은 작업이라서." "저럴 거 진즉 뜯어 팔아치우기나 하지. 사람은 사람대로 고생하고 돈은 돈대로 들이고." 한 대리는 빈 땅을 차며 웃었다.

"이제 며칠 안 남았죠?" 한 대리가 물었다. "모르겠어요, 인수인계할 사람이 없대서 더 있어야 할지도 몰라요. 생각 같아서는 내일이라도 그만 나오고 싶은데. 어정쩡하잖아요. 일을 해도 계속할 일이 아니니까 이러지도 저러지도 못하고." 한 대리가 고개를 끄덕였다. 나는 말을 이었다. "근데 좋기도 해요. 현업 부서에서 뭐라 해도 그러세요, 나는 그만둡니다, 생각하면 그냥 네, 알겠어요, 힘드시겠죠, 그러실 거예요, 그래서 그만두는 거거든요, 싫으니까 스트레스가 없어요. 무한정 계속해야 한다는 생각을 안 해도 되니까 마음이 이렇게 편할 수가 없어. 내가 생각해도 내가 너무 너그러워. 이렇게 일하면 평생도 하겠다 싶어요." 한 대리가 웃었고 나도 웃었다. 한 대리가 말했다. "참 부러워요. 그렇게 그만두고 싶을 때 그만두실 수 있고, 또 정 이사님, 이 과장님 다 그렇게 잡는데도 버티고. 대단하다 싶어요." "아네요. 어쩌면 객기인지도 모르고 또 나중에 나는 꼬이는데 회사는 잘되면 땅을 치고 후회할지도 모르죠." "일 잘하는 사람들 다 갔는데 잘될 리가 있나요?" "그래도 잘됐으면 좋겠어요. 동기들도 아직 있고 또 한 대리님, 김 팀장님, 이 과장님, 정 이사님 다 계시니까." 솔직한 마음이었다. "회사가 싫기도 하지만 좋기도 해요. 여기 와서 좋은 사람 많이 만났고 일도 많이 배웠으니까. 그리고 잘돼야 저도 나중에 어디 이력서 쓰기 좋죠." 한 대리가 고개를 끄덕였다. "사실 나도 자리 알아보고 있어요. 저번에 회의실에서 문 대리님 하신 말씀도 있고 이전부터 계속 생각해온 것도 있고." 잘된 일이었다. 그간 회사가 얼마나 한 대리를 이 부서, 저 부서로 막 부렸나. 또 가족을 볼모로 삼아 얼마나 험하게 굴렸나.

주 기사는 새로 온 팀장 때문에 바빴다. 팀장은 좋은 사람이었지만 최 부장처럼 유능하고 속 깊은 사람은 아니었다. "저도 곧 그만

두려고요. 꼭 양 이사 그 사람이 한 말처럼 하는 것 같아 싫지만 한국 가서 정말 시집이나 가려고요. 내가 할 수 있는 게 너무 없구나, 요즘은 그런 생각만 들어요." 주 기사는 총명하고 눈치가 빨랐다. 사소한 일도 자기 일처럼 반듯하게 해냈고 항상 아래위 사람 처지를 배려하면서 일했다. 최 부장이 계속 있었다면 분명 많은 일을 했을 사람이었다. 안타까웠지만 달리 해줄 말이 없었다. "최 부장님은 잘 지내신대요?" "어딜 가나 잘 지내실 분이잖아요. 그래도 좀 외롭고 심심하신가 봐요. 일주일에 한 번씩 회사로 전화하시는 거 보면." 최 부장도 정은 이쪽에 남은 모양이었다. 나도 그렇게 될까? 안 그럴 이유는 없었다. 꼭 동기들이 아니라도 3년 동안 교실처럼 매일 아침저녁 드나들었다. 정이 붙는 것이 당연했다. 싫은 일, 싫은 사람도 많았지만 그것들은 결국 아무 상관 없는 것, 오히려 지금 정을 떼려는 핑계였다. 다행이었다. 회사가 그저 월급이나 주고 괴롭기만 한 곳처럼 말하고 떠나는 사람도 있었지만 정말 그렇기만 한 걸까? 하루에 열 시간 넘게 붙박여 있는 곳에서 푼돈에 그저 인생을 끊어 파는 것에 불과하다면, 아무 정도 남기지 않는 것이라면 얼마나 쓸쓸하고 허망할까?

약속한 한 달이 다 됐다. 정 이사가 나를 불렀다. "미안한데, 아무래도 마땅한 사람이 없네. 일단 김 팀장이랑 하 고문님께 인수하기로 하자. 두 분 다 하는 일이 많으시니 문 대리가 한 달만 더 다니면서 함께 일해주는 걸로 하고. 어때?" 선뜻 대답이 나오지 않았다. 정 이사가 말했다. "무조건 한 달, 한 달 만이야. 그때 가서는 인수인계가 안 되더라도 안 붙잡을게. 어차피 문 대리도 자기가 지금까지 해온 일인데 망가지는 걸 바라지는 않을 거잖아. 잘 지내던 사람들 남아서 고생하는 것도 보고 싶지 않을 거고." 맞는 말이었다. "네, 그렇게 하겠습니다." 일어서려는 나를 보며 정 이사가 한마디 더 했다. "근데, 정말 그만둘 거야?" 나는 죄송하다고 말했다.

하준구 고문은 내가 그만두겠다고 하고 이삼일 후부터 출근했다. 일흔에 가까운 노인이었지만 체구가 건장했다. 머리칼은 짧았고 턱은 늘 말끔히 면도해 있었다. 말투는 느렸지만 말이 분명하고 중언부언이 없었다. 경력이 대단했다. 공고 졸업 후 삼성중공업 견습생부터 시작해 혁신과 교육 사무직까지 치고 올라가 정년퇴직한 사람이었다. 아직도 예전에 함께 일하며 가르친 젊은 사람들과 메일을 주고받았다. 그런 메일을 읽거나 쓸 때면 컴퓨터 앞에 앉아 잔잔히 웃었다.

"일 잘하는 사람인 것 같은데 곧 그만둔다고 하니 참 안타깝네." 하 고문은 업무 인수인계를 하던 중에 그렇게 말했다. 내 마음도 다르지 않았다. 연세 때문에 일하는 속도가 늦고 컴퓨터 사용이 서투르기는 했지만 일을 꼼꼼하게 살핀 다음 시작했고 하면서도 빈틈이 없었다. 함께 계속 일한다면 좋은 일을 할 수 있을 것 같다는 생각이 들었다. 하지만 그렇지 않을 것이다. 일이 그렇게 돌아가지 않았기 때문에 하 고문 같은 분이 내 업무 따위나 인수인계받는 상황이 된 터였다. 돌이키고 싶은 마음이 종종 들었다. 돌이키지는 않았다.

40.

정 이사는 끝내 안심이 안 됐는지 부청을 불러 내렸다. 부청이 자금팀에서 회사 총예산 일을 하고 있으니 노무비 예산도 받는 것이 좋겠다는 명분이었고 양 이사도 새 과장 한 명을 더 영입한 터라 순순히 내줬다. 부청은 이해가 빨랐다. 내가 생산은 잘 알았지만 회계는 어둡듯 부청도 회계는 밝았으나 생산은 어두웠기 때문에 서로 보완해줄 수도 있었다. 인수인계에 속도가 붙었고 그만둘 날도 빠르게 다가왔다.

"이제 와서 다 쓸데없는 얘기지만, 네가 진즉 내려왔으면 안 그만뒀을 거라는 생각도 드네." "지금도 늦지 않았어. 나 삥이 치게 만들지 말고 그냥 눌러앉아." "눌러앉으면 너 다시 올려 보낼걸?" "올려보내든 말든 내가 안 가면 그만이지." "이사님 말씀이라면 무조건 예, 알겠습니다, 하는 주제에 말은." "야, 내가 그래도 한다면 한다. 나 그런 사람이야." 나는 웃고 말았다. "이제 정말 다 왔다고 생각하니까, 참 싱숭생숭하네." "그러니까 끝내지 말라고." "됐다고, 다 결정 났다고. 나 집도 계약 끝냈다고. 나 눌러앉으면 네가 재워줄 거야?" "꺼져. 한국 가. 가서 다시는 나한테 오지 마." "말은. 혁준이랑 잘 지내, 나 없어도. 어련히 잘 어울리겠냐만." "너 자꾸 오해하는데, 내가 같이 마셔주는 거야. 걔가 불쌍해서. 내가 그런 사람이라고." "싸우지나 마셔." "내가 너냐? 너야? 그리고 네가 지금 남 걱정할 처지냐. 갈 데도 없는 주제에." 하긴, 내 코가 삼백서른석 자였다.

322

"기자 일 다시 해볼 생각은 없어? 너 그거 잘하잖아, 뭐 쓰는 거. 사진도 잘 찍고.""생각 없어.""왜?""몰라서 그렇지, 그것도 다 내 뜻대로 쓸 수 있는 게 아냐. 월급 받으니 쓰라는 대로 써야 하고, 관심 없는데 사람들이 좋아하니까 써야 하기도 하고.""아니면 오 팀장님 회사에 가든지. 부르신다고 했다며?""이 불황에 거기라고 멀쩡하겠어. 팀장님도 힘드신가 봐." 사실 연락도 오지 않았다. "그럼 어쩌려고? 탱자탱자 노시게? 나이 서른둘이나 처먹고? 어머니께서 참 좋아라 하시겠다." 쓴웃음이 나왔다. 부청이 물었다. "어머니는 아직도 일하셔?""일하시지. 새벽마다, 남의 주방 일.""빨리 일 찾아, 배부른 소리 말고.""그래, 그래야겠지.""우리 아버지 택시 바꾸신댄다, 새 차로.""잘됐네.""그것도 여태껏 미루시다가 이제 나 좀 자리 잡고 나니까 하시는 거야. 야, 이 나이 먹었으면 부모님 걱정은 시키지 말아야지.""그래, 그렇지.""근데 너 진짜 뭐 하게? 어쩌려고?" 나는 잠시 망설였다.

"글을 써보고 싶어.""기자 싫다며?""그러니까, 그런 글 말고 진짜 내 글.""뭐 수필, 그런 거냐?""몰라, 아직. 어떤 건지 모르지만 아무도 쓰라고 한 적 없는 거, 내가 쓰고 싶고 진짠 거 같은 걸 써보고 싶어.""아무도 쓰라고 안 했으면, 아무도 안 읽는 거 아냐?""그렇지, 일단은. 그래도 진짜 잘 쓰면 모르지, 읽고 싶어질지도.""내 주위에는 왜 이런 인간들밖에 없냐. 내 동생도 서른 다 돼서 연극배우 한다고 나서서 저러고 있지.""참, 걔는 잘되고 있어?""개뿔. 내가 한국 갈 때마다 용돈 주는 게 걔 1년 벌이보다 많다.""하긴, 그쪽도 쉽지 않지.""야, 잘해라. 나야 이러고 있지만 그래도 난 사람이 하고 싶은 거 하면서 살아야 한다, 그 생각은 맞다고 본다.""너는 이게 하고 싶은 일이야? 맨날 엑셀 표 보면서 계정 찾고 전표 찍고 그러는 게?""난 어렸을 때부터 회계사가 꿈이었다니까. 그게 뭔지도 몰랐지만.""그런데 왜 생물학과 갔어?""말했잖냐, 그게 뭔지도 몰랐다고.""하여튼 좋은 머리는 아니니까.""야, 그래도 일은 빵꾸 안 내. 됐고, 너는 똑똑하고 잘났으니 어디 너 하고 싶은 대로 해봐라. 형아가 한국에 들어갈 때마다 술은 사줄게. 한번 사는 인생, 하고 싶은 거 해야지.""맨날 인생 뭐 별거 있냐고 하는 게.""야, 별거 없으니까 하고 싶은 대로 하고 사는 거야." 그 말에 웃었다.

마지막 출근 전날이었다. 내일이 마지막 퇴근이라는 생각이 들자 기분이 묘했다. "자, 이제 제가 말씀드릴 건 다 드린 것 같습니다." 며칠 전 새로 받은 업무까지 인수인계하고 나서 내가 말했다. 하 고문이 작지만 맑은 눈으로 나를 지그시 바라봤다. 잔잔히 웃었다. 내가 의아해하자 하 고문이 대뜸 말했다. "사는 거 별거 아이데이, 문 대리.""네?""지금이야 막막하고 답답하겠지만, 별별 생각 다 들겠지만 살아보면, 살고 보면 참 별거 아이라, 사는 거." 나는 웃었다. 감추고 억누른 불안과 두려움이 꿰뚫린 것 같았다. "감사합니다. 명심할게요." 하 고문이 덧붙였다. "연연할 것 없는 기라. 지나고 나면 다 좋은 것만, 좋았던 것만 남는데이." 하 고문과 한 마지막 대화였고 인사였다.

다음 날은 내내 떨리기도 하고 평온하기도 하고 기쁘기도 하고 서운하기도 한, 한마디로 정리할 수 없는 기분이었다. 다 왔구나 싶으면서도, 정말 다 왔나 싶기도 했다. 바쁘게 돌아가는 사무실에 멍하니 앉아 전화나 받다가 10시 좀 지나 현장에 나갔다. 이리저리 걷다가 450톤 기중기 위에 올라갔다. 붉게 칠한 쇠문을 밀고 나가자 바람이 억세게 불었다. 작업복이 빨랫방망이로 두드린 듯 펄럭거렸고 안전모 턱 끈이 조여들었다. 바람 센 날이 그렇듯 날씨는 아주 맑았다. 풍력발전기들이 줄줄이 늘어서 있는 남쪽 언덕과 인도한 배들이 작은 점으로 소실하는 동쪽 바다까지 명징히 보였다. 의장부두에는 진수가 끝난 중량물 화물선이 떠 있었고 그 뒤에 2002호가 반쯤 일어서 있었다. 썩은 배, 그 전에는 누운 배였다.

바람 소리를 들었다. 바람은 바담 풍으로 불지도 않고 바람 풍으로 불지도 않았다. 바람은 그저 바람으로 불었다. 내가 듣기에 따라 바담 풍으로도 들렸고 바람 풍으로도 들렸고, 세상도 마찬가지였다. 세상은 세상일 뿐, 이런 세상도 저런 세상도 아니었다. 한때 거적때기 같은 세상이라고 생각한 적이 있다. 참말과 거짓말로 기운 넝마 같은 세상. 하지만 그것도 세상 그 자체는 아니었다. 세상 속에 거짓도 있고 참도 있었다. 회사도 다르지 않았다. 이런 회사도 회사고 저런 회사도 회사였다. 황 사장 같은 사람도 있고 조 상무 같은 사람도 있으며 조 상무 같은 사람이 성공하는 회사도, 드물겠지만 황 사장 같은 사람이 성공하는 회사도 있을 터였다. 중요한 것은 그런 것이 아니었다. 내가 어느 회사에 있든, 어느 세상이나 나라에 있든, 그런 것은 중요하지 않았다.

분명한 것은 일을 일로 하지 않는 회사는, 야합과 담합으로, 협잡과 인습으로, 사람에게 일을 주는 것이 아니라 일에 사람을 끼워 맞춰가며 시키는 회사는 몰락할 수밖에 없다는 것이다. 그것은 이치였다. 이치란 무엇일까. 거대한 배를 쓰러뜨리고 또다시 끌어 올린 물리처럼, 눈에 보이지는 않지만 모든 것을 관장하는 근본이다. 황사장이 말한 순환의 수레바퀴를 돌리는 것이다. 이치는 이상도 전망도 희망도 아니고, 사실의 표면조차 아니다. 이치는 사실들의 뿌리고 진실이다. 바람이 바람으로 불듯 이치는 이치대로, 수레바퀴를 순방향으로도 돌리고 역방향으로도 돌리는 것이다. 회사를 부정할 마음은 없었다. 회사가 아니라면 비행기도 배도 세상에 없을 것이다. 많은 위대와 경이가 회사를 통해, 수많은 사람이 조직을 이뤄 일군 것이다. 부정해야 할 것은 회사가 아니라 이치에 따라 움직이지 않는 회사, 회장이라는 우상을 따라 움직이는 회사, 직원을 맹신자나 사병으로, 사람을 노예나 기계 부속으로 만드는 회사였다. 그런 회사는 한국이든 중국이든 어느 나라에서든 망할 것이고, 그런 회사에 다니는 한 나는 결국 저 배처럼 누워 썩어버릴 터였다. 그 명백한 이치가 비로소 나를 자유롭게 했다. 더는 도망칠 필요가 없었다. 내가 가는 곳이 어느 회사, 어떤 나라라는 것에 얽매이는 대신 몰락에서 비켜서기 위해, 썩어가는 누운 배가 되지 않기 위해 내가 할 것은 결정이었다. 회사원이 돼야 한다는, 어떤 회사라도 반드시 들어가야 한다는 것에서 벗어나 내가 내 인생을 결정한다고 할 때, 바로 그 결정이었다. 가슴이 탁 트인 듯 들이쉰 숨은 한숨으로 잦아들었다. 덜덜 떨리면서도 이상하게 기분이 좋았다. 자유의 촉감이었다. 스스로 말미암는다는, 내가 내 목적이자 결과가 된다는 것, 자유였다. 글을 쓰겠다고 생각은 했지만 막연했다. 나는 정말 그럴 수 있을지, 그러면 어떤 사람이 될지 몰랐다. 자유는 그것에서 비롯하는 불안과 현기증을 감당해야 한다는 뜻이기도 하다.

이제부터 나는 내가 씨 뿌려 거둔 것들로 사료가 아닌 밥을 해 먹고 일을 할 터였다. 할 수 있을 것이다. 아무것도 할 수 없는 사람들, 이 성벽뿐인 가짜 성의 내부에서 의자에 푹 파묻혀 자신을 감춘 채 거미줄 아래에서 늙고 쇠약해져가는 사람들을 봤으니 젊은 내가 어떤 것이라도 할 수 있다는 것은 자명했다. 고생길이 훤했다. 내가 해야 할 고생이고 나를 위한 고생이었다.

나는 내 젊음을 고생스럽게 써서 내가 늙어서도 잘할 수 있는 것을, 익힘이 되고 경험이 돼 젊은 사람은 결코 할 수 없을 만큼 잘할 수 있는 것을 찾고 해내야 했다. 내 젊음과 노력, 삶에 대한 애착을 모두 쏟아부어 할 일이라는 것이 있다면 나는 늙어서도 소일거리를 찾지 않을 것이다. 나보다 젊은 사람의 피를 빨아 젊음을 유지하려는 괴물이 되지는 않을 것이다.

도망칠 필요가 없어졌다는 것을 깨달았을 때 가장 먼저 떠오른 것이 글이었다. 한때 내가 잘한다고 인정받고 또 그렇게 되기를 바랐지만 가장 먼저 도망쳐온 것이었다. 그 끝을 한번 보고 싶었다. 내가 최선을 다했을 때 어떤 것이 나오고 어떤 평가를 받을지 궁금했고, 그것만큼 궁금한 것은 없었다. 부정할 수 없이 나는, 내가 가장 좋고 궁금한, 그런 사람이었다. 내가 왜 이런 인간인지는 나도 잘 모르겠다. 한 가지는 분명했다. 나는 바람 풍을 바람 풍이라고 쓰고 싶었다. 그것이 아니라면 나 같은 사람이 글을 쓸 이유는 없었다.

내가 도망쳐왔을 때보다 상황은 더 나빠져 있었다. 글값은 전보다 더 싸졌고 사람들은 점점 더 책을 안 읽는다고들 했다. 일기를 빼면 남이 시키지 않은 글을 써본 적도 없었고 벌써 3년이나 회사 생활에 적응해 있었다. 나이는 더 들었고 아무 경력도 없었다. 이제 와서 글을 쓰고 그 글을 생업으로 삼기란 무책임하고 무모한 짓이었다. 나는 비로소 내가 되겠지만, 그 나란 얼마나 보잘것없는가? 하지만 망설이기만 한다면 내 뒤에 쌓이는 날들은 나를 더 늦고 무모하고 무책임하게 만들 터였다.

배를 끌어 올릴 때 그랬듯, 운명에 맡겨야 할 것은 운명에 맡겨야 했다. 내가 해야 할 것은 내가 하고, 나머지는 담대하게 기다리는 것뿐이었다. 나는 내 인생을 완전히 망쳐버릴 수도 있었다. 앞길은 보이지 않는 것이다. 아직 오지 않은 것이고 결국 시간이 흘러야만 알 수 있는 것이다. 그것이 인생을 살아지는 대로 살아야 한다는, 보이는 대로 봐야 한다는 뜻은 아니다. 보이는 대로 볼 수밖에 없는 것이 인생이라면, 인생은 단지 요행과 허무일 따름이다. 사람들은 보이는 대로만 봤기 때문에 저 배를 썩도록 내버려뒀고 썩은 다음에야 일으켰으며 일으킨 다음에야 썩은 줄 알았다. 내 인생을 보이는 대로 볼 수는 없다. 내가 알고 있는 이치와 진실을 통해 똑똑히 들여다봐야 한다. 선택하고 결정해야 한다. 아직 선택하고 결정할 수 있을 때 그래야 한다. 나는 이미 누웠는지도 모르지만, 너무 오래 누운 것은 아닐 것이다.

"언제 가려고? 꼭 퇴근 시간까지 있을 필요 있겠나? 할 일도 없는데. 마침 나도 외근 나갈 일 있어서 택시 불러놨는데 같이 나가자." 김 팀장이 말했다. 점심을 먹고 다시 전화나 받고 있다가 얼결에 따라나섰다. 사람들은 타 부서나 현장에 나가 있었다. 어차피 내일 상하이로 여행을 떠날 예정이었고 여행이 끝나면 돌아와 한 번 더 보기로 약속한 터였다. 회의를 끝마치고 들어오는 정 이사에게만 인사하고 사무실을 나섰다. 담배 한 개비 피우면서 감상과 회한에 젖을 시간도 없었다. 김 팀장을 따라 바쁜 걸음으로 정문을 향해 걸었다. 이미 검은색 택시가 정문 앞에 서 있었다. 마지막 퇴근이었다. 이렇게 할 생각은 없었는데, 사진도 좀 찍고 옛날 생각 하면서 천천히 혼자 조퇴하는 아이처럼 걸어 나올 생각이었는데, 그렇게 되지 않았다. 사직하겠다는 말도 생각대로 한 것은 아니니 짝이 맞기는 했다. 경비실을 지나 택시에 탈 때가 돼서야 나는 잠시 뒤를 돌아봤다. 차량 차단기 너머로 3년 동안 일한 사무동 건물이 보였다. 5층 높이에, 사명 현판이 있던 자리에는 자국만 있었다. 지난겨울에 떨어진 뒤 다시 붙이지 않은 것이었다. 회사가 어떻게 될까? 사람들은 어떻게 지낼까? 내가 잠깐 상념에 젖을 찰나, 김 팀장이 외쳤다. "빨리 온나."

41.

다음 날 오전 상하이행 비행기를 탔다. 비행기는 만원이었고 출발 지연 중이었다. 이유는 알 수 없었다. 초여름 뙤약볕이 쏟아지는 활주로에서 20분간 그냥 서 있었다. 뒷자리에 탄 배불뚝이 중년 남자가 에어컨 틀라고 소리치며 스튜어디스를 식당 종업원 부르듯 불러댔다. 스튜어디스는 짜증을 내며 대기 중에 에어컨이 작동하지 않으니 그런 줄 알라고 말했고 계속 남자가 버럭거리자 아예 무시해버렸다. 그래도 내가 영어로 물을 좀 달라고 하자 상냥하게 영어로 답하며 차가운 물을 가져다줬다. 이런 게 중국이지, 웃음이 나왔다. 나는 언제 출발할지 모르는 비행기 안에서 짜증에 찬 중국 남자들의 호통 소리와 쉴 틈 없이 떠들어대는 중국 여자들의 대화 소리를 그만 듣기로 했다. 이어폰을 꽂고 눈을 감았다. 의자는 직각이었고 무릎은 앞 의자에 닿았고 등은 땀으로 축축했고 이미 그 등받이는 다른 사람의 땀으로 축축해지고 마르기를 숱하게 반복했을 거라는 생각이 들었고 여기저기에서 냄새가 피어올랐다. 그런 채로 비행기는 30분이 더 지난 뒤에야 이륙했다.

사흘 뒤 나는 다시 한국행 비행기에 타고 있었다. 머리에 붕대를 칭칭 감은 채였다. 상하이 여행 둘째 날, 근처 공원에서 사진을 찍다가 떨어졌고 뒤통수가 깨졌다. 구급차에 실려가면서 정신을 차렸을 때 내가 제일 먼저 한 생각은, 사지 멀쩡해야 하는데, 산재도 안 되고 믿을 건 몸뚱이 하나밖에 없으니 아무 일 없어야 하는데, 그런 걱

정이었다. 다행히 상하이 영사관 직원의 도움으로 다음 날 내가 있
던 도시로 돌아왔고 사람들과 만날 새도 없이 부랴부랴 귀국해야 했
다. 황당했지만 날마다 출퇴근하며 쳇바퀴를 돌리는 안정과 반복에
서 벗어났으니 그런 일도 있었고 앞으로도 그런 일투성이일 터였다.

정시에 이륙한 비행기가 평형을 이뤘다. 보통 이때쯤이면 비행기
가 내가 일하던 조선소 위를 지났다. 나는 창밖을 봤다. 하지만 조선
소도, 바다도, 2002호도 보이지 않았다. 더럽고 어지러운 것을 모두
덮어주는 눈 같은 흰 구름만 보였다. 이렇게 끝이었다. 괜찮았다. 하
고문의 말대로 좋은 것은 남을 것이고 결국 좋은 것만 남아 있을 것
이다. 나는 그 말이 좋았다. 고생과 고통만 남았다는 말보다 더 솔직
하고 진실한 말이라고 생각한다.

나는 아득히 펼쳐진 구름을 봤다. 아직 아무것도 쓰이지 않은 백
지 같았다.

이 이야기는 소설로 썼으며 그렇게 읽혔기를 바란다.

많은 사건과 인물이 내가 보고 겪은 것에 기초를 두고 있다.

하지만 그것대로 쓰지 않았고 그렇게 쓸 수도 없었다. 소설로 쓰 겠다고 생각했고 그렇게 쓴다는 것이 머리와 몸에 익은 뒤에야 비 로소 써나갈 수 있었다. 3년이 걸렸다.

초고를 쓰는 데 3개월이 걸렸다.

가끔 오전에 집을 나서기도 했지만 대체로 오후에 나서서 해가 질 때까지 커피 가게의 높다란 스툴에 앉아 썼다. 원고가 잘 써지는 날이면 콧대가 한껏 치솟았다. 그런 날은 며칠 없었다.

어떤 날은 변죽만 울렸고 어떤 날은 지워야 할 것을 그런지도 모 르고 써 내렸다. 많은 날은 아예 아무것도 쓰지 못했다.

아무것도 쓰지 못한 날은 일을 받지 못한 일용직 노동자처럼 터벅터벅 걸어 집으로 돌아왔다. 내일은 괜찮을 거라고, 다시 이야기 속으로 들어가서 빠른 장단을 휘몰아치듯 쓸 수 있을 거라고 되뇌었다. 하지만 다음 날도 종종 그다음 날까지도 아무것도 쓰지 못했다.

그만두지 않았다. 내가 할 수 있고 해야 하는 것은 기어이 끝까지 써내는 것밖에 없었다. 그것을 확신하기까지도 3년이 걸렸다.

어머니와 장우철 선배에게, 또 처음 소설을 읽어준 친구 장충수, 문성원, 정정희, 이사민에게, 읽고 평가해준 심사위원에게 감사한다.

좋은 소설은 늘 나와 내 처지를 비춰볼 수 있는 반듯한 거울이었다. 부족한 것이 많지만 이 소설 역시 그렇게 읽혔기를 바란다. 강조하고 싶은 것은 있었으나 강요하려는 것은 없었다. 어떤 부분이 그렇게 읽혔다면 내 부족한 역량 탓이다.

소설이 단지 소설 한 권이라는 사실에 나는 만족하며 그것으로 불필요한 짐을 던다. 나는 나란 사람이 감각하고 생각하는 세상에 관해 소설 한 권으로 말했다. 이 소설 한 권이 읽는 사람에게 생각의 재료나 밑밥으로 쓰인다면, 또 세상과 우리 자신에 진지하고 솔직하게 대화할 수 있는 말머리가 된다면 그것으로 족하다. 그 대화가 유쾌하기까지 하면 좋겠지만 나는 유머감각이 없고 세상도 썩 즐거운 곳은 아닌 것 같다. 어쨌거나 그것이 내가 소설이라는 매개체를 좋아하고 계속 쓰려는 이유다. 나와 독자, 또 독자와 독자 사이에 나지막한 울타리 같은 책 한 권을 놓는 것, 각자 자신의 공간에서 자신의 삶을 살며 그 울타리 너머로 종종 다른 사람의 삶을 안심한 채 넘겨다보는 것. 별것 아닌 것 같지만 꽤 중요한 일이라고 생각한다.

이혁진.

《누운 배》를 읽는 건 작가가 치밀하게 직조하고 치열하게 밀어붙인 이야기에 빠져드는 일인 동시에 망망대해처럼 펼쳐진 비극과 거기에 좌초된 진실을 함께 목도하는 일이다. 겉으로는 괜찮아 보이지만 바닷물에 녹아 다 썩어버린 거대한 배의 이야기를 소설 속에서 마주하는 일은 힘들다. 그러나 《누운 배》가 지금 여기의 우리들이 꼭 읽어야 하는 소설인 것만은 분명하다.

권력에 묻어가고 싶었던 한 사람이 자신을 돌아보며 썩지 않겠다고 다짐하는 것, 진실에 대해 쓰고 싶다는 열망을 품는 것, 할 수 있는 것이 없지만 가만히 있을 수도 없는 사람들이 행동하기로 결단하는 것만이 유일한 희망이 되었다. 그것을 포착해낸 작가의 수상을 축하한다. _강태식(소설가)

단단하고, 무겁고, 차갑다.

새로운 시대의 리얼리즘은 비정한 모습으로 돌아왔다.

소설이 세상을, 세상이 소설을 닮은 탓이다.

기업 소설이자 남성 소설이라 칭할 수도 있을 것이다.

하지만 그에 앞서 기존의 소설들이 얼보았던 현실을 직시한 오늘의 소설이다. _김별아(소설가)


《누운 배》는 흔하게 보는 리얼리즘 계열의 소설이 아니다. 이 소설이 가진 디테일의 정확함과 정교함, 세밀함은 단순히 리얼리즘이라고 부르기에 아까울 정도다. 디테일의 세밀한 묘사는 소설 전체에 걸쳐, 페이지를 더해갈수록 조금씩 중첩되고 축적된다. 그리고그 축적의 효과가 어느 순간 일정한 수준을 넘어설 때, 거대한 힘이되어 읽는 이의 마음을 움직인다.

축적의 효과가 독자를 향한 힘으로 전환되는 순간, 그 임계점이바로 누워 있던 배가 일으켜 세워지는 순간이다. 그 순간에 지금까지 감춰져 있던 일그러진 진실이 드러나면서 소설은 우리 인생이누운 배와 같다는, 우리 사회가 누운 배와 다름없다는 보편성을 획득하게 된다. 《누운 배》가 그저 리얼리즘이기만 했다면 추천하지 않았을 것이다. 나는 이 소설이 보여주는 디테일 묘사의 극단적 추구가, 리얼리즘적 양식 그 이상을 보여주고 있다고 생각했다.

문학뿐만 아니라 우리 문화 곳곳에서 리얼리즘이 다시 돌아오는현상을 보게 된다. 리얼리즘이 돌아온다. 지난 세기에 우세했던 한 경향이 돌아온다면, 이 시대가 그 경향을 다시 원하고 있기 때문이다. 나는 리얼리즘의 회귀가 어디까지, 얼마나 이어질지 궁금하다.
_백민석(소설가)

일상을 세세하게 들여다보면, 마치 돋보기로 보듯 그렇게 세세하게 들여다보면, 평범한 장면도 환상의 세계를 보는 듯하게 느껴진다. 극단적인 세밀함은 알 수 없는 거대한 존재가 '인간'이란 존재를 내려다보는 듯한 효과를 준다. 거대한 배가 쓰러지고, 보험사와 실랑이를 하고, 구조조정을 한다. 그런 일을 겪으면서 사람들은 우왕좌왕하고, 음모가 난무하고, 나를 지키기 위해 타인을 밀어낸다. 이 소설은 이런 과정들을 리얼하게 그려낸다. 너무나 리얼해서 직업의 세계라는 다큐를 보는 듯하다. 그 결과, 독자인 나는 책을 읽다 어느 순간 조선소에서 일하는 사람들을 내려다보는 듯한 기분에 사로잡혔다. 마치 운동장의 개미를 내려다보듯. 그걸 구경하는 내가 누운 배처럼 쓸모없는 인간이 된 듯해 쓸쓸해진다. _윤성희(소설가)

예심 심사를 하면서 응모작 31편을 읽었는데, 두 번째로 집어 든 원고가 《누운 배》였다. 읽는 내내 놀라고 신기해서 어안이 벙벙했다. 초고화질 카메라를 장착한 드론이 하늘을 날아다니며 하나의 세계와 그 세계 속 인간 군상을 구석구석 촬영해서 보내오는 영상을 보는 듯했다. 그 세계의 풍경도, 현장을 중계하는 렌즈의 각도도 낯설고 새로웠다. 동시에 익숙했다. 왜냐하면 그 드론은 사실 2016년 대한민국의 모습을 축소해서 만든 정교한 미니어처 위를 날아다니고 있었으므로.

이 드론의 렌즈를 통해 비로소, 지금 한국을 온통 뒤덮은 거대한 부조리의 검은 구름이 어떤 모양으로 생겼는지 알 수 있었다. 우리의 눈을 가리고 숨을 막는 그 구름은 옆으로 쓰러진 배 모양으로 생겼다.

남은 원고 29편을 처음부터 끝까지 다 읽었지만 《누운 배》보다 강렬한 소설은 없었다. 나는 본심에서 《누운 배》에 대해서는 말을 아꼈는데, 다른 심사 위원들이 이 작품을 열렬히 지지하고 나섰다. 이런 멋진 소설을 남들보다 먼저 읽을 수 있었던 행운에 감사한다.

_장강명(소설가)


"배가 쓰러지니 어서 회사로 들어오라는 팀장의 전화를 받았다." 첫 문장은 단도직입적으로 배의 침수가 시작되었음을 알린다. 이런 식의 시작으로 이 소설은 자신만의 시점과 개성을 확보한다. 첫째는 사고의 원인이 아니라 그 이후를 보는 시점. 통상 사고가 일어나고 그 원인을 따지는 일은 과거를 해명함으로써 미래의 불행을 방지할 수 있다는 희망을 남긴다. 그러나 사고가 일어나고 그 이후를 서술하는 시점은, 이 소설이 통렬하게 지적하고 있는 대로, 가망 없는 현실의 지속을 말하고 있다는 점에서 훨씬 비관적이다. 그러나, 덕분에 우리는 쓰러진 배가 아니라 쓰러진 이후 거대하게 썩어가는 배의 참담한 몰골을 압도적으로 확인하게 된다. 어쩌면 외면하고 싶었던 진실이 여기에 있는지도 모른다.

그리고 사고 이후 연달아 일어나는 사건들이 소설의 주제를 끌고 나가는 광경. 이는 최근의 한국 소설에서 좀처럼 보기 힘든 광경이다. 소설은 단단하고 건조하게 사건 이후의 일들을 속도감 있게 서술한다. 서술자가 목격한 사실과 사실이 모여 중국에 자리 잡은 중소 규모 조선소의 전체 얼개가 분명하고도 확고하게 펼쳐진다. 추리나 진단이나 분석이 미처 개입할 여지없이 꽉 들어찬 사실들의 집적은 사실과 현장의 힘을, 상식적 교훈이 아니라 소설의 몸체로 확인하게 한다. '누운 배'의 상징이나 조선소의 관료주의와 보신주의는 어쩔 수 없이 지금의 한국 사회를 떠올리게 하지만, 그런 식으로 단순히 환원될 수 없는 무엇이 이 소설에는 있다. 상징이나 비유가 아니라 사실로서 그러하다는 것에 대한 무섭도록 간결하고 단호한 감각이 바로 그것이다. _서영인(문학평론가)

무엇이 좋은 소설일까. 소설 본연의 책무는 무엇일까. 우리를 감동시키는 소설은 무엇인가. 《누운 배》는 이런 원초적인 질문에 진솔한 목소리로 화답한다. 시대의 아픔과 함께 호흡하고, 시대에 뒤처진 자들의 슬픔을 어루만지며, 그럼에도 불구하고 역사의 앞날을 비추는 등불이 되어준다. _정여울(문학평론가)

진수까지 마친 배가 조선소 부두에서 쓰러진다. 전체 길이 200미터, 높이 34미터에 폭 32미터의 거대한 선체다. 이것은 어쨌든 일어난 일이다. 그런데 이 일이 '누운 배'라는 '사실'이 될 수 있을까. 조선소 안팎에서 작동하는 다기한 이해의 얽힘, 언제든 보이는 것만 보게 우리를 주저앉히는 상투와 허위의 장막은 '누운 배'의 사실을 흐리고 지운다. 《누운 배》의 작가가 한 일은 누구나 쉽게 주저앉는 그 자리를 거슬러 '누운 배'를 '누운 배'로 성립시키는 사실의 언어가 작동하는 길을 찾은 것이다. 그것은 낱낱의 사물과 사태를 포함하는 시간의 누적적 수집과 보고만으로는 도달할 수 없는 지점이다. 나는 《누운 배》가 도달하려고 애쓴 이 사실의 자리에서 인간 진실에 대한 끈질긴 열정과 상상을 읽었고 감동했다. _정홍수(문학평론가)

삼풍백화점이 무너지고 성수대교가 내려앉고 세월호가 침몰하였다. 이들 사건에도 그 형이상학이 있고 무의식이 있다. 《누운 배》는 재난 소설이라기보다는 차라리 기업 소설이지만 붕괴의 사회구조를 말한다는 점에서 온갖 재난사고의 형이상학이며, 그 인간관계의 세부를 말한다는 점에서는 그 무의식이다. 《누운 배》는 몸집이 크면서도 섬세하다. _황현산(문학평론가)